말로 머더 클럽

말로 머더 클럽

로버트 소로굿 장편소설

김마림 옮김

THE MARLOW MURDER CLUB
by ROBERT THOROGOOD

케이티 B를 위하여

1

77세의 주디스 포츠는 자신의 인생이 전적으로 만족스러웠다. 그녀는 템스강 변에 위치한 아트 앤드 크래프트 양식[1]의 대저택에 살았고 딱 적당한 시간을 소요하는 사랑하는 직업을 가졌으며, 무엇보다도 자신의 삶을 어느 누구와도 공유할 필요가 없었다. 다시 말하면, 그날 저녁 식사 메뉴를 궁금해하거나 집을 나설 때마다 어디 가는지 알고 싶어 하거나 매일 저녁 6시경 작은 잔에 위스키 한 잔 마시는 것을 가지고 돈을 너무 많이 쓴다고 불평을 늘어놓는 사람이 없다는 의미였다.

주디스의 삶이 변화를 맞이한 그날은 한여름이었고 잉글랜드는 지난 몇 주 동안 폭염에 시달렸다. 그녀는 계곡을 따라 불어오는 바람을 조금이라도 불러들이기 위해 창문을 모두 열어젖혔지만, 조금도 달라지는 것 같지 않았

1 실용적이고 간결한 디자인이 특징인 영국과 미국의 19세기 말 건축 양식. 이하 모든 주는 옮긴이의 주이다.

다. 태양의 열기는 집의 벽돌과 목재부터 참나무 계단과 음유 시인의 갤러리[2]에까지 속속들이 스며들었다.

텔레비전 뉴스를 보면서 저녁 식사를 마친 주디스는 빈 접시를 한쪽으로 치우고 『퍼즐러』 잡지 최신 호를 꺼냈다. 그리고 로직 그리드[3]가 있는 페이지를 펼쳐 문제를 풀기 시작했다. 대체로 그녀는 실마리가 되는 말들을 0과 1로 줄여 나가는 이런 수학적인 유형의 게임을 즐겼지만 왠지 오늘 밤은 재미가 없었다. 집중하기에는 너무 무더운 날씨였다.

무심코 목걸이에 달린 열쇠로 손을 가져간 주디스의 생각은 과거로, 훨씬 어두웠던 시절로 떠밀려 갔다. 그러다 갑자기 의자에서 벌떡 일어났다. 이래서는 안 돼, 주디스는 혼잣말로 중얼거렸다. 이러면 정말 안 돼. 그녀에겐 시간을 바쁘게 보낼 수 있는 일들이 항상 있었고, 지금은 다른 기분 전환이 필요했다. 그뿐이었다. 그리고 완벽한 해결책이 있었다.

주디스는 옷을 벗기 시작했다. 옷을 한 겹씩 벗을 때마다 숨 막힐 정도로 답답했던 하루에서 점차 해방되는 것을 느꼈다. 완전히 나체가 되자, 짓궂은 기쁨으로 마음이 들떴다. 그녀는 아주 많이 취했을 때에만 연주하는 블뤼트너 그랜드 피아노를 지나 복도를 가로질러 현관 앞에 놔둔

2 옛 성이나 대저택에 음악가들이 연주할 수 있도록 마련된 장소.

3 논리적 힌트들을 바탕으로 주어진 변수들의 관계를 O, X로 추리해 나가는 게임.

회색 모직 망토를 집어 들었다.

이 망토는 주디스가 가장 아끼는 옷이었다. 주디스는 누가 망토에 대해 물어볼 때면(실제로 많은 이들이 물어보곤 했다) 겨울에 몸을 따뜻하게 해주고 여름에는 나들이용 담요로 사용할 수 있으며, 갑자기 봄 소나기를 만나면 곧바로 머리 위에 뒤집어쓸 수 있는 망토라고 자랑했다.

무엇보다 주디스는 이것이 자신을 보이지 않게 해주는 망토라고 믿었다. 매일 밤, 비가 오든 화창하든 옷을 다 벗고 망토로 몸을 감싼 후 밖으로 나가면 그런 짓궂은 행동이 가져다주는 기분 좋은 전율을 느꼈다. 그녀는 두 발을 장화에 찔러 넣고 무릎 높이까지 오는 잔디를 휘휘 헤치며 보트 하우스까지 걸어갔다. 이 보트 하우스는 나무 골조에 분홍색 벽돌로 지어진 데다 약간 허물어져 가는 것까지 본채의 분위기와 비슷했다.

주디스는 거미줄로 가득 찬 어둠 속으로 들어가 고무 장화를 벗어 던졌다. 그리고 망토를 낡은 고리에 걸고 나서 오래된 보트 하우스의 문 한 쌍이 바깥세상을 가려 주고 있는 돌로 된 조선대[4]로 내려가 템스강 물속으로 들어갔다.

먼저 차가운 물을 피부로 받아들이고 강의 품으로 몸을 기울여 나아가면서 숨을 훅 하고 내쉬는 건 주디스에겐 거의 종교적인 의식이나 마찬가지인 일이었다. 실크처럼 감

4 배를 만들거나 수리할 때 올려놓는 곳.

기는 부드러운 물이 몸을 떠받들자 순식간에 몸의 무게감이 사라졌다.

그녀는 상류 쪽으로 헤엄쳐 갔다. 저녁 햇살이 수면에 닿아 다이아몬드처럼 반짝였다. 주디스는 슬며시 미소를 지었다. 수영을 하러 나올 때마다 주디스는 언제나 그렇게 미소를 지었다. 자기도 모르게 떠오르는 미소였다. 그녀가 이렇게 말로 교회의 첨탑과 이웃 지역 비섬을 연결해 주는 빅토리아 시대의 현수교를 바라보는 동안에도, 템스 강 변의 산책로에는 개를 산책시키는 사람들을 비롯해 많은 사람들이 지척에 있을 게 분명했다. 하지만 이들 중 누구도 바로 옆 강에서 일흔일곱 살의 할머니가 나체로 수영을 하고 있다는 사실은 알지 못할 터였다.

주디스가 〈이런 게 인생이지〉 하고 생각하던 그때, 누군가의 외마디 소리가 들려 왔다.

건너편 강둑 부근, 이웃인 스테펀 던우디의 집 근처에서 난 소리였다. 하지만 강에 깊숙이 몸을 담근 그녀의 위치에서는 정확히 무슨 일이 일어나는지 알 수가 없었다. 강가의 두둑한 부들 더미에 가려 스테펀의 집은 지붕밖에 보이지 않았다.

주디스는 주의 깊게 귀를 기울였지만 사방은 조용했다. 그녀는 동물이 낸 소리였나 보다 하고 생각했다. 개나 고양이였을지도 모른다.

그 순간 다시 어떤 남자가 외치는 소리가 들렸다. 「이봐, 안 돼!」

〈대체 이게 무슨 소리지?〉

「스테펀, 당신이에요?」 주디스는 강에서 소리쳤지만, 동시에 울린 예리한 총성 때문에 목소리가 묻히고 말았다. 「스테펀?」 그녀가 다시 외쳤다. 공포감이 엄습했다. 「괜찮아요?」

주위는 온통 침묵뿐이었다. 하지만 주디스는 자신이 무슨 소리를 들었는지 정확히 알았다. 방금 누가 총을 쐈어. 그리고 그 바로 직전에 스테펀이 소리를 질렀어. 그가 지금 총에 맞아 피를 흘리고 있고, 도움이 필요한 상황이라면 어떻게 하지?

주디스는 스테펀의 집 쪽으로 최대한 빨리 헤엄쳐 갔지만, 강둑에 도착하자마자 장애물을 맞닥뜨렸다. 스테펀은 강물에 지표가 침식되는 걸 방지하기 위해 부들 숲 너머 정원 잔디밭 전체에 걸쳐 물결 모양의 금속판을 설치해 놨다. 그 부들 숲을 뚫고 헤엄쳐 가다가는 자신의 몸이 갈기갈기 찢길 것이고, 혹시 무사히 뭍까지 헤엄쳐 간다 하더라도 물 밖으로 몸을 끌어 올리긴 어려울 듯했다. 그녀에겐 그럴 만한 힘이 없었다.

그때 부들 사이에 끼어 있는 파란색 카누가 보였다. 이걸 이용하면 어떻게든 몸을 물 밖으로 끌어 올릴 수 있지 있을까? 그녀는 카누의 끝부분을 붙들어 보려고 노력했지만, 카누는 손에 잡히지 않고 코르크처럼 자꾸 물 위에서 둥둥 떠밀리기만 했다. 그러다 어차피 자신이 카누 위로 올라갈 만한 균형 감각도 없다는 것을 깨달았다. 그래도 마지막으로 한 번 더 시도를 해봤다. 이번에는 카누의 뒤쪽으로 가까스로 올라가는 데 성공하기 직전까지 갔다. 그러다 이런, 그녀와 카누는 서로에게서 빙그르르 회전하며 아주 천천히 멀어졌고, 주디스는 잡았던 카누를 놓치고 다시 물속으로 볼품없이 첨벙 떨어지고 말았다.

그녀는 숨을 쉬기 위해 수면 위로 올라가 머리에서 물을 털어 냈다. 카누를 이용하는 건 불가능하고, 그럼 이제 할 수 있는 게 뭐가 있을까?

주디스는 다시 강 가운데로 헤엄쳐 가서 누군가 도와줄 사람을 필사적으로 찾았다. 그러나 개를 산책시키던 사람들이나 서로 부둥켜안고 다니던 연인들은 정작 필요한 순간이 오자 다 어디로 간 건지 아무도 보이지 않았다. 한 가지 방법뿐이었다. 그녀는 방향을 돌려 최대한 빨리 자기 집 쪽으로 헤엄쳐 갔다.

보트 하우스에 도착해서 강 밖으로 나온 주디스는 숨이 너무 차 쌕쌕거렸지만 지체할 시간이 없었다. 그녀는 망토를 걸치고 잔디밭으로 달려가 뭔가 보이는 게 없는지 스테펀의 집 쪽으로 시선을 돌렸다. 그러나 주디스 집 강둑에 제멋대로 자란 버드나무의 늘어진 가지에 가려 스테펀의 정원은 반 정도밖에 보이지 않았다.

주디스는 집으로 달려 들어가서 휴대 전화를 집어 들고 999로 전화를 건 뒤, 통화가 연결되기를 기다리면서 거실 창으로 다가가 계속 스테펀의 집 쪽을 지켜봤다.

「경찰을 불러 줘요!」 주디스는 통화가 연결되자마자 다급하게 말했다. 「이웃집에서 총격 사건이 발생했어요! 급해요! 누군가가 총에 맞았어요!」

999의 전화 교환원은 스테펀의 주소와 주디스의 목격 내용을 기록하고는 긴급 출동을 할 거라고 알려 준 뒤 전화를 끊었다. 주디스는 너무나 절망스러웠다. 분명히 그녀가 할 수 있는 또 다른 일이 있을 것이다. 혹시 전화할 만한 곳은 더 없을까? 해안 경비대는 어떨까? 어쨌든 이것도 물가에서 일어난 사건이니까. 아니면 로열 내셔널 구명정 기구[5]는?

주디스는 창을 통해 스테펀의 집 쪽을 내다봤다. 그의 집은 여전히 저녁 무렵의 햇살 속에서 아무 일 없다는 듯 그대로 서 있었다.

만일 누군가가 바로 그 순간 강가에 있었다면, 그리고 저택을 올려다봤다면, 아주 작고 풍만한 몸집에 마구 헝클어진 흰머리를 한 70대 후반의 여성이 맨몸에 마치 슈퍼히어로처럼 망토를 두르고 거실 창 앞에 선 모습을 볼 수 있었을 것이다. 사실, 여러 면에서 주디스는 슈퍼히어로가 맞았다.

아직 그녀 자신만 모를 뿐이었다.

5 RNLI. 영국과 아일랜드 및 영국령 제도의 해안에서 해상 안전을 위해 비상시 구조 및 구급 활동을 하는 비영리 기구.

2

30분 후, 스테펀의 집에 경찰차가 도착하고 제복을 입은 경찰관이 차에서 내렸다. 주디스는 뭐 하나 놓치지 않으려고 망원경을 들고, 경찰관이 스테펀의 집 안을 창문으로 들여다보고 정원을 수색하는 모습을 유심히 관찰했다. 사실 경찰관에게 더 확실히 살펴보라고 강 너머로 크게 소리치고 싶었지만 혀를 물고 참았다. 출동한 경찰이 자신의 임무를 어련히 잘 알 거라고, 방금 무슨 일이 있었는지 증거를 찾아낼 거라고 믿어야만 했다.

하지만 경찰관은 그저 피상적인 조사로밖에 보이지 않는 수색을 20여 분간 하다가 다시 차를 타고 떠나 버렸다.

〈저게 끝이야?〉 경찰관은 정원도 제대로 살펴보지 않았을뿐더러 집 안에는 들어가 보지도 않았다. 혹시 지원해 줄 다른 경찰을 부르러 간 걸까? 그녀는 계속 밖을 지켜보고 또 지켜봤다.

자정이 되자 주디스는 옆에 있는 작은 테이블에 놓아둔

디캔터에 위스키가 하나도 남지 않은 것을 발견했다. 잠자리에 들 시간이라는 신호였다. 머리가 띵한 상태로 참나무 계단을 올라가던 그녀는 평소보다 난간을 더 꽉 잡아야 했다. 그러다 오른쪽으로 가야 침실이 나오는 걸, 실수로 왼쪽으로 방향을 틀었다. 그래도 근처에 놓여 있던 엽란 화분과 마주친 덕분에 무사히 목적지에 도착했다.

주디스는 자신의 침실을 사랑했다. 벽은 옅은 녹색의 나무 패널로 돼 있었고, 중세의 사냥 장면이 수놓인 태피스트리를 캐노피 삼아 장식한 웅장한 사주식 침대[6]가 놓여 있었다. 방은 오래된 옷가지, 먹다 만 음식, 지난 신문과 잡지 더미로 잔뜩 어질러진 채였지만 그녀에겐 조금도 신경 쓰이지 않았다. 주디스는 그런 지저분한 상태를 전혀 의식하지 않았다. 오히려 어질러진 물건들이 마치 수영할 때 물이 몸을 감싸는 것과 같은 방식으로 그녀 주변을 에워싸게 놔뒀다. 방이 지저분할수록 그녀는 더욱더 보호받는 느낌, 안전한 느낌을 받았다.

이튿날 아침, 주디스는 전화벨 소리에 잠에서 깼다. 전화를 찾으면서 게슴츠레한 눈으로 확인해 보니 10시가 지난 시각이었다.

「여보세요.」 그녀가 쉰 목소리로 전화를 받았다.

「안녕하십니까.」 한 여성이 명확하고 효율적인 말투로 인사했다. 「저는 메이든헤드 경찰서의 수사관 타니카 말릭 경사입니다. 어젯밤 던우디 씨의 집과 관련해 신고하

6 네 모서리에 기둥이 있고 덮개가 달린 큰 침대.

신 사건을 조사 중입니다.」

「아, 전화 주셔서 감사합니다.」 여전히 잠에서 덜 깨 몽롱한 상태로 주디스가 답했다. 말릭 경사는 던우디 씨의 집을 수색하도록 경찰관을 보냈지만 별 주목할 만한 점을 발견하지 못했고, 따라서 주디스에게 걱정할 필요가 없다는 사실을 전하기 위해 전화한 거라고 설명했다.

「하지만 제가 분명히 소리를 들었단 말이에요!」 주디스가 토를 달았다.

「네, 신고하신 바로는 총소리를 들으셨다고요.」

「총소리만이 아니었어요. 누군가가 〈이봐, 안 돼!〉라고 소리친 〈다음에〉 총소리가 났어요.」

「하지만 그때 강에서 수영을 하던 중이셨다고 들었는데요. 그게 정말로 총소리였다고 확신하세요?」

이제 완전히 잠에서 깬 주디스는 짜증이 났다.

「저는 농장에서 자랐어요. 총소리가 어떤 건지 정확히 알아요.」

「하지만 만약 총소리가 아니라 다른 소리였다면요?」

「다른 무슨 소리요?」

「글쎄요. 예를 들면, 자동차 배기관에서 난 폭발음이라든가?」

미처 생각지 못했던 부분이라 주디스는 대답하기 전에 잠시 고민을 했다.

「아니에요. 그게 차에서 나는 소리였다면 제가 알았을 거예요. 분명히 총소리였어요. 그렇다면, 그 경찰관이 스테펀의 차가 여전히 집에 주차돼 있다고 보고를 한 것으로 받아들여도 되나요?」
「왜 그런 말씀을 하시죠?」
「왜냐하면 당신이 스테펀에게 전화했을 때 전화를 받지 않았을 거라고 짐작이 되니까요.」
「죄송합니다만, 지금 하시는 말씀을 잘 이해하지 못하겠는데요. 무슨 전화요?」
「어젯밤에 경사님은 분명히 스테펀에게 전화를 했을 텐데요.」
「죄송하지만 자세한 사항은 알려 드릴 수 없습니다.」
「하지만 총성이 났다고 이웃이 신고를 했으니까 분명 그 집에 전화를 해서 확인을 해봤을 거 아녜요. 그리고 스테펀과 통화했다는 얘기를 나한테 안 했으니까 그가 전화를 안 받았다는 말이 되고요. 그런데 스테펀의 차가 아직도 집 밖에 세워져 있는 것을 보면 그한테 분명 무슨 일이 생긴 거라고요. 집에 있다면 어쨌든 전화는 받을 테니까요. 반대로 집에 없으면 차도 없을 거고요. 적어도 차를 가지고 있는 사람이라면 그렇겠죠. 나는 차가 없지만요.」
말릭 경사는 즉각적인 반응을 보이지 않았다.
「정말 많은 생각을 하셨네요.」 그녀는 마침내 이렇게 말했다.
「어젯밤 내내 이 생각만 했어요. 스테펀이 너무 걱정됐거든요. 그가 총에 맞았고 총을 쏜 놈이 도망을 쳤으면 어떡하나 하고요. 전 스테펀이 지금 도랑에 처박혀 누운 채

피를 흘리고 있으면 어쩌나 정말 걱정이 돼요.」

「그분이 도랑에 쓰러져 있을 것 같지는 않습니다. 아마 이 모든 사안에는 뭔가 범죄와 관련 없는 다른 원인이 있을 거라고 생각합니다. 그분의 집에는 어떤 부적절한 일도 발생한 기미가 없었고, 전화를 안 받는 것도 사실 드문 경우는 아니니까요. 지금은 휴가철이잖아요. 다들 집을 비우는 시기죠. 던우디 씨도 며칠 뒤면 귀가하실 거라고 생각합니다. 그리고 그분이 돌아오시면, 제가 연락드리겠습니다. 정말 걱정하실 일은 하나도 없습니다.」

말릭 경사는 이웃으로서 시민 정신을 발휘해 신고를 해줘서 고맙다는 인사를 남기고 전화를 끊었다.

그 후 주디스는 어떻게 할지를 몰라 계속 침대에 머물러 있었다. 말릭 경사 말이 맞을까? 전날 내가 들은 소리에는 뭔가 전혀 상관없는 이유가 있을까? 적어도 주디스에게 한 가지는 확실했다. 말로에서 살인 같은 건 쉽게 일어나지 않는다.

그녀는 이 문제를 마음에서 지워 버리고 그날 하루 일과에 전념하기로 결심했다.

주디스는 1976년에 베티 고모할머니로부터 이 집을 물려받으면서 약간의 소득이 들어오는 유가 증권도 함께 받았기에, 생계유지를 위한 일을 할 필요가 없었다. 그러나 어떤 이유도 그녀가 일을 그만두게 할 수는 없었다. 그만큼 일을 사랑했기 때문이었다.

주디스는 주요 신문에 십자말풀이를 출제하는 일을 했다. 일주일에 두세 번 퀴즈를 냈는데, 십자말풀이에 들이는 하루의 그 몇 시간은 그녀에게 소중한 마음의 안식이 돼주었다. 십자말풀이를 만들 때면 평온함이 찾아왔고 특별히 만족스러운 애너그램[7]을 가지고 가능한 모든 치환을 해보거나 한 가지 이상의 의미로 해석될 수 있는 우아한 단어와 문장을 고안하고 있노라면, 자기 자신도 잊고 그 모든 과정 속에 흠뻑 빠지곤 했다.

주디스는 거실 창 옆의 카드 테이블에 깔린 베이즈[8] 천을 손으로 쓰다듬었다. 그러다가 선반에서 수학용 모눈종이 한 장을 꺼냈다. 그다음 연필꽂이로 사용하는 컵에서 2B 연필을 꺼내서 이미 충분히 뾰족한 연필을 금속 연필깎이에 밀어 넣었다. 연필깎이가 연필의 끝부분을 물자 오래된 전기 모터가 회전하면서 달그락거렸고, 몇 초 뒤에 빼낸 연필은 글을 쓰는 도구가 아니라 흡사 치명적인 무기처럼 보였다.

그녀는 미소를 지었다. 새로 깎은 연필. 앞에 놓인 종이의 빈칸들. 이제 십자말풀이와의 씨름이 시작된다.

자리에 앉은 주디스는 나무 자를 집어 가로세로 열다섯 칸짜리 정사각형 격자의 테두리를 그렸다. 그러고는 하나의 대칭선을 중심으로 사각형 칸을 검게 칠해 나갔다. 왼

7 한 단어나 어구에 있는 철자들의 순서를 바꿔 원래의 의미와 논리적으로 연관이 있는 다른 단어 혹은 어구를 만드는 일, 혹은 그렇게 바꾼 말.

8 보통 당구대에 깔 때 쓰는 녹색 모직 천.

쪽의 각 검은 칸은 대칭선의 오른쪽에 똑같이 반영되도록 했다. 특별히 정해진 형태를 따르는 건 아니었다. 대부분의 경우 수십 년간의 경험이 손을 자연스레 이끌었다.

일단 격자에 칸을 다 표시하면, 빈칸을 낱말들로 채우기만 하면 됐다. 그 과정에 보통 한 시간 정도가 더 소요됐다. 그렇게 서로 교차하는 단어들이 흥미롭게 잘 어우러지는 만족스러운 결과가 나오면, 비로소 그 단어 풀이에 도움이 되는 힌트를 만들 마음이 생겼다.

주디스가 좋아하는 힌트의 유형에 대해 말하자면, 그녀는 『리서너』[9] 잡지에 주로 실렸던 거의 해독이 불가능한 월간 십자말풀이처럼, 많은 출제자들이 선호하는 고의적인 불분명함은 피하는 편이었다. 주디스는 자신이 얼마나 똑똑한지 과시하려는 그런 방식이 너무 남성적이라고 느꼈다. 그들은 이렇게 말하는 것 같았다. 〈나 이 정도야.〉 〈내가 얼마나 똑똑한지 너희들이 짐작이나 할까?〉 그녀는 다른 십자말풀이 출제자들처럼 1939년부터 1972년까지 『업저버』의 전설적인 출제자로 있었던 히멘스의 원칙을 지지했다. 따라서 단서는 두 부분으로 이루어졌는데, 한쪽은 그냥 말 그대로 단순한 힌트였고, 다른 한쪽은 수수께끼의 형태였다. 그리고 그 두 부분은 궁극적으로 문제를 푸는 사람들에게 〈공정한 단서〉가 돼야 했다. 하지만 가끔 독창적이거나 재치 있는 단서가 떠오르면 그 규칙을 어기기도 했다.

9 BBC에서 1929년부터 1991년까지 발행했던 잡지.

하지만 오늘 아침에는 영감의 신이 찾아와 주지 않았다. 검은 칸과 빈칸으로 이루어진 표를 다 만든 후에도 주디스는 빈 곳을 채울 적당한 단어들을 생각해 내지 못했다. 오늘은 왠지 결정이 어려웠다. 스테펀 때문이었다. 도저히 집중할 수가 없었다. 그녀는 스테펀이 괜찮다는 것을 알아야만 했다.

주디스는 태블릿에 손을 뻗었다. 이 기기를 별로 좋아하진 않았지만 사진을 찍거나 신문사들에 이메일로 십자말풀이를 보낼 때 유용했기 때문에 몇 년 전부터 타협을 한 상태였다.

그녀는 얼굴 앞에 태블릿을 들어 올렸지만 이 멍청한 기계는 인식할 수 없다며 잠금 해제를 거절했다. 주디스는 나이 든 여자로서 겪곤 하는 수모를 또 한 번 당한 것 같아 못마땅한 듯 헛기침을 내뱉었다. 현대의 세상은 주디스를 마치 완전히 보이지 않는 존재처럼 대했고 망할 컴퓨터조차 그녀가 자기 자신과 충분히 닮아 보이지 않는다고 무시했다. 하지만 기술과 싸우려고 해봤자 소용없었다. 이런 사실은 오래전 딸기 색깔의 아이맥과 너무 짧은 전기 케이블 때문에 응급실 신세를 졌던 경험을 통해 이미 배운 사실이었다.

주디스는 숨을 깊게 들이마시고 나서 마음을 가다듬었다.

태블릿을 들고 다시 한번 얼굴을 마주했다.

아무 일도 일어나지 않았다.

〈망할 놈의 물건!〉 혼잣말로 투덜대며 주디스는 비밀번호를 입력한 다음 웹 브라우저를 열었다. 혹시 지난 스물네 시간 사이에 스테펀에 대한 새로운 뉴스가 올라오지 않았을까?

주디스는 검색창에 〈스테펀 던우디〉라고 쳤지만 검색 결과는 모두 그가 말로에서 〈던우디 아트〉라는 미술 갤러리를 운영한다는, 이미 알고 있는 사실만 보여 줬다. 그녀는 좀 더 확실히 알아보기 때문에 검색 결과들을 하나씩 눌러 봤다.

그런데 이건 뭐지? 최신 검색 결과 중 하나는 지역 신문인 『벅스 프리 프레스』 링크였다. 기사 제목이 주의를 끌었다. 〈헨리 로열 리거타[10]에서 벌어진 말다툼〉.

링크를 클릭하자 6주 전 헨리 로열 리거타에서 있었던 소식을 요약한 내용이 나타났다.

> 로열 인클로저[11]에서 현지 미술 갤러리 관장인 스테펀 던우디가 말로 경매 전문 회사의 소유주인 엘리엇 하워드와 술에 취한 채 말다툼을 벌였다. 소식통에 따르면 하워드 씨가 던우디 씨를 한 대 때리겠다고 협박했을 때 담당자들이 와서 두 사람을 강제로 퇴장시켰다고 한다.

10 헨리온템스라는 지역의 템스강 변에서 매년 열리는 조정 대회.
11 주요 인사나 귀족을 위해 나뉘어 있는 행사장 내 특별 구역.

주디스는 태블릿을 내려놨다. 그러니까, 스테펀이 헨리에서 엘리엇 하워드란 이름의 누군가와 술에 취한 상태로 말다툼을 했고, 몇 주 후 그의 집에서 뭔가 또 다른 싸움이 벌어진 것이다.

누군가가 총을 발사하게 만든 말다툼이.

그리고 그 뒤로 스테펀이 사라졌다.

〈꾸물거리지 말자!〉 주디스는 재빨리 방을 나와 못에 걸어 둔 망토를 휙 걷어들고 집을 나섰다.

그녀는 보트 하우스로 가서 반쯤 물에 잠긴 오래된 펀트[12]로 향했다. 발로 펀트를 밀자 배는 삭은 보트 하우스 문에 앞부분을 부딪히며 강으로 미끄러져 나갔고, 주디스는 그사이 뒤편으로 올라타 삿대를 집어 들었다.

노년의 나이였지만 주디스는 숙련된 펀터[13]였다. 그녀는 손목을 가볍게 휘둘러 삿대를 강바닥에 박아 넣고 허리를 숙여 온 힘을 다해 밀었다. 펀트가 앞으로 힘차게 나아가기 시작하자 삿대를 비틀어 부드러운 진흙에서 빼냈고, 펀트는 강을 건널 수 있는 가속도를 얻었다.

일단 건너편 강둑에 다다라 강이 다시 얕아지자, 스테펀의 집까지 남은 50여 미터를 거슬러 올라가는 일은 어렵지 않았다. 주디스는 스테펀의 집 주변 강둑을 보호하는 부들 숲을 뱃머리로 뚫고 들어선 다음 땅 위로 올라갔다. 배는 고정할 필요가 없었다. 부들 숲으로 완전히 둘러싸

12 삿대로 움직이는 사각형의 작은 배.

13 펀트와 같은 배를 삿대로 저어 움직이는 사람.

인 배가 움직일 걱정은 하지 않아도 됐다.

시계를 확인한 주디스는 고작 8분 전만 해도 집에 앉아 있었던 자신이, 이제는 불가사의한 이웃 실종 사건의 최전선에 서 있음을 깨달았다.

스테펀의 집은 멋졌다. 여전히 유유히 돌아가는 나무 바퀴가 있는 옛 물레방앗간을 개조한 뒤 다양한 직사각형 유리 창문들을 새로 뚫은 모습이었다. 건물은 기분 좋게 옛날식이면서도 현대적인 모습 또한 갖추고 있었다.

주디스는 집 입구에 주차된 차를 살펴봤다. 그녀는 자동차에 대해서는 아무것도 몰랐고 신경도 전혀 쓰지 않았기에 차 색깔이 회색이며 먼지 하나 없이 윤이 난다는 것 정도만 알 수 있었다. 자갈길에는 다른 자동차의 타이어 자국이 보이지 않았고 스테펀이 다른 차로 집을 떠났다는 어떤 흔적도 발견되지 않았다.

그녀는 총소리가 어디에서 났는지 알아보기 위해 정원 주변을 돌아다녔지만, 부들 숲 아래에서 소리를 한 번 들었던 게 다라 정확한 위치를 파악하기가 어려웠다.

주디스는 강둑 근처의 부들 숲을 몇 분이나 걸어 다닌 후에야, 자신이 지금 뭘 찾고 있는지조차 모른다는 것을 깨달았다. 풀잎에 떨어진 피 한 방울? 아니면 진흙 묻은 발자국?

주디스는 집 옆에서 돌아가는 나무 바퀴와 그 앞의 연못을 바라봤다. 뜨거운 날씨에도 연못 물속은 캄캄했고 주디스는 그 안을 생각하는 것만으로도 오싹해졌다. 고요히 정지한 상태의 물에는 뭔가 그녀를 겁나게 하는 것이 있었다. 하지만 그녀가 계속 쳐다보던 그 물은 완전히 정지된 게 아니었다. 수면에 약간의 흐름이 느껴졌다. 어디로 물이 흐르는 걸까?

주디스는 주변을 서성이다가 연못 물이 약 3미터 너비의 강으로 흘러가는 지점을 발견했다. 연못이 끝나고 강이 시작되는 곳에는 정원 한쪽에서 다른 한쪽으로 걸쳐진 좁은 벽돌 다리가 있었다.

주디스는 댐 너머의 강을 자세히 살펴봤다. 이 지류는 어떤 식으로든 다시 템스강으로 흘러가게 될 터였다. 하지만 스테펀이 이쪽 정원에 난 풀들이 제멋대로 자라게 내버려둔 터라 양쪽 강둑에서 두둑하게 자라나 합쳐진 관목과 덤불 밑으로 물이 스며드는 것만 보였고, 정확히 어떻게 강과 이어지는지는 파악하기가 어려웠다.

강의 흐름을 따라가야 한다는 것을 깨달은 주디스는 한숨을 내쉬었다. 철저하게 살펴야 했다. 그래서 그녀는 가지들이 몸을 후려치고 거미줄이 얼굴과 머리에 들러붙는 가운데 덤불을 헤치며 힘겹게 앞으로 계속 나아갔다.

일단 목적지에 도착했을 때 주디스는 실망하지 않을 수 없었다. 이곳의 정원은 더 야생적인 상태였지만 강물 일부가 철창을 통과한 다음 물을 템스강으로 되돌리는 콘크리트 둑에 가 닿는 게 보였다. 특별히 관심을 기울일 만한 것은 없었다.

주디스가 겨우 숨을 돌리려는데, 문득 오래된 퇴비 더

미에서 나는 듯한 악취가 풍겨 왔다. 강에서 나는 냄새인가? 그녀는 창살을 통해 흐르는 물을 내려다봤다. 반쯤 물에 잠긴 오래된 나뭇가지 하나가 흐름을 막는 바람에 밀려온 잎들이 쌓이고 있었다. 그리고 그때 주디스는 뭔가를 알아차렸다.

그것은 물속에 잠긴 나뭇가지가 아니었다.

그것은 사람의 팔이었다.

물 밖으로 손이 드러나 있었고 피부는 마치 대리석처럼 하얬다. 그리고 물속 더 깊은 곳에는 몸이 잠겨 있음을 알아볼 수 있었다. 스테펀 던우디였다.

그의 이마 한가운데에 작고 검은 구멍이 나 있었다.

총알구멍이었다.

주디스는 충격에 뒤로 물러났다.

그녀가 생각해 오던 것이 맞았다.

스테펀 던우디, 그녀의 친구이자 이웃이 총에 맞아 죽었다.

3

한 시간 뒤, 주디스는 스테펀의 정원 벤치에 앉아 타니카 말릭 경사와 면담을 하고 있었다. 말쑥한 바지 정장을 입은 40대 초반의 경찰인 말릭 수사관은 마치 교사처럼 효율성만을 중요시하는 태도여서 주디스는 벌써부터 짜증이 나기 시작했다.

「하지만 이해가 안 가는 부분이 있습니다, 포츠 씨. 던우디 씨의 집으로 〈돌아갔다〉고 말씀하셨죠?」 말릭 경사가 물었다.

「네.」 주디스가 방어적으로 턱을 들어 올리며 말했다. 「전화로 얘기했잖아요. 나는 분명히 어젯밤에 총소리를 들었어요. 그리고 경찰이 그걸 제대로 조사할 생각이 없다면 저라도 나서야겠다고 생각했어요.」

「그 집으로 다시 돌아간 이유가 또 있나요?」

「무슨 뜻인지 모르겠네요.」

「혹시 시신을 발견할 거라는 예상을 하셨나요?」

「아뇨, 물론 아니죠.」

「하지만 결국 찾으셨잖아요.」

「당신이 보낸 경찰관보다 내가 더 일을 잘했다고 할 수 있죠. 자, 이제 말해 봐요. 스테펀이 몇 주 전에 엘리엇 하워드란 남자와 말다툼을 했다는 사실은 알고 있었나요?」

「네?」

주디스는 한 지역 신문에 헨리 로열 리거타에서 스테펀과 말로 경매 전문 회사의 엘리엇 하워드가 말다툼을 했다는 기사가 난 적이 있다고 설명했다.

「그 일이 6주 전에 있었다고요?」

「맞아요.」

「그렇군요.」

말릭 경사는 잠시 생각에 잠겼다.

「왜 그래요?」 주디스가 물었다.

「제가 뭐 하나 여쭤봐도 되겠습니까? 던우디 씨의 이웃으로서 답해 주세요.」

「물론이죠.」

「목격자 보고서에 나온 인물은 경찰 데이터베이스에서 찾아보는 게 기본 절차라, 저도 던우디 씨에 대해 찾아봤습니다. 아무 기록도 없더군요. 말로에서 미술 갤러리를 운영하며 혼자 살았고, 그런 건 이미 다 예상한 대로였죠. 하지만 5주 전에 스테펀 씨가 도둑이 들었다고 경찰에 신고를 한 적이 있었습니다.」

「그랬어요? 뭘 도둑맞았는데요?」

「바로 그 점이 문제입니다. 그는 친구와 식당에 갔다가 집에 돌아왔는데, 누군가가 창문을 깨고 집에 침입한 걸 발견했다고 했습니다. 하지만 경찰관이 그의 진술을 받기 위해 도착했을 때, 던우디 씨는 사라진 물건을 하나도 찾지 못했다고 인정해야 했습니다.」

「없어진 게 아무것도 없었어요?」

「던우디 씨 말로는요. 그런데 분명히 침입한 흔적은 있었습니다. 하지만 컴퓨터 같은 게 그대로 있었어요. 미술품들도요. 던우디 씨는 여러 장의 유화 작품을 가지고 있었는데 단 한 점도 없어지지 않았습니다.」

「그게 5주 전이라고요? 헨리에서 말다툼이 있고 일주일 뒤에?」

「그런 것 같습니다. 던우디 씨가 당신에게 도둑이 들었다고 말을 했었나요?」

「안타깝게도 스테펀과는 지난 몇 주 동안 말을 한 적이 없어요.」

「그러면 혹시 그때쯤 뭔가 의심스러운 것을 발견하지는 못하셨나요? 어떤 사람이 집 근처를 서성였다든가, 혹은 본 적 없는 차가 주변에 세워져 있었다든가 하는?」

「아쉽지만 전혀 없었어요. 뭔가 잘못됐다고 느낀 건 어젯밤에 그가 살해당하는 소리를 들었을 때가 처음이었어요.」

「아, 포츠 씨, 그런 말씀은 삼가셔야 합니다. 누군가가 던우디 씨를 쐈다는 것은 아직 확실하지 않으니까요.」

「뭐라고요?」

「던우디 씨가 살해당했다는 것은 아직 정확히 모르는 일입니다.」

「그럼 이마에 있는 총알 자국은 그냥 저절로 생겼다는 말인가요?」

「아, 그건 아닙니다. 하지만 그의 죽음이 그냥 끔찍한 사고였을 가능성도 배제할 수 없습니다. 아니면 스스로 저지른 일일 수도 있지 않을까요?」

「그가 자살이라도 했다는 거예요?」

「가능성은 있습니다.」

「뭔 개소리예요!」

말릭 경사는 깜짝 놀라 눈을 깜박였다. 지금 이 사람이 나한테 〈개소리〉라고 한 건가?

「그가 자살을 했다면 권총이 그 주변으로 떨어졌을 거예요. 강으로 쓰러지기 전에요. 그리고 분명히 말하는데, 제가 그곳을 둘러봤을 때 권총은 없었어요.」

「네. 왜 그렇게 생각하시는지는 알겠습니다. 하지만 그가 자신을 쏜 다음에 총이 강 속으로 떨어졌을 수도 있죠. 우선 잠수부들에게 강바닥을 살펴보라고 지시했습니다. 그러니 그동안에는 성급한 결론을 내리지 마시길 바랍니다. 우리는 가정이 아니라 증거에 따라 수사를 진행해야 합니다.」

주디스는 말릭 경사를 유심히 살폈다. 이 경찰은 효율적이고 능력 있는 사람일지는 몰라도 상상력은 부족한 듯했다. 전형적인 〈여학생회장〉 유형이군, 주디스는 생각했다. 물론 그다지 좋은 뜻에서는 아니었다. 사실, 주디스는 10대에 억지로 보내진 최고급 기숙사 학교에서 퇴학당한 적이 있었다. 그다음에 들어간 약간 덜 고급인 학교에서도 퇴학을 당했다. 그리고 그다음 학교에서도. 요컨대, 주디스가 다녔던 그런 학교들의 여학생회장들과 그녀의 의견이 일치했던 적은 한 번도 없었다.

주디스는 또다시 한숨을 내쉬었다. 좋다, 만일 스테펀이 살해당한 사실을 경찰이 믿지 않는다면 그녀 혼자서라도 그의 살인 사건에 대해 조사해야 했다.

일단 공식적인 진술을 마친 주디스는 다시 펀트에 올라 수색복을 입은 감식반들에게 왕처럼 손을 흔들며 유유히 강의 흐름을 따라 집으로 돌아왔다. 그러고는 오래된 자전거를 꺼내 올라탔다. 어쨌든 이웃을 누가 죽였는지 알아내고 싶다면, 가장 확실한 출발점이 있었다.

그곳은 자전거를 타고 템스강 가를 따라 말로 시내 근처로 5분만 가면 있었다. 가는 동안 낯선 이들이 그녀에게 목례를 보내거나 손을 흔들었지만, 오늘은 응하지 않았다. 하기야 그녀는 평소에도 이토록 많은 사람들이 자신에게 손을 흔드는 이유를 도통 알 수가 없었다. 그녀는 자신이 시내에서 일종의 작은 유명 인사처럼 여겨진다는 것을 전혀 인식하지 못했다. 주디스는 자기 인생에 사람들이 흥미를 가질 만한 구석은 전혀 없다고 생각했고 다른 이들의 관심이 당황스럽다고 공공연히 말하고 다녔다. 하지만 오히려 그 때문에 별난 사람이라는 평만 더 높아질 뿐이었다.

주디스는 길에서 그네와 미끄럼틀이 있는 작은 공원으로 들어서다가 땅바닥을 쪼는 한 무리의 비둘기를 발견했다. 지저분한 것들, 그녀는 자전거의 속력을 올리면서 생각했다. 비둘기들에게 다가가는 주디스의 얼굴에 짓궂은 미소가 퍼졌다. 몸을 바짝 구부리고 비둘기 무리로 자전거를 몰고 가면서 〈비둘기들아, 꺼져라!〉 하고 소리를 치자 비둘기들은 끼룩끼룩하며 공중으로 날아올라 흩어졌다.

주디스는 말로를 열정적으로 사랑했다. 너무 크지도 작지도 않고 딱 적당한 이곳은, 골딜록스[14]처럼 까다로운 그녀에게 완벽한 마을이었다. 중심가에는 우아한 조지아 시대의 현수교와 오래된 강변 교회가 한쪽 끝에 있었고 다른 한쪽 끝에는 관상용 첨탑이 서 있었다. 그리고 그 사이에는 여러 세기에 걸쳐 시간차를 두고 지어진 역사적인 건물들이 길 양편에 나란히 늘어서 있었다. 여기에 이 모든 것이 미적으로 하나의 경관처럼 보이도록 빨강과 파랑의 장식용 깃발들을 중심가 전체에 가로질러 놓아서, 거리는 초콜릿 상자에 실린 이미지나 그림 퍼즐에 자주 등장하는 홈카운티스[15] 같은 정경을 자아냈다.

하지만 주디스가 말로에서 정말 맘에 들어 하는 건 그림

14 동화 「곰 세 마리」에 나오는, 조건을 까다롭게 고르는 등장인물.
15 런던을 둘러싸고 있는 여러 지역을 묶어서 칭하는 표현.

같은 중심가 이상의 것이었다. 우선 기차역이 있었다. 역사는 작은 오두막 정도에 지나지 않는 곳이었지만 런던으로 가는 기차를 탈 수 있었다. 그리고 시내 가장자리에는 번창하는 상업 지역이 있어서 수천 명의 사람들에게 고용의 기회를 제공했다. 무엇보다도 그녀는 슈퍼마켓의 계산대를 지키거나 커피숍에서 주문받는 일을 하는, 교육을 잘 받은 10대들을 꾸준히 배출하는 지역 학교 두 곳을 사랑했다. 한결같이 예의 바르고 언제나 기분 좋게 매력적으로 보이는 젊은이들의 일상 모습과, 그들이 강가에서 피크닉을 하거나 크리켓 구장 옆에 있는 스케이트장에서 즐거운 시간을 보내는 광경을 바라보는 일은 주디스에게 진정한 행복감을 줬다. 만일 이들이 다음을 잇는 세대라면 세상은 아무것도 걱정할 게 없겠다고 생각했다.

주디스는 천성적인 낙천주의자였다. 이런 본성은 그녀를 정의하는 주된 특징이었지만, 그녀는 또한 최대한 모든 것에 솔직하려고 노력했다. 그래서 말로가 여전히 활기차긴 하지만, 영국의 다른 모든 마을처럼 지난 10년간 어느 정도 타격을 입었다는 사실도 인정하지 않을 수 없었다. 사실 이곳을 하루 정도 방문하는 관광객이라면 알 수 없는 일이었다. 고급 레스토랑과 옷가게가 아주 많았기에 그중 영업하지 않는다는 사실을 숨기기 위해 전면을 세련된 포스터로 꾸며 놓은 열두어 곳의 상점 안이 텅 비어 있다는 사실을 관광객들은 눈치채지 못할 터였다. 최근엔 중심가 한편에서 『빅이슈』를 팔았던 친절한 남자가 길 건너편에서 하루 종일 책상다리를 한 채 깡통을 앞에 놓고 구걸하는 노숙자 신세가 되기도 했다.

그래도 사람들의 선함은 그대로였다. 이것이 바로 주디스가 중심가 끝에 다다랐을 때 자전거를 벽에 기대 놓으면서 스스로에게 상기시킨 사실이었다.

주디스가 지금 가려는 목적지를 결정한 것은, 이웃이 누군가에게 살해됐다고 믿는 그녀를 말릭 경사가 부정한 바로 그 순간이었다. 그녀는 스테펀 던우디의 미술 갤러리에서 조사를 시작할 예정이었다.

4

주디스는 던우디 아트 갤러리에 발을 들여놓은 적이 한 번도 없었다. 사실 그녀는 미술 작품을 살 필요가 없었다. 고모할머니로부터 집을 물려받을 때 미술 수집품까지 딸려 왔는데 미술 작품을 따로 살 필요가 뭐가 있겠는가?

주디스가 안으로 들어가자, 책상에 앉은 젊은 직원이 눈물 가득한 눈으로 그녀를 올려다봤다.

「아. 소식을 들었나 보네요.」 주디스가 말했다.

「방금 경찰한테서 전화를 받았어요. 아직도 충격이 가시질 않아요.」 여성이 말했다.

「당연히 그렇겠죠.」 주디스는 상냥하게 동의하며 갤러리 안으로 걸어 들어가 여성의 책상 옆 빈 의자에 앉았다. 그러고는 핸드백을 뒤져 휴대용 티슈를 여성에게 건넸다.

「감사합니다.」 여성은 인사하고 코를 풀었다.

「내 소개를 해야겠군요. 나는 주디스 포츠예요.」

「알아요. 강가의 그 큰 집에 사시는 분이죠.」

「어? 우리가 전에 만난 적이 있나요?」

「사실, 한 번 있어요.」 여성은 기억을 떠올리며 미소를 지었다. 「한 2년 전에 술집 밖에서 제가 남자애들 몇 명한테서 괴롭힘을 당한 적이 있어요. 그때 당신이 나서서 그 애들을 겁주고 쫓아 보내 줬죠.」

「내가요?」 그런 일은 주디스가 충분히 할 만한 종류의 행동이었지만 그녀는 전혀 기억나지 않았다. 주디스는 때때로 남자들이 무리 지어 혼자 있는 또래 여성을 괴롭히는 걸 참을 수가 없었다.

「저는 앤토니아예요. 앤토니아 웹스터요. 그때 절 도와주셔서 감사했어요. 정말 너무 멋있다고 생각했어요.」

「사실 당신은 그때 굳이 내 도움이 필요 없었을 거라고 생각해요. 충분히 대처할 능력이 있어 보이거든요.」

주디스는 핸드백을 또 뒤져서 옛날식 휴대용 사탕 통을 꺼냈다.

「사탕 하나 먹을래요?」

앤토니아는 뭐라고 대답할지 몰라 주저했다.

「싫어요? 난 하나 먹어도 되죠?」

주디스는 뚜껑을 열고 설탕 가루로 덮인 사탕 중 하나를 집어 입안에 넣고 몇 초 동안 우물거렸다.

「라임 맛이네.」 그녀는 만족스러운 듯 말했다. 「가장 좋아하는 맛이에요. 아, 내가 여기에 온 게 폐가 되지 않았으면 해요. 하지만 당신을 예전에 내가 도운 적이 있다면, 이번엔 나를 좀 도와줄래요? 사실 난 스테펀의 이웃이고 그에게 무슨 일이 있었는지 알아내려고 하는 중이에요. 정말 너무 슬픈 일이 벌어졌잖아요. 참, 지금 여기서 일하는 거 맞죠?」

「네. 그리고 물론 도와드려야죠. 저는 던우디 씨의 비서예요. 대학에 가기 전까지 여름 동안만 일하고요.」

「그러면 여기에서 오래 일한 건 아니겠네요?」

「맞아요. 하지만 던우디 씨는 정말 친절한 분이었어요. 이제 그분이 안 계신다니 믿기지가 않아요.」

「나도 그래요. 그런데 그가 친절했다는 건 어떤 점에서 그렇게 느낀 거예요?」

「그분은 제게 관심을 가져 줬어요. 그런 거 있잖아요, 제 생각들에 대해서요. 정치적인 것들이나 환경에 대한 견해들에 대해서. 그리고 제가 대학에서 뭘 공부하는지에 대해서도요.」

「당신한테 관심을 가졌다고요?」

「그런 뜻에서가 아니에요.」 주디스의 어조가 암시하는 의미를 눈치챈 앤토니아가 말했다. 「그분은 그런 이상한 사람이 아니었어요. 그냥 나이 든 분이었죠. 그분은 자신을 그렇게 묘사했어요. 그냥 나이 든 사람, 자신의 예술과 더불어 혼자 사는 사람이라고요. 저는 그분이 좋았어요.」

이러한 앤토니아의 설명은, 스테펀과 2주에 한 번 정도 인사만 하는 관계였던 주디스의 판단과 일치했다. 그는 그녀를 만날 때마다 항상 기쁜 내색이었고 강 너머로 뭐라고 인사의 말을 소리쳐 건넸다. 〈진짜 아름다운 아침이에요!〉라거나, 〈와, 날씨가 정말 좋죠!〉라고 소리치곤 했다. 주디스는 그런 기억을 떠올리고 서글픈 미소를 지었다.

「그는 정말 좋은 사람이었어요.」 그녀가 말했다.

「맞아요.」 앤토니아가 동의했다.

두 여성은 주디스가 흡족하게 사탕을 빨아 먹는 사이, 한동안 다정한 기운의 침묵 속에 앉아 있었다.

「그런데 누군가가 그를 죽였어요.」 주디스가 말했다.

앤토니아의 눈이 휘둥그레졌다. 「그게 무슨 소리예요?」

「몰랐나요?」

「몰랐어요. 전화를 건 사람은 사고였다고 했어요.」

주디스는 무릎 위에 열린 채로 놓인 핸드백을 딸깍하고 닫았다.

「미안하지만 그건 실제 일어난 일과는 전혀 달라요. 그는 총에 맞아 죽었어요.」

「말도 안 돼요!」

「맞아요. 확실해요. 그러니까 일단 내가 갤러리를 닫는 걸 도와줄게요. 이렇게 충격을 받은 상태에서 일을 할 수는 없잖아요.」

「정말 그러는 게 나을까요?」

「물론이죠.」

「그럼 절 좀 도와주시겠어요?」

「딱히 갈 데도 없어요. 그럼, 문을 닫으려면 어떻게 해야 하죠?」

앤토니아는 여러 세트의 열쇠 꾸러미를 들고 경비 시스

템이 어떻게 작동하는지를 설명했고, 두 여성은 갤러리의 문을 잠그고 입구에 걸린 안내판을 〈닫았음〉 쪽이 보이게 뒤집었다. 주디스가 예상한 대로, 이렇게 몸을 써서 하는 단순한 행동들이 앤토니아로 하여금 일어난 모든 일을 받아들일 마음의 여유를 준 것 같았다.

주디스는 조심스레 얘기를 꺼낼 순간을 포착했다.

「있잖아요, 스테펀이 그렇게까지 완벽한 사람은 아니었을 거예요.」 그녀는 마치 그런 생각이 방금 떠오른 것처럼 말했다.

「그게 무슨 말씀이세요?」

「던우디 씨 말이에요. 논리적으로 보면, 그는 겉으로 보이는 것처럼 욕할 게 전혀 없는 인물이 실제로는 아니었거나, 혹은 적어도 아주 불량한 친구나 지인이 있었을 거예요. 누가 그에게 그런 짓을 저지른 걸 보면 말이에요.」

「오, 무슨 말씀이신지 이해했어요. 하지만 그건 말도 안 돼요. 정말 좋은 분이었거든요. 그리고 그분 주변에는 불량한 사람도 없었어요.」

그때 앤토니아가 얼굴을 찌푸렸다.

「왜 그래요?」 주디스가 물었다.

앤토니아는 아무 말도 하지 않았다.

「얘기해 봐요.」 주디스가 구슬리듯 말했다. 그러고는 기다렸다. 누군가에게 말을 하게 만들기 위해서는 때로 가만히 침묵해야 한다는 것을 알기 때문이었다.

「그게, 그냥,」 앤토니아가 마침내 입을 열었다. 「당신 말처럼 그분 주변에 〈불량한 사람〉이 있었다고 한다면, 떠오르는 사람이 하나 있어서요. 그게 다예요.」

「그게 누군데요?」

「모르겠어요. 그 사람 이름은 몰라요.」

「그러면 그 사람에 대해서 좀 얘기해 줘요. 그런 다음에 우리가 함께 확인할 방법이 있는지 볼까요?」

「나이 많은 신사예요. 머리가 하얗고, 혹은 은발일 수도 있고요. 머리 길이는 어깨까지 내려왔어요. 아주 키가 크고 몸집도 크고요.」

「던우디 씨의 친구였나요?」

「아닐 거예요. 그 사람은 지난주에 갤러리에 왔었어요.」

「지난주 언제요?」

「월요일이요.」

「좋아요. 그 사람이 지난주 월요일에 여기에 왔었다는 거죠.」

「네. 그리고 그 사람이 누군지는 모르지만, 던우디 씨가 바로 사무실로 데려갔어요. 그 남자가 찾아 온 것에 많이 당황한 것 같았어요.」

「알았어요. 아주 흥미로운데요. 그러고 나서 무슨 일이 있었나요?」

「글쎄요, 잘 모르겠어요. 두 사람은 사무실 안에 있었거든요. 하지만 얼마 안 지나서 언성이 높아졌어요. 저는 어떻게 해야 할지 알 수가 없었어요. 사실 던우디 씨에게 손님이 오면 보통 커피 같은 걸 내가야 하는데, 너무 당황스러워서 커피를 가져다줘야 할지도 모르겠더라고요.」

「무슨 일로 언성을 높였는지 들었어요?」

「사무실 밖에 있는 동안에는 못 들었는데 제가 용기를 내서 혹시 커피가 필요한지 물어보려고 노크를 했어요. 방 안에서 마치 천둥이 치는 것 같았어요. 그 키 큰 남자, 은발의 남성은 아무것도 필요 없다고 했는데 왠지 그 행동이 아주 무례하게 느껴졌어요. 손을 내저어서 절 쫓아냈거든요.」

앤토니아는 뭔가 생각하는 듯이 침묵에 잠겼다.

「그거 아주 흥미롭네요. 그런데 아까 밖에 있을 때는 못 들었다고 했잖아요?」 주디스가 말했다.

「그게 무슨 말씀이에요?」 주디스의 추론을 잘 따라가지 못한 앤토니아가 물었다.

「아까 사무실 〈밖에〉 있는 동안에는 아무 소리도 못 들었다고 했잖아요. 그 말은 안에 들어갔을 때는 뭔가 들었다는 얘기 아닌가요?」

「아, 맞아요. 그러네요. 그 은발의 남성이 저를 손으로 내쫓기에 저는 나가면서 방문을 닫았는데, 그때 던우디 씨가 그 남성에게 〈지금 당장이라도 경찰서에 갈 수 있어〉라고 말하는 소리를 들었어요.」

「그러니까 그 은발의 남성이 뭐라고 하던가요?」

「모르겠어요. 대답을 듣기 전에 문을 닫았거든요.」

「그렇군요. 하지만 던우디 씨가 분명 〈지금 당장이라도 경찰서에 갈 수 있어〉라고 말한 건 확실하죠?」

「네.」
「그럼 당신은 그 이유에 대해서는 전혀 몰라요?」
「전혀요.」
「그 뒤에 혹시 던우디 씨에게 그 일에 대해서 물어본 적은 없어요?」
「제가 어떻게 그래요. 하지만 지금 말씀을 듣고 보니, 던우디 씨가 먼저 언급을 하긴 했어요. 그날 밤 갤러리 문을 닫는데 던우디 씨가 그런 모습을 보여서 미안하다고 하더라고요.」
「그래서 뭐라고 했어요?」
「던우디 씨가 그 일에 대해 아주 불편해하는 것 같아서 저는 그냥 괜찮다고만 했어요. 아무것도 못 봤고 들은 것도 없다고요. 그러니까 던우디 씨가 뭔가 이상한 말을 했어요. 〈사람이 너무 절박하면 어리석은 일을 하게 된다〉고요.」
「대체 뭘 가지고 그런 말을 했을까요?」
「모르겠어요. 하지만 그렇게 말했어요.」
주디스는 흥분의 전율을 느꼈다. 스테펀과 말다툼을 한 그 은발의 남성은 누구일까? 스테펀이 헨리 리거타에서 엘리엇 하워드와 말다툼을 했다는 사실이 기억난 주디스는 묘안이 떠올랐다.
「여기 컴퓨터는 인터넷이 연결돼 있나요?」 그녀가 물었다.
앤토니아는 고개를 끄덕였다.

「그러면 뭐 하나 빨리 찾아 줄 수 있을까요?」

「물론이죠. 뭘 알고 싶으세요?」

「엘리엇 하워드라는 이름이요.」

「그 사람이 여기 왔던 사람인 것 같아서요?」

「그럴 가능성이 있어요. 일단 그 사람 사진을 인터넷에서 찾을 수 있는지 한번 보자고요.」

「좋아요.」 앤토니아가 데스크로 가서 웹 브라우저를 실행했다. 그녀는 검색창에 〈엘리엇 하워드〉라고 입력했다.

「저기 있네요.」 주디스가 가장 첫 번째 검색 결과를 가리켰다.

앤토니아가 그 링크를 클릭하자 말로 경매 회사의 홈페이지가 떴다. 다음 그녀는 〈회사 정보〉라고 적힌 글자를 클릭했고 곧바로 주요 직원들의 이름과 사진을 볼 수 있었다.

제일 첫 번째 이미지는 은발 머리가 어깨까지 내려오는 50대 후반의 잘생긴 남자 사진이었다. 사진 옆에는 말로 경매 전문 회사의 대표 엘리엇 하워드라고 적혀 있었다.

「이 사람이에요! 지난 월요일에 여기에 왔던 사람이요.」 앤토니아가 놀라서 말했다.

주디스는 사진을 더 잘 보기 위해 화면 쪽으로 몸을 기울였다.

「잡았다, 요놈!」 그녀는 화면 속의 남자에게 속삭였다.

5

앤토니아와 만나고 몇 분 뒤, 주디스는 말로 경매 회사에 도착해서 벽에 자전거를 기대 놨다. 경매 회사는 나무 골조 건물로, 어린 시절 아일오브와이트주의 부모님 농장에 있는 거미줄과 삐걱거리는 나무 바닥, 곰팡이 냄새 풍기는 축축한 건초 더미가 쌓인 오래된 헛간을 떠올리게 했다.

어깨에 걸친 망토를 바로잡으면서 주디스는 다음에 뭘 해야 할지 아무런 계획이 없다는 걸 깨달았다. 일단 확실한 것은 엘리엇 하워드를 만나야 한다는 사실뿐이었다. 그녀는 그가 어떤 성향의 사람인지 보고 싶었다.

살인자일지도 모를 남자에게 접근하는 행동이 과연 현명한가 하는 문제는 무시하기로 했다. 한 번도 본 적 없는 사람의 회사에 방문하는 것뿐인데, 무슨 큰일이야 있겠는가? 소장한 미술품을 팔기 위해 찾아온 사람처럼 행동할 수도 있었다. 또는 다른 꾀를 생각해 낼 수도 있었다. 아무

튼 막상 닥치면 뭔가 떠오를 것이다.

주디스가 건물 안으로 들어가자 책상에서 컴퓨터로 뭔가를 작업하고 있는 사람이 보였다. 짙은 색 곱슬머리에 밝은 빨간색 립스틱을 바르고, 웃는 눈매를 하고 있는 50대 여성이었다.

「안녕하세요. 뭘 도와드릴까요?」 여성은 아일랜드 억양으로 상냥하게 말했다.

「안녕하세요. 지금 영업 중인가요?」 주디스가 밝은 목소리로 물었다.

「죄송합니다만 내일까지는 경매품 전시가 없어요.」

「아, 그래요?」

「카탈로그 하나 드릴까요? 이번 주는 주화와 메달인데, 선생님의 관심 분야는 아닐 것 같네요. 더 활발한 활동을 추구하는 남성분들이 주로 관심을 가지는 주제거든요.」 여성은 은밀한 미소와 함께 이렇게 덧붙였다. 「그래도 엘리엇에게는 제가 이런 말 했다고 하지 마세요. 하지만 이번 달 말에 아주 괜찮은 고급 미술품 경매가 있어요. 그쪽이 훨씬 더 선생님 취향에 맞을 것 같네요.」

「사실, 저는 하워드 씨를 만나고 싶어서 왔어요.」

「그러세요? 무슨 일로 만나러 오셨는지 여쭤도 될까요?」

「좋은 질문이네요.」

주디스가 막 이유를 생각해 내려는 찰나, 바로 그녀의 뒤에서 한 남자의 목소리가 들렸다.

「네, 왜 저를 만나고 싶으신가요?」

주디스는 갑자기 당황한 나머지 머릿속이 하얘졌다. 대답할 시간을 벌기 위해 몸을 돌려 뒤를 돌아보자, 온라인에서 본 사진 속 남자가 그녀 뒤쪽의 문간에 느긋하게 기대서 있었다. 어깨까지 늘어진 백발을 한 50대 남자로, 낡은 체크무늬 셔츠 위에 해어진 카디건을 걸치고 황갈색 코듀로이 바지를 입고 브로그 슈즈를 신고 있었다.

엘리엇 하워드였다.

그의 태도에는 뭔가 아주 편안한, 거의 재미있어하는 듯한 우월감이 느껴졌다. 주디스는 그가 나이에 비해 풍성한 머리숱을 가진 것에 대한 과도한 자부심에 머리를 그렇게 기른 것일지도 모른다는 생각이 문득 들었다. 그리고 그렇게 편안해 보이는 데도 그에게 뭔가 불안한 낌새가 느껴졌다.

「아, 당연히 알고 싶으시겠죠.」 주디스는 할 말이 떠오르지 않아서 아무렇게나 말했다.

「그럼요. 그래서 물어본 겁니다. 왜 저를 만나러 오셨나요?」

「아하!」

주디스는 속으로 움찔했다. 〈아하〉라고? 그게 정말 최선의 대답이었어?

그때 컴퓨터 앞에 앉아 있던 여성이 구원의 손길을 뻗었다.

「저기, 두 분이 엘리엇의 사무실로 가시지 그래요? 거기서 대화를 나누세요.」

「그러지, 여보.」 여성에게 미소를 지으며 엘리엇이 말했다. 「당신이 내 상관이니까.」 그는 이렇게 덧붙였지만 그 귀족적인 어조로 봐선 여성은 그의 상관이 아님이 너무나 확실했다.

엘리엇이 사무실로 안내하자 주디스는 어쩔 수 없이 그를 따라갔다. 속으로는 할 말을, 〈어떤 말〉이든 할 말을 찾으려고 노력 중이었다.

「저 사람은 데이지에요.」 엘리엇은 사무실로 들어가서 커다란 사무실 책상 앞에 앉으며 말했다. 「아주 훌륭한 여성이죠. 제 아내이기도 하고요. 왜 저 같은 사람을 참고 같이 살아 주는지 모르겠어요. 그나저나, 뭘 어떻게 도와드릴까요?」

주디스의 머릿속은 여전히 텅 빈 채로 소용돌이가 휘몰아쳤지만 사무실에 들어서자 벽에 걸린 많은 사진들이 눈에 들어왔고, 그래서 다가가 그 사진들을 살펴봤다. 세월에 빛이 바랜 사진들에는 10대 소년이 강에서 조정을 하거나 재킷 차림으로 다양한 은색 우승컵과 메달을 들고 있는 모습이 실려 있었다. 각 사진 위에 있는 문장(紋章)은 말로 지역의 학교인 윌리엄 볼러스 경 중등학교의 것이었고, 아래쪽에 손 글씨로 적힌 소년들의 이름에는 빠짐없이 〈A. 하워드〉라는 이름이 포함돼 있었다.

「오, 조정 선수였군요?」 주디스는 침묵을 메우기 위해 일단 입을 열었고, 그 사진들을 보면서 마침내 영감이 떠올랐다. 「참, 나한테 돈 갚아야죠!」 그녀는 이렇게 불쑥 내뱉었다.

「뭐라고요?」

「맞아요, 좀 더 일찍 말했어야 했는데. 난 주디스 포츠라고 해요. 그리고 당신은 나한테 빚진 게 있어요. 헨리 리거타에서 말이에요. 그때 당신이 참 좋지 않은 행동을 했었죠.」

이 말에 엘리엇은 관심을 보이는 듯했다.

「대체 무슨 얘기를 하는 겁니까?」 그는 이렇게 말했지만, 주디스는 자신의 주장에 그가 약간이나마 동요하는 듯한 인상을 받았다.

「내 생각에는, 당신이 정말 부끄러운 행동을 했다고 느껴져요. 로열 인클로저에서요. 그 남성과 말다툼할 때 당신의 언행을 얘기하는 거예요.」

「그 남성이라니 누굴 말하는 거죠?」

「스테펀 뭐라고 했던가? 말로에서 미술 갤러리를 운영한다던데. 당신이 그분한테 아주 무례하게 굴었잖아요. 그런 다음 나를 밀치고 지나가다가 내가 들고 있던 레드와인을 드레스에 쏟게 했어요. 그때 드라이클리닝 비용이 70파운드가 넘게 들었고요. 그러니까 그 비용을 주셔야겠어요.」

엘리엇은 잠시 주디스의 말을 생각해 보는 듯했다.

「저는 누구에게 술을 쏟은 기억이 없는데요.」 그가 말했다.

「하지만 그날 언쟁이 있었던 것은 부정을 안 하네요.」

「그날 던우디 씨와 저 사이에 의견 차이가 있었던 것은 사실이에요. 하지만 전 당신이 전혀 기억이 안 납니다.」

「그렇겠죠. 그날 당신은 다른 일을 기억하지 못할 만한 상태였으니까. 당신이 소리쳤던 그 불쌍한 남자는 아무것도 잘못한 게 없었어요.」

「오, 분명히 잘못한 게 있었죠.」

「당신처럼 그렇게 심하게 화를 낼 만한 일이 있을 리가 없어요.」

「지금 어떤 상황인지도 잘 모르면서 얘기하고 있군요.」

「그럴 수도 있죠. 하지만 그럼에도…….」

「그는 사기꾼이었습니다.」 주디스의 말을 가로막으며 엘리엇이 말했다.

「뭐라고요?」

「사실, 더 심하게 표현할 수도 있죠. 스테펀 던우디는 협잡꾼이자 거짓말쟁이에요. 그리고 남의 물건을 편취한 사기꾼이었죠. 미안하지만 저는 바쁜 사람입니다. 이제 그만 가주시면 좋겠습니다.」

엘리엇은 냉담한 미소를 지으며 이제 대화가 끝났다고 말한 뒤, 책상 위의 서류를 집어 들고 읽기 시작했다.

「하지만 내 드레스는요?」 주디스는 당황해서 더듬거렸다.

「제 의견이 궁금하시다면,」 엘리엇은 여전히 서류에서 눈을 떼지 않고 말했다. 「당신이 모든 얘기를 지어낸 것 같단 생각이 드는군요. 왜인지는 모르겠지만요. 저는 기억력이 아주 좋고 우리는 전에 만난 적이 없는 게 확실해요. 게다가, 헨리에서 전 어느 누구의 드레스에도 와인을 쏟은 적이 없습니다. 설사 제가 그랬다 해도, 그 피해자가 일이 있고 이렇게 두 달이나 지난 다음에 연락을 하진 않을 거라고 생각합니다. 자, 이제 정말 제 사무실에서 나가 주시기 바랍니다.」

주디스는 뭔가 할 말이 있는 듯 입을 두 번쯤 벌렸다가, 가방을 잡은 손을 여러 번 다시 고쳐 잡았다가 하면서 시간을 벌어 봤지만, 도저히 할 말이 더 생각나지 않았다.

그녀는 사무실을 나가려고 방향을 틀었지만 문을 열려는 순간 멈췄다.

「사기꾼이〈었다〉라는 말은 무슨 뜻이에요?」 그녀가 물었다.

「아직도 안 가셨나요?」 엘리엇은 주디스를 다시 올려다보더니 한숨을 쉬었다.

「네, 그리고 나는 당신이 왜 스테펀의 존재를 과거형으로 말했는지 궁금해요.」

엘리엇은 별일 아니라는 듯이 어깨를 으쓱했다.

「너무 당연한 거 아닙니까? 그는 죽었으니까요.」

「그런데 그걸 어떻게 아셨죠?」

「오늘 아침에 이미 사무실 안에 다 퍼진 얘기예요. 예술계의 원로였던 스테펀 던우디가 비극적인 사고로 하느님께 불려 갔다는 얘기 말입니다. 이번엔 제가 묻고 싶네요. 당신은 어떻게 알았나요?」

「제가 어떻게 알았냐고요?」

「네. 이 경매 회사에서는 스테펀을 아주 잘 알죠. 하지만 당신은 그와 대체 어떤 관계인가요?」

「그 질문은 좀 무례하게 들리네요.」

「아뇨. 상황을 고려해 보면 전혀 그렇지 않죠.」 엘리엇은 의자 등받이에 몸을 기대며 주디스를 살피듯 바라봤다. 다시 한번, 주디스는 엘리엇의 태도에서 뭔가가 느껴졌지만 그것이 도저히 뭔지 파악할 수가 없었다. 그에게서 자꾸 상기되는 이 느낌은 대체 뭘까?

「그래서 무슨 관계입니까?」 그가 다시 물었다.

「사실 나는 그의 이웃이에요.」 그녀는 더 이상 속임수를 쓸 수가 없어서 이렇게 말했다. 「오늘 아침 경찰과 면담을 했어요. 그리고 혹시나 궁금할까 봐 하는 말인데 그의 죽음은 사고가 아니었어요. 누군가가 그를 죽인 거예요.」

「오, 그렇군요!」 엘리엇이 말했다. 왠지 그의 얼굴이 기쁨으로 환해지는 듯했다.

「뭐라고요?」

「정말 누군가가 그를 죽인 거라고 믿는 겁니까?」

「네, 총으로 쏴서요.」

「참 재미있네요. 당신은 드레스 때문에 여기에 온 게 아니죠?」

엘리엇의 미소는 흔들리지 않았지만 눈에서 발하던 빛은 사라졌으며, 주디스는 방 안의 공기가 다 빠져나간 듯한 느낌이 들었다.

「물론 여기엔 드레스 때문에 온 거예요.」 자신의 거짓말을 엘리엇이 다 간파하고 있음을 알면서도 주디스는 이렇게 말했다.

「아뇨, 전 그렇게 생각하지 않아요. 제 생각에 당신은 남의 일에 참견하길 아주 좋아하는 이웃이에요. 몇 주 전 스테펀 던우디와 제가 싸웠고 또 이제 그가 죽었으니, 아마추어 탐정이라도 되는 듯이 여기 와서 괜히 찔러보고 싶었던 거 아닌가요? 제 말이 맞죠?」

「전혀 그렇지 않아요.」

「좋습니다. 그러면 던우디 씨가 정확히 언제 죽었는지 말해 줄 수 있겠네요?」

주디스는 이 질문에 적잖이 당황했다. 엘리엇은 어떻게 사망 시간에 대해서 이렇게 아무렇지도 않게 얘기할 수 있는 걸까? 하지만 이것 또한 그녀가 파악할 수 없는 그의 태도 가운데 일부였다.

「어젯밤 8시경이에요. 어쩌면 8시 10분?」

「당신이 아는지는 모르겠지만, 난 그 시간에 알리바이가 있습니다.」

「정말이요?」

「어젯밤 8시엔 올 세인츠 교회에 있었죠. 사실 난 교회 성가대원이거든요. 벌써 몇 년 됐습니다. 그리고 매주 목요일 밤 7시부터 9시까지 성가대 연습을 합니다. 그래서 그곳에 있었어요. 마침 그것도 신부님 앞에서요. 교회의 관리인과 여러 명의 간사들, 여성 교인들과 함께였습니다. 거기엔 말로 시장님도 있었어요.」

엘리엇은 미소를 지었다. 그리고 주디스는 갑자기 그의 태도가 그녀를 왜 불안하게 하는지 깨달았다. 그는 이 대화를 즐기고 있었던 것이다. 마치 고양이가 쥐를 가지고 놀듯이.

「그리고 걱정 마세요. 드레스 세탁 청구서는 기다리지 않을 겁니다. 우리 두 사람 다 당신이 그 얘기를 지어냈다는 것을 아니까요. 자, 이제 경찰을 부를 테니 여기에서 끌려 나가고 싶지 않으면 그만 나가 주시죠?」

주디스는 대답할 말이 없었다. 몇 년 만에 처음으로, 그녀는 할 말을 잃었다.

6

주디스는 엘리엇과 나눈 대화를 머릿속으로 되새기며 자전거를 타고 말로로 돌아왔다. 〈내가 대체 무슨 생각으로 그랬지?〉 자신의 대담함에 짜릿함을 느끼지 않을 수 없었다. 그녀는 밝은 대낮에 살인자일지도 모르는 남자와 대면했던 것이다! 그리고 그 만남에서 아주 중요한 정보를 얻었다. 특히 엘리엇이 스테펀 던우디를 거짓말쟁이, 협잡꾼, 남의 것을 편취한 사기꾼이라고 생각한다는 사실도 알아냈다. 모두 심각한 범죄의 죄목이 될 수 있었다. 과연 다정한 이웃 스테펀이, 비서인 앤토니아가 완벽한 신사라고 동의했던 그가, 어떤 부류로든 범죄자였을 가능성도 있을까? 그녀에겐 도저히 불가능하게 느껴졌다.

주디스는 중심가를 따라 자전거를 타고 가면서 깊은 생각에 잠겼다. 짙은 회색 망토를 휘날리며 페달을 최대한 세게 밟고 지나가는 동안, 그녀는 동네 주민들이 팔꿈치로 서로를 쿡쿡 찌르거나 흥미로운 듯한 시선을 교환하는 모습을 전혀 눈치채지 못했다. 그녀는 현수교에 다다르기 전에 묘지를 지나서 올 세인츠 교회의 입구로 이어지는 길을 페달에서 발을 뗀 채 달렸다.

자전거를 벽에 기대 놓은 다음, 주디스는 생각을 정리해 봤다. 가장 먼저 떠오른 생각은 간단한 것이었다. 엘리엇은 스테펀의 죽음과 관련이 있다. 그리고 만일 그렇다면 그는 어젯밤 성가대 연습에 참석했을 리가 없다. 그녀는 그 사실을 증명해야 했고, 지금 올 세인츠 교회에 온 것도 그 이유 때문이었다.

주디스는 교회에 정기적으로 나가는 사람이 아니었다. 그녀는 누군가가 물어보면 축제일이나 기념일에만 교회에 간다고 유쾌하게 대답하는 그런 사람들 중 한 명이었지만, 정작 그런 날에도 자신이 교회에 가지 않는다는 사실조차 별로 인식하지 못했다. 하지만 그녀는 콜린 스탈링이라는 사람 좋은 젊은 신부와 목례 정도는 하는 사이였다. 아마 그가 교회에 있다면 엘리엇이 교회 성가대 연습에 나왔었는지 알려 줄 것 같았다.

일단 교회 안으로 들어선 주디스는 잠시 밀려드는 평화를 즐기는 시간을 가졌다. 그녀는 수백 년이나 된 석조 건물이 어떻게 이토록 밝게 느껴지며 통풍도 잘 될 수 있는지 항상 놀라웠다. 저 높은 아치형 천장, 우아한 석조 기둥, 그리고 벽에 걸린 오래된 지역 군대의 깃발과 기치(旗幟) 등을 보니 미소가 절로 지어졌다. 어떻게 보면 영국 성공회는 눈에는 보기 좋지만 확실히 구식이며, 대중적인 인기가 많이 떨어졌다는 점에서 영국이라는 나라에 대한 완벽한 비유라고 할 수 있었다.

코르크로 된 게시판이 교회 입구에 있는 것을 발견한 주디스는 성가대 연습과 관련된 정보나, 혹시라도 성가대원 전체 명단 같은 도움이 될 만한 정보가 있는지 찾아봤다. 그러나 필요한 어떤 정보도 보이지 않았고 그래서 잠시 짜증이 났다. 분명 어딘가에 성가대 관련 공지가 있을 텐데, 어디에 있을까? 주디스는 성가대가 옷을 갈아입는 제의실에서 찾아보기로 했다.

「저기요?」 제의실로 들어가는 참나무 문을 열고 주디스가 소리쳤다. 아무도 없는 것 같아서 그녀는 안으로 들어갔다. 성가대복들과 옷깃들이 벽의 못에 걸려 있었고 신부의 제의가 있을 것으로 예상되는 붙박이장이 있었다. 서류들과 컴퓨터가 있는 책상도 보였지만 그 외에는 특별한 게 눈에 띄지 않았다.

하지만 정말 아무도 없는 건가? 주디스는 마치 누군가가 그녀를 지켜보고 있는 듯한 오싹한 느낌이 들었다. 하지만 어떻게 그게 가능하겠는가? 방에는 그녀 외엔 아무도 없는데 말이다. 다행이다, 그녀는 이렇게 생각했다. 성가대 연습에 대해서 알아볼 수 있는 절호의 기회였다.

주디스는 책상을 뒤져 봤다. 하지만 뭔가 계속 불안한 기분이 들었다. 어떤 육감이 그녀가 지금 혼자가 아니라고 말해 줬다. 하지만 방은 아주 작았고, 숨을 곳도 없었다. 비록 붙박이장이 하나 있긴 했지만, 대체 누가 무슨 이유로 벽장에 숨겠는가?

주디스는 선반에 놓인 성가대 악보를 보고 혹시 성가대원 명단이 있는지 찾아보려고 다가갔지만 그 순간 다시 멈춰야 했다. 여전히 누군가가 자신을 바라보는 게 느껴졌기 때문이었다. 그녀는 자신의 마음을 안심시키기 위해서 벽장으로 다가가 문을 열었다. 벽장 안에는 신부의 제의가 걸려 있었다. 정확히 주디스가 예상했던 대로.

하지만 그녀를 똑바로 쳐다보는 중년 여성도 그 속에 있는 것 같았다.

「오, 안녕하세요?」 주디스가 말했다.

「네, 미안합니다. 이렇게 벽장 안에 들어와 있어서.」 여성이 부끄러운지 얼굴을 붉혔다. 「제가 아주 이상한 사람이라고 생각하시겠네요.」

주디스는 당황하지 않을 수 없었다. 벽장 속의 여성은 이상해 보이기는커녕, 오히려 쉽게 무시할 수 없는 인물처럼 보였다. 그녀는 얼굴에서 빛이 날 정도로 혈색이 좋았다. 40대 초반의 나이, 매끄러운 금발, 퀼팅 조끼와 딱 붙는 제깅스에 밝은 분홍색 운동화 차림이었다. 대체 이 여성은 아무도 없는 교회의 벽장 안에서 뭘 하고 있었던 걸까?

「사실 그다지 평범한 행동은 아니죠.」 주디스가 인정했다.

「제가 설명할게요.」 여성이 다급히 말했다. 「사실 신부님의 그릇을 정리하려고 왔어요.」 여성은 꽃무늬 컵을 몇 개씩 든 양손을 들어 올렸다. 「콜린은 정말 정리를 못하거든요. 그리고 컵들이 벌써 며칠째 그대로 있어서 계속 먼지와 곰팡이가 쌓였더라고요. 전 여기서 누굴 만날 거라고는 생각도 못 했어요. 그런데 누군가가 교회에 들어오는 소리가 들려서 너무 당황했어요. 오늘은 아무도 만나고 싶지 않았거든요. 특히 교인이라면 더더욱요. 아, 세상에, 좀 이상하게 들리죠? 당신은 여기 교인이 아니죠?」

「아니니까 그런 걱정은 마세요.」 주디스가 미소를 지으며 말했다.

「다행이네요! 아, 그러니까 교인이 아니라는 게 다행이라는 말이 아니라, 아, 죄송해요. 말이 점점 더 이상하게 꼬이네요. 어쨌든, 요점은, 제의실로 누군가 오는 발자국 소리를 듣고 벽장에 숨었단 거예요.」

「그리고 문을 닫았고요?」

「맞아요. 좀 미친 사람 같죠? 이런, 제 입으로 말해 버렸네요. 좀 정신 나간 행동이라고 생각하시나요?」

「전혀요. 그나저나 일단 내 소개부터 할게요. 전 주디스 포츠예요.」

「네, 알아요.」

「그래요?」

이번에는 주디스가 놀랄 차례였다. 그녀는 분명히 이 앞에 있는 여성을 전에 본 적이 없었다.

「저는 벡스 스탈링이에요.」 그 여성이 손을 내밀며 말했다. 「이름은 베키지만, 보통 벡스라고 불러요.」

「신부님의 부인이신가요?」 주디스가 기뻐하며 물었다.

「유감이지만 그렇습니다.」 벡스는 수줍은 미소를 지으며 말했다. 「누군가는 신부의 부인이어야 하니까요. 제가 벽장에서 좀 나가도 될까요?」

「그럼요. 어서 나오세요.」

「감사합니다.」 벡스는 인사하고는 벽장에서 나왔다.

벡스가 벽장을 나오자 왠지 난감하고 어색한 기운이 감돌았다. 한쪽이 벽장에 숨은 상태로 처음 만난 중산층 여성 둘이 그 만남을 어떻게 이어 가야 하는지에 대해 정해진 에티켓 같은 건 없었기 때문이다.

「그러니까 제 말은, 이런 게 정상은 아니겠죠? 벽장에 그렇게 숨는 거 말이에요. 그것도 제 나이에.」 벡스가 말했다.

「오, 잘 모르겠어요. 난 대학생 때 1층 방을 사용했는데 보고 싶지 않은 친구가 오면 책상 아래에 숨곤 했어요.」

「정말이요?」

「아주 잠깐 동안이지만요. 적어도 내 생각에는 그랬어요. 알고 보니 그 친구는 내가 정말 보고 싶어서 왔던 거였어요. 내 방 창문 밖에서 거의 세 시간을 기다렸다고 하더라고요. 그러니까 난 책상 밑에서 거의 세 시간을 숨어 있었던 거예요. 하지만 그 친구를 피해서 숨어 있었다는 건 절대 밝힐 수 없었어요. 너무 창피하니까요. 그때 심지어 금속 휴지통에 소변을 봐야 했다니까요. 책상 밑에 숨어서 휴지통에 소변을 보는 게 얼마나 어려운 일인지 모르실 거예요.」

「저도 보통은 벽장 안에 숨는 사람이 아니에요.」 벡스는 공공연히 휴지통에 소변을 봤다고 밝히는, 어쩌면 더 미친 사람일지도 모르는 이 눈앞의 여성에게서 약간 거리를 두면서 말했다.

「그런데 제가 뭘 도와드릴까요? 콜린 신부님을 찾으시나요?」

「오, 아니에요. 별거 아니에요. 그냥 성가대원들 명단이 있는지 궁금해서요.」

「아, 물론 있어요.」 벡스가 제의실의 문 뒤에 붙여 놓은 종이로 다가가면서 말했다. 「여기 있어요.」

주디스는 각기 다른 필체와 잉크로 적힌 서른 명 정도의 이름들을 봤다. 그중 꽤 많은 사람의 이름이 줄로 그어 지워져 있었다.

주디스가 엘리엇 하워드의 이름을 찾으려는데 벡스가 압정으로 고정한 약간 비스듬히 기울어진 종이를 바로잡으려고 했다.

「미안하지만, 잘 안 보이네요…….」

하지만 종이는 또 다른 방향으로 기울어졌고, 벡스는 그것을 또다시 바로잡으려고 했다.

「미안해요. 똑바로 붙어 있지가 않아서요.」

「죄송하지만…….」

벡스는 종이를 벽에서 떼더니 책상으로 가지고 갔다.

「아무래도 다시 작성해야겠어요. 영 엉망이네요.」 그녀는 책상 옆에 있는 프린터에서 A4 용지를 꺼내면서 말했다.

「난 그냥 엘리엇 하워드가 성가대원인지만 보면 돼요.」

벡스는 하던 일을 멈추고 놀라서 주디스를 바라봤다.

「엘리엇이요? 아, 맞아요. 몇 년 동안 성가대원으로 활동 중이에요.」

「그래요?」

「제가 알기로는요.」

「그럼 어젯밤에 성가대 연습이 있었는지 말해 줄 수 있나요?」

「있었어요.」

「그리고 그 사람도 왔고요?」

「네, 왔어요.」

「확실해요?」

「분명해요. 사실은 저도 성가대에서 같이 노래를 하거든요. 그는 바리톤이에요. 저는 소프라노고요.」

「성가대 연습이 몇 시에 있었어요?」

「우선 보이 소프라노들이 총연습을 7시부터 8시까지 하고요. 그다음 8시쯤 소년 성가대를 보내고 어른 성가대원들이 9시까지 연습을 하기 위해 남아요.」

「그럼 엘리엇은 여기에 8시에 왔나요?」

「그는 7시부터 계속 있었어요.」

「확실해요?」

「아주 확실해요. 그런데 그건 왜 물으세요?」

주디스는 뭐라고 말해야 할지 몰라서 주저했다. 그러고는, 종종 그랬던 것처럼, 정직함이 가장 좋은 전략이라고 생각하기로 했다.

「아무래도 그가 살인과 연루된 것 같아요.」

벡스는 의자에서 벌떡 일어났다.

「뭐라고요?」

「솔직히 말하면, 저는 그가 어젯밤에 제 이웃을 죽였다고 생각해요.」

주디스는 놀라 말문이 막힌 벡스를 바라봤다.

「이해해요. 좀 충격적이죠.」 주디스가 공감을 표했다.

「그가 〈살인자〉라는 거예요?」

「그게 그렇게 놀라운 일인가요?」

「물론이죠. 지금 우리가 얘기하는 사람은 엘리엇 하워드잖아요.」

「그 사람을 잘 알아요?」

「잘 몰라요. 당신이 말해서 생각해 보니, 그렇군요. 그는 성가대 자체보다 다른 이들과의 친목을 더 우선시하는 사람이에요. 그런데 무슨 살인이요? 언제 살인 사건이 있었어요?」

주디스는 자신이 이 교회에 오기까지 있었던 일들을 설명했고 벡스는 열심히 경청했다.

「엘리엇이 던우디 씨를 죽였다는 생각에 그와 만나 얘기를 하셨다고요?」 그녀는 주디스가 말을 끝내자 물었다.

「누군가는 해야 할 일이니까요. 경찰은 영 쓸모가 없어요. 그 사람들은 스테펀이 사고로 죽었거나 자살했다고 생각해요.」
「그런데 엘리엇은 어젯밤 7시부터 9시까지 여기 있었어요.」
「그리고 중간에 전혀 빠져나가지 않은 게 확실해요?」
「오, 네. 확실해요.」
「단 몇 분도요?」
「8시쯤에는 항상 잠깐 휴식 시간을 가져요. 소년 성가대원들이 떠날 때요. 그래서 사람들이 화장실을 가죠. 그러니까 그때 엘리엇이 자리를 비웠을 가능성은 있어요.」
「그럼 엘리엇이 8시에 연습에서 빠져나가 나머지 시간에는 돌아오지 않았을 수도 있나요?」
「글쎄요. 잘 모르겠어요. 그렇게 말씀하시는 걸 들으니, 엘리엇이 7시에 도착하는 걸 본 기억은 있는데 그 이후에 계속 있었는지는 확실하지가 않아요. 화장실 가는 시간에 나가서 다시 돌아오지 않았을 가능성도 있겠네요. 제가 말씀드린 것처럼, 그 사람과 저는 얘기를 자주 나누는 사이가 아니거든요.」
주디스는 흥분하지 않을 수 없었다. 엘리엇이 8시경에 연습에서 빠져나갔다면, 차를 타고 스테펀의 집으로 가서 8시 반에 그를 쏘아 죽일 수 있었다. 시간이 좀 빡빡하지만, 가능한 일이었다.
「교회에 방범 카메라 같은 건 없겠죠? 어떤 종류든 어제 성가대 연습을 하던 장면을 보여 주는 녹화 영상 같은 것 말이에요. 혹은 사람들이 오고 가는 모습이 찍힌 거라든지.」

「사실 있어요. 2층 좌석 쪽에 작은 CCTV가 있죠. 누가 불법 침입을 한다거나 반사회적인 행동을 할 경우를 대비해서요.」

「그럼 어젯밤 영상을 볼 수 있을까요?」

주디스는 자신의 제안이 벡스를 놀라게 했음을 알 수 있었다.

「그건 잘 모르겠어요. 콜린의 컴퓨터에 있는 내용을 당신에게 맘대로 보여 줘선 안 될 것 같은데요.」

주디스는 벡스를 잠시 살펴본 다음 가방을 뒤져 휴대용 사탕 통을 꺼냈다. 뚜껑을 열자 설탕 가루가 살짝 뿜어져 나왔다. 그녀는 사탕 통을 벡스에게 내밀었다.

「사탕 하나 먹을래요?」 주디스가 물었다.

「괜찮아요.」 자신에게 사탕을 권했단 사실에 놀라며 벡스가 대답했다. 내가 사탕 같은 걸 먹는 사람처럼 보이나?

주디스는 벡스가 어떻게 할지 고민하는 동안 사탕을 입안에 넣고 우물거렸다.

「그렇다면 어쩔 수 없네요.」 주디스는 사탕 통을 딸깍하고 닫은 뒤 다시 가방에 넣었다. 「경찰을 불러야겠어요.」

「경찰이 봐야 한다고 생각하세요?」

「안타깝지만 필수적인 절차죠. 제가 엘리엇에 대해 말하기만 하면 수색 영장을 가지고 경찰들이 이곳으로 들이닥칠 거예요. 그러면 안 좋은 소문이 퍼질 테고, 언론에서도 접근할 거예요. 그 사람들이 어떤지 잘 알잖아요. 주변 관목 숲에 파파라치들이 숨어서 당신이 쓰레기를 버린다든가 하는 별로 보기 좋지 않은 모습을 사진으로 찍어서 신문에 도배할 거예요.」

벡스는 주디스가 말을 다 마치기도 전에 컴퓨터의 화면을 깨웠다.

「그러면 안 되죠. 당신 말이 맞아요. 경찰이 엮이기 전에 우리가 직접 먼저 보는 게 좋겠어요.」

주디스는 다정한 미소를 지어 보였다.

「아주 잘 생각했어요.」

벡스는 컴퓨터 모니터에서 아이콘을 이것저것 클릭하더니 성가대석을 비롯한 교회의 주요 장소를 실시간으로 보여 주는 흑백 영상을 열었다.

벡스가 그 영상을 더블 클릭하자 그와 똑같은 또 다른 영상을 보여 주는 창이 떴지만 날짜는 하루 전이었다. 주디스는 벡스가 마우스로 영상의 시간을 조절하는 막대를 뒤로 끌어 시간을 저녁 7시 정도에 맞추는 것을 지켜봤다. 그러자 성가대석의 맨 앞줄은 소년들로, 뒷줄은 스무 명 정도의 남성들과 여성들로 자리가 채워지기 시작했다.

그리고 뒷줄에 선 엘리엇 하워드가 보였다.

「정말 믿을 수가 없어요.」 벡스가 공포에 질려 말했다.

「뭐가요?」 엘리엇 하워드가 살인자인지 아닌지가 판가름 나는 순간일지도 모른다는 생각에 흥분이 앞선 주디스가 물었다.

「제가 정말 저렇게 뚱뚱해요?」 친구들과 수다를 떨고 있는 자기 모습을 가리키며 벡스가 말했다.

「하나도 안 뚱뚱해요.」

「저렇게 보이는 게 맞다면 뚱뚱한 거예요.」

「내 말 믿어요. 정말 하나도 안 뚱뚱해요.」 주디스가 말했다.

「안 되겠어요. 앞으로 유제품을 다 끊어야겠어요.」

주디스는 되도록 공감해 보려고 노력했다. 사람들은 대체 왜 있는 그대로의 모습에 만족하지 못하는 걸까? 하지만 벡스처럼 그 사실에 완전히 꽂혀 있는 사람과 논쟁하는 것은 아무 의미가 없었다. 대신 주디스는 벡스와 함께 모니터를 바라봤다.

「저 사람이 엘리엇이죠?」

벡스는 화면을 집중해서 봤다.

「맞아요. 앞으로 빨리 돌려서 그가 혹시 나가는지 봐요.」

벡스가 영상이 빠르게 재생되도록 하는 버튼을 여러 번 눌렀다. 그러는 동안 주디스는 성가대 지휘자와 성가대원들이 모두 제자리를 지키고 있음을 볼 수 있었다. 그리고 시간이 8시 정도가 되자, 소년 성가대원들은 갑자기 모두 사라지고, 많은 어른 성가대원들도 자리를 떠나 서로 수다를 떨거나 가끔 몇 분 동안 자리를 비웠다. 하지만 엘리엇은 계속 자신의 자리에 남아 있었다.

8시 7분이 되자, 성인 성가대원들은 다시 모두 성가대석으로 돌아왔고 연습이 재개됐다. 그리고 엘리엇은 조금도 움직이지 않았다. 단 한 순간도. 그는 휴대 전화를 꺼내 전화를 걸거나 확인을 하지도 않았다. 그저 아주 조용히 생각에 잠긴 채 혼자 그 자리에 그대로 있었다.

「아무 데도 가지 않았네요.」 주디스가 실망해서 말했다.

「뭐, 다행이네요.」 벡스가 말했다.

벡스는 계속 영상을 뒤로 돌렸고, 두 여성은 엘리엇이 성가대 연습이 모두 끝난 9시가 살짝 지날 때까지도 자리를 전혀 벗어나지 않았음을 알게 됐다.

벡스가 마우스를 누르고 있던 손가락을 떼자, 영상은 정상 속도로 재생되기 시작했다.

「자, 이제 됐죠. 엘리엇은 저기에 7시부터 9시까지 있었네요. 그는 당신이 말하는 살인자가 아니에요. 다행히도.」 벡스가 말했다.

「그런 것 같네요.」

주디스는 뭔가 속은 느낌이 들었다. 이것은 그녀가 찾던 답이 아니었다. 주디스는 엘리엇이 연습을 끝내고 다른 남자 셋과 가볍게 수다를 떨며 나가는 모습을 보면서, 그가 살인 같은 일에 연루될 만한 사람처럼 보이지 않는다는 것을 인정해야 했다. 그는 여유 있어 보였고 좋은 사람 같았다.

「잠시만요. 방금 저게 뭐죠?」 주디스가 모니터를 가리켰다.

엘리엇은 막 친구들과 함께 화면 밖으로 나간 상태였다.

「뭐가요?」

「엘리엇이 나가기 전으로 다시 돌려 봐 줄래요?」

벡스는 영상을 앞으로 돌렸고 엘리엇과 그의 친구들은 화면 속으로 다시 뒷걸음질 치며 들어왔다.

「거기에서부터 재생해 줘요.」 주디스가 부탁했다.

벡스가 재생 버튼을 누르자 엘리엇과 친구들은 다시 통로를 걸어가기 시작했다.

이번에는 주디스와 벡스 모두 그것을 봤다.

그들이 화면에서 사라지기 직전, 엘리엇이 카메라를 똑바로 바라봤다. 하지만 카메라를 바라본 다음 바로 고개를 돌리더니 친구의 등을 두드리고 함께 즐겁게 수다를 떨며 나갔다.

「카메라를 바라보네요.」 벡스가 말했다.

「맞죠? 카메라가 거기에 있다는 것을 알고 있었어요.」

「몇 년이나 있었으니 당연히 알겠죠. 그냥 우연히 본 게 아닐까요?」

「아닌 것 같아요. 당신도 봤잖아요, 그렇죠? 그 표정.」

벡스는 입술을 깨물었다. 그것은 사실이었다. 그녀 역시 그 표정을 봤다.

「누군가가 이 영상을 볼 거라는 사실을 아는 듯한 표정이었어요. 그의 알리바이를 확인하려고 말이죠. 그리고 아주 찰나의 순간, 그의 자아가 참지 못하고 저렇게 카메라를 바라본 것 같아요. 카메라를 보지 않고는 못 배겼던 거죠.」

「그러면 저 표정에 대해선 어떻게 생각해요?」

「저게 정확히 어떤 표정인지 나는 알아요. 저건 승리의 표정이에요.」

두 여성은 서로를 바라봤다. 그들은 주디스의 말이 정확하다는 것을 알고 있었다. 엘리엇은 분명 의기양양한 표정으로 카메라를 쳐다봤다.

벡스가 몸을 부르르 떨었다.

「미안해요. 오래된 석조 건물이라 한여름에도 추워요.」

「괜찮아요. 그럼 우리 이제 다음 단계로는 뭘 할까요?」 주디스가 말했다.

「네?」

「저 영상으로는 엘리엇이 살인자가 될 수 없다는 걸 알았잖아요. 하지만 그는 분명 스테펀의 살인 사건과 관계가 있어요. 어떻게 했는지는 모르겠지만 그는 동시에 두 장소에 있을 수 있었을 거예요. 아니면 누군가에게 죽이도록 시켰거나요. 어쨌든 엘리엇이 카메라를 향해 지은 표정을 보면, 분명 그는 죄가 있어요. 그렇게 생각하지 않아요?」

「잠깐만요. 그런데 〈우리 이제 다음 단계로는 뭘 할까요〉란 말은 무슨 뜻이에요?」

「우리 두 사람은 어떻게 보면 이 세상에서 엘리엇이 어떤 방식으로든 스테펀의 죽음과 관련이 있다는 것을 알고 있는 유일한 사람들이잖아요. 그러니까 그가 어떻게 했는지를 알아내는 건 우리한테 달려 있죠.」

「오, 아니요. 저는 가담하고 싶지 않아요. 이건 경찰이 할 일이잖아요. 그 사람들이 알아서 하게 둬야죠. 그게 경찰이 하는 일이니까요. 범죄자나 살인자를 잡는 일이요. 반면 제 일은 샌드위치를 만드는 거예요. 차와 비스킷을 손님에게 대접하고, 아이들을 키우고, 남편 뒷바라지를 하고요. 그러니까, 미안하지만, 만나서 반가웠어요, 주디스. 하지만 저는 동참할 수 없어요.」

그리고 그 말을 끝으로 벡스는 안절부절못하며 그 방을 나갔다.

주디스는 혼자 미소를 지었다. 자신에게도 저렇게 젊었던 시절이 있었다. 비록 벡스처럼 신경과민이거나 남들이 자신을 어떻게 생각할지 지나치게 걱정하진 않았지만. 하지만 주디스의 기준에서는 커피 컵 몇 개를 들 수 있는 사람이라면, 그리고 그렇게 재빨리 벽장 안에 숨을 수 있는 사람이라면 충분했다. 주디스는 벡스를 다시 만나기를 기대했다.

하지만 그동안에 엘리엇이 연루된 사실을 어떻게 증명해야 할까?

7

주디스와 만난 후 벡스는 교회 옆에 있는, 건물 정면이 아치 형태로 장식된 아름다운 조지아 양식 주택인 사제관으로 돌아갔다. 하지만 그녀는 마음을 진정할 수가 없었다. 살인 사건과 간접적으로나마 엮였던 방금 일은 벡스가 인정하고 싶은 것보다 훨씬 더 그녀를 동요시켰다. 그래서 마음을 가다듬기 위해 그녀가 불안할 때마다 하는 일, 즉 청소를 시작했다. 이미 잘 부푼 쿠션을 다시 매만지고 벽에 똑바로 걸린 그림을 다시 똑바로 하고 진공청소기로 번지 하나 없는 부엌 바닥을 청소했다.

열네 살짜리 아들 샘이 휴대 전화를 들여다보며 무기력하게 부엌 테이블에 앉아 있었다.

「누나는 어디 있니?」

「몰라. 아마 어딘가에서 마약이나 흡입하고 있겠지.」 샘은 휴대 전화에서 눈을 떼지도 않고 말했다.

「그런 식으로 말하지 마!」 벡스가 소리쳤다.

비록 샘은 농담으로 한 말이었지만, 샘이 규칙을 잘 지키는 성적 좋은 모범생인 것에 비해 열여섯 살짜리 누나 클로이는 그 정반대라는 걸 이미 샘과 벡스 두 사람 다 알고 있었다. 클로이의 관심사는 오직 친구들과 놀러 다니거나 파티에 가는 것뿐이었다. 하지만 솔직히 말해서 벡스 자신도 클로이의 나이였을 때는 별반 다르지 않았다는 것도 인정하고 있었다. 다만 벡스가 걱정하는 건 클로이의 태도였다.

그렇다고 해서 벡스가 샘을 제대로 이해한다고 볼 수도 없었다. 적어도 벡스가 아는 바로는 작년쯤부터 샘은 아주 많이 의기소침해졌고, 학교에 있을 때를 제외하고 그가 가진 의미 있는 사회적 관계라고는 아끼는 햄스터와 보낸 시간이 전부였다.

「여보, 오늘 예쁘네.」 검은 양복에 흰 칼라와 빕[16]을 두른 콜린 스탈링 신부가 방으로 들어오면서 말했다.

「무슨 그런 말을 해요? 이건 그냥 요가복인데.」 벡스가 쏘아붙였다.

세심함이 부족한 남편의 태도에 화가 난 벡스는 옷을 갈아입으려고 위층으로 올라갔다. 마음 깊은 곳에서는 자신이 좀 비이성적으로 행동했다는 것을 알고 있었지만, 불안한 마음을 떨쳐 낼 수가 없었다.

침실로 간 그녀는 휴대 전화를 집어 들고 혹시 클로이에게서 연락이 왔는지 살펴봤다. 아무런 메시지도 없었다.

16 성공회 신부가 두르는 목 부분의 흰 칼라 밑으로 내려오는 작은 천.

「벡스?」 콜린이 계단 맨 아래쪽에서 불렀다. 「오늘 저녁에 톰 루이스 소령 부부가 식사하러 오는 거 잊지 않았지?」

벡스는 대답하고 싶지 않았다. 물론 그녀는 저녁 식사에 손님이 온다는 걸 알고 있었다. 이미 아침 6시에 일어나 회향으로 문지른 삼겹살을 전기 찜솥에 넣어 열 시간가량 익도록 준비해 놓은 터였다. 비록 소령은 잔뜩 취한 채로 도착할 것이고, 소령 부인은 벡스가 뭔가 기준을 충족하지 못한 것을 하나라도 발견하면 모든 부분에 대해 비판을 늘어놓을 테지만 말이다.

벡스는 대체 자신의 삶이 어디서부터 잘못됐나 생각하지 않을 수 없었다. 그렇다고 불행하다는 말은 아니었다. 불행한 것과는 거리가 멀었다. 하지만 행복하지도 않았다. 두 사람이 처음 만났을 때 콜린은 은행원이었고 두 사람 다 기독교 신자였지만 콜린은 결혼 전에 성직자가 되고 싶다는 뜻을 전혀 비친 적이 없었다. 클로이가 태어난 뒤, 그는 자신이 버는 그 모든 풍족한 돈에 대해 〈회의〉를 가지기 시작했다. 그리고 샘이 태어난 직후, 돈이 그 어느 때보다도 가장 절실히 필요한 때에 그는 소위 신의 〈부름〉을 받았다. 벡스는 좋은 아내로서, 부유한 은행원에서 촌구석 신부로 급격하게 직업을 전환한 남편을 지지해 줬다.

그리고 그 후 오랫동안 그녀는 가정주부, 아내, 그리고 엄마로 살았다. 모두 훌륭한 역할이었고 자신의 인생이 이렇게 축복받은 것은 행운이라고 스스로 되뇌어 왔지만, 사실 그녀의 모든 것은 자기 자신이 아닌 다른 사람에 의해 정의된 것임을 계속해서 깨달을 수밖에 없었다. 그녀는 〈아이들〉의 엄마, 〈신부〉의 부인, 그리고 〈가정〉의 주부였다.

벡스는 휴대 전화에서 소셜 미디어 앱을 열었다. 그리고 남편이 말로의 신부가 된 지 얼마 안 됐을 적 가입했던 커뮤니티를 찾았다. 그 커뮤니티의 이름은 〈말로 지역 수다방〉이었다. 처음 가입했을 때 벡스는 실명 대신 〈제제벨〉이라는 이름을 사용했다. 그런 익명성 덕분에 온라인에서는 더 자유롭게 의견을 얘기할 수 있었다. 하지만 몇 년 전 커뮤니티 활동을 그만뒀다. 또 다른 자아를 가지고 있다는 건 중독성이 너무 컸고, 그녀가 실제 자신보다 그 다른 자아를 더 좋아한다는 의심이 들면서 그게 건강하지 않다는 걸 깨달았기 때문이었다.

오랜만에 그녀는 토론 게시판에 들어갔다. 현재 대화가 진행 중인 게시물을 재빨리 훑어보니, 여전히 대부분은 시모어 공원으로 이주당할 것을 두려워하는 캐러밴 여행객들이나[17] 개 배설물을 치우지 않는 문제 같은 것에 대한 내용이었다. 말하자면 거의 변화가 없었다.

벡스는 새로운 게시물을 작성했다.

오래된 가구를 팔고 싶은데요. 말로 경매 회사를 이용해 볼까 생각 중이에요. 하지만 그 경매 회사 대표 엘

17 여행객들의 걱정대로 이후 2021년 6월 경찰이 출동해 윈저성 근처 30여 대의 캐러밴을 몇 킬로미터 떨어진 시모어 공원으로 이주 조치 했다.

리엇 하워드에 대해 나쁜 소문이 돌던데, 그 사람 믿을 만한가요?

그녀의 손가락이 〈게시하기〉 버튼 위를 맴돌았다. 이렇게 대담하게 행동해도 되는 걸까? 낮 시간 동안에는 온화한 태도의 신부 부인으로서 행동하고, 초저녁에는 익명의 사이버 전사로서 행동하고?

그녀는 자기도 모르게 게시 버튼을 눌러 버렸고, 글이 올라갔다.

짜릿한 전율이 몸을 훑고 지나갔다. 그녀는 자신이 이렇게 대담한 행동을 했던 게 언제였는지 기억도 나지 않았다.

이튿날 아침, 주디스는 책상에 앉아 〈어깨shoulder〉라는 단어에 맞는 만족스러운 힌트를 생각해 내려고 골머리를 앓았다. 그녀는 최근에 이 단어가 조건문과 관련된 단어 〈should〉와 뭔가 주저할 때 내는 소리인 〈er〉의 조합이라는 걸 깨달았다. 이 두 단어에서 〈should〉 부분을 다르게 발음한다는 점이 재미있었고, 의무를 표현하는 〈should〉 뒤에 따라붙은 불확실의 의미를 가진 〈er〉 사이에 분명 뭔가 만족스러운 연결점을 만들 수 있을 거라는 사실을 본능적으로 느꼈다. 하지만 그녀가 힌트를 완벽하게 만들려고 집중할 때마다, 그녀를 만났을 때 자신에 차 있던 엘리엇 하워드의 모습이나 교회 CCTV 카메라를 훌깃 바라보며 의기양양한 표정을 지었던 그의 표정이 자꾸만 떠올랐다.

그리고 엘리엇 때문에 집중력이 흐려지고 있는 와중에, 불쌍한 스테펀에 대한 생각도 멈출 수가 없었다. 그녀는 스테펀과 얼굴을 마주 보고 했던 유일한 대화를 떠올렸다. 몇 해 전 겨울 온 동네가 눈으로 뒤덮였을 때, 주디스가 괜찮은지 확인하기 위해 스테펀이 찾아온 적이 있었다. 보급품을 가져다주고 난로를 지필 나무가 충분한지 살펴보러 와준 그 모든 행동이 주디스에게 며칠 동안 얼마나 큰 위안이 됐는지 스테펀은 아마 몰랐을 것이다. 게다가 그는 다른 사람들과는 달리, 주디스가 홀로 생활하는 것에 대해 한 번도 참견하거나 판단한 적이 없었다. 그리고 저택이 어떻게 생겼는지 궁금해서 안으로 들어오려고 한 적도 없었다. 대부분의 사람들은 웅장한 외관과 비교해 내부는 또 얼마나 대단한지 확인하고 싶어서 안달이었다. 하지만 스테펀은 달랐다. 그는 예의 바르고 정중했으며, 주디스가 다가오는 폭설에 문제없이 지낼 준비가 잘돼 있는지를 확인하자마자 잘 지내라는 인사를 전하고 떠났다.

좋은 사람이었는데, 주디스는 이렇게 생각하고는 그날 아침 수도 없이 그랬던 것처럼 창밖으로 이제는 텅 빈 스테펀의 집 쪽을 바라봤다.

그때 정원에 한 여성이 서 있는 것을 발견했다.

주디스는 어느 정도 시간이 지나서야 지금 눈에 보이는 게 무엇인지 비로소 파악했다.

스테펀의 정원에 사람이 있다!

주디스가 벌떡 일어나는 바람에 연필이 바닥으로 굴러 떨어졌다. 그녀는 현관문으로 성큼성큼 걸어가서 어깨에 망토를 걸치고 밖으로 뛰쳐나갔다. 〈누구지? 대체 스테펀의 집에서 뭘 하는 거지?〉

주디스는 빳빳하게 자란 잔디를 헤치고 정원을 가로질러 강 가장자리에 멈춰 섰다. 여성은 잔디밭에 선 채로 몸을 천천히 이리저리 돌렸다. 마치 자신이 어디에 있는지 파악하려 하는 것처럼 보였다. 어두운 색의 티셔츠에 청바지를 입은 여성의 머리칼은 풍성하고 짙은 적갈색이었다. 아주 야성적으로 보이는, 밝은 구리색 머리칼이었다. 꼭 라파엘 전파 회화 같다, 주디스는 생각했다.

「저기요!」 주디스가 소리쳤다.

여성이 주디스의 목소리에 돌아섰다.

「안녕하세요! 난 주디스 포츠라고 해요. 스테펀의 이웃이죠. 내가 뭐 도울 일이 있을까요?」

주디스의 눈이 예전 같지 않아서 여성의 표정을 확실히 구분하기는 어려웠지만, 그녀는 주디스의 갑작스러운 등장에 당황한 것이 분명했다. 주디스는 여성이 돌아서서 도망가듯 달려가는 것을 보고, 모든 의혹이 사라졌다.

「난 그냥 인사만 하려던 거예요!」 주디스는 달려가는 뒷모습을 향해 소리쳤지만 소용없었다. 여성은 이미 스테펀의 집 옆을 돌아 사라진 뒤였다.

8

타니카 말릭 경사가 스테펀 던우디의 죽음에 관한 총기 보고서를 읽고 있는데 주디스 포츠라는 사람이 로비에서 그녀를 기다리고 있다는 구내전화가 걸려 왔다. 말릭 경사는 잠시 의아해했으나, 경찰관에게 포츠 씨를 회의실로 안내하고 몇 분 뒤 그쪽으로 가겠다는 말을 전하라고 지시했다. 말릭 경사에게는 먼저 처리해야 할 긴급한 사안이 있었다.

그녀는 보고서의 맨 위에 적혀 있는 번호로 전화를 걸었다.

「그러니까 던우디 씨를 살해한 총알이 골동품이라는 말입니까?」 통화가 연결되자마자 그녀는 감식반 요원에게 곧바로 물었다.

「맞습니다.」 전화기 건너편에서 여성이 말했다.

「확실한가요?」

「던우디 씨의 두개골에서 수습된 것은 7.65밀리미터×

21밀리미터의 총알로, 제2차 세계 대전 때까지 독일군이 사용했던 매우 특정한 크기입니다.」

「정말입니까?」

「그렇습니다. 그 총알은 제2차 세계 대전 당시 사용됐던 독일 루거 권총에서 발사된 것입니다.」

「그 오래된 총알이 아직도 사용 가능 한가요? 70년이나 된 총알이?」

「독일 사람들은 권총을 아주 잘 만들었어요. 지금도 그렇죠. 당연히 아직 사용 가능 합니다.」

말릭 경사는 감식반 요원에게 협조해 줘서 감사하다는 인사를 전한 뒤 전화를 끊었다. 영국 경찰 치안 업무에서 알려진 진리 중 하나는 권총을 손에 넣는 게 정말 어렵다는 사실이었다. 작동 가능 한 골동품 총을 구하는 것 역시 마찬가지였다. 골동품을 전문으로 취급하는 사람이 아니라면 말이다.

주디스와 두 번째 대화를 나눈 후, 말릭 경사는 주디스가 제보한 정보를 확인하기 위해 엘리엇 하워드에게 전화를 걸었다. 엘리엇은 스테펀과 헨리 로열 리거타에서 다퉜다는 사실을 선뜻 시인했지만, 스테펀이 자신의 시야를 가렸기 때문에 벌어진 말다툼이었다고 말했다. 그리고 비록 말다툼이 다소 격앙됐던 건 사실이지만 6주 전의 일이고, 이제는 다 지나간 사건이라고 했다.

감식반의 보고서에 따라 사망 당일 스테펀이 저녁 7시에서 10시 사이에 총을 맞은 것으로 추정되기 때문에 말릭 경사는 엘리엇에게 그날 그 시간 동안 어디에 있었는지 행적을 물었다. 그는 올 세인츠 교회에서 성가대 연습을 하고 있었으며, 그 뒤로는 술집에 가서 맥주를 한잔했고 10시 경까지 그곳을 떠나지 않았다고 말했다.

말릭 경사는 엘리엇의 말투가 마음에 들지 않았다. 마치 자신의 전화를 기다렸고, 또 준비하고 있었던 것처럼 유들유들했다. 경험상 일반적으로는 경찰의 조사 대상이 된 것만으로도, 특히 그것이 살인과 관련된 경우에는 매우 당황하는 것이 보통이었다. 하지만 말로 교구의 신부에게 전화를 걸었을 때 엘리엇의 얘기는 모두 사실이었던 걸로 확인됐다. 게다가 신부는 성가대 연습이 끝난 후 엘리엇과 함께 술집에 갔으며, 7시부터 10시 사이에 그와 계속 한 공간에 있었다고 말했다. 엘리엇의 알리바이를 그 지역의 신부가 증명했다는 점을 감안해, 말릭 경사는 더 이상 조사를 진행하지 않았다.

하지만 이제 그녀는 살인 도구가 골동품 독일 권총이었음을 알게 됐다. 그를 다시 조사해야 할까? 아니면 그냥 우연의 일치일까? 말릭 경사는 그런 생각을 떨쳐 버리려고 애썼다. 스테펀 던우디는 자살한 것이다. 그것만이 타당한 설명이었다. 비록 그가 오래된 권총을 사용했더라도 말이다.

말릭 경사는 곰곰이 생각했다. 하지만 청동 메달의 미스터리는 여전히 남아 있지 않은가?

얼마 전까지는 청동 메달이 이 사건에서 말릭 경사에게

의심을 품게 한 유일한 단서였다. 잠수부들이 시체를 강에서 끌어 올렸을 때, 스테펀의 재킷 단춧구멍에서 은체인으로 연결된 2파운드짜리 동전만 한 작은 메달이 발견됐다. 그 메달은 칙칙한 갈색으로 분명히 아주 오래된 것이었다. 메달에는 가장자리를 따라 소용돌이처럼 잎사귀무늬가, 정중앙에는 〈믿음〉이라는 글귀가 새겨져 있었다. 그녀의 팀원 중 메달이 그런 방식으로 재킷에 부착돼 있는 경우를 본 사람은 한 명도 없었고, 그 이유만으로도 그건 매우 이례적인 것이었다.

하지만 오래된 종교적 상징은 살인 사건을 입증하는 증거가 되기엔 많이 불충분했다. 골동품 독일 루거 권총이 증거가 될 수 없는 것과 마찬가지로.

주디스를 만나러 가는 도중에 말릭 경사는 잠시 경찰관 중 한 명의 책상에 들렀다.

「총을 찾았나요?」

「아직이요. 잠수부들이 오늘 강바닥 수색을 마쳤습니다. 아무것도 찾지 못했답니다.」 경찰관이 대답했다.

「그럼 연못은?」

말릭 경사의 추론 중 하나는, 스테펀이 정원 연못과 강을 분리하는 벽돌 담 위에 서 있던 게 아닐까 하는 것이었다. 그곳에 선 채로 자신의 머리에 총을 쐈고, 그러면서 총은 그가 뒤쪽의 강으로 떨어지는 순간 연못에 빠졌을 거라고 말이다.

「연못 쪽도 찾아봤답니다. 총은 없었고요.」

「확실해요?」

「물론 1백 퍼센트 확신할 수는 없죠. 연못과 강을 모두 샅샅이 파내기 전에는요.」

「그렇게 해야 할 수도 있죠.」

마침내 주디스를 만난 말릭 경사의 머릿속은 이런저런 생각으로 가득 찬 상태였다.

「기다리시게 해서 죄송합니다.」 말릭 경사는 회의실에 앉으며 말했다.

「괜찮습니다. 한창 바쁘시겠죠. 시간을 너무 많이 빼앗지 않도록 용건만 간단히 말할게요. 내가 알게 된 몇 가지를 형사님도 알아야 할 것 같아서 왔어요. 좀 급한 사안이라.」 주디스가 말했다.

「좋습니다. 말씀하시고 싶은 게 뭐죠?」 말릭 경사는 수첩과 펜을 꺼냈다.

주디스는 스테펀의 갤러리에 갔다가 비서인 앤토니아 웹스터로부터 듣게 된 말을 전했다. 엘리엇 하워드가 스테펀이 죽기 전 월요일에 찾아와서 두 사람이 말다툼을 했고, 스테펀은 엘리엇에게 경찰을 찾아갈 수도 있다고 했었다.

말릭 경사는 놀라지 않을 수 없었다. 그녀가 엘리엇을 조사 대상에서 제외하자마자, 바로 다시 등장한 것이다.

「던우디 씨가 그렇게 말했다고요? 정말인가요?」 말릭 경사가 물었다.

「〈지금 당장이라도 경찰서에 갈 수 있어〉, 이것이 정확히 그가 엘리엇에게 한 말이에요. 앤토니아가 해준 얘기에 따르면요. 그리고 그 뒤에 앤토니아가 스테펀과 그 일에 대해 대화했을 때, 그가 〈사람이 너무 절박하면 어리석은 일을 하게 된다〉고 말했다 해요.」

「엘리엇이 뭔가 절박했다는 의미인가요?」

「바로 그거예요!」

「만일 스테펀이 자신을 지칭한 거라면요? 그가 자살을 했을 가능성이 있다고 봤을 때요. 〈사람이 너무 절박하면 어리석은 일을 하게 된다〉라는 말은 자신이 자살을 할 거라는 암시일 수도 있죠.」

주디스는 짜증이 난다는 듯 손을 위로 던지는 몸짓을 해 보였다.

「아직도 자살이라고 생각하는 건 아니죠?」

「가능한 가정 중 하나죠.」

「분명 유서도 없었을 거잖아요, 안 그런가요?」

말릭 경사는 얼굴을 찌푸렸다. 사실 주디스의 말이 옳았다. 그들은 스테펀의 몸에서 유서를 발견하지 못했다. 그의 집에서도 마찬가지였다.

말릭 경사는 스테펀의 시신을 생각할 때마다 수색 팀이 찾은 청동 메달이 떠올랐다. 그녀는 좀 더 조사를 해보기로 결심했다.

「던우디 씨가 종교적인 사람이었다고 생각하세요?」

「네?」

말릭 경사는 스테펀의 재킷에서 〈믿음〉이라고 새겨진

메달을 발견했다고 설명했다.

「그러니까 배지처럼 달고 있었다는 말인가요?」

「네. 비슷합니다.」

「재킷에 어떻게 달려 있었나요?」

「재킷의 가운데 단춧구멍과 연결된 짧은 체인에 달려 있었습니다.」

「오, 조정 경기에서 선수들이 다는 배지처럼 말이군요.」

「맞습니다. 딱 그런 식으로요.」

「그렇군요. 글쎄요, 스테펀이 특별히 종교적인 사람이었는지는 모르겠어요. 나도 교회를 그렇게 자주 가는 사람이 아니라 알 수 없죠. 그런데 아직 내 질문에 대답을 안 했어요. 유서를 찾았나요?」

「죄송합니다만, 일반 시민과는 그런 수사 진행 사항을 공유할 수 없습니다.」

「난 그저 유서를 발견했는지 알고 싶을 뿐이에요. 왜냐하면 그는 자살한 게 아니니까요. 엘리엇 하워드가 그를 죽인 거예요.」

「제발 그런 말씀은 그만하셨으면 합니다. 하워드 씨는 그 일을 저질렀을 수가 없어요.」

「오, 그가 성가대 연습을 하고 있었기 때문에요?」

「그건 대체 어떻게 아셨습니까?」

「앤토니아에게 두 사람이 사무실에서 싸웠다는 얘기를 듣고 나서 엘리엇 하워드한테 찾아갔었거든요.」

「어딜 가셨다고요?」

「그를 꼭 직접 만나 봐야만 했어요.」

「그게 현명한 행동이라고 생각하세요?」

「우리가 현명한 행동만 한다면 아무 일도 이뤄지지 않을 거예요. 어쨌든, 그때 그는 제가 총성을 들었던 시간에 성가대 연습을 하고 있었다고 말했어요.」

「맞습니다. 저에게도 그렇게 말했어요.」

「오, 그러니까 그 사람과 대화를 했네요?」

「포츠 씨가 저에게 그 사람에 대해서 얘기하신 다음, 후속 절차상 조사를 해야 했으니까요.」

「그 남자 별로 마음에 안 들었죠?」

「그게 무슨 뜻이죠?」

「그의 말투 말이에요. 마치 우리를 갖고 노는 것 같은.」

말릭 경사는 자기도 모르게 자제를 못 하고 맞장구를 칠 뻔했다.

「우리란 말은 좀 삼가해 주시죠, 포츠 씨. 시신을 발견한 목격자로서, 그리고 고인을 알았던 분으로서 부인과 대화하는 것 정도는 가능합니다. 하지만 경찰이 할 일을 대신 할 수 있다고 생각하고 이렇게 여기저기 찾아다니면 안 됩니다.」

「물론이죠. 이건 당신들의 일이니까요. 충분히 이해해요. 하지만 얘기해 주세요. 총을 찾았나요?」 주디스가 말했다.

「무슨 말씀이죠?」

「총도 못 찾았겠죠, 그렇죠?」

말릭 경사는 순간 뭐라고 말해야 할지 알 수 없었다.

「그것 봐요! 유서도 없고 총도 없네! 그 살인자가 일을 저지른 후에 가져갔을 테니까. 그리고 심지어 하워드가 스테펀이 살해당할 때 성가대 연습을 하고 있었다고 해도, 그는 분명히 연루돼 있어요. 왜인지는 모르지만, 분명해요. 청부 살인을 시켰을 가능성도 있잖아요?」

「그랬을 것 같지는 않습니다.」

「하지만 가능성은 있잖아요.」

「포츠 씨, 말로는 지난 7년간 매년 베스트 블룸상[18]을 받았습니다. 그리고 제가 마지막으로 그 지역에 파견돼서 맡은 사건은 중심가에서 백조 두 마리가 길을 건너야 해서 차량을 통제한 일이었습니다. 제가 분명히 약속드리는데, 말로에는 청부 살인자 같은 건 없습니다.」

그때 문이 쾅 열리고 경찰관이 숨을 헐떡이며 방 안으로 얼굴을 들이밀었다.

「형사님, 말로에서 남자 한 명이 총에 맞아 죽었습니다.」

18 원예, 환경, 공동체 활동을 통해 지역에 긍정적인 변화를 주기 위한 캠페인의 일종으로 주어지는 상.

9

살인 사건은 위컴 로드의 한 단층 주택에서 일어났다. 위컴 로드는 말로와 하이위컴을 연결하며, 양편에 교외 주택들과 말끔한 울타리, 집 앞에 차들이 주차돼 있는 완벽하게 평범한 거리였다.

현장에 도착해 차에서 내린 말릭 경사는 이미 도착한 경찰차 한 대가 등을 깜박이고 있는 것을 봤다. 경찰차는 집 앞 진입로에 흰색 승합차와 택시 번호판을 단 오래된 도요타 프리우스 옆에 주차돼 있었다.

그리고 남자 경찰관 한 명이 정문 앞을 지키고 있었다.

말릭 경사는 숨을 깊이 들이쉬고 마음을 가다듬었다. 일반적인 경우 이런 심각한 사건을 지휘하는 일은 그녀의 역할이 아니었다. 사실 그녀는 단순한 경사 계급의 형사에 불과했다. 하지만 상사이자 경위 계급인 개러스 호스킨스 수사관이 스트레스와 관련된 질병으로 인해 3주 전부터 병가 중이었기 때문에 어쩔 수 없이 말릭 경사가 상급 수사관의 대행으로 일하게 됐다. 스테펀 던우디 사건과 마찬가지로 말이다.

지난 3주간 말릭 경사는 큰 사건을 맡아야 할 상황에 대비해 블랙스톤[19]의 『상급 수사관 지침서』를 읽고 또 읽었다. 그러나 〈책에서 배운 지식이 많은 것〉과 실제 세계에서 그 지식을 실행하는 것은 전혀 다른 문제였다.

〈그냥 원칙과 규정을 따르기만 하면 돼.〉 그녀는 작은 집의 정문을 향해 다가가면서 혼자 되뇌었다. 〈그냥 원칙과 규정을 따르면 돼.〉

「좋은 아침, 순경.」 그녀는 있지도 않은 자신감을 드러내려고 노력하며 말했다. 「무슨 사건이죠?」

순경은 집 안에 사망해 있는 남성의 이름이 이크발 카삼이라고 설명했다. 그는 택시 운전사로 일하며 혼자 살고 있었다.

「시체를 발견한 사람은 누굽니까?」

한 젊은 택배 기사가 카삼에게 소포를 배달하려고 집 앞에 왔다가 문이 이미 열려 있는 것을 봤다고 한다. 그래서 소포를 사이드 테이블 위에 올려놓기 위해 복도까지 들어갔고, 열려 있는 침실 문 너머로 베개 전체에 피를 흘린 채 싸늘하게 죽어 있는 카삼 씨를 발견했다는 것이다.

「그렇군요. 시체를 발견한 택배 기사에 대해서 알려 주세요.」

「지금 아주 크게 충격을 받은 상태입니다.」

19 영국에서 활동한 18세기 법학자 윌리엄 블랙스톤을 가리킨다.

「그 사람이 용의자일 가능성은?」

「총탄 잔사 분석을 의뢰하기 위해 그의 옷을 보내긴 했지만, 아무래도 시체는 그 상태로 이미 몇 시간 방치됐던 것 같습니다.」 순경은 진입로에 주차된 승합차를 고개로 가리켰다. 「저 차에 추적 장치가 있어서, 기사가 오늘 아침 이동 경로를 확인시켜 줬습니다. 12시 37분에 시체를 발견하고 신고하기 전까지는 말로 근처에 전혀 오지 않았더군요.」

「오늘 아침 그에게 택배를 배달받은 사람들과 얘기할 수 있는지 알아보세요. 진술이 맞는지 확인해 봅시다.」

「네, 알겠습니다. 경사님.」

말릭 경사는 범죄 현장에서 사용하는 장갑을 꺼내 손에 끼웠다.

「현장 상태는 어때요?」 그녀가 물었다.

「외부 침입 흔적은 없습니다. 다툰 흔적도 없고요. 그리고 지금까지 조사한 바로는 절도의 흔적도 없습니다. 침실에 있는 시체는 두개골에 총알을 맞았습니다.」

「좋아요. 카삼 씨를 한번 살펴보죠.」

일단 안으로 들어간 말릭 경사는 잠시 주변을 돌아봤다. 모두 중고품 가게에서 사들인 듯한 짝 안 맞는 가구들이 놓인 단층집은 소박하고 깔끔했다. 만약 말릭의 남편이 혼자 살았다면 이렇게 잘 유지할 수 없었을 것이다. 현관 바로 옆에 놓인 작은 책장은 배와 항해에 관한 책들로 꽉 차 있었다. 그리고 복도에 놓인 테이블 위에는 돛을 활짝

편 옛날 범선 모양을 본뜬 청동 조형물이 있었다.

순경이 기침을 하면서 입구 로비 옆의 열린 문 쪽을 고개로 가리켰다. 안으로 들어가니 카삼 씨로 추정되는 남성이 얼굴 전체가 피범벅이 된 채 더블베드에 누워 있었다. 베개와 이불 전체에도 피가 가득했다.

말릭 경사는 침대 옆 테이블에 있는 알약이 포장된 봉투와 반쯤 찬 물잔, 그리고 가죽 표지의 쿠란 등을 살펴봤다. 그녀는 알약을 집어 들었다. 디페나진이라는 상표였다.

「제가 찾아봤는데요.」 문턱 근처에 선 순경이 말했다. 「처방전이 있어야 살 수 있는 수면제입니다.」

「고마워요.」 말릭 경사는 알약을 다시 내려놓고 카삼 씨의 병력을 의사에게 확인해 봐야겠다고 생각했다.

말릭 경사는 시신으로 가까이 다가가 카삼이 30대이며 검은 곱슬머리에 굵고 검은 턱수염을 하고 있다는 걸 확인했다. 이마 한가운데에 총알구멍이 있었고 뒤통수는 다 터져서 피, 뼈, 뇌 등이 베개 위에 엉망으로 흩어져 있었다.

말릭 경사는 몸이 오싹해졌다.

지난 사흘간 벌써 총상으로 인한 두 번째 사망이었다.

그리고 이마 한가운데에 총을 맞은 두 번째 사건이기도 했다.

하지만 말릭 경사는 지금은 그런 추측을 할 때가 아님을 알았다. 상급 수사관으로서 그녀의 가장 중요한 역할은 〈현장을 확인하고 안전하게 그 상태 그대로 보호, 보존하는 것〉이었다. 이론을 세우는 일은 나중이었다. 그래서 그녀는 자기 앞에 놓인 물리적인 증거에 집중했다.

경찰의 말이 맞았다. 다툰 흔적은 없었다. 이불은 턱까지 말끔히 덮여 있었고 팔은 이불 속 몸 옆에 가지런히 놓인 채였다. 어떤 방식으로든 발버둥 친 흔적은 없었다.

이것은 그냥 살인이 아니라, 처형이나 마찬가지였다.

그때 집 안 어디선가 귀가 찢어질 듯한 울음소리와 긁는 소리가 들려오기 시작됐다. 마치 고통에 몸부림치는 동물의 소리 같았다.

「이게 무슨 소리지?」 그녀가 물었다.

「모르겠습니다.」 어리둥절한 순경이 말했다.

말릭 경사는 거실 쪽으로 가봤다. 이상한 울부짖음은 더 커졌다. 커튼 뒤쪽에서 들려오는 것 같았다. 말릭 경사가 커튼을 젖히자 벽으로 둘러싸인 작은 정원으로 향하는 프렌치 도어가 나타났다.

매끈하게 생긴 도베르만핀셔가 잔디밭에서 울부짖고 있었다. 이 불쌍한 동물은 극심한 고통에 시달리는 듯했다. 하지만 말릭 경사는 도베르만 품종이 자칫 흉포해질 수 있다는 걸 알았다. 이런 상황에서 저런 개가 정원에 있는 채로 어떻게 현장을 잘 지휘하고 보존할 수 있을까?

「경사님.」 순경이 정문에서 방으로 들어오며 말했다. 「밖에서 우리를 감시하고 있는 여성이 있습니다.」

「그게 무슨 소리죠?」

「정원 수풀 뒤에 어떤 여성이 숨어 있습니다.」

「알았어요. 현장을 잘 보존하세요.」 말릭 경사는 이렇게 말하고 재빨리 이크발의 집 밖으로 나왔다.

밖으로 나가자 햇빛에 눈을 적응시키는 데 몇 초가 필요했지만 곧 이크발의 집 앞뜰에 도로와 면한 월계수 울타리가 있고 인도로 이어지는 작은 출입구 근처에 덤불이 있는 걸 볼 수 있었다. 그때 덤불의 일부가 툭 하고 움직이더니, 순간적으로 출입구에서 빠져나가 울타리 뒤로 사라지는 누군가의 옷자락이 보였다.

말릭 경사는 그 형체를 따라 달려가면서 가방에 손을 넣어 확장 가능한 경찰봉을 손에 쥐었다.

「이봐요!」 그녀는 도로로 나서며 소리쳤다.

그 사람은 속도를 늦추다 멈추더니 말릭 경사 쪽으로 돌아섰다.

말릭 경사는 가방에 경찰봉을 놓고 매우 강건해 보이는 50세 전후의 여성과 대면했다. 홍조를 띤 약간 탄 듯한 얼굴을 한 여성은 더러운 워킹화에 낡고 챙이 넓은 모자를 쓰고 여러 개의 작은 가방과 닳아 빠진 개줄을 주렁주렁 단 허리 벨트를 차고 있었다. 쾌활한 촌부 타입이군, 말릭 경사는 생각했다.

「저요?」 그녀는 마치 자신이 말릭 경사가 얘기하고 싶어 할 만한 사람이 절대 아니란 것처럼 손가락으로 스스로를 가리키며 말했다.

「네. 우리를 지켜보고 있었죠?」

여성은 가슴에 손을 얹고는 다시 한번 놀란 듯한 몸짓을 하며, 목소리를 한층 더 높여 「저 말이에요?」라고 말했다.

「성함을 여쭤봐도 되겠습니까?」

「그럼요, 당연하죠. 그런데 왜 알고 싶은 건데요?」

「그냥 성함을 말씀해 주시죠.」

여성은 잠시 생각에 잠겼다. 그리고 하늘을 올려다봤다. 코를 찡그렸다. 대답할 말을 찾기 위해 할 만한 것들은 다 한 듯했다.

「좋아요. 제 이름은 데니즈예요.」

말릭 경사는 거짓말이라는 걸 눈치챘다.

「그렇습니까?」

「네.」 여성은 자신 있게 고개를 끄덕였다.

「그럼 성은요?」

「제 성이요?」

「네.」

「전…… 데니즈 데니슨이에요.」

「성함이 데니즈 데니슨이라고요?」

「네.」 자신이 낸 꾀에 만족했는지 여성의 얼굴이 밝아졌다.

「제가 그 말을 믿을 거라고 생각합니까?」

「그럼요. 제가 말한 그대로예요. 저는 데니즈 데니슨이에요.」

「그럼 제가 지금의 상황을 아주 간단히 설명드리죠. 저는 수사관 타니카 말릭 경사라고 합니다. 지금 의문의 죽음을 조사하기 위해 현장에 나와 있고요. 그러니 지금 진짜 성함을 말씀해 주시지 않으면 당신을 체포할 수도 있습니다.」

이 말에 여성은 비로소 상황의 심각성을 알아차렸다.

「지금 이크발이 죽었다는 말은 아니죠?」

「그럼 카삼 씨를 아십니까?」

「네, 그럼 알죠. 전 수지 해리스예요.」 그녀는 숨기려 했던 것도 모두 잊은 채 말했다. 「저는 오크우드 드라이브 14번지에 살아요.」

「감사합니다. 그런데 처음엔 왜 진짜 성함을 말씀하시지 않았나요?」

「경찰한테 자기 진짜 이름을 말하는 사람이 어디 있어요?」 그녀는 마치 보편적인 진실인 양 말했다.

말릭 경사는 한숨을 쉬었다.

「카삼 씨를 마지막으로 본 게 언제인지 말씀해 주실 수 있습니까?」 그녀가 물었다.

수지는 생각하느라 잠시 머뭇거렸다.

「어제인 거 같아요. 제가 에마를 산책시켰을 때요. 에마는 이크발의 도베르만 이름이에요. 있죠, 이크발은 밤에 일해요. 때때로요. 택시 운전사거든요. 그래서 제가 매일 아침 에마를 데리고 동네 산책을 시켜 줘요.」

「그럼 정원 덤불 뒤에는 왜 숨었는지 말씀해 주실 수 있나요?」

「그건 경찰차를 봤기 때문이에요. 저는 그냥 무슨 일이 있는지 알고 싶었어요. 그런데 정말이에요? 정말 그가 죽었어요? 무슨 일이 있었는데요?」

말릭 경사는 어떤 자세한 정보도 공유하고 싶지 않았지만, 모든 살인 사건에는 조사가 시작된 직후 살인자를 잡을 가능성이 높은 〈골든아워〉라는 것이 있었다. 카삼은 같이 사는 사람이 없는 터라 신문할 대상도 없었고, 이웃집이라고는 한 채밖에 없었는데 그나마도 정원의 잔디가 무성하게 자란 채 커튼이 닫혀 있었고, 인도에는 〈팔려고 내놓음〉 팻말이 꽂혀 있었다. 즉, 그 집에는 아무도 살지 않았다.

지금으로서는 수지가 사망자를 조금이나마 알고 있는 유일한 증인이었다. 그래서 말릭 경사는 누군가가 집에 몰래 침입해 카삼 씨가 자고 있는 동안 총으로 살해한 것 같다고 설명했다.

「하지만 그건 말도 안 돼요.」 얘기를 들은 수지가 말했다.

「왜요?」

「이크발은 세상에서 가장 좋은 사람이거든요. 그를 아는 사람 아무한테나 물어보세요. 그는 친절하고 화를 내는 법이 없었어요. 그가 원하는 것은 강에 정박시켜 둘 만한 좋은 배를 살 정도의 돈을 버는 일뿐이었어요.」

말릭 경사는 집 안에 있는 항해 관련 책들과 옛날 범선 조형물을 떠올렸다.

「그럼 가족은요? 혹시 일가친척이 있는지 아십니까?」

「그건 몰라요. 하지만 그가 브래드퍼드에서 온 건 알아요. 이크발이 그렇게 말했거든요. 그리고 어린 시절에 한 동안 말로에서 살았다고 했어요. 그래서 이곳에 오게 됐다고요.」

「그의 가족 연락처를 혹시 아시나요?」

「부모님은 오래전에 돌아가신 것 같아요. 그리고 그는 외동이었어요.」

「그럼 직계 가족이 하나도 없나요?」

「잘 모르겠어요. 사촌들이 있을지도 모르죠. 어쩌면요. 어딘가에요.」

「마지막으로 질문 하나만 더 하겠습니다. 매일 아침 카삼 씨의 개를 산책시켰다고 하셨죠?」

「네, 맞아요.」

「그럼 카삼 씨의 집 열쇠를 가지고 계시겠네요?」

「무슨 소리예요. 지금 나한테 뒤집어씌우는 거예요? 이크발은 보안에 민감했어요. 지나칠 만큼요. 저는 집 정원까지만 들어갈 수 있었고, 저 문을 통해서 들어갔어요.」

수지는 카삼의 단층집과 팔려고 내놓은 옆집 사이에 있는 출입구를 가리켰다.

「정말 그가 집 열쇠를 준 적이 없습니까?」

「미안하지만, 아주 확실해요.」

「그럼, 오늘 아침에는 어디에 계셨었는지 여쭤봐도 될까요?」

「8시경에 제 고객 중 한 명이 와서 자신의 개인 검은색 래브라도를 되찾아 갔어요. 제가 밤새 봐줬거든요. 하지만 그 이후로는 그냥 집에 있었어요.」

「같이 계셨던 분이 있습니까?」

「아뇨. 전 혼자 살아요. 그리고 제가 어떤 이유에서든 이 집에서 일어난 일과 관련이 있다면, 경찰이 온 직후에 이크발의 집에 나타났겠어요? 제가 좀 멍청해 보일진 몰라도, 그렇게까지 바보는 아니에요.」

그때 지붕에 위성 안테나를 단 회색 승합차가 집 앞 길에 멈춰 섰고, 말릭 경사는 어깨를 축 늘어뜨렸다. 이런 범죄가 일어난 사실을 어떻게 벌써 언론에서 알게 됐을까? 그녀는 순경에게 그들을 쫓아내라고 해야 했지만, 일단 카삼 씨의 개도 현장에서 다른 곳으로 옮겨야 했다.

「좋습니다, 그럼 한 가지 부탁을 좀 할게요. 우선, 카삼 씨의 개를 좀 맡아 주시겠습니까? 나중에 개를 좀 더 장기적으로 봐줄 사람을 찾을 때까지만요.」

「물론이죠. 제가 에마를 돌볼게요. 다른 부탁은 더 없나요?」

「저기 지역 신문사에서 온 게 보이시죠.」 말릭 경사는 기자와 카메라맨이 승합차 뒤에서 장비들을 챙기는 것을 가리키며 말했다. 「저 사람들에게 아무 얘기도 하지 않으셨으면 좋겠습니다.」

「그런 건 전혀 걱정하지 않으셔도 돼요. 입 꾹 다물고 있을게요.」

「감사합니다.」

말릭 경사는 수지와 동행해 집 옆쪽으로 가서 카삼 씨의 개가 그녀를 발견하고 매우 기뻐하는 모습을 봤다. 수지

또한 호들갑을 떨면서 에마를 잘 돌보는 척했다. 그녀와 개의 관계는 확실히 자연스럽고 진실돼 보였다.

일단 수지가 에마에게 목줄을 달아 떠난 뒤에 말릭 경사는 서둘러 다시 집 안으로 들어가 시신이 있는 곳으로 갔다. 사방에 가득한 피만 아니었다면, 그리고 물론 그의 이마 중앙에 있는 총구멍만 없었다면 카삼 씨는 아주 깊이 잠든 것처럼 보였을 것이다. 이것은 분명 살인이었다. 하지만 주디스의 말이 맞을까? 이것은 두 번째 살인일까? 가능성은 없어 보였지만, 두 죽음 간에 있는 유사점을 부정할 수는 없었다.

말릭 경사가 막 돌아서려 할 때 창을 통해 내리쬔 햇빛이 이크발의 입안에 있는 뭔가를 비췄다. 그는 입을 거의 완전히 다문 상태였기 때문에 처음에는 미처 발견하지 못한 것이었다.

「순경, 혹시 손전등 있습니까?」

순경이 손전등을 가지고 다가왔다.

「피해자의 입을 좀 비춰 보세요.」

순경은 그녀가 시키는 대로 했다. 입안의 뭔가 작은 물체가 희미하게 빛났다. 저게 뭘까?

말릭 경사는 가까이 다가가 작은 은체인을 조심스럽게 꺼냈다.

체인의 한쪽 끝에는 가장자리에 잎사귀 무늬가 새겨진 청동 메달이 달려 있었다. 스테펀의 시체에서 발견한 메달과 동일한 것으로 보였다. 앞면에는 글씨도 새겨져 있었다. 하지만 이번에는 〈믿음〉이 아니라 〈소망〉이라는 단어였다.

갑자기 모든 것이 차가운 얼음처럼 선명해졌다.

주디스 포츠의 말이 맞았다.

스테펀은 살해됐다. 이마 중앙에 총알을 맞았다. 그리고 그 살인자는 이크발을 살해한 뒤 정확히 같은 방식으로 첫 번째 살인에서처럼 두 번째 살인 현장에도 청동 메달을 남겼다.

하지만 말릭은 이것으로 끝이 아님을 알았다. 왜냐하면 옛말에, 〈만음, 소망, 자비〉란 말이 있으니까. 처음 두 살인에서 〈믿음〉과 〈소망〉이 나왔지만, 아직 〈자비〉는 없었다.

살인자의 메시지는 이보다 더 명확할 수 없었다.

이것은 절대 끝이 아니었다.

세 번째 살인이 벌어질 게 분명했다.

10

집에 돌아온 주디스는 잔뜩 흥분한 상태였다. 말로에서 두 번째로 총을 맞은 사람은 누구일까? 그녀는 6시 뉴스 다음으로 뜰 지역 단신이 나올 때까지 잠시만 기다리면 된다고 생각했다. 그 소식은 당연히 방송될 것이다. 하지만 그때까지 무엇을 해야 하나?

주디스는 거실에 마구 흩어져 있는 신문과 정기 간행물, 잡지 등을 둘러봤다. 집 안이 점점 더 엉망이 돼가고 있음을 그녀도 알았다. 그래서 주변에 쌓여 있는 신문 더미를 바라보면서 그녀가 밤낮으로 걸고 있는 목걸이에 손가락을 가져갔다. 그 목걸이의 끝에 달린 열쇠를 꺼내면서 그녀의 시선은 음료를 놓아두는 테이블 옆에 있는 문으로 향했다. 그 문에서 눈을 뗄 수가 없었다. 그리고 생각에 잠겼다.

한참 뒤에, 그녀는 열쇠를 다시 블라우스 안으로 밀어 넣었다. 자꾸 바쁘게 뭔가를 해야 한다. 이것이 그녀의 답이었다. 언제나 그것이 답이었다. 그래서 그녀는 아직 다

끝마치지 못한 그림 퍼즐이 있는 식탁으로 갔다. 그래. 이걸 하면 훨씬 나아질 거야, 그녀는 이렇게 생각했다. 퍼즐은 안전했다. 성취감을 주기도 했다. 너무 과하지 않게 딱 필요한 만큼 기분 전환을 시켜 줬다.

그녀가 작업하고 있던 퍼즐은 에든버러성을 배경으로 타탄체크 조끼를 입은 웨스트하일랜드테리어가 서 있는 그림이었다. 주디스는 웨스트하일랜드테리어도 좋아하진 않았지만, 타탄체크 조끼를 입은 테리어는 더 마음에 들지 않았다. 하지만 주디스는 언제나 그림 퍼즐을 말로에 있는 자선 가게에서 샀고, 또 다 맞추면 다시 갖다줬기 때문에 전에 해보지 않은 퍼즐을 찾을 수 있는 것만으로도 감사한 일이었다.

퍼즐을 맞추는 일은 오후 내내 주디스를 몰두하게 해줬지만 오후 6시가 되자 조금 출출해졌다. 최근에 몸무게를 조금 줄이려고 노력하고 있기 때문에, 그녀는 저녁으로 토스트 한 조각에 영양이 풍부한 수란을 곁들여 먹기로 했다. 그런데 다시 생각해 보니 달걀 한 알로는 충분하지 않을 것 같아서 그녀는 달걀 두 알과 함께 토스트 두 쪽에 버터를 충분히 발라 먹기로 했다. 그리고 나머지가 건강한 음식이니까 뭔가 아쉬운 구석을 채우기 위해 오븐에 구운 감자칩도 조금 추가했다. 그리고 보통은 디저트로 달달한 차 한 잔과 아주 작은 특별한 종류의 초콜릿바를 먹곤 했는데 이번 주에 장을 보러 갔을 때는 그 초콜릿바를 찾을 수 없어서 패밀리 사이즈의 과일 및 견과류 바를 샀다. 물론 한 번에 다 먹지는 않을 것이다. 그 정도 크기면 한 주 내내 먹을 양이었다.

마지막 초콜릿 조각을 먹고 있을 때 텔레비전에서 지역 뉴스가 시작됐고, 말로의 살인 사건이 첫 주요 뉴스로 나오는 것을 보고 주디스는 흥분을 감추지 못했다. 쟁반을 한쪽으로 치우고 십자말풀이 테이블에서 뾰족하게 깎은 연필과 그래프용지 공책을 집어 들었다. 그녀는 공책에 기본적인 세부 정보를 적었다. 희생자는 이크발 카삼이라는 그 지역의 택시 운전사이며 그날 아침 총을 맞았고 경찰은 목격자가 나타나 정보를 제공해 주기를 요청하고 있었다. 많은 내용은 없었지만, 짧은 인터뷰를 마치고 도베르만을 끌고 그 집을 떠나는 여성의 모습이 보였다.

「저는 아무 말도 하면 안 돼요.」 여성은 카메라를 향해 이렇게 말했지만, 주디스는 그녀가 자신에게 쏟아지는 관심을 즐긴다는 사실과 아는 정보를 흘리고 싶어 안달이라는 것을 깨달았다.

「그래도 카삼 씨의 친구이신 거죠?」 기자가 물었다.

「저는 아무 말도 안 할 겁니다. 저한테서는 아무 정보도 듣지 못할 거예요. 하지만 이 정도는 말씀드릴 수 있어요. 누구든 이크발에게 이런 짓을 한 사람은 가장 가까운 가로등에 매달아 놔도 시원치 않아요. 가자, 에마.」

여성이 현장을 떠날 때 주디스는 그녀가 누군지 알아차렸다. 얘기를 나눈 적은 없지만 종종 주디스 집 뒤의 강가 산책로를 따라 여러 개들을 산책시키곤 하는 여성이었다.

저 사람은 근처에서 개들을 산책시키던 사람이잖아? 그녀가 카삼 씨의 집을 드나들었다면 그를 잘 알지 않을까?

주디스는 사이드보드로 가서 소량의 위스키를 따랐다. 저녁에 마시는 한 잔의 위스키는 그녀가 처음에 이 집으로 이사 왔을 때, 고모할머니 베티가 좋지 않은 건강을 다스리기 위해 치르던 의식 같은 것이었다. 고모할머니는 묵직한 텀블러에 스카치위스키를 조금 따르는 것으로 매일 저녁을 시작했다. 그리고 위스키 한 잔을 매일 저녁 마시기 시작한 이후로 한 번도 감기에 걸리지 않았다고, 일종의 약 같은 것이라고 말했다. 고모할머니가 죽은 후 주디스는 매일 저녁 소량의 위스키 한 잔을 따르는 것이 곧 고모할머니를 기리기 위해 예의를 갖추는 일이라고 느꼈다. 게다가 스카치위스키처럼 가공되지 않고 자연적인 음료를 고작 2.5센티미터 정도 따라 마시는 것이 뭐 그리 나쁜 일이겠는가?

몸을 데워 줄 첫 모금을 마시면서, 주디스는 계획을 세웠다. 그녀는 카삼 씨를 알고 있는 저 여성과 얘기를 해보지 않을 수 없었다.

주디스는 남은 위스키를 한숨에 들이켰다.

그리고 한 잔을 더 따랐다. 그녀가 생각하는 데 도움이 됐다.

이튿날 아침, 주디스는 진한 차를 보온병에 담고, 갈색 종이에 비트샌드위치를 싼 다음 템스강 가로 산책을 나갔다. 이미 해는 중천에 떴고, 그녀는 자기도 모르게 기분이 들떴다. 강을 사이에 두고 그녀가 있는 쪽에서는 소들이 나긋나긋 풀을 뜯어 먹는 광경이 펼쳐졌고 반대편에는 윈터힐 쪽으로 경사진 땅이 보였다. 윈터힐은 말로와 아름다운 쿠컴 마을 사이 전체에 가로놓인 무성한 숲이 우거진 산등성이였다. 주디스는 이곳을 산책할 때면 언제나 강주변에서 벌어지는 다양한 일들을 즐겨 구경했다. 때론 지역 학교의 8인승 조정 팀이 스릴 넘치게 강을 가로질렀고, 자신만만한 나이 든 신사가 마치 볼보 왜건처럼 모터 달린 대형 보트를 몰기도 했으며, 물에서 솜털 보송보송한 백조 새끼들이 일렬로 엄마를 따라가기도 했다.

산책로는 평소처럼 사람들로 붐볐다. 밤사이 소들이 강물에서 목을 축이면서 생긴 작은 웅덩이 물을 튀기며 노는 10대들, 조심스럽게 안전모를 쓰고 자전거를 타는 가족들, 그리고 들판에는 개들이 자유롭게 뛰어놀도록 줄을 풀어 놓는 사람들이 있었다.

주디스에게는 늘어진 버드나무 가지가 그늘을 드리우고 있는, 좋아하는 장소가 있었다. 그래서 그녀는 망토를 벗어 그곳에 깔고 앉은 뒤 차와 샌드위치와 함께 기다렸다. 앉아서 볼 책이나 작업할 십자말풀이도 가져오지 않았다. 주변 풍경을 감상하는 것만으로도 충분할 것을 이미 알았기 때문이었다. 얼마 안 가서 근처의 메뚜기가 톡톡 튀어 다니고 태양이 그녀의 몸을, 어쩌면 뼛속까지도 따뜻하게 데워 준다는 정도만 인식될 정도로 주변에 대한 주의가 점점 흐려졌다. 더없는 행복감이었다.

주디스의 몽상은 한 무리의 개가 서로에게 짖고 뒹굴고 난동을 부리는 통에 깨졌다. 주디스는 카삼 씨의 사망 뉴스에 나온 여성이 개들과 함께 걸어오는 것을 보고 마음이 들떴다. 예상대로였다.

이제 자리에서 일어나기만 하면 되는데 주디스의 나이에 그것은 말처럼 쉬운 일이 아니었다. 그녀는 신음 소리를 내면서 나무뿌리를 이용해 몸을 땅에서 일으켰고, 가까스로 무릎이 펴지면서 똑바로 일어설 수 있었다. 젠장, 그녀는 생각했다. 그녀가 젊은 자신에게 한 가지 충고를 한다면 그것은 〈절대 늙지 마라〉가 될 것이다.

주디스는 집어든 망토를 펄럭여서 묻은 잔디를 털어 낸 다음, 몸에 걸치고 앞으로 나섰다. 점점 가까워지면서 주디스는 그 여성이 매우 단단한 기질을 가졌음을 깨달았다. 그것은 그녀가 땅에 발을 굳건히 디디고 선 자세에서 알 수 있었다. 마치 자신의 군대를 살피는 장군 같았다. 혹은 옛 범선의 조타실에 있는 선장의 모습 같기도 했다. 맞아, 바로 그거야, 주디스는 생각했다. 챙 넓은 모자, 무거운 워킹화, 그리고 허리에 탄띠처럼 개 목줄이 여럿 교차된 벨트를 두른 저 여성에게서는 어렴풋하게 항해사 같은 느낌, 심지어 해적 같은 분위기마저 풍겼다.

「안녕하세요.」 주디스는 여성에게 다가가면서 크게 소리쳤다.

「안녕하세요.」 수지가 상냥한 미소를 지으며 인사했다. 「저 당신 알아요. 강가의 그 저택에 사시는 분이죠?」

「나를 알아요?」

「몇 년 동안 댁 주변을 돌아다녔거든요. 솔직히 말해서 항상 안을 들여다보고 싶었어요.」

여성은 자신이 한 말에 킥킥거렸지만 주디스는 당황하지 않을 수 없었다. 완전 낯선 사람에게 어떻게 저런 말을 하지?

「저는 주디스 포츠라고 해요.」

「수지 해리스입니다.」

두 여성은 강을 들락거리는 개들을 지켜보며 친근한 분위기의 침묵에 빠졌다.

「개들이 너무 귀엽네요.」 주디스가 말했다.

「정말 그렇죠? 개들이랑 있으면 마음이 편해요.」

「사실 저는 개보다는 고양이가 좋아요.」

「고양이요?」 수지는 에이해브 선장[20]이 〈고래요?〉라고 말했을 것 같은 말투로 말했다. 「그 부분에 대해서는 동의 못 하겠는데요. 고양이들은 뭔가 우리를 판단하고 있는 눈빛이에요.」

「그래요?」

「개들은 안 그래요. 아주 충심이 강하죠. 절대 우리를 실망시키지 않아요.」

「네, 그런 것 같네요. 있잖아요, 제가 이렇게 당신한테 말을 걸어도 괜찮은지 모르겠어요. 사실 우리가 만난 게 우연이 아니거든요.」

20 허먼 멜빌의 소설 『모비 딕』에 나오는 등장인물.

「그래요?」

「어제 텔레비전에서 당신을 봤어요. 그 돌아가신 불쌍한 분이랑 아는 사이였죠?」

「이크발 말이에요?」

「네, 맞아요.」

「아주 잘 알았죠. 거의 매일 보다시피 했으니까요. 이크발을 아세요?」 수지가 물었다.

「안타깝게도 몰라요. 사실 제 이웃인 스테펀 던우디가 지난주에 살해당했는데, 혹시 이크발의 죽음이 그 사건과 연관이 있는지 알아보는 중이에요.」

수지는 두 사람만 있는지 확인하려는 듯이 주변을 둘러봤지만, 사실 그녀는 이미 그 들판에 두 사람밖에 없다는 것을 알고 있었다.

「정말이에요?」 그녀는 잔뜩 흥미를 보이며 속삭였다.

「네?」

「이웃의 살인 사건을 조사하고 있다는 거 말이에요.」

「네.」

「와, 진짜 그러시면 좋겠어요. 정말 멋지네요. 정말 너무 멋져요.」

수지는 함박 미소를 지으며 자신이 데리고 온 개들 쪽을 바라봤다. 개들은 여전히 강을 들락거리며 놀고 있었고 그녀는 그런 장면을 보며 미소를 지었다.

주디스는 수지가 더 말을 할 것 같아 기다렸다.

그녀는 아무 말도 하지 않았다.

「그래서, 그럴 것 같다고 생각하세요?」 주디스가 다시 물었다.

「뭐가요?」

「연관이 있을 것 같으냐고요, 두 사건이.」

「아, 물론이죠!」 수지가 그제야 기억난다는 듯이 말했다. 「미안해요. 정신이 딴 데 팔려 있었네.」

수지는 벨트에 달린 주머니에서 오래돼 보이는 통을 꺼내더니 담배 한 갑과 감초 종이를 집어 담배를 말기 시작했다.

「그래요. 일단 저한테 〈모든 걸〉 다 얘기해 주시는 건 어때요? 어서요.」

주디스는 스테펀이 총에 맞는 소리를 들었고, 그의 시체가 발견됐고, 비록 살인 가능 시간에 알리바이가 있긴 하지만 엘리엇 하워드가 용의자일 가능성이 있다는 사실 등을 털어놨다.

「대단하네요.」

「그런가요?」

「그런데 엘리엇 하워드가 살인범일 거라고 생각하시는 거예요?」

「그 사람을 아세요?」

「전 여기에서 평생을 살았어요. 모르는 사람이 없죠.」

「그러면 그 사람에 대해서 뭔가 알고 있는 게 있나요?」

「키가 아주 크죠, 안 그래요?」

주디스는 동의하고는 수지의 다음 말을 기다렸다.

「그리고 아주 아름다운 머릿결을 가졌죠.」 그녀는 잠시 생각한 뒤 이렇게 덧붙였다.

이런 정보는 주디스가 찾고 있던 의미 있는 종류의 정보가 아니었다.

「마지막으로 그와 얘기한 게 언제죠?」

「그러고 보니 그 사람이랑 얘기해 본 적은 없네요. 하지만 집시레인 끝에 있는 새집에 살아요. 제가 아는 건 그 정도예요. 이런 것도 정보가 되죠?」

주디스는 실망감을 드러내지 않으려고 노력했다.

「와, 아주 흥미롭네요. 이크발이 왜 살해당했는지, 혹시 그럴 만한 이유를 아세요?」

「전혀요.」

「그 사람이 뭔가 나쁜 짓을 했을 수도 있을까요?」

수지는 이에 붙은 담배 조각을 집어 떨어냈다.

「말도 안 돼요. 이크발은 기본적으로 정직한 사람이에요. 저 강가에 있는 개 보이시죠?」 수지는 시원한 물에서 헤엄치는 에마를 가리켰다. 「저 개가 이크발의 도베르만이에요.」

「도베르만을 키웠어요?」 그 품종에 대한 평판을 익히 아는 주디스가 물었다.

「저라면 저런 개는 안 키워요. 도베르만은 최고의 개이긴 하죠. 그러니까 제 말은, 이 개들은 경비견이잖아요. 개에게 사람들을 제대로 소개시켜 놓지 않으면 위험할 수 있어요. 혹은 개들이 보기에 자기 주인이 위험에 처했다 생각되는 상황에도 말이에요. 그러니까, 맞아요. 혹시라도 도베르만핀셔에게 좋지 않은 인상이라도 주면 걔네들은 우리 팔을 다 물어뜯어 놓을 거예요. 그리고 암컷은 수컷보다 더 사나워요. 하지만 에마는 만나 본 중에 가장 다정한 개예요.」

주디스는 수지가 계속 말하기를 기다렸다. 하지만 또 아무 말도 하지 않았다.

「그러니까 에마가 이크발의 개군요?」 주디스가 대화를 유도했다.

「맞아요.」 그녀의 엔진이 재가동됐다. 「하지만 원래는 아니었어요. 처음에는 에즈라라는 나이 든 이웃 사람의 개였어요. 에즈라 해링턴이요. 그런데 작년에 에즈라가 암에 걸렸죠. 가엾은 사람. 그 사람은 혼자 살았거든요. 그래서 에즈라가 병원에 가야 하거나 약이라도 타러 가야 하면 이크발이 자기 택시에 그를 태워서 데려다줬어요. 돈도 안 받고요. 그냥 좋은 마음으로 한 일이죠. 사실 저 같으면 이웃한테 그렇게까진 안 해줄 것 같아요. 몇 년 동안이나 알고 지냈어도요!」

주디스는 예의 바른 미소를 지었지만 수지의 농담이 전혀 재미있다고 느끼지 않았다.

「그나저나, 에즈라의 병세는 점점 악화됐어요. 살날이 몇 달 밖에 남지 않았었죠. 그리고 자기가 죽으면 개를 돌볼 사람이 없다고 걱정을 많이 했어요. 그래서 이크발이, 개에 대해서는 아무것도 몰랐던 그 사람이 자기가 에마를 돌보겠다고 말했죠. 그리고 그는 약속을 지켰어요. 에즈라가 죽은 뒤에 에마를 데려갔죠. 그게 작년 일이에요. 누구든 가능하다면 곧바로 에마를 그냥 없애 버렸을 거예요. 저라도 그랬을걸요. 그런데 이크발은 죽어 가는 사람에게 한 약속이니 절대 깰 수 없다고 저한테 그러더군요. 그래서 에마는 이크발의 개가 됐어요. 그리고 도베르만은 운동을 많이 해야 하는 개라서, 저에게 매일 산책을 시켜 달라고 부탁했죠. 이크발이 야간 근무를 한 다음 날, 자고 있는 동안에요. 그게 이크발에 대해서 알아야 할 전부예요. 뭔가 수상쩍은 일에 연루될 만한 사람이 절대 아니에요. 그는 성자나 다름없는 인물이에요.」

「그래도 결국 누군가가 그를 쏠 만한 이유가 있었던 거잖아요.」

「그렇지만 그게 이크발의 잘못이라는 의미는 아니죠.」

「〈뭔가〉 그럴 만한 점이 있었을 거예요.」

「저는 그렇게 생각하지 않아요. 어쩌면 택시 운전사라는 그의 직업 때문일 수도 있다고 봐요. 그가 손님으로 범죄자를 태웠고, 뭔가 엿들었을 수도 있어요. 혹은 목격했거나. 그 범죄자가 누군지는 모르지만, 이크발이 자신을 감옥에 보낼 수도 있다고 생각한 거죠. 혹은 자세한 내막은 모르지만 뭔가 다른 일이 있었을 수도 있고요. 그래서 그가 이크발의 집으로 와서 그를 제거한 거죠.」

수지의 주장은 좀 과하다 싶었지만 그래도 어느 정도 일리가 있었다.

「그러네요. 당신 말이 맞을 수도 있겠어요. 어쩌면 이크발이 일하던 중에 뭔가 안 좋은 걸 목격했을 수도 있죠. 대체 이 말로라는 곳에서 사람을 죽일 만한 일이 일어날 수나 있을까 의문이 들긴 하지만요.」

수지는 거칠게 웃음을 터뜨리고는 마지막으로 담배를 한 모금 빨고 던져 버렸다.

「오, 나쁜 일들이 아주 많이 일어나죠. 멋진 정원이나 좋은 차에 속지 마세요.」

「그렇게 생각해요?」

「저는 지난 30년간 개를 산책시키는 일을 하면서 살아왔어요. 그래서 확실히 말할 수 있는데, 이 동네 사람들은 정말 사악해요.」

수지가 너무 단호하게 선언하는 바람에 주디스는 놀라지 않을 수 없었다.

「에마, 안 돼!」 에마가 개들의 무리 중에 있는 닥스훈트를 쫓아가기 시작하자 수지가 갑자기 소리쳤다. 에마가 작은 개의 목덜미를 잡았다.

「아널드를 내려놔!」 개들에게 달려가면서 수지가 소리쳤다. 「미안해요. 그만 가봐야겠어요.」 그녀는 도베르만을 쫓아 따라가면서 주디스에게 소리쳤다. 「에마! 안 돼! 아널드를 내려놓으라니까!」

수지가 가버리자마자, 주디스는 수지가 떨어뜨리고 간 담배꽁초가 더 타지 않도록 발로 밟아 껐다. 지금처럼 폭염이 심할 때는 이런 불씨로도 잔디밭에 불이 붙을 수 있었다.

방금 수지에게서 들은 말을 잠시 생각해 보던 주디스는 그다지 대단한 정보가 아니라는 생각이 들었다. 다만, 한 가지는 맞을 수도 있었다. 이크발이 택시에서 뭔가를 들었고 그래서 살해당했을 가능성도 분명 있었다.

걸으면서 찬찬히 생각을 하는 것이 좋겠다 싶어 주디스는 말로를 향해 걷기 시작했다. 들판 몇 곳을 지나 곧 히긴슨 파크에 도착했고, 어린 아이들이 활기차게 놀이터를 뛰어다니며 노는 걸 지켜보느라 잠시 멈췄다. 그녀는 아이들이 가진 에너지와 삶의 환희가 좋았다.

그리고 주디스는 교회를 지나 마을 반대편에 있는 들판으로 들어섰다. 그녀는 자기 쪽으로 멀리서 걸어오는 한 여성을 봤다. 여성은 상당히 먼 거리에 있었지만, 주디스는 그녀가 어제 스테펀의 정원에서 본 적갈색 머리의 여성과 비슷한 머리색을 가지고 있음을 알 수 있었다. 그러다가 여성이 더 가까이 다가오면서 주디스는 뭔가를 깨닫고 흠칫 놀랐다.

그녀는 스테펀의 정원에서 본 여성과 비슷한 것이 아니라 아예 같은 사람이었던 것이다!

주디스는 손을 흔들며 들판 건너편을 향해 소리쳤다.

「저기요!」

그러자 빨간 머리의 여성은 몸을 돌리더니 들판에서 뛰쳐나갔다.

주디스도 따라 달렸지만 여성 쪽이 훨씬 젊었고, 비록

수영과 사이클링으로 다져져 나이에 비해 건강하다 해도 주디스는 다리도 그다지 길지 않고 잔디가 너무 높이 자란 탓에, 그 여성이 철문을 통과해서 나가 버리기 전에 거리를 좁히기가 쉽지 않았다.

주디스는 여성보다 30초 늦게 철문에 도착해서 문을 활짝 열어젖히고 자갈 바닥으로 된 작은 주차장으로 들어섰다. 그곳에는 열두어 대의 차량이 주차돼 있었다. 대체 빨간 머리의 여성은 어디로 갔을까?

그때 고동색 차가 끼익하는 소리를 내며 급히 빠져나갔고, 주디스는 그 차가 빠른 속도로 지나가는 순간 운전자의 구릿빛 머리색을 얼핏 볼 수 있었다. 오래된 차량은 배기구에서 연기를 뿜으며 짧게 폭발음을 냈다.

왜 저 여성은 주디스로부터 두 번씩이나 도망쳐야 했던 걸까?

그뿐만이 아니었다. 또 다른 것이 있었다. 이제 주디스는 그 여성을 더 가까운 곳에서 봤기 때문에, 그녀를 알아볼 수 있었다. 주디스는 여성과 얘기를 나눈 적이 있었다. 혹은, 정확히 기억은 안 나지만 분명 말로에서 본 적이 있었다. 하지만 도저히 그 기억을 소환해 낼 수 없었다. 어디에서 만났었지?

주디스는 머리를 쥐어짜 봤지만, 안타깝게도 적갈색 머리 여성의 정체는 도저히 기억나지 않았다.

11

이튿날 아침 업무 중이던 말릭 경사는 깊은 좌절감에 빠져 있었다. 지역 신문은 이크발의 살인 사건에 대해 상세히 다뤘고, 그들이 스테펀 던우디도 살해됐다는 사실을 알게 되는 것은 이제 시간 문제였다. 경찰서장이 그녀에게 계속 얘기했듯 시간은 많지 않았다.

하지만 말릭 경사와 수사 팀은 이크발 카삼을 살해할 만한 동기를 가진 사람을 단 한 명도 찾지 못했다. 개를 산책시키는 수지 해리스의 말대로였다. 이크발은 완전히 무고해 보였다. 집집마다 한 탐문 수사도 아무런 소득이 없었다. 동네 주민들 중에 이크발이 살해된 아침에 총소리를 듣거나 주변에서 수상한 인물이 배회하는 것을 목격한 사람도 없었고, 이크발의 집에 누가 들어가거나 나오는 것을 본 사람도 없었다. 하지만 누군가가 분명 이크발의 집에 들어가 그를 총으로 쏴 죽였다.

말릭 경사는 이크발이 전자 다이어리에 자신이 택시로

이동한 모든 여정을 기록했다는 사실을 발견했을 때 처음에는 잠시 고무됐었다. 그것은 고객들, 연락처, 시간, 날짜 등 모든 것에 대한 기록이었다. 그러나 수사 팀이 그의 택시를 탔던 사람들과 연락을 취해서 들은 말은 이크발이 얼마나 좋은 사람이었는지에 대한 얘기뿐이었다. 그는 항상 쾌활했고, 신뢰할 만하고 정직한 사람이었다. 게다가 돈을 받지 않고 추가로 더 먼 거리를 가줬다는 종류의 얘기도 많았는데, 그런 일이 꽤 자주 있었던 것 같았다. 그리고 그는 승객이 극단적인 상황에 처했거나 충분한 돈이 없을 때에는 택시비를 청구하지 않기도 했다.

경제적인 부분의 조사는 그의 정직성과 근면성과 관련해 이와 유사한 정황을 드러냈다. 이크발은 모든 수입을 정직하게 신고했고 돈을 낭비하지 않았으며 신용 카드도, 카드 빚도 없었고 항상 수입의 10퍼센트를 자선 단체에 기부했다. 그렇게 관대한 자선을 베풀었음에도 매우 검소하게 산 덕에 은행 계좌에는 2만 3천 파운드 가까이 예금이 있었다. 소문에 의하면 이크발은 말로의 템스강 가에 정박해 둘 배를 사기 위해 돈을 모았다고 한다. 그리고 그 꿈을 거의 이루기 직전에 죽고 말았다.

부검 결과, 그가 죽었을 때 체내에는 알코올 성분이 전혀 없었지만, 침실에서 발견된 수면제의 일종인 디페나진이 유의미하게 검출됐다. 그러나 안전한 용량 이내였다. 법의학자에 의하면, 체내에서 검출된 수면제의 양은 의식을 어느 정도 몽롱하게 만들 정도는 됐지만 그 이상은 아니었다. 그래도 처방받아야 구할 수 있는 약이었기 때문에 말릭 경사는 이크발의 담당 의사에게 전화를 걸었고, 의사는 그가 1년 전부터 수면제의 도움을 받아야 했다는 사실을 확인해 줬다. 그는 야간에 일하는 일이 잦았고 낮에 수면을 취하는 데 어려움을 겪었던 것으로 밝혀졌다.

이러한 결과는 말릭 경사를 잠시 주저하게 만들었다. 어쨌든, 살인 전에 침입이나 싸움이 있었던 흔적은 없었다. 그렇기 때문에 수면제에 취해 침대 누운 채로 총을 맞은 이크발이 살인자를 들여보냈을 가능성은 거의 없었다.

이러한 가정은 이크발이 오전 5시에서 6시 사이에 사망했다는 법의학자의 주장에 의해 그 신빙성이 더 높아졌다. 이것은 사망한 날 밤 이크발이 새벽 3시까지 일했다고 기록돼 있는 일기 내용과도 일치했다. 그는 아마도 새벽 3시에 근무를 마치고 집으로 돌아와 침대에 누웠다가 잠이 오지 않자 수면제를 복용했을 것이다. 그리고 살인범이 여분의 열쇠를 이용해 이크발의 집으로 들어와 오전 5시에서 6시 사이에 그를 살해한 것이다.

하지만 살인자가 여분의 열쇠를 가지고 있었다면, 이는 그가 이크발과 가까운 사이였거나 신뢰하는 사람이었음을 시사한다. 본래 이크발은 개를 산책시키는 사람에게도 열쇠를 주지 않았다.

하지만 말릭 경사와 수사 팀이 아무리 찾아봐도 이크발의 일기나 전화, 재정적 상황, 그리고 편지에서조차 아무것도 발견할 수 없었기 때문에 그에게는 정기적으로 만나는 친구가 없었던 것으로 추정됐다. 사실, 말릭 경사 팀은 그를 아는 사람조차 찾아보기가 힘들었다. 수지가 말한 것처럼 이크발은 오래전에 사망한 부모의 유일한 자식이었다.

의미 있는 단서는 두 가지뿐이었다. 첫째, 〈소망〉이라고 새겨진 청동 메달이 이크발의 입속에서 발견됐다는 점이다. 그 메달에는 지문이 전혀 찍혀 있지 않았다. 스테펀의 재킷에 달려 있던 메달을 감식했을 때 어떤 지문도 나오지 않았던 것처럼.

하지만 두 메달은 분명히 같은 세트였다. 오래된 청동은 동일한 녹청색으로 변했고, 가장자리에 새겨진 잎사귀도 유사했으며, 〈믿음〉과 〈소망〉이라고 새겨진 글꼴도 동일했다.

둘째, 메달이 두 죽음이 연관돼 있음을 시사했다면, 총기 분석 보고서는 그 연관성을 명확히 입증했다. 이크발을 죽인 총알은 스테펀을 죽인 것과 동일한 총에서 발사된 것이었다.

제2차 세계 대전 당시 사용된 독일제 루거 권총이었다.

말릭 경사는 도저히 이해할 수가 없었다. 왜 범인은 미술 갤러리 대표를 죽인 다음 택시 운전사를 죽이려고 했을까? 그리고 그는 어디에서 골동품인 독일제 루거를 구할 수 있었을까? 말릭 경사가 스스로에게 이 질문을 하는 순간, 그녀는 이 사건에 연루된 누군가가 이 답을 알고 있을 거라는 생각이 다시 들었다.

「골동품 권총을 어떻게 얻을 수 있는지 알고 싶다고요?」

엘리엇 하워드는 말릭 형사가 왜 그에게 전화했는지 설명하자 이렇게 반문했다. 「참 특이한 질문이군요.」

「쉽게 구할 수 있나요?」

「상황에 따라 다르죠. 미늘창,[21] 전곤[22] 등에서부터 훨씬 최근의 수집품까지, 오래된 무기에 대한 거래는 분명히 있습니다. 하지만 말씀하신 것이 해체된 권총을 의미하는 건가요? 즉, 발사 장치가 제거된 총 말입니다. 골동품 권총들은 해체된 것만 파는 게 법이거든요.」

말릭 경사는 엘리엇의 목소리에서 지나치게 유들유들한 기운을 느꼈고, 주디스의 말이 정말 옳은지 궁금해졌다. 이 사람은 지금 즐기고 있는 건가?

「그런 권총들도 취급하나요?」 그녀가 물었다.

「우리는 연간 두 번씩 군대 관련 수집품 경매를 진행합니다.」

「그리고 그 무기들은 다 해체된 것이고요?」

「물론입니다. 아니면 불법이니까요.」

「혹시 해체되지 않은 골동품 권총을 판매한 선례가 있을까요? 실수로라도?」

「불가능합니다. 우리는 경매에 올리기 전에 모든 경매품을 확인하는 군대 전문가가 있습니다. 한 번이라도 작동 가능한 권총이 들어온 적이 있었다면, 우리는 물품을

21 도끼와 창을 결합시킨 옛날 무기.

22 표면에 못 같은 것을 박은 곤봉 모양의 옛날 무기.

전혀 건드리지 않고 경찰에 신고했을 겁니다. 그런데 해체된 권총에 대해서는 왜 물어보시는 건가요?」

「해체되지 않은 권총을 증거로 발견했거든요.」

「그렇다면 그 물건은 우리 경매 회사를 통과하지 않은 것이겠죠.」

「그럼 그건 어디에서 왔을까요?」

「아마 온라인이겠죠. 역사적인 무기를 취급하는 암시장은 아주 잘 형성돼 있어요. 대부분 옛 사건을 재현하려는 사람들이나 몽상가들이 그런 시장을 주도한다고 봅니다. 충분히 노력만 하면 실제 작동하는 옛 권총들을 찾을 수 있고, 또 오래된 총을 다시 조립하는 방법을 가르쳐 줄 이들도 꽤 있어요. 그러니 골동품 권총을 손에 넣을 방법은 아주 많습니다.」

「그렇군요. 그럼 다른 걸 좀 물어봐도 되겠습니까?」

「그러시죠. 경찰을 돕는 건 언제나 환영입니다.」 엘리엇이 말했다.

「제가 〈믿음〉과 〈소망〉이라고 말하면, 뭐가 떠오르십니까?」

「그거야, 〈자비〉겠죠. 다른 사람들도 분명 그렇게 생각할 겁니다.」

「그럼 그 문구가 당신에게 어떤 의미라고 생각되나요?」

「믿음, 소망, 자비요? 그건 오래된 격언 같은 거잖아요. 성경에 나오는. 저한테는 따로 특별한 의미가 없는데요.」

「그건 『고린토인들에게 보낸 첫째 편지』 13장 13절에 나오는 말이에요. 하지만 〈믿음, 소망, 그리고 자비〉는 킹 제임스 성경을 예전에 번역한 것이죠. 현대식 번역으로는 〈믿음, 소망, 그리고 사랑〉입니다.」

「아, 그런가요? 정말 인간은 매일 새로운 걸 배우는 존재인가 봅니다. 그럼 또 뭘 도와드릴 게 있을까요?」

「마지막 질문입니다. 어제 오전 5시에서 6시 사이에 어디에 계셨는지 말씀해 주실 수 있습니까?」

「어제 아침 5시에서 6시에 제가 어디에 있었느냐고요?」

「네, 맞습니다.」

「지금 농담하시는 건가요?」

「그냥 질문에 답만 하시면 됩니다.」

「매일 그 시간에 제가 있는 곳에 있었습니다. 침대 말이에요. 깊이 잠들어 있었죠.」

「그걸 증명하실 수 있나요?」

「제가 자고 있었다는 걸요? 제 아내에게 물어보실 수도 있겠지만, 아마 제 아내도 자고 있었을 겁니다.」

「그렇다면 침대에 계셨다는 것을 증명하실 수 없나요?」

「물론 증명할 수 없죠. 아마 경사님도 증명할 수 없을 겁니다. 전 경사님처럼, 그리고 이 나라 거의 대부분의 사람들처럼 어제 아침 5시에서 6시 사이에 자고 있었습니다. 자, 이제 끝났나요?」

말릭 경사는 엘리엇의 목소리에 마침내 짜증의 기미가 감도는 것을 듣고 만족스러워졌다. 그래서 그녀는 이제 할 얘기는 끝났고 시간을 내줘서 고맙다는 인사와 함께 전화를 끊은 다음, 잠시 그와의 대화를 복기해 봤다. 이번에도 엘리엇은 질문에 대부분 동요하지 않는 것 같았지만, 그래도 한 가지 중요하다고 생각되는 점이 있었다. 이크발이 살해된 오전 5시와 6시 사이의 행방에 대해 물었을 때 그는 왜 그런 질문을 하는지 되묻지 않고 대답했다. 말릭 경사의 경험상, 거의 대부분 사람들은 특정 시간의 행방에 대해 질문하면 경찰이 왜 그것에 대해 알고 싶어 하는지 묻는다. 그것은 인간의 단순한 본성이다. 그건 궁금해할 수밖에 없다. 하지만 엘리엇은 달랐다.

엘리엇의 태도가 수상쩍다고 여길 만한 이유는 충분했지만, 그가 이크발의 삶과 어떤 관련이 있는지 전혀 찾아낸 바가 없다는 것도 사실이었다. 전화 통화 내역도 없었다. 이메일도 없었다. 문자 메시지도 없었다. 이크발의 택시를 탄 적도 없었다. 그리고 어떤 종류의 증거도 없다면, 그를 더 조사할 근거를 만들어 낼 수가 없었다.

말릭 경사는 시계를 확인했다. 집에서는 남편이 아늑하게 소파에 앉아 귀여운 딸과 영화를 보고 있을 것이다. 저녁을 먹고 난 설거지거리는 싱크대에, 흰색과 어두운 색 그리고 나머지 혼합 색 등으로 분류해 놓은 빨래들도 여전히 위층 층계참에 쌓인 채 그대로 있을 것이다. 그리고 내일 점심 도시락과 숙제 또한 하나도 준비되지 않았을 것이다. 집에 돌아가면 다 그녀가 해야 할 몫이었다. 게다가 집에 가는 길에는 아버지에게 들르기로 약속해 둔 터였다. 아침에 전화한 아버지는 보일러가 고장 났다고, 세상에 어떤 딸이 아빠가 따뜻한 물도 없이 지내게 놔두느냐고 푸념을 늘어놨다.

그때 순경 한 명이 그녀의 사무실로 들어오는 바람에 말릭은 깜짝 놀랐다.

「미안합니다. 잠깐 딴 생각을 하느라. 그래서 어떻게 됐죠?」 그녀가 물었다.

「『데일리 미러』[23]에서 전화가 왔습니다. 이크발이 두 번째 희생자라는 것을 알고 있다고 하더군요. 첫 번째 희생자는 스테펀 던우디라고요.」

전국적인 신문사가 알게 되기 전까지 적어도 며칠의 시간은 벌 수 있길 바랐던 말릭 경사는 한숨을 내쉬었다.

「그들이 독일제 루거나 청동 메달에 대해 언급했나요?」

「아까 받은 전화에서 그런 얘기는 없었습니다.」

「그러면 그거라도 다행으로 생각해야겠군. 그래서 뭐라고 했죠?」

「만날 하는 소리죠. 지금 수사 중인 부분에 대해서는 절대 누설할 수 없다, 그리고 질문이 있으면 언론 담당 부서에 직접 연락해 봐라, 이렇게요.」

타니카의 전화가 울렸다. 템스밸리 경찰서의 언론 관련 부서 담당자였다. 그녀는 마음을 굳게 먹으며 전화를 받았다.

아주 길고 긴 밤이 예상됐다.

23 영국의 타블로이드판 전국 일간 신문.

12

주디스가 가장 좋아하는 윙 백 소파에 앉아 작은 위스키 잔을 들고 앉아 있을 때 초인종이 울렸다. 그녀는 쯧 하고 소리를 내뱉었다. 혼자 살아서 좋은 점은 자신의 집을 다른 누구와도 공유할 필요가 없다는 것이었다.

현관문을 연 주디스는 신부의 부인 벡스 스탈링이 서 있는 것을 보고 놀랐다.

「이렇게 찾아와도 실례가 아닌지 모르겠어요.」 벡스가 말했다.

「아, 괜찮아요. 그런데 내가 어디 사는지는 어떻게 알았어요?」

「모든 사람들이 다 아는걸요.」

주디스는 못마땅하다는 듯 헛기침을 했다. 그 수지라는 여성도 주디스가 어디에 사는지 안다고 했었는데, 이제 이렇게 또 다른 낯선 사람까지 자신에 대해 알고 있다니. 말로에 사는 사람들은 참 오지랖도 넓지!

「그리고 이렇게 불시에 찾아오면 안 된다는 것도 알아요. 그것도 이렇게 늦은 시간에요. 하지만 얘기를 나누고 싶었어요. 그리고 오늘 저녁 예배가 끝나고 술을 한잔했어요. 전 가족을 위해 저녁도 해야 했죠. 설거지도요. 그래서 어떻게 보면 지금이 오늘 하루 종일 제가 집에서 빠져나올 수 있었던 첫 번째 기회예요.」 벡스가 말했다.

「엘리엇 하워드 때문이에요?」

「네.」

「그럼 어서 들어와요.」 주디스가 한쪽으로 비켜섰다.

벡스가 집 안으로 들어서는 동안, 주디스는 문지방에서서 잠시 멈칫했다. 그녀가 마지막으로 누군가를 집 안으로 자진해서 들였던 때가 언젠지 기억나지 않았다. 너무나 자연스럽게 행동한 자신이 놀랍게 느껴졌다. 이렇게 쉬운 일이었나. 인생은 놀라움의 연속이군.

한편 집 안으로 들어선 벡스는 저택의 빛바랜 웅장함에 놀라지 않을 수 없었다. 참나무 패널로 장식된 현관과 복도에 있는 그랜드 피아노에서부터 벽에 걸린 오래된 유화들까지. 하지만 먼지로 가득 찬 실내 공기는 탁했다. 집 안의 거의 모든 표면은 신문과 잡지 더미로 뒤덮인 상태였다. 사이드 테이블과 창턱 위에는 도자기와 빈 컵이 어지럽게 흩어져 있었다. 무엇보다 가장 놀라운 것은 오래된 탁상용 램프 갓에 회색 브라 같은 게 널린 모습이었다.

벡스가 재채기를 했다.

「죄송합니다.」 그녀가 소매에서 깔끔한 손수건을 꺼내

며 말했다. 「제가 먼지에 알레르기가 있어서요. 사실 꽤 심해요.」

「그럼 이 집 안에는 잠시도 있으면 안 되겠네요.」 주디스가 전혀 당황한 기색 없이 말했다. 「위스키 마실래요?」

「위스키요?」

「네, 위스키.」

「차 같은 건 없죠? 허브차면 더 좋을 텐데.」 벡스는 슬쩍 희망을 내비치며 말했다. 「지금 꽤 늦은 시간이라서요.」

주디스는 그 말에 얼굴을 찌푸렸다.

「뭐, 상관없어요. 저는 그냥 엘리엇 하워드에 대해 제가 알아낸 사실을 말하러 왔을 뿐이니까요.」 벡스가 말했다.

「아, 그렇죠.」 마침내 대화의 본론으로 들어가게 됐다는 데 기뻐하며 주디스가 말했다. 「뭘 알아냈어요?」

「제가 온라인 게시판에 글을 하나 게시했어요. 엘리엇이 믿을 만한 사람인지 물어보는 글을요.」

「아주 용감한 일을 벌였네요. 그렇게 공공연하게 글을 올리다니 말이에요. 그것도 신부의 부인께서.」

「사실, 실명을 사용하진 않았어요. 거기에서는 별도의 아이디를 사용했거든요. 그렇게 글을 올리고 며칠간 확인을 안 했어요. 사실 솔직히 말하면 제가 글을 올린 사실도 잊어버렸죠. 그러다 오늘 그 글이 생각나서 사람들이 뭐라고 댓글을 달았는지 들어가서 봤어요.」

벡스가 자신의 휴대 전화를 건네자 주디스는 화면을 읽으려고 노력했다.

「미안해요. 돋보기가 없으면 안 보여요.」 그녀는 다시 휴대 전화를 돌려줬다.

「아, 뭐 그렇게 많은 댓글이 달리지는 않았어요. 그런데 대부분 다 칭찬이었어요.」

「그래요?」

「아무래도 사람들은 엘리엇을 좋아하고 신뢰하는 것 같아요. 비록 한 사람은 그의 부인인 데이지에 대해 그다지 좋지 않은 말을 했지만요. 아무래도 그녀가 그 회사의 실세인가 봐요. 그리고 거래에 관련해서는 아주 무자비하대요. 엘리엇은 관대한 반면 그녀는 아주 인색하다고 하더군요.」

「그녀를 만난 적이 있어요. 그런데 저는 그렇게 보이지 않던걸요. 하긴 저야 그때 뭘 사거나 팔려고 했던 게 아니니까.」 주디스가 말했다.

「하지만, 제가 당신을 만나려고 온 진짜 이유는 엘리엇 때문이 아니에요. 있잖아요, 누군가 댓글로 스테펀을 언급했어요. 당신의 이웃 말이에요. 그 살해당했다는.」

「그래요?」 주디스가 기대에 가득 차 물었다.

「그런데 그게 칭찬이 아니었어요. 잠깐 확인해 볼게요. 〈존 웨인의 말〉이라는 아이디를 가진 사람의 댓글이에요. 왜 자기 아이디를 그런 식으로 짓는지 모르겠네요.」

벡스는 댓글을 찾아 위아래로 화면을 검색했다.

「여기 있네요. 제가 읽어 드릴게요. 〈엘리엇은 좋은 사람이에요. 그의 아버지보다요. 그의 아버지는 정말 진짜 사기꾼이었어요. 스테펀 던우디도 그렇고〉라고 했어요.」
「던우디를 사기꾼이라고 했다고요?」
「아직 더 있어요. 〈죽은 지 얼마 안 된 사람을 나쁘게 말하면 안 되지만, 나는 엘리엇의 아버지와 스테펀이 막 운영을 시작할 무렵 그 경매 회사에서 일했어요. 아주 사기 행각의 연속이었어요. 그 사람들이 감옥에 가지 않은 게 신기할 정도로요. 그리고 확실히 말할 수 있는 건, 엘리엇이 물려받아 그곳을 깨끗이 정비하면서 비로소 많은 게 바뀌기 시작했다는 거예요.」

주디스는 놀라지 않을 수 없었다. 스테펀이 사기꾼이었다고? 엘리엇이 말한 것처럼?

그녀는 불가능하다고 여겼던 생각을 재고해 보기 시작했다. 엘리엇 하워드의 태도가 불쾌한 건 맞았지만, 그녀가 모든 걸 잘못 생각한 것은 아니었을까?

그때 두 사람은 동시에 먼 곳에서 유리 같은 것이 박살 나는 소리를 들었다.

벡스와 주디스는 소리가 난 거실 창 쪽을 바라봤다.
「무슨 소리예요?」 벡스가 말했다.
「쉿!」 주디스가 밖을 내다보기 위해 창으로 다가가면서 주의를 줬다. 눈에 보이는 것은 덤불들과 나무들의 어렴풋한 실루엣과 땅거미가 지면서 강물이 은백색으로 반짝이는 모습뿐이었다. 하지만 강의 건너편 상류에서 뭔가 빛 같은 게 번쩍했다.
「방금 봤어요?」

「뭘까요?」

「스테펀의 집 쪽이에요.」

주디스가 가리켰다. 그리고 이번에는 둘 다 그것을 봤다. 창문 안에서 스치는 한 줄기 빛을. 스테펀의 집 안에서 손전등이 움직였다.

「누군가 집 안에 있어요! 강도는 아니겠죠?」 벡스가 놀라 말했다.

「확인할 길은 하나밖에 없죠.」 현관 쪽으로 가며 주디스가 말했다. 「당신은 경찰을 불러요. 그리고 말릭 경사를 찾아서 스테펀 던우디의 집에 누군가가 침입했다고 말해요.」

「뭐라고요? 누구요? 지금 어디 가시는 거예요?」

「당연히 스테펀의 집이죠.」 망토를 걸치고 현관을 쌩하고 빠져나가며 주디스가 말했다. 「저게 누군지 알아내야 해요!」

13

벡스가 경찰과 전화 통화를 마치기도 전에 주디스는 묶어 놓았던 배를 풀어 다시 한번 스테펀의 집이 있는 상류 쪽으로 힘차게 나아갔다. 그리고 곧 배를 부들 사이에 끼운 뒤 잔디밭 위로 올라섰다. 만일 그녀가 지금 하려는 일을 1초라도 멈춰 다시 생각해 봤다면 스스로를 죽을지도 모를 위험에 빠뜨리고 있음을 깨달았겠지만, 이미 살인범을 도망가게 놔둔 적이 있었던 그녀는 그런 일이 또 일어나게 하지 않겠다는 생각뿐이었다.

주디스는 소리가 나지 않도록 자갈밭을 피해 잔디가 있는 부분만 디디면서 오래된 물방앗간을 향해 어둠 속을 성큼성큼 걸어갔다. 또 한 번 1층 방에서 손전등의 빛이 흔들리는 것이 보였다.

뒷문으로 간 주디스는 자물쇠가 쇠막대로 뜯겨져 나무 문틀이 망가진 상태로 문이 열려 있는 걸 보고도 조금도 주저하지 않았다. 돌바닥으로 된 복도로 들어서서 손전등

빛이 보였던 방을 향해 가면서 잠시도 발걸음을 멈추지 않았다.

「이봐요!」 주디스는 방으로 들어서며 소리쳤다.

그녀는 사람의 형체가 방 반대편에 서 있는 것을 봤다.

「내 말 안 들려요? 거기 누구예요?」

그 사람은 검은 옷을 입고 으스스하게 복면으로 얼굴 전체를 가리고 있었다. 정체를 알 수 없는 그 사람은 손전등을 휘둘러 주디스의 눈을 부시게 만들었다.

「그거 당장 꺼요!」 주디스가 말했다.

침입자는 손전등을 던졌다. 무거운 손전등이 주디스의 머리를 향해 곧바로 날아오면서 빛이 마구 회전했다. 주디스는 손전등에 맞기 전에 가까스로 아래로 몸을 피했지만, 급하게 바닥을 짚는 바람에 손목에 급격한 통증을 느꼈다. 손전등이 바닥에 떨어지고 그녀는 다시 몸을 일으켰지만 이미 때는 늦은 다음이었다. 그 어두컴컴한 형체는 주디스가 들어온 문을 통해 도망가고 말았다.

「거기 서!」 아픈 오른쪽 손목을 부여잡은 채 그녀가 소리쳤다.

하지만 그 사람은 이미 사라졌고, 순간 고통과 아드레날린이 밀어닥쳐 주디스는 속이 메스꺼워졌다. 그녀는 괜찮아질 때까지 잠시 벽에 몸을 기댔다. 방금 본 사람은 누굴까? 엘리엇 하워드였을까? 그럴 가능성도 있었지만 주디스는 침입자로부터 의미 있는 정보를 하나도 얻지 못했음을 깨달았다.

일단 숨을 돌린 주디스는 방의 전등 스위치를 찾아 켰다. 벽 조명의 불이 켜지고 주디스는 조용히 감탄하며 날숨과 함께 휘파람을 불었다. 암적색의 벽에는 황금색 액자에 끼워진 수십 장의 그림이 마치 갤러리처럼 정확하게 걸려 있었다. 그림들은 대부분 현대 회화 작품이었지만 오래된 유화들도 꽤 있었다.

주디스는 자기도 모르게 몸을 떨었다. 몸의 긴장이 풀리기 시작했다. 오른쪽 손목의 뼈가 부러진 것 같지는 않았고 벌써 손의 감각이 원래대로 돌아오는 것 같았다. 괜찮을 것이다. 하지만 이제 다음에는 무엇을 해야 하지?

밖에 차가 와서 멈추는 소리가 들렸다. 얼마 뒤, 말릭 경사가 방으로 달려들어 왔다.

「포츠 씨, 괜찮으세요?」 그녀가 물었다.

「그런 것 같아요.」 주디스가 부끄러워하며 말했다.

말릭 경사는 주디스가 왼손으로 오른쪽 손목을 감싸 쥐고 있는 모습을 봤다.

「다치셨어요?」 그녀는 자기 앞의 나이 든 여성에게 다가서며 말했다.

「살짝 바닥에 구른 것뿐이에요. 그게 다예요.」

「정말이에요? 제가 한번 볼게요.」

말릭 경사는 주디스의 손목을 살펴보고 손가락을 움직여 보라고 한 뒤, 큰 문제는 없는 것 같지만 아침이 되면 하이위컴에 있는 병원에 가서 꼭 확인해 보라고 당부했다.

「자, 이제 무슨 일이 있었는지 얘기해 주실래요? 아니면 지금은 제가 집까지 모셔다 드리고 내일 아침에 얘기할까요?」

주디스는 적어도 이번만큼은 말릭 경사의 걱정하는 말이 기분 나쁘게 들리지 않았다.

「내 걱정은 말아요. 난 괜찮을 테니까.」

그때 밖에 또 다른 차가 와서 멈추는 소리가 들렸고 두 사람은 누군가가 다가오는 기척에 문 쪽을 바라봤다.

황급히 문으로 들어선 것은 벡스였다.

「주디스, 괜찮아요? 무슨 일이 있었어요?」

「난 괜찮아요. 걱정 마요.」

「정말이죠?」

「정말이에요.」

「진짜 확실한 거죠?」

「진짜 난 괜찮아요.」

「걱정돼서 혼났어요. 경찰에 전화는 했는데, 당신이 배를 타고 강을 건넜잖아요. 그게 당신을 마지막으로 본 거니까요. 정말 괜찮아요?」

「괜찮아요.」

「아이고, 정말 다행이에요. 그런데 정말 괜찮은 거죠?」

공황 상태에 빠진 벡스가 계속 같은 말을 되풀이하는 것을 깨달은 말릭 경사가 끼어들었다.

「스탈링 씨 아니신가요?」 말릭 경사가 말했다.

벡스는 그제야 옆에 있는 말릭 경사가 눈에 들어왔다.

「오, 안녕하세요! 샌티의 어머니시죠, 그렇죠?」 그녀가 기쁨에 겨운 목소리로 말했다.

말릭 경사가 따뜻한 미소를 지어 보였다.

「맞아요. 트럼펫 연주자 아드님을 두셨죠?」

「네. 요즘 샘이 그만둔다고 협박을 하고는 있지만요. 한창 그럴 나이잖아요.」 벡스는 자랑스럽게 대답했다.

주디스는 여러 면에서 알아듣지 못할 외국어 같은 소리를 주고받는 두 여성을 번갈아 쳐다봤다.

「대체 둘이 무슨 얘기를 하는 거예요?」

「아, 죄송해요!」 벡스가 설명할 필요가 있음을 깨닫고 말했다. 「우리 애들이 칠턴 음악 학교에서 금요일 밤마다 같이 악기 연주를 하거든요.」

「스탈링 씨의 아들은 교향악단에 있어요.」 그때 공정하게 말해야 할 필요를 느낀 말릭 경사가 덧붙였다. 「제 딸 샌티는 그냥 줄을 튕기는 수준에 불과해요.」

「하지만 아이들이 연주하는 소리는 참 좋아요.」 벡스가 말했다.

「정말 그래요.」 말릭 경사가 동의했다. 「그래도 교향악단에 비하면 아무것도 아니죠.」

「고마워요.」 벡스는 겸손하게 말했지만, 마치 악단에서 연주하는 것이 아들이 아니라 자신이라도 된 듯한 태도였다. 「어쨌든,」 그녀가 다시 주디스를 향해서 말했다. 「우리는 찻주전자 앞에서 대화를 나눈 적이 좀 있어요.」

「그랬죠. 그런데 지금 여기서 뭐 하시는 거예요?」 말릭 경사가 말했다.

「벡스랑 함께 있었는데 이 집에 누가 침입한 걸 보게 됐어요.」 좀 더 중요한 사안으로 대화의 주제가 바뀌길 바라며 주디스가 말했다.

「맞아요. 경찰에는 제가 전화했어요.」 벡스가 말했다.

「그럼 스탈링 씨도 목격자니까 같이 계셔야겠어요. 하지만 포츠 씨, 던우디 씨의 집에는 어떻게 들어오셨는지 제가 알아야 합니다. 그리고 뒷문은 왜 저렇게 강제로 열린 거죠?」

「물론이죠. 무슨 일이 있었는지 제가 상세히 애기할게요.」 주디스가 말했다.

주디스는 벡스가 자신의 집에 있게 된 연유와, 스테펀의 집 안에서 누군가가 움직이는 것을 봤고, 그래서 배를 타고 건너왔으며, 또 침입자가 자신에게 손전등을 던지고 달아난 일 등을 설명했다. 말릭 경사는 주디스가 애기하는 내용을 기록했다.

「알겠습니다. 그 손전등이 어디 있는지 보여 주실래요?」

「여기 있어요.」 주디스가 두 여성을 카펫 위 손전등이 놓인 곳으로 데려갔다.

「혹시 그 침입자가 예의 적갈색 머리 여성이라고 생각해요?」 벡스가 물었다.

「모르겠어요.」 주디스가 말했다.

「적갈색 머리 여성이라뇨?」 말릭 경사가 물었다.

주디스는 스테펀의 정원에 적갈색 머리의 여성이 서 있던 것과 그다음 날 템스강 산책로에서 동일한 사람을 봤던 것, 그리고 그녀가 두 번 다 도망쳤던 일을 설명했다.

「그게 누군지 아세요?」 말릭 경사가 물었다.

「아뇨. 너무 답답하지만 모르겠어요. 하지만 전에 본 적이 있는 것 같아요. 사실, 본 게 거의 확실해요. 하지만 누군지 기억이 안 나요. 계속 생각해 봐야 할 것 같아요. 제발 기억이 나야 할 텐데.」

「하지만 그 여성이 오늘 침입한 사람은 〈아닌〉 것 같아요?」 벡스가 물었다.

「모르겠어요. 가능하긴 하죠. 그게 누구든 복면을 써서 머리까지 다 가렸으니까요.」

「방에 들어오셨을 때 그 침입자가 어디에 서 있었는지 말해 주실 수 있어요?」 말릭 경사가 물었다.

「저 끝 쪽 벽에요.」 주디스가 벽을 가리켰다.

세 명은 그곳을 살펴보기 위해 다가갔다.

「누군지는 모르지만 여길 아주 엉망진창으로 만들어 놨네요.」 벡스가 말했다. 호두나무로 된 책상 윗면 전체에 걸쳐 나무 조각들이 흩어져 있었고, 낡은 천과 망치와 끌도 있었다.

「맞아요. 여기가 바로 그 사람이 서 있던 곳이에요. 책상 옆이요.」 주디스가 말했다.

「이 집 주인이 이렇게 만들어 놨을 리는 없어요.」 갑자기 활기를 띠며 벡스가 말했다. 왜냐하면 다른 곳에는 먼지 한 점 없잖아요. 그리고 그림들도 완벽한 간격으로 걸려 있어요. 진짜예요. 한번 보세요.」

벡스가 벽을 가리켰을 때, 그녀의 말이 맞다는 것을 알 수 있었다. 50여 장의 그림들은 서로 완벽한 각도와 간격으로 배치돼 있었다.

벡스는 거의 아쉬워하는 듯이 말했다.

「당신 이웃은 정말 깔끔한 분이었네요. 전 확실히 알 수 있어요.」

「벡스 씨 말씀이 맞아요. 제가 던우디 씨 사망 후 집 상태를 확인했는데 이 책상 위에 이렇게 나무를 깎은 흔적은 없었어요. 끌이나 망치 같은 것도요.」 말릭 경사가 말했다.

「저 그림만 빼고는요.」 벡스가 당황해서 말했다.

「네?」

벡스는 몇 발자국 떨어진 곳에 있는 그림을 가리켰다.

「저 그림은 똑바르게 걸려 있지 않네요.」

「그래요?」

「아주 살짝요.」

말릭 경사와 주디스는 서로를 바라봤다.

「똑바른데요.」 주디스가 말했다.

「거의 똑바르지만, 아주 살짝 기울어졌어요. 제 말이 맞아요.」

「지금 여긴 범죄 현장이에요. 누군가가 끌을 사용하고 나에게 손전등을 던지고 간 곳에서 지금 고작 그림이 살짝 삐뚤어진 게 중요해요?」 주디스가 말했다.

「저는 모든 게 깔끔하고 바르게 정돈된 걸 좋아해요. 혹시 제가 저 그림을 좀……?」 벡스가 부자연스러운 미소를 지었다.

벡스는 그림을 바로잡기 위해 다가갔다.

「그림을 똑바로 하면 안 돼요. 여기는 범죄 현장이니까요.」 말릭 경사가 친절한 말투로 말했다.

벡스는 손을 그림의 모서리 부근에 올린 채로 그 자리에 멈췄다.

「하지만, 똑바르지가 않잖아요.」

「미안하지만, 범죄 현장에 손을 대서는 안 돼요.」

「그런데, 누가 알기나 하겠어요?」

「제가 알죠. 그리고 전 이 사건 전담 수사관입니다.」

「하지만 거의 손을 댄다고 할 수도 없어요. 아주 살짝일 뿐인데요.」

「벡스!」 주디스가 빽 하고 소리를 질렀다. 「당장 그 그림에서 떨어져요.」

「저는 그냥 그림을 똑바로 하려는 것뿐이에요.」

「그런데, 지금 당신이 침입자가 여기서 하던 일을 발견한 것 같아요.」

벡스는 주디스의 말에 놀랐다.

「제가요?」

말릭 경사도 놀랐다.

「정말요?」

「그런 것 같아요.」 주디스는 그림을 보기 위해 다가가면서 말했다.

「무슨 말인지 모르겠어요.」 벡스가 말했다.

「잘 보면 무슨 말인지 알 거예요.」 주디스가 말했다.

말릭 경사도 다가가서 두 여성과 함께 그림을 바라봤다. 20세기 중반의 그림 같았다. 세 가지 색이 세 면으로 넓게 나뉘어 칠해져 있었다. 짙은 빨간색이 맨 아래, 가운데 부분이 옅은 회색, 그리고 따뜻한 노란색이 맨 위였다. 마음을 진정시키는 그림이네, 말릭 경사는 생각했다.

「미안해요. 전 잘 모르겠는데요.」 말릭 경사가 말했다.

「그러네요!」 벡스가 다른 벽에 걸린 그림들을 바라보기 위해 뒤로 물러서며 말했다. 「방 안에 있는 그림들은 다 액자가 있는데, 이것만 없어요.」

「빙고!」 주디스가 말했다.

벡스는 액자가 없는 그림의 가장자리를 살피기 위해 더 가까이 몸을 기울였다. 「그리고 자세히 보면,」 특별히 흥미로운 엑스레이를 묘사하는 의사처럼 그녀가 말했다. 「그림 주변의 벽이 더 어두운 것을 알 수 있어요. 액자가 있던 부분에 가려 벽의 페인트가 햇빛에 탈색돼 연해지지 않았기 때문이에요.」

「맞아요. 아주 세밀한 관찰력이네요.」 말릭 경사가 말했다.

「그러니까 이 그림은 액자가 최근에 없어진 거네요.」 일련의 사건들을 연결 지어 생각해 보며 주디스가 말했다. 「그렇다면 그게 바로 저기 있는 책상 위의 끌과 망치와 나뭇조각들을 설명해 줘요. 그렇게 생각하지 않아요? 침입자가 들어와 그림에서 액자를 떼려던 것을 내가 들어와서 방해한 거죠.」

「그 사람이 당신을 공격할 때 그림 액자 같은 것을 손에 들고 있지는 않았어요?」 말릭 경사가 물었다.

「못 봤어요. 너무 어두웠거든요.」 주디스가 좌절한 듯 말했다.

「혹은 그 사람이 도망칠 때 손에 뭔가 있는 것 같진 않던가요?」

「미안해요. 그때 제가 바닥에 넘어져서요. 그의 손에 뭔가 있었는지 보지 못했어요.」

「하지만 말이 안 되잖아요!」 벡스가 불쑥 말했다. 「이 방의 예술품들은 수십만 파운드 이상의 가치가 있을 거예요. 어쩌면 수백만 파운드일지도 모르고요. 그런데 누가 다른 건 다 무시하고 그림 액자만 떼어 가겠어요?」

주디스는 그림을 바라봤다. 그리고 액자가 있었던 부분을 살펴봤다. 그러고는 뒤로 물러나 방 안에 있는 모든 그림들을 둘러봤다.

「마치 십자말풀이 같아요.」 그녀가 말했다.

「네?」 벡스가 얼굴을 찌푸렸다.

「십자말풀이는 표면적인 의미를 읽을 때는 전혀 이해가 안 가요. 하지만 그건 아직 해독하지 않았기 때문이에요.」

「무슨 말인지 모르겠어요.」 말릭 경사가 말했다.

「각 단어의 아리송한 힌트는 두 개의 부분으로 이루어져요. 일반적으로는요. 반쪽 힌트는 일종의 언어유희처럼 되어 있고, 나머지 반은 기본적인 정의죠. 물론 하나의 힌트 전체가 언어유희와 기본적 정의 둘 다로 이루어진 것도 있어요. 하지만 이것에 대해서는 너무 깊이 들어가지 않는 게 좋겠어요. 중요한 건, 실마리를 어떻게 풀어야 할지만 알면 완전히 이해가 된다는 거예요. 하지만 그 시점이 오기 전까진 그 단서가 전혀 말이 안 되는 것처럼 보이죠. 〈두 여자, 각 무릎 위에 하나씩〉, 일곱 글자, 이걸로 예를 들어 볼게요.」

「무슨 예를 들어요?」 주디스의 논리를 따라가기 힘든 벡스가 물었다.

「〈두 여자, 각 무릎 위에 하나씩〉 말이에요.」

「왜요?」

「말을 그대로 받아들이지 말고, 힌트로서 생각해 봐요.」

「무슨 힌트요?」

「두 여자, 각 무릎 위에 하나씩.」

「정말 미안한데요. 진짜 무슨 말인지 모르겠어요.」

「이것보다 어떻게 더 간단히 말해요! 〈두 여자, 각 무릎 위에 하나씩〉은 가장 유명한 십자말풀이예요. 로저 스퀴어스라고 하는 정말 훌륭한 십자말풀이 출제자가 만들어 낸 거죠. 이건 그의 2백만 번째 힌트였어요. 정말 대단하죠!」

「우리가 지금 이 순간, 가장 유명한 십자말풀이의 힌트를 생각해 봐야 하는 건가요?」 말릭 형사가 짜증이 난다는 듯, 그러나 한편으론 흥미롭다는 듯 미소를 지었다.

「이런, 이건 정말 재미있는 거예요. 〈두 여자, 각 무릎 위에 하나씩〉의 표면적 의미를 보면, 부도덕한 나이트클럽에서 음탕한 스트리퍼가 어느 사업가의 무릎 위에 앉아 있는 모습이 떠오를지도 몰라요. 아니면 가정적인 분위기에서 다정한 부모가 어린 딸들을 무릎 위에 앉혀 놓은 모습이 떠오를 수도 있죠. 하지만 답은, 그렇게 겉으로 느껴지는 것과는 전혀 상관이 없어요.」

「좋아요, 그럼 답이 뭔데요?」 말릭 경사가 물었다.

「지금 이 경우에는, 단서 앞의 반은 언어유희예요. 그러니까 두 여자의 이름을 찾는 거예요. 그 두 이름을 합하면 일곱 글자가 될 만큼 짧으면서 각 무릎에 하나씩 있는 것의 이름이 될 만한 단어인 거죠.」

「다시 말씀드리는데, 저는 무슨 말인지 하나도 모르겠어요.」 벡스가 말했다.

「걱정 말아요. 저는 단지 침입자가 왜 스테펀의 집에 들어왔는지를 뭔가 논리적으로 설명할 수 있을 거라는 말을 하고 있는 거예요. 그는 그림 액자를 끌로 떼어서 그것을 갖고 달아났어요. 하지만 그게 말이 안 된다는 점에 대해서는 너무 걱정하지 말자고요. 우리는 그냥 하나하나 나눠 생각해 볼 필요가 있어요. 그가 따르고 있는 원칙이 무엇인지 생각해 내면 그 답이 뭔지도 알아낼 수 있을 거라고 확신해요. 예를 들어, 그건 스테펀이 사기꾼이라는 점과 연결돼 있을지도 모르죠.」

「그게 무슨 말이죠?」 말릭 경사가 물었다.

주디스는 벡스가 온라인 게시판에 글을 올렸고, 그 결

과 사람들은 엘리엇을 좋아하고, 그의 아버지가 스테펀과 한통속이었고, 스테펀이 사기꾼이었음을 알게 됐다는 것을 설명했다.

「스테펀이 어떤 사기꾼이었는데요?」 말릭 경사가 물었다.

「우리도 몰라요. 온라인에 댓글을 단 사람은 그런 내용은 안 썼어요. 그냥 스테펀이 엘리엇의 아버지와 사기를 쳤다는 말만 했어요.」 벡스가 말했다.

「좋아요. 그건 제가 수사 팀에 확인해 보라고 할 수 있는 내용이네요.」

세 여성이 액자가 없는 그림을 바라보는 동안 침묵이 내려앉았다. 대체 그 침입자는 어째서 그림이 아니라 액자를 훔쳐 갔을까?

말릭 경사의 얼굴이 갑자기 밝아졌다.

「무릎뼈!」 그녀가 말했다.

「뭐라고요?」 벡스가 말했다.

「이제 알았어요. 그 두 여자의 이름 말이에요. 팻Pat과 엘라Ella예요. 그리고 두 이름을 합치면 무릎뼈patella가 되죠. 우리가 각 무릎에 하나씩 갖고 있는. 〈두 여자, 각 무릎 위에 하나씩.〉 무릎뼈.」

「브라보!」 주디스가 기쁨의 환호성을 질렀다.

「저는 아직도 잘 모르겠어요.」 벡스가 말했다.

「걱정 마요, 제가 나중에 설명해 줄게요.」

「그것참 영리한 힌트네요. 어쨌든, 이제 이 그림을 더 자세히 들여다볼 때 같아요.」 말릭 경사는 주머니에서 증거 채취용 장갑을 꺼내 손에 끼면서 말했다.

말릭 경사는 액자가 없는 그림을 벽에서 들어 올린 다음 빛 아래서 더 밝게 볼 수 있도록 각도를 기울였다.

「화가의 사인이 없네요.」 벡스가 관찰한 걸 말했다.

「그래서 침입자가 안 가져갔는지도 모르겠어요. 가치가 없어서.」 주디스가 말했다.

말릭 경사는 그림을 뒤집었고 그들은 나무로 된 단순한 뒷면과 그림을 거는 금속 고리를 함께 살펴봤다. 먼지가 조금 있을 뿐 특별한 점은 없었다.

「그림 뒤의 먼지를 털어야 한다는 말은 아닌데요,」 벡스는 먼지를 꼭 털고 싶다는 말투로 말했다. 「정말 먼지가 많이 쌓이긴 했네요. 적어도 1년에 한 번은 벽에서 떼서 꼼꼼히 청소해야 되는데. 그런데 저건 뭐죠?」 그녀가 캔버스의 틀 안쪽에 뭔가 붙어 있는 걸 가리켰다.

그것은 거미가 기어가는 듯한 손 글씨로 뭔가가 적힌 작고 빛바랜 스티커였다.

말릭 경사는 그것을 잘 살펴보기 위해 몸을 기울였다.

「〈말로 경매 회사에서 판매됨, 1988년 12월 15일〉이라고 적혀 있어요.」

「제 말이 맞았죠! 이게 바로 엘리엇 하워드가 연루돼 있다는 증거예요. 이 그림은 그의 경매 회사에서 온 거예요. 엘리엇은 스테펀을 죽였고 이제 그의 집에 침입해서 자신이 스테펀에게 1988년에 팔았던 그림의 액자를 훔쳐 간 거예요. 그렇게 생각하지 않아요, 말릭 경사님?」 주디스가 말했다.

말릭 경사는 자기 앞에 있는 작고 열정에 가득 찬 여성과, 옆에 서 있는 키가 크고 뭔가 어리둥절한 표정을 짓고 있는, 마지막으로 봤을 때 한 팔에는 트럼펫 케이스를 메고 다른 손에는 악보 뭉치를 든 채 자신을 위해 허브차를 타주던 여성을 바라봤다.

「제가 지금 무슨 생각을 하는지 아세요? 두 분이 이제 저를 타니카라고 부르는 게 좋겠다는 생각이에요.」

「아주 옳은 말씀이에요. 그리고 이제 포츠 씨 따위의 말도 집어치워요. 난 주디스예요.」 주디스가 동의했다.

「그리고 저도 제대로 제 소개를 안 했죠? 저는 벡스 스탈링이에요. 그러니까 진짜 이름은 베키 스탈링인데, 사람들은 대부분 저를 벡스라고 불러요.」

주디스는 아주 따뜻한 감정을 느끼며 타니카를 봤다. 타니카 또한 비슷한 감정으로 두 여성을 바라봤다. 비록 벡스가 아직 자신을 〈베키〉 혹은 〈벡스〉 중 어느 이름으로 소개해야 할지 갈피를 못 잡고 있음을 두 사람 다 깨닫고 있었지만 말이다.

「그러니까 내 생각은 이래요. 엘리엇은 헨리에서 스테펀과 다퉜어요. 우리는 그걸 알아요. 대체 무슨 일로 싸웠는지는 모르지만.」 주디스가 말했다.

「그는 스테펀이 자기 시야를 가려서 그랬다고 말했어요.」 타니카가 말했다.

「진짜 믿기지 않는 얘기네요.」

「저도 동의해요.」

「그러니까 두 사람이 다퉜고, 저는 분명 그것이 이 그림 때문이었을 거라고 봐요. 그리고 일주일 후에, 스테펀의 집에 누군가 침입했어요. 하지만 스테펀은 없어진 것이 아무것도 없다고 진술했어요. 흥미롭죠? 저는 그게 엘리엇이 그림 액자를 가져가려고 했던 첫 번째 시도라고 생각하거든요. 그리고 그때는 성공하지 못했죠. 하지만 스테펀은 결국 그 침입이 엘리엇과 상관이 있음을 알아냈을 거예요. 그는 갤러리에서 엘리엇과 만나기로 해요. 그래서 그런 격앙된 말다툼이 있었던 거죠. 그리고 그 후, 스테펀이 〈지금 당장이라도 경찰서에 갈 수 있어〉라고 했고, 비서인 앤토니아에게 〈사람이 너무 절박하면 어리석은 일을 하게 된다〉라는 말을 하죠.」

「그걸 다 기억해요?」 벡스가 물었다.

「그 말은 엘리엇이 절박하다는 사실을 스테펀이 알았단 걸 암시해요. 헨리에서 그와 말다툼을 벌일 정도로요. 또 일주일 후에 그의 집에 침입했을 만큼이요. 하지만 스테펀이 몰랐던 것은 엘리엇이 과연 얼마나 절박했는지였어요. 왜냐하면 엘리엇은 그 뒤에 한 번 더 침입을 시도하기로 마음먹었으니까요.」

「그는 분명 이 그림의 액자가 정말 필요했던 거예요.」 벡스가 말했다.

「살인이라도 할 준비가 됐을 만큼 이걸 원했던 것 같아요. 그런데 이번에도, 어떻게 알았는지는 모르지만, 엘리엇이 무슨 짓을 하려고 한다는 걸 스테펀이 다시 한번 알게 된 거죠. 혹은, 어쩌면 엘리엇은 애초에 스테펀을 죽이려고 계획했는지도 몰라요. 그걸 어떻게 확인할 수 있을지는 저도 잘 모르겠어요. 하지만 어느 쪽이든 스테펀은 물레방아 연못 끝의 작은 댐 옆에서 죽었죠. 그게 좀 이해가 안 가지만요.」

「왜 이해가 안 가죠?」 타니카가 물었다.

「음, 엘리엇이 대체 스테펀의 정원 가장자리에서 뭘 하고 있었을까요? 그리고 왜 스테펀이 거기까지 동행했을까요? 그걸 생각해 보면 이상해요. 무슨 이유였든, 엘리엇과 스테펀은 정원의 끝부분까지 갔고 엘리엇이 스테펀을 총으로 쏴서 죽였어요. 그는 마침내 액자를 훔칠 자유를 얻게 됐지만 전혀 예상치 못한 일이 벌어졌죠. 어떤 여자가 소리치는 걸 들은 거예요.」

「정말요?」 전체적인 맥락을 이해하지 못한 채 얘기에 푹 빠져 듣고 있던 벡스가 눈을 크게 뜨며 물었다.

「맞아요. 강에서요.」

벡스는 주디스의 말 한마디 한마디에 귀를 기울였다.

「그게 누군데요?」

「나잖아요!」

벡스가 상황을 이해하는 데는 몇 초가 걸렸다.

「아, 당연히 당신이죠! 그때 수영을 하고 있었다고 했죠! 미안해요. 제가 가끔 이렇게 멍청하다니까요.」

「멍청하지 않아요.」 주디스는 벡스에게 이렇게 말하고 다시 얘기를 이어 갔다. 「그리고 제가 소리치는 걸 들은 엘리엇은 분명 당황했을 거예요. 목격자가 강에서 나와 무슨 일이 일어나고 있는지 확인하려고 할지도 모르니, 그는 당연히 집에 들어가려고 했던 계획을 실행하지 않았을 거예요. 두 번째로 실패한 거죠. 그리고 그는 달아났어요. 당신이라도, 방금 자신이 살해한 남자의 시체가 정원에 있는 상황에서 집에 침입하고 싶진 않을 거 아니에요, 안 그래요?

하지만 엘리엇은 그가 언제나 갖고 있던 문제를 남겨 놓고 떠났어요. 이 모든 것이 시작된 그 액자, 그가 가져가기 위해 애초에 그 집에 침입했던 물건, 살인까지 저지를 계획을 꾸미게 만든 그것이 아직도 스테펀의 벽에 걸려 있었으니까요. 그래서 그는 사건의 열기가 사그라질 때까지 며칠을 기다려야 했고, 그리고 다시 스테펀의 집에 세 번째로 침입을 시도한 거예요. 멍청한 인간. 그게 오늘 밤이었죠. 이번에는 내가 그를 막으려 했지만, 그는 마침내 원하던 것을 손에 넣게 됐죠. 그 액자 말이에요.」

「하지만 어떻게 액자가 그렇게까지 중요할 수 있죠? 어떻게 사람을 죽일 만큼의 가치가 있을 수 있냐고요.」 벡스가 물었다.

「그야 저도 모르죠. 하지만 우리가 그 액자를 찾을 수 있다면 분명 알아낼 수 있을 거예요.」

「저는 이것밖에 말씀드릴 게 없어요. 정말 대단한 추리네요.」 타니카가 말했다.

「고마워요.」

「아주 사소한 점 하나만 빼고요.」 타니카가 덧붙였다. 「당신이 엘리엇 하워드가 스테펀을 죽이는 소리를 들었다고 했을 때, 그는 올 세인츠 교회에서 적어도 스무 명의 다른 목격자가 있는 곳에서 성가 연습을 하고 있었어요.」

「저를 포함해서요.」 벡스가 마치 사과라도 하는 양 말했다. 「그리고 연습 때 그의 모습이 찍힌 CCTV 영상도 있고요. 그는 분명히 계속해서 올 세인츠 교회에 있었어요.」

「하지만 그가 카메라를 향해 지은 그 표정을 당신도 봤잖아요! 그는 우쭐해 하고 있었어요. 자기가 우월한 위치에 있는 것처럼.」 주디스가 답답하다는 듯 말했다.

「그런 건 모두 그의 본성에서 나오는 태도일 거예요. 그리고 이건 확실해요. 엘리엇과 이크발 카삼은 아무 연관이 없어요. 전혀요.」 타니카가 말했다.

「하지만 분명 살인범은 엘리엇이어야 해요. 그가 아니라면, 대체 누구겠어요?」

타니카와 벡스 모두 그 질문에 대해 답을 할 수 없었다.

14

경찰차 두 대가 도착했고 타니카는 팀을 이끌고 가택 침입 사건 현장 조사에 착수했다. 주디스와 벡스는 공식적인 진술을 마치고 함께 스테펀의 집에서 나왔다.

「집으로 배를 타고 가실 순 없어요. 손목을 다쳤잖아요.」 벡스가 주디스에게 말했다.

「손목 걱정은 안 해도 돼요. 벌써 괜찮아졌어요.」

「그래도, 제가 집까지 태워 드릴게요. 배는 나중에 와서 가져가세요.」

「사실 그래 주면 정말 고맙겠어요. 고마워요.」

「어서 타세요.」 윤이 날 만큼 깨끗한 흰색 사륜구동 자동차의 조수석을 열어 주며 벡스가 말했다. 주디스가 몸을 끌어 올려 타야 할 만큼 아주 큰 차였다. 벡스가 운전석에 올라타는 동안, 주디스는 대체 가정주부가 왜 이렇게 거대한 차를 타는지 궁금해했다.

몇 분 뒤, 벡스는 현수교를 지나 강 건너편 주디스의 집으로 향하는 비셤의 좁은 도로인 페리레인으로 들어섰다.
「우리 집에서 잠깐 한잔해요.」 주디스가 말했다.
「그러면 좋죠!」 벡스의 대답은 거짓말이었지만, 진심도 담겨 있었다. 「그런데 괜찮으시면 저는 내려 드리고 바로 집으로 가야 할 것 같아요. 너무 늦었어요.」
「말도 안 돼요! 지금 큰 충격을 받은 상태잖아요, 우리 둘 다. 들어와서 진한 술 한잔 마시고 가요.」
「콜린한테 제가 필요할 거예요.」
「왜요?」 주디스가 직설적으로 물었다.
「글쎄요, 그는 주중에 아주 열심히 일했고…….」
「당신도 분명 그랬겠죠. 혹시 남편이 전화했어요?」 주디스가 말을 가로막고 물었다.
「모르겠어요. 아닌 것 같아요.」
「그럼 별일 없을 거예요.」
「그래도…….」 벡스는 남편을 위해서 왜 꼭 집에 가야 하는지 설명하려고 노력했다. 그녀에겐 자신은 집 밖에서 일하지 않기 때문에 밖에서 일하고 돌아온 콜린을 위해 집에 있어야 한다는 의무감이 있었다. 그건 그녀가 〈제대로 된〉 직업이 없다는 죄책감과도 관련이 있었다. 따라서 그녀는 자신의 가치를 느끼기 위해 가장 완벽한 최고의 가정주부가 돼야 했다. 또한, 더 평범한 이유로는, 그런 일상이 습관처럼 돼버렸기 때문이기도 했다. 하지만 어떻게 이런 애매모호한 생각을 말로 표현할 수 있을까?
「……콜린에겐 내가 필요해요.」 그녀는 결국 이렇게 다시 말했다.

「당신에게도 필요한 것들이 있어요.」 벡스가 집 앞에 차를 세우자 주디스가 말했다.

저택 앞에는 전에 없던 회색 승합차가 주차돼 있었다.

차에서 내리면서 주디스는 개 산책꾼 수지 해리스가 1층 창문 안을 들여다보는 모습을 발견했다.

「저기요?」 주디스는 교양 있는 노부인다운 목소리로 물었다.

「오, 오셨네요! 그냥 당신 집 창문을 들여다보고 있었어요.」 남의 집 엿보는 걸 들키고도 아무렇지도 않은 듯 수지가 말했다.

「대체 거기에서 뭐 하는 거예요?」

「그러게요. 좋은 질문이네요.」 그녀가 동의했다.

주디스는 수지의 대답을 기다리다가 저번에 만났을 때처럼 또 대화의 맥이 끊긴 것을 깨달았다.

「그래서 당신 대답은 뭐예요?」

「오, 맞다! 제가 부탁이 좀 있어서요. 이크발에 관해서요. 그리고 어차피 에마 저녁 산책을 시키던 중이어서 부인 집에 들러 볼까 해서 왔어요. 혹시 계신가 해서.」

「내가 없으면 어쩌려고요?」

「그럼 그냥 집 안이나 좀 들여다볼까 했죠. 제가 말씀드린 것처럼, 저는 언제나 이 집 안이 궁금했거든요.」

수지가 속내를 너무 솔직하게 드러내는 바람에 주디스는 모든 불쾌함을 잊고 웃음을 터뜨렸다.

「이크발이 누구예요?」 벡스가 물었다.

「아 참, 미안해요.」 주디스가 벡스를 대화에 참여시키기 위해 돌아서며 말했다. 「두 분을 서로 소개해 줘야겠네요. 벡스, 이 분은 수지 해리스예요.」

「저는 사실 리베카예요.」 벡스가 손을 내밀며 말했다. 「우리 어머니 빼고는 아무도 그렇게 부르지 않지만요.」

「저기, 두 분 다 집에 같이 들어가지 않을래요? 오늘 하루가 너무 길었어요. 그래서 발을 좀 편하게 쉬게 하고 싶어요.」 주디스가 말했다.

「그럼 제가 저택 안을 구경할 수 있는 거예요?」 수지가 물었다.

주디스가 미소를 지었다. 「네, 들어오세요.」

주디스는 현관문을 열고 수지를 안으로 들여보냈다.

벡스는 여전히 문지방에서 머뭇거렸다.

「저는 시간이 안 될 것 같아요.」 그녀가 말했다.

「딱 한 잔만 해요. 그러면 집에 보내 줄게요. 어서요. 오늘 우리가 겪은 일을 한번 생각해 봐요. 우리는 그럴 만한 자격이 있어요.」

벡스는 주디스를 설득하는 것보다 짧게 한 잔 마시고 가는 게 더 빠를 거란 걸 마침내 깨달았다.

「좋아요. 그렇게 원하신다면, 딱 한 잔만 하고 가죠, 뭐.」 그녀는 신부 부인 특유의 미소를 지으며 말했다.

「브라보!」

주디스는 벡스를 따라 들어가다가 호기심 가득한 얼굴

로 그랜드 피아노 옆에 서 있는 수지를 발견했다.
「세상에, 정말 부자신가 봐요.」 수지가 말했다.
「내가 지금 입은 옷 상태만 봐도 〈부자〉는 아니라는 걸 알 텐데요.」 주디스는 음료 테이블로 다가가 잔 두 개를 들어 먼지를 입으로 불어 낸 후 자신의 컵 옆에 나란히 놓고 독한 위스키를 넉넉히 따랐다.
「그래도 이 대저택만 해도 수백만 파운드는 될 것 같은데요?」
주디스는 수지의 솔직한 태도가 마치 상쾌한 공기처럼 느껴졌다.
「집값이 얼마인지는 몰라요. 제 고모할머니한테서 유산으로 받은 거라서요.」 주디스는 위스키 두 잔을 들고 왔다.
「그분은 자녀가 없었나 봐요?」
「나에게는 다행스럽게도, 없었어요. 비혼이었거든요. 그래서 그분한테는 제가 딸이나 다름없었죠. 자, 일단 이걸 마시는 게 좋겠어요.」 주디스가 잔을 들어 보였다.
「그거 위스키예요?」 이마를 찌푸리며 벡스가 말했다.
「이 정도로 싼 위스키는 〈스카치〉라고 부르는 게 맞을 거예요.」
「오, 고마워요. 하지만 전 물이나 한 잔 주세요. 혹시 있으면 허브차라도요. 이렇게 늦은 밤에는.」
「오늘은 우리 모두 차보다 더 강한 게 필요하다는 데 동의할 거라고 생각해요.」

「저는 동의해요.」 수지가 잔을 받아 들어 한 번에 들이켜고는 가슴이 타는 듯한 느낌에 얼굴을 찡그렸다. 그러다 이내 미소를 지었다. 「아주 속이 다 시원하네!」 그녀는 감사한 표정으로 말했다.

수지가 잔을 다시 갖다 놓으려고 옆에 있는 탁자로 가는 동안 벡스는 드디어 위스키를 아주 살짝 한 모금 마셔 보고는 입술을 손가락으로 문질렀다.

「입술에 닿지 않게 하는 게 좋아요. 그래야 덜 따갑거든요.」

「죄송한데, 여기가 화장실이에요?」 수지가 음료 테이블 옆에 있는 참나무 문을 가리켰다.

주디스가 말리기도 전에, 수지는 문을 밀어서 열려고 했다. 하지만 잠긴 상태였다.

「그 문은 잠가 놨어요.」 주디스가 애써 예의 바른 미소를 지었다.

「왜요? 여기에 시체라도 숨겨 뒀어요?」 수지가 웃었다.

주디스의 미소가 굳어지자 수지는 놀라서 눈을 커다랗게 떴다. 농담으로 한 말에 왜 주디스가 당황할까? 신부의 부인인 벡스는 이런 어색한 분위기를 무마하는 데 능숙했다.

「아까 이크발에 대해서 얘기 중이었잖아요. 그분이 살해당한 그 가엾은 분인가요?」 그녀가 수지에게 말했다.

「정말 안타깝죠.」 수지가 말했다.

수지가 벡스에게 이크발을 어떻게 알게 됐는지 설명하

는 동안, 주디스는 테이블로 다가가 위스키를 다 마시고 한 잔을 더 따랐다. 다른 이들이 주목하지 않을 때 그녀는 자기 목에 걸린 은목걸이와 열쇠를 어루만졌다. 아직 거기에 있었다. 여전히 안전하게. 수지가 얘기를 마치자 주디스는 미소를 지으며 두 사람이 있는 곳으로 돌아갔다.

「그럼 총에 맞아 죽은 거예요?」 벡스가 방금 들은 얘기를 소화하느라 애쓰면서 물었다.

「그러니까요. 정말 끔찍하죠. 그러다 주디스가 이크발 사건이 이웃 사람의 죽음과 관련이 있다고 생각하고 저를 찾으러 왔어요.」 수지가 말했다.

「분명 그래야 해요. 말로에서는 살인 같은 건 일어나지 않아요. 만일 사흘 동안 두 번이나 그런 일이 일어났다면, 분명 그 둘은 연관이 있을 거예요.」 주디스가 말했다.

「저도 당신 말이 맞다고 생각해요. 그게 제가 당신과 얘기하고 싶었던 이유예요. 있잖아요, 이크발이 다니던 모스크의 이맘[24]이 오늘 오후에 저에게 전화를 했어요. 장례식을 준비하는 중인데 경찰이 그에게 제 번호를 알려 줬다고 하더군요. 혹시 이크발의 가족과 연락이 가능한지 아느냐고 말이에요.」 수지가 말했다.

「알아요?」 벡스가 물었다.

「아뇨. 제가 가족에 대해 물을 때마다 이크발은 가족이 없다고 말했어요. 그러고는 화제를 바꾸곤 했죠. 그는 배에 대해 얘기할 때 훨씬 더 행복해 보였어요.」

24 이슬람교에서 종교 공동체를 이끄는 일종의 지도자.

「배요?」 벡스가 말했다.

「세상에, 그러니까요. 그는 배에 열정을 가지고 있었어요. 일단 그 주제에 대해 얘기하기 시작하면 도통 멈출 줄을 몰랐다니까요. 말로의 강가에 둘 배를 사기 위해 저축을 했거든요. 그의 꿈은 영국의 수로를 모두 다 가보는 거였어요. 그런데 중요한 건, 이맘이 그러는데 이크발은 모스크에 자주 나오지 않아서 거기에 친구가 거의 없다는 거예요. 사실상 그의 장례식에 초대할 만한 사람은 나밖에 없었나 봐요. 그래서 나보고 장례식에 참석하겠느냐고 하더군요.」

「그래서 뭐라고 대답했어요?」 벡스가 물었다.

「가겠다고 했어요. 그게 제가 해줄 수 있는 최소한의 일이라고 생각해요. 이크발은 제 친구였어요. 하지만 장례식장에 저 말고 아무도 없으면 너무 이상할 것 같아요. 그래서 고민 중이었어요. 같이 안 가실래요?」 수지가 주디스를 향해 말했다.

「이크발의 장례식에요?」

「당신은 이웃과 이크발의 죽음이 관련돼 있다고 생각하잖아요. 어쩌면 오래 연락을 끊었던 여동생 같은 사람이 예상치 못하게 나타날지도 모르잖아요? 그럼 당신이 그 사건에 대해 알아볼 기회가 생길 수도 있죠. 그리고 사람은 많으면 많을수록 더 즐거운 거라잖아요. 그러니까, 특히 장례식은요.」

「그렇게 생각해요?」 주디스는 수지의 표현에 웃음을 참지 못하며 물었다.

「물론이죠! 제가 가본 장례식은 다 정말 좋았어요. 당신은 안 그랬나요?」

「나도 그랬던 것 같아요.」 주디스가 잠시 생각해 보더니 말했다. 「그럼 초대에 아주 감사히 응할게요. 당신 말이 맞아요. 고인이 혼자 땅에 묻혀선 안 되죠. 저도 기꺼이 참석할게요.」

「그럼, 같이 가기로 한 거예요? 적어도 그의 장례식에 두 사람은 오겠네요.」 수지가 말했다.

「장례식에 아무도 안 온다고 해도 크게 문제는 없을 거예요. 모스크 사람들은 고인을 모르더라도 장례식에 참석해야 하니까요. 라티프 이맘이 전화했어요?」 벡스가 말했다.

「맞아요. 그 사람을 알아요?」 수지가 물었다.

「아주 조금요. 목요일 아침마다 푸드 뱅크에서 같이 봉사하거든요. 진짜 좋은 사람이에요.」

주디스는 모스크의 이맘과 푸드 뱅크에서 같이 일하는 걸 아무것도 아닌 듯 말하는 벡스를 보고 감명을 받았다. 아무래도 그녀를 조끼와 제깅스 차림의 유행이나 좇는 여자로 치부했던 건 잘못된 판단 같았다.

사실, 두 여성을 바라보던 주디스는 자신이 정말 오랜만에 즐거운 시간을 보내고 있으며 아직 그런 즐거운 저녁이 끝나지 않기를 바란다는 걸 깨달았다.

「장례식에 가는 데는 한 가지 조건이 있어요. 앞으로 한

30분간 절 좀 도와줘요.」그녀가 미소를 머금고 수지에게 말했다.

「뭘 할 건데요?」수지가 물었다.

「걱정 마요. 힘든 일은 아니니까. 하지만 나는 스테펀 던우디가 엘리엇 하워드에게서 1988년에 산 그 그림이 얼마나 중요한 가치를 가졌는지 알아보고 싶어요.」

「그걸 어떻게 알아내죠?」

「그럼, 작은 위스키 한 잔을 더 마시고서 인터넷에서 뭘 찾을 수 있는지 한번 볼까요? 어떻게 생각해요?」

수지는 너무 만만한 사람처럼 보이고 싶지 않았다.

「승합차에 에마를 혼자 놔둘 순 없어요.」

「그럼 데려와요.」

「좋아요. 그럼 기꺼이 도와줄게요!」

주디스와 수지는 벡스를 바라봤다. 하지만 그녀는 감상에 빠진 듯한 미소를 지은 채 말이 없었다. 주디스는 아마도 위스키 탓일 거라고 추측했다. 다행이네. 벡스는 좀 느긋해져도 돼.「그럼 우리 셋 다 동의한 거예요.」주디스가 웃으며 말했다.「자, 여성분들, 시작해 봅시다.」

15

주디스는 자신이 가장 좋아하는 윙 백 소파에 몸을 묻고, 벡스는 카드 테이블 앞에 바른 자세로 앉아, 수지는 거실 창턱에 쿠션을 놓고 세바의 왕처럼 나른하게 기대 누운 채로, 세 여성은 모두 각자의 기기를 들여다봤다. 에마는 수지의 발치에 누워 앞발 위에 머리를 얹고 눈을 감더니 잠들었다. 그러다 한 명이 가끔 위스키를 한 모금씩 홀짝거리거나 각자 찾은 걸 얘기하거나 질문을 하기도 했다. 다정하고, 대학 같은 분위기에서 모두 진심으로 즐거운 시간을 보내는 중이었다.

「그런데, 아이는 있어요?」 벡스가 수지에게 물었다.

「세상 최고의 아이들이 두 명 있죠.」 수지가 미소를 지었다.

「애들 얘기 좀 해줘요.」

「글쎄요, 둘 다 지금 20대예요. 레이철은 스물두 살이고 여자 친구와 뉴캐슬에 살아요. 에이미는 스물다섯 살이고 결혼해서 아이가 하나 있어요.」

「할머니였네요!」

「맞아요.」 수지가 자랑스럽게 대답했다.

「와, 대단해요. 같이 사는 분은요?」

「하! 있었죠. 하지만 레이철이 태어난 후 절 떠났어요.」

「둘째가 태어난 후에요?」

「둘째가 태어난 바로 그달에요. 감당하기가 너무 고되다고 하더군요.」

「그럼 두 아이를 혼자 키우셨어요?」

「그랬죠.」

「정말 힘들었겠어요. 다른 가족들은요? 어머니가 근처에 사셨나요?」

「부모님은 제가 어릴 때 돌아가셨어요. 이크발처럼요. 우리는 그런 공통점이 있었어요.」

「아이고, 안쓰러워라. 사촌이나 이모나 삼촌은요?」

수지는 대답하기 전에 스카치를 한 모금 마셨다.

「없어요. 얘기할 만한 가족이 없어요. 이거 진짜 독한 술이네요.」 그녀는 주디스에게 이렇게 말하면서 미소를 지었지만 벡스의 눈에는 왠지 억지 미소처럼 보였다.

「아주 훌륭한 음료죠.」 주디스는 이렇게 말하고 다시 태블릿으로 눈길을 돌렸다.

「와인은 없어요?」

「미안해요, 난 집에 와인을 둘 수 없어요.」

「왜요?」

「있으면 내가 다 마셔 버리니까.」

수지와 벡스는 빈 위스키병을 바라보며 시선을 교환했다. 위스키를 이런 식으로 마신다면 과연 와인은 얼마나 많이 마실까?

「그럼 당신은 어때요, 주디스? 혹시 아이가 있어요?」 스카치 때문에 볼이 발그레하게 물든 벡스가 물었다.

「오, 아니요. 난 그렇게 축복받지 못했어요.」

「그런데 결혼은 하셨잖아요.」

「네?」

「이렇게 묻는 게 실례가 아니라면, 결혼반지를 끼고 있어서요.」

벡스는 주디스가 왼손 약지에 끼고 있는 금반지를 가리켰다.

「관찰력이 좋으시네요.」

「미안해요. 직업병이에요. 신부의 부인으로 살다 보면 결혼반지 같은 것에 신경을 쓰게 되거든요.」

「정 알고 싶으시다면, 제 남편은 죽었어요.」 주디스가 말했다.

「그래요?」

「사랑스러운 나의 필리포스. 그는 그리스 사람이었죠. 필리포스 데메트리우. 그를 만나기도 전에 그 이름과 사랑에 빠졌어요. 하지만 선박 사고로 세상을 떠났죠. 코르푸에서.」

「이런, 안타까운 일이네요. 언제 돌아가셨어요?」

「내가 스물일곱 살 때요. 자, 내가 아주 흥미로운 걸 찾은 것 같아요.」 주디스가 화제를 바꾸고 싶은 듯 말했다.

「잠깐만요. 스물일곱에 남편과 사별했어요? 그리고 그 이후에 아무도 만나지 않았어요?」 수지가 말했다.

「다른 사람을 굳이 왜 만나야 해요? 우리가 만나는 대부분의 남자는 기준 미달이잖아요, 안 그래요?」

「그 말에 건배.」 수지가 조용히 말했다. 아니, 사실 주디스는 그렇게 말한 것이 수지라고 생각했지만 곧 그녀의 입술이 전혀 움직이지 않았음을 깨달았다. 그때 주디스와 수지는 벡스가 조용히 위스키 잔을 들어 올리며 건배하는 시늉을 하고 남은 술을 다 마시는 걸 발견했다.

「스카치는 자꾸 마시고 싶게 만드는 술이네.」 벡스가 살짝 불분명한 발음으로 선언하듯 말했다.

「그렇죠?」 주디스가 벡스의 잔을 다시 채워 주러 가면서 맞장구를 쳤다.

「그런데 뭐 좀 찾았어요?」 수지가 물었다.

「글쎄요, 이게 뭔가 중요한 것일 수도 있고 아무것도 아닐 수도 있어요. 제가 말로 경매 회사의 웹사이트를 찾고 있었거든요. 원래 그곳에 스테펀의 그림이 있었으니까요. 웹사이트에 그 회사의 역사를 설명해 주는 페이지가 있어요. 엘리엇의 아버지가 창립한 곳이더라고요. 아버지의 이름은 더들리였어요. 그가 1985년에 은퇴한 뒤 엘리엇이 차기 회장이 됐고요. 제가 발견한 건 이거예요. 엘리엇은 3년 동안만 회장으로 있었어요. 이것 봐요.」 주디스가 태블릿을 수지에게 건넸다.

수지는 엘리엇 하워드가 1985년부터 1988년까지 회장으로 있었던 기록을 웹사이트에서 확인했다.

「그리고 1988년에 프레드 스미스라는 사람이 회장이 됐어요.」 주디스가 말했다.

「프레드 스미스요?」 수지가 호기심 가득한 목소리로 물었다.

「맞아요. 그리고 그는 그 이후 13년간 회장으로 있었어요. 2001년 엘리엇 하워드가 다시 회장이 될 때까지요.」

「그럼 왜 엘리엇이 오랫동안 회사를 떠났다가 다시 돌아온 걸까요?」

「좋은 질문이에요. 하지만 제 관심을 끈 건 그게 아니에요. 자, 엘리엇은 1988년에 회장을 그만뒀어요. 그 연도는 우리가 스테펀의 집에서 발견한 그림에 적힌 시기와 같아요. 스테펀은 그 그림을 1988년에 샀잖아요.」

「어쩌면 그냥 우연의 일치일 수도 있어요.」

세 사람은 제각각 술기운이 오른 상태로 그 증거에 대해 생각해 봤다.

「이상하죠? 일단 오늘 스테펀의 집에서 내가 놀라게 한 사람이 엘리엇이라고 가정해 보자고요. 그게 가장 그럴듯한 설명이니까요. 하지만 만약 그렇다면, 그는 자기가 1988년에 스테펀에게 판매한 그림의 액자를 훔쳤다는 의미가 돼요. 그가 경매 회사에서 사직한 바로 그해에 팔았던.」 주디스가 말했다.

「맞아요. 그렇게 얘기하고 보니 수상하네요.」 벡스가 열의를 보이며 맞장구쳤다.

「난 엘리엇이 왜 1988년에 사업에서 물러났는지 알아봐야 한다고 생각해요.」

「좋은 생각이에요.」 벡스가 동의했다.

「그런 면에서 우린 운이 좋네요. 내가 어떻게 하면 그걸 확인할 수 있는지 알거든요.」 수지가 말했다.

「정말요?」

「1988년에 엘리엇 대신 일하기 시작한 그 남자, 프레드 스미스하고 얘기하면 되죠.」

「그러네요! 그는 무슨 일이 있었는지 알 거예요. 그런데 그 남자를 어떻게 찾죠?」

「그렇게 어렵지는 않을 거예요. 저는 매일 아침 11시에 그 남자와 대화를 하거든요.」 수지가 미소를 지었다.

「그래요? 어째서요?」

「제가 잘못 아는 게 아니라면, 프레드는 우리 동네 우편배달부예요.」

수지의 집은 도시 동쪽, 즉 붉은 벽돌 사무실 건물들로 이루어진 기능적인 상업 지역과, 자동차와 소음이 끊이지 않는 2차선 고속도로인 A404 사이에 있었다. 그다지 큰 매력이 없는 위치임에도, 수지의 집이 있는 동네는 아주 사랑스러웠다. 주디스는 이튿날 11시가 되기 직전 자전거를 타고 동네로 들어서면서 이렇게 생각했다. 진입로에는 차들이 주차돼 있었고 제라늄 화분들이 걸린 예쁜 2층짜리 연립 주택들이 길 양쪽에 늘어서 있었다. 그랬다. 정말 멋진 동네였다. 그리고 주디스는 수지가 가르쳐 준 주소에 도착했다.

그런데 집의 앞부분이 없었다.

주디스는 지금 보이는 것을 믿을 수가 없어 눈을 깜박였다.

그녀의 눈에는 아무 문제가 없었다. 집 정면에 있어야 할 벽이 보이지 않았고 대신 비계, 파란색 플라스틱 시트, 지지대와 들보가 제멋대로 노출돼 있었다.

주디스는 그 모습에 강한 인상을 받았다. 자신도 외관에 거의 신경을 쓰는 사람이 아니었지만, 그런 그녀조차도 자기 집에 벽이 없다는 건 참기 어려울 터였다.

하지만 더 자세히 살펴보고서, 그런 부분은 아직 공사가 진행 중인 집의 일부라는 것과, 원래의 집은 완성되지 않은 벽돌 벽 뒤에 그대로 놓여 있다는 걸 깨달았다.

주디스가 자전거를 오래된 시멘트 혼합차에 기대 놓는 동안 수지가 현관에 나타났다.

「공사 중이라 정신없어서 미안해요.」 그녀가 말했다.

「뭘 그런 걸 가지고 미안해해요. 그런데 지금 무슨 공사를 하는 거예요?」

「아, 그냥 확장 공사예요.」 그녀가 가볍게 대답했다.

「다 끝나면 정말 멋지겠네요.」

「당연히 그래야겠죠. 그걸 바라고 하는 거니까.」

「완공하는 데 얼마나 걸려요?」

「건축업자 말로는 두 달 더 걸릴 것 같다고 해요. 날씨가 좋으면 조금 더 빨리 끝날 수도 있고요.」

「오, 그럼 곧 끝나겠네요.」

「다만 그건 3년 전에 그 작자가 내 돈을 전부 갖고 사라진 시점의 얘기예요. 그 이후로 그자를 본 적이 없어요.」

「네?」

「집은 3년 동안 이 상태예요.」

주디스는 할 말을 잃었다.

「오.」 그녀는 결국 이렇게밖에 반응할 수 없었다.

「뭐, 그래도 그런 게 인생이죠, 안 그래요?」 수지는 이 상황이 조금도 신경 쓰이지 않는다는 듯이 가볍게 말했다. 「사람들은 다 떠나요. 남편, 자식들, 그리고 내 경우에는 건축업자까지도요. 일단 들어와요. 안에 들어가면 훨씬 괜찮아요. 걱정 마세요. 집 안에 다른 개들은 없어요. 저하고 에마뿐이에요.」

수지의 집 안에선 개 냄새와 찌든 담배 냄새가 났다. 바닥은 여기저기 찍힌 자국이 있는 튼튼한 리놀륨 재질이었고, 거실로 들어가는 문은 떼 낸 상태였으며 어느 곳에도 가구는 보이지 않았다. 복도에도 아무것도 없었다. 거실도 마찬가지였다. 여기저기에 오래된 개 침대와 담요가 흩어져 있을 뿐이었다.

에마가 부엌에서 조용히 들어와서 쓰다듬어 달라는 듯 주디스의 손에 머리를 들이밀었다.

「에마가 당신이 좋은가 봐요.」 수지가 말했다.

「저도 에마가 좋아요.」 머리를 쓰다듬어 주기 위해 에마 쪽으로 몸을 굽히며 주디스가 말했다. 「너 귀가 아주 부드럽구나.」

「위로 올라갈까요? 저는 위층에서 살아요. 개들은 아래층에서 살고요. 위층이 내 공간이죠. 올라갑시다.」

수지는 계단 맨 아래에 있는 안전문을 연 뒤 에마에게 기다리라고 하고는 위층으로 올라갔다.

2층으로 따라 올라간 주디스는 장모 카펫과 조화 화병이 놓인 사이드 테이블, 클립형 액자에 끼워져 벽에 걸린 많은 예술 작품들을 보고 기분이 좋아졌다. 공기는 찌든 담배 연기와 벽에 걸린 방향제의 강한 과일 향으로 가득했지만, 사실 공간 자체는 아주 예뻤다.

「오, 여기 정말 아름답네요.」 오랜 세월에 걸쳐 찍은 수십 장의 가족사진이 걸린 거실로 따라 들어가면서 주디스가 감탄했다.

「감사합니다.」 수지의 말투에는 명백한 자부심이 묻어났다. 「그런데 벡스는요?」

「교구 회의에 참석해야 한다고 했어요. 그런데 내 솔직한 생각에는, 그냥 핑계인 것 같아요. 그나저나 이제 뭘 하면 되죠?」

「일단 프레드가 우편물을 배달하러 올 때까지 기다려야 할 것 같아요.」

수지가 사이드 테이블에서 금속 깡통을 집어 들었다.

「담배 한 대 피워도 돼요?」
「물론이죠. 마음껏 피우세요.」
수지가 담배를 말기 위해 재료들을 꺼내는 동안, 주디스는 사진들이 꽂힌 커다란 벽걸이 포스터를 구경하다가 유아용 흔들의자에 앉은 남자아이의 사진을 가리켰다.
「당신 아이인가요?」
「손자예요.」
「너무 귀엽네요. 몇 살이에요?」
「그 사진에서요? 두 살쯤 됐을 때일걸요.」
「귀여워라. 지금은 몇 살이에요?」
「여섯 살일 거예요.」 수지가 담배에 불을 붙이며 말했다. 「맞아요. 여섯 살.」
주디스는 사진 속의 아이가 두세 살 이후에 찍은 사진이 하나도 없음을 발견했다. 더 자세히 들여다보니, 그 방에 있는 사진들은 모두 아주 오래되고 빛이 바랜 상태였다.
「손자는 자주 보세요?」
「오, 그럼요. 토비는 만날 보죠.」 수지는 이렇게 말했지만, 주디스는 그녀의 대답에서 뭔가 불안정한 느낌을 받았다. 「이곳은 내 피난처예요. 제게 필요한 모든 게 있는 곳이죠. 내 가족,」 그녀는 벽에 있는 사진을 가리키며 이렇게 말하고는, 텔레비전을 향해 돌아섰다. 「내 오락거리, 그리고 주방장도 있죠.」 그녀는 마지막으로 주방 트롤리 위에 놓여 있는 전자레인지를 고갯짓으로 가리켰다.
「그러게요, 너무 멋지네요.」 주디스는 이렇게 대답했지만, 수지가 말하지 않으려는 뭔가가 있음을 깨닫고 주제를 바꾸기로 했다. 그리고 사진들이 꽂힌 포스터 쪽으로 돌아섰다.「이 포스터가 아주 마음에 들어요.」

주디스가 말한 그림은 존 윌리엄 워터하우스의 유명한 작품인「샬럿의 여인」을 인쇄한 것이었다. 그림 속에선 적갈색 머리가 허리까지 내려오는 여성이 하늘하늘한 하얀 드레스를 입고 나무배에 앉아 있었다. 주디스는 언제나 그 그림이 싫었다. 그림이 아름답지 않아서가 아니라(사실 그 그림의 노 젓는 작은 배 옆에 걸쳐진 빨간색과 황금색 태피스트리에서 풍기는 히피 스타일의 미학은 마음에 들었다) 한 남자를 짝사랑하느라 힘들어하는 수동적인 여성에 관한 전설에 신물이 났기 때문이었다. 그녀의 경험에 따르면 여성들이 심리적인 고통에 시달리는 이유는 언제나 남자로부터 멀어져서가 아니라 오히려 벗어나지 못해서였다.

「그렇죠, 아름답죠?」수지가 동의했다.

그때 아래층에서 우편물을 넣는 구멍을 통해 우편물이 바닥에 떨어지는 소리가 들렸다.

「프레드가 왔나 봐요! 프레드가 가버리기 전에 빨리 잡으러 가야 해요!」수지가 재빨리 담배를 비벼 껐다.

수지는 현관으로 돌진했고 주디스도 뒤를 따라갔다.

16

프레드 스미스는 잘 다듬은 턱수염에 짧은 백발을 한, 장난꾸러기 같은 인상을 풍기는 사람이었다. 그는 평생 여러 직업들을 거쳤으나 우체부만큼 즐거움을 느낀 일은 없었다. 말로에서 태어나 자란 그는 우체부로 일하기 전부터 이곳에서 살았던 모든 사람들을 알았고, 그래서 동네에 편지 배달하는 일을 따분하게 느낀 적이 없었다. 일을 하면서 동네 사람들과 문 앞에서 얘기를 할 수 있었으니 말이다. 프레드가 무엇보다 가장 좋아하는 건 떠도는 소문에 대해 수다를 떠는 일이었다. 그렇다고 그가 경솔하게 행동한다는 의미는 아니었다. 그런 건 프로답지 않으니까.

그런 프레드도, 수지와 주디스가 그를 만나려고 집에서 뛰쳐나왔을 때는 놀랄 수밖에 없었다. 여자들이 그를 찾아 길을 달려오는 게 흔한 일은 아니었기 때문이다.

「수지, 무슨 일 있어요?」 놀란 프레드가 물었다.

「프레드, 잠깐 얘기 좀 할 수 있어요?」

「잠깐 얘기할 시간이라면 언제든지 있죠. 그리고 드디어 이렇게 만나 뵙게 돼서 정말 반갑습니다, 포츠 씨.」 프레드가 활짝 웃었다.

말로 교외 지역에서 사는 주디스의 집에는 다른 우체부가 오기 때문에 그녀는 프레드를 본 적이 한 번도 없었다.

「제가 누군지 아세요?」

「제 직업이 우체부랍니다. 전 모르는 사람이 없죠. 그래서, 뭘 도와드릴까요?」 그가 친근하게 윙크를 했다.

「엘리엇 하워드에 관한 거예요.」 주디스가 말했다.

「엘리엇 하워드요?」

「그를 잘 아세요?」 주디스가 물었다.

「물론이죠. 전에 그의 상사였으니까요. 물론 예전에요. 이제는 꽤 오래전 일이죠.」

「그에 대한 소문은 어때요?」 수지가 물었다.

「엘리엇에 대한 소문이요? 어디서부터 말씀드릴까요?」 그가 음모를 꾸미는 듯한 미소를 띠었다.

「그는 신뢰할 만한 사람인가요?」 주디스가 기대를 품고 물었다.

「참 이상한 질문이네요. 그는 꽤 까다로운 사람이에요. 그건 보증해요. 가끔 사람을 깔보는 듯한 태도가 있죠. 하지만 그래도 완전히 신뢰할 만한 인물이에요.」

주디스가 원하던 대답은 아니었다. 먼저 온라인에서 엘리엇이 좋은 사람이라는 댓글을 읽었고 이젠 프레드도 비슷한 말을 했다.

「당신이 경매 회사의 회장이었을 때 그도 있었나요?」 수지가 물었다.

「맞아요. 그걸 아세요?」

「웹사이트에서 봤어요.」

「제가 웹사이트에 나와요? 대단하네요.」

「정말 그래요.」 수지가 맞장구를 쳐줬다. 그녀는 프레드가 즐겁게 잡담을 나누고 싶어 한다는 걸 느꼈다. 「분명 아주 흥미로운 얘기일 것 같네요. 어떻게 경매 회사에서 일하게 됐는지 말이에요.」

「정말 그래요. 제가 경매 회사에서 일하기 시작한 건 열여섯 살 때였어요. 아주 옛날 고리짝 얘기죠. 그땐 엘리엇의 아버지인 더들리 밑에서 일했어요.」

「그렇군요. 그는 어떤 사람이었나요?」 주디스가 물었다.

프레드는 조금 경계하는 듯한 표정을 비쳤다.

「그건 왜 물어보세요?」

「우리가 좀 알아봤는데 그 사람이 사기꾼이라는 말을 들었거든요. 정말인가요?」

「맞아요. 분명 좀 속내를 알 수 없는 사람이었죠. 언제나 거래를 비밀스럽게 처리하고 경매에서 들러리를 내세워 가격을 올렸어요. 불공정한 관행이 있으면 그의 짓이었죠. 그리고 그는 자기 아들을 좋아하지 않았어요. 조금도.」

「그랬어요?」

「네. 엘리엇이 10대일 때 그 아이의 가장 큰 관심사는 조정이었어요.」

주디스는 엘리엇의 서재에 조정 팀 사진들이 많았던 것을 기억해 냈다.

「그리고 아주 잘하기도 했죠. 하지만 걔 아버지가 그걸 용납하지 않았어요. 엘리엇의 말로는, 더들리가 조정 팀 코치에게 혹시 아이가 프로 조정 선수가 될 수 있을지 물어봤는데, 어려울 거라는 얘기를 듣자마자 그걸로 관심을 딱 끊었대요. 그때부터 조정 훈련에 필요한 경비를 전혀 지원하지 않았죠. 아들이 조정 연습을 해야 할 때나 경주가 있을 때도 데려가지 않았어요. 완전히 끝난 거죠.」

「그것참 가혹하네요.」 수지가 말했다.

「더들리는 그런 사람이었어요.」

「그러는 동안 엘리엇의 어머니는 뭘 했나요?」 주디스가 물었다.

「엘리엇이 아주 어릴 때 더들리를 떠난 것으로 알아요. 자세한 내막은 모르지만 엘리엇은 아버지가 혼자 키웠어요. 그래서 더들리가 엘리엇에게 조정은 이제 끝이라고 했을 때 심적으로 아주 힘들었겠죠. 부모가 하나뿐이라 아버지 말이 성경이나 다름없었을 테니까요.」

「잠깐만요!」 갑자기 어떤 생각이 떠오른 주디스가 끼어들었다. 하지만 그게 뭐였을까? 그녀의 뇌가 방금 만들려고 시도했던 연결점이 분명 있었다. 조정과 관련된. 하지만 그건 무엇이었을까? 방금 거의 생각해 낼 뻔했던, 하지만 완전히 잡아내지 못한 그 생각은?

「조정.」 그녀는 그 단어를 음미하듯, 마치 단어의 음이 그 생각의 실체를 만들어 주기라도 할 것처럼 입 밖으로 소리 내어 말했다.

「조정이 왜요?」 수지가 말했다.

주디스는 생각이 떠올랐던 순간을 다시 잡아 보려고 했지만 거미줄처럼 희미한 생각은 그대로 소멸되고 말았다.

「아니에요. 잊어버렸어요.」 그녀는 좌절감에 이렇게 말했지만, 어쩔 수 없다는 것도 인정해야 했다. 그녀의 나이에서는 뭔가 생각을 놓치면, 그 생각은 그렇게 놓친 대로 남는 경우가 많았다.

「미안해요, 여러분. 이제 전 그만 가봐야 해서. 여기에서 온종일 수다만 떨 수는 없거든요.」 프레드가 가려고 몸을 돌렸다.

「하지만 얘기가 아직 끝나지 않았는데요.」 수지가 말했다.

「아직이요?」

「아주 중요한 문제일 수도 있어요.」

「제때에 배달을 마치지 않으면 제가 곤란해져요.」

「그럼 우리가 함께 가는 건 어때요?」 주디스가 물었다.

「무슨 말이에요?」

「방해는 안 할게요. 하지만 몇 가지 더 물어볼 게 있어서요.」

「제가 배달하는 데 동행하겠다는 거예요?」 프레드가 놀라서 물었다. 「뭐, 그렇게 말씀하신다면야, 제가 우편배달을 하는 동안 매력적인 여성 두 분을 양팔에 끼고 다니는 것보다 더 좋은 일은 없겠네요. 그러시죠, 그럼.」

주디스와 수지는 그로부터 한 시간 정도 프레드가 주변 이웃의 우편물을 배달하는 동안 따라다녔다. 집과 집 사이를 걷는 동안에만 얘기를 나눌 수 있었기 때문에 조금 답답했다. 게다가 프레드는 친한 고객들을 만나면 현관 앞에 멈춰 선 채 수다를 떨었다. 한번은 안으로 들어가더니 몇 분 동안 거기 머물렀다. 밖으로 나온 프레드는 주인이 혼자 사는 노인인데 변기 물탱크의 고무공에 문제가 있어서 고쳐 줬다고, 그래도 빨리 고칠 수 있어서 그렇게 오래 걸리진 않았다고 설명했다.

그래도 그런 고객들과의 수다, 물탱크를 고쳐 주고 편지와 소포를 배달하는 사이사이에 주디스와 수지는 프레드와 엘리엇에 대한 정보를 어느 정도 알게 됐다.

프레드는 열여섯에 학교를 떠나 경매 회사에 들어갔고 처음에는 짐꾼 일을, 몇 년 뒤에는 경매 물건을 확인하는 일을 했다. 그는 엘리엇보다 고작 몇 살 더 어렸기 때문에 근무를 마치면 이따금씩 맥주를 함께 마시러 가곤 했다. 엘리엇이 아버지를 위해 일하면서 갇힌 듯한 기분을 느낀다고 털어놓은 것도 그렇게 함께 술을 마시러 가던 어느 날이었다. 그 일이 더 힘들어진 것은, 엘리엇이 경매 회사에서 판매하는 예술 작품들을 너무나 사랑하게 되면서부터였다.

「엘리엇은 그림을 그리기 시작했죠. 사실 그의 할아버

지는 아주 훌륭한 화가였어요. 그게 가족이 경매 회사를 소유하게 된 계기였죠. 하지만 엘리엇은 그림에 완전히 몰두했어요. 책도 읽고 혼자 독학해서 더 나은 화가가 되려고 했죠. 그리고 실제로도 아주 잘 그렸고요. 제가 봐도 알 수 있었죠. 엘리엇의 그림은 대부분 추상화였어요. 20세기 중반 스타일이었죠. 왜, 그 두 가지 색의 면을 나란히 배치한 그림을 예술이라고 하는 그런 종류 말이에요.」

주디스는 〈두 가지 색의 면을 나란히 배치한 그림〉이라는 말이, 스테펀 집에 침입한 사람이 훔쳐 간 액자의 그림을 잘 설명하는 듯해 수지를 쳐다봤다. 하지만 수지는 연관성을 깨닫지 못하는 것 같았다. 아, 모르는 게 당연하겠구나, 주디스는 깨달았다. 수지는 주디스가 벡스와 타니카와 함께 있을 때 자리에 없었다. 그런데 이것은 중요한 연관성일까? 침입의 원인이었던 그림이 엘리엇이 그리기 좋아했던 그림과 같은 종류였다는 게? 아니면 그냥 우연의 일치일까? 사실, 엘리엇처럼 20세기 후반에 그림을 그리기 시작한 사람이 20세기 후반의 화가들처럼 그리는 건 어쩌면 당연한 일일 테니까.

「하여간, 엘리엇은 사업에서 손을 떼고 전문 화가가 되고 싶다고 생각하게 됐어요. 그래서 슬레이드 순수 미술 대학[25]에 지원했죠. 그런데 어떻게 됐는지 알아요? 덜컥 합격했어요. 정말 대단한 성취였죠. 하지만 그다음이 웃겨요. 그의 아버지가 안 된다고 했거든요. 다시 한번요. 그

25 영국 런던에 위치한 유니버시티 칼리지 런던의 미술 대학.

는 엘리엇의 그림은 조정이랑 마찬가지라고 말했어요. 그냥 취미일 뿐이라고요. 화가는 돈을 못 번다고, 돈은 물건을 팔아야 벌 수 있는 거라고 말했어요. 그래서 그는 아들에게 미대에 갈 돈을 대주지 않았어요. 그 일은 엘리엇을 몹시 좌절하게 만들었어요.」

「당연히 그랬겠죠.」 주디스가 말했다.

「그리고 아주 분개하게 했어요. 왜냐하면 그의 아버지가 엘리엇에게 사업에서 손을 떼면 다시는 돌아올 수 없다고 확실히 못을 박았거든요. 그래서 엘리엇은 아버지의 경매 회사에서 경영을 돕거나 아니면 떠나거나, 둘 중에 결정을 해야 했어요.」

「맙소사.」 주디스가 말했다.

「정말요.」 프레드가 동의했다. 「그래서 엘리엇은 미대를 포기하고 경매 회사에 남았어요. 그리고 아버지가 병에 걸리자 회장이 됐어요. 그때 저는 경영 이사였죠. 하지만 솔직히 엘리엇은 일에 전혀 마음이 없었어요. 그는 그 자리를 원하지 않았거든요. 그러다 아버지가 죽었죠. 골프장에서 심장 마비로요. 엘리엇은 사업에서 손 떼는 것을 더 이상 기다릴 수가 없었어요. 그는 미대에 다시 지원했죠. 이번에는 슬레이드 미대에 합격하진 못했지만, 레딩에 있는 꽤 좋은 학교에 들어갔어요. 그리고 그는 사업에서 손을 뗐어요.」

「그게 1988년인가요?」

「맞아요.」

「당신이 회장이 된 때고요?」

「이해가 빠르시네요. 엘리엇은 자신이 공부하는 동안 회사 경영을 안전한 사람에게 맡기고 싶어 했어요. 하지만 원하는 대로 되지 않았죠. 그는 자신이 그 대학 과정의 모든 학생들보다 훨씬 나이가 많고, 또 학교도 슬레이드만큼 명성 있는 대학이 아니라는 데 실망했어요. 졸업후 화가가 되려고 노력했지만 그는 〈영 터크〉[26]가 되기에는 나이가 너무 많았고, 그 당시 미술계는 상어를 포름알데히드에 담가 놓는 걸[27] 예술이라고 생각하는 1990년대였어요. 더 이상 미드센처리[28] 스타일에는 아무도 관심을 갖지 않았죠. 더 큰 문제는 뭐였는지 아세요? 제가 경매 회사를 혼자 운영하는 데 전혀 소질이 없었다는 거예요.」 프레드는 전혀 유감스러운 감정이 없다는 듯 말했다. 「그냥 행정적인 문제를 총괄할 때는 잘해 냈지만, 예술적인 측면은 전혀 이해하지 못했거든요. 그래서 경매 회사의 수익이 곤두박질쳤죠. 솔직히, 엘리엇은 애초에 저한테 경매 회사를 맡겨 놓고 떠나지 말았어야 했어요. 몇 년 뒤 그는 자신이 화가로 성공하지 못하리라는 걸 깨달았죠. 그 배가 항해를 했어야 할 운명이었다면, 몇 년 전에 항구를 떠났어야 했던 거예요. 만약 그가 경매 회사를 운영하기 위

26 young Turk. 집단 내에서 변혁을 추구하는 젊은이를 가리키는 표현.

27 데이미언 허스트의 1991년 작품 「살아 있는 자의 마음속에 있는 죽음의 물리적 불가능성」을 말함.

28 mid-century. 당시 미술계에서는 선과 면으로 이루어진 작품이 주류를 이뤘다.

해 다시 돌아오지 않았다면 그는 회사도 잃었을 거예요. 그래서 그는 돌아와서 저를 제 위치에서 해방시켜 줬죠. 해방시켜 줬다고 하는 게 제 입장에서는 딱 맞는 표현이에요. 제가 사업을 운영하면서 배운 딱 한 가지가 있다면, 저는 경영 같은 건 하고 싶지 않다는 것이거든요. 그 압박감, 제 밑에서 일하는 그 많은 사람들. 저한테는 이 일이 훨씬 더 잘 맞아요.」 프레드가 자신의 우편배달부 유니폼을 가리키며 말했다. 「이렇게 신선한 공기를 쐴 수 있고, 근무가 끝나면 집까지 못 다 한 일을 가져가지 않아도 돼요. 매일 잠도 아주 잘 자요. 그건 정말 가치를 매길 수 없을 만큼 소중한 일이에요.」

프레드가 웃었다.

「그럼 사업 운영을 다시 맡았을 때 엘리엇은 어땠나요?」 주디스가 말했다.

「똑같았어요. 좀 거만하고, 자만할 때도 있었지만, 괜찮은 사람이었어요. 정직하고, 믿을 만하고요. 좋은 상사였죠.」

「당신을 해고한 사람인데 전혀 나쁜 말을 안 하네요?」

「왜 그래야 하죠? 사업을 제대로 운영하지 못한 건 제 잘못이고, 또 그는 나를 해고한 게 아니에요. 우리는 제가 떠나는 게 더 낫다는 결론을 함께 내렸고, 그래서 그만둔 거니까요.」

수지는 프레드가 그렇게 태평한 것이 믿기지가 않았지만, 주디스는 가지 않은 길에 대해 전혀 후회하지 않는 프레드가 자신과 비슷하다는 생각이 들어서 미소를 지었다.

「자, 여성분들, 괜찮으시면 저는 그만 우체국으로 돌아가 봐야겠어요. 안 그러면 제가 땡땡이쳤다고 생각할 거예요.」 프레드가 웃었다.

「도와줘서 고마워요.」 수지가 말했다.

「그런데 왜 그렇게 엘리엇에게 관심이 많은지 물어봐도 될까요?」

「오, 그냥요.」 주디스가 억지로 미소를 지으며 말했다.

프레드는 주디스의 대답을 생각해 보더니 그냥 넘어가기로 결정했다.

「좋아요. 어차피 나와는 상관없으니까. 그럼 좋은 하루 보내세요, 숙녀분들.」

프레드는 이마에 손을 올리며 경례하는 포즈를 취해 보이고 돌아섰다.

「오, 하나만 더요!」 주디스가 그를 따라가며 말했다.

「뭔데요?」 프레드가 말했다.

「스테펀 던우디에 대해서도 말해 주실 수 있어요?」

「스테펀에 대해서 알고 싶다고요?」 프레드가 놀라서 말했다.

그리고 그는 길의 위아래 쪽을 다 살펴보더니, 아무도 없는 것을 확인하고는, 근처의 집 앞뜰에 있는 밀몽화 덤불 뒤로 들어갔다.

주디스와 수지도 그를 따라 들어갔다.

「이제는 또 왜 스테펀 던우디에 대해서 알고 싶은 건데요?」 그가 속삭였다.

「그 사람이 사기꾼이었다고 들었어요. 더들리와 일할 때 말이에요. 두 사람이 사기를 아주 많이 친 것 같던데요.」

「혹시 들으셨는지 모르지만, 스테펀은 지난주에 죽었어요. 죽은 사람에 대해서 나쁜 얘기는 하고 싶지 않아요.」

「하지만 아주 중요한 일이 될 수도 있어서 그래요. 우리는 누군가가 그를 죽였다고 생각하거든요.」

「뭐라고요?」

「네, 그러니까 뭐라도 얘기해 주시면, 아주 금싸라기 같은 정보가 될 거예요.」

프레드는 양심과 싸우는 듯했지만, 그리 오래는 아니었다.

「좋아요, 스테펀은 항상 매력적인 사람이었어요. 늘 잘 차려입었고 사람들에게 관심을 가져 줬죠. 지나칠 정도로 예의가 바른 사람이기도 했어요. 완벽한 신사였어요. 하지만 그 모든 게 다 연기였죠. 왜냐하면 당신 말이 맞거든요. 그는 사기꾼이었어요. 더들리만큼 속속들이 나쁜 사람이었어요.」

「그가 경매 회사에서 일했어요?」

「우리 예술품 전문가로요. 옛날에요. 그가 전문으로 했던 사기는 예술품을 가짜로 감정하는 거였어요.」

「그 일은 어떻게 했나요?」

「글쎄요, 예술에 대해서 아무것도 모르는 누군가가 더들리의 경매 회사에 그림을 가지고 오면, 그는 스테펀에게 전문가로서 감정을 해달라고 하죠. 그러면 스테펀은 그 그림이 이류 모방작이라는 식으로 거짓 감정을 해요. 그런 다음 더들리는 그 그림 주인에게 아주 싼 가격에 그림을 은밀하게 팔라고 설득하죠. 그런 다음 그 작품이 세상에, 몇 개월 후에 말로 경매 하우스에 다시 등장하는 거예요. 아주 제대로 된 화가의 작품이라고 똑바로 감정을 받은 상태로 말이죠. 지금 얘기하는 종류의 작품들은 수만 파운드짜리는 아니었어요. 그냥 수천 파운드 안팎이었죠. 하지만 그래도 불법은 불법이에요. 그리고 두 사람이 그런 식으로 매년 상당한 돈을 벌었다는 걸 난 알아요. 아주 야비했죠.」

「1988년에 무슨 일이 있었나요?」 주디스가 물었다.

「어떤 일이요?」

「엘리엇이 미술 학교에 진학하기 위해 떠났을 때 스테펀이 말로 경매 회사에서 그림을 하나 산 걸로 알고 있거든요.」

프레드는 기억을 떠올리기 위해 잠시 머뭇거렸다.

「그랬어요. 맞아요! 당시에 아주 큰 물의를 빚은 사건이었어요. 물론 우리 예술계에서만 유명했던 건지는 모르지만요. 더들리가 죽었을 때, 엘리엇이 모든 작품을 물려받았거든요. 그래서 엘리엇이 그 작품들을 경매에 내놓으려고 스테펀에게 감정을 부탁했죠. 그때 엘리엇은 스테펀이 어떤 사람인지 몰랐어요. 우리도 마찬가지였고요. 그리고 그 예술 작품들은 모두 수십만 파운드의 가치가 있었어요.

엘리엇에게는 아주 뜻밖의 횡재였죠. 좋은 작품들 중에 쓰레기들도 꽤 섞여 있었지만요.」

「그중에는, 세 개의 단순한 색으로 된 면을 그린 추상화도 포함돼 있었죠. 맨 위는 노랑, 중간은 회색, 그리고 맨 아래는 짙은 빨강인.」 주디스가 말했다.

「그 그림을 알아요?」 프레드가 말했다.

「그러니까, 당신 얘기에 따라 추측해 보면, 스테펀은 그 그림이 별 가치가 없다고 말했겠네요.」

「맞아요. 사실 그 그림엔 작가 서명도 없었고, 다른 서명 없는 그림들과 함께 상자에 담겨 있었거든요. 다른 두 작품은 아마추어의 것들이었고 1페니의 가치도 없었죠. 그래서 엘리엇은 스테펀에게 그 상자를 통째로 얼마 안 되는 가격에 기꺼이 팔았어요. 하지만 그것도 스테펀의 또 다른 사기 행각이었죠. 스테펀은 그 그림을 손에 넣자마자 자기 판단이 확실한지 모르겠다고 엘리엇에게 말했어요. 그리고 제대로 된 감정을 받기 위해 그 그림을 런던으로 가지고 갔죠. 거기서 그 작품은 20세기 가장 유명한 미국 화가 중 한 명인 마크 로스코의 작품으로 판명 났어요!」

「그래서 그 작품이 얼마였는데요?」 수지가 물었다.

「그건 완성된 작품이 아니고 습작에 불과했어요. 그래서 로스코가 서명을 하지 않았던 거예요. 하지만 로스코가 그 그림을 그리는 사진이 있어서 출처가 입증됐고, 그 작품은 몇십만 파운드의 가치를 갖게 됐죠.」

「말도 안 돼요!」 놀란 주디스가 소리쳤다.

「그 뒤 스테펀은 그림을 엘리엇에게 되돌려주기를 거부했어요. 시장 가격에 해당하는 돈을 지불하지도 않았고요. 그는 엘리엇에게 그걸 제대로 감정하지 못한 건 유감이지만 어쩔 수 없다고 말했어요. 정말 실수였다고요. 그리고 당신 말이 맞아요.」 프레드가 문득 깨달은 듯 말했다. 「엘리엇이 미술 대학에 지원한 건 그 일이 있고 몇 개월 후였어요. 전에는 그 연관성을 알아채지 못했는데. 스테펀이 엘리엇을 배신한 그해 말, 사업에서 손을 뗀 거예요.」

「그것참 아주 흥미진진한 얘기네요. 이렇게 시간 내줘서 정말 고마워요, 프레드.」 주디스가 말했다.

「별말씀을요. 그리고 진짜 미안한데, 이젠 정말 가봐야 해요.」 프레드가 말했다.

「물론이죠. 다시 한번 감사드려요!」

주디스와 수지는 프레드가 우편물이 든 카트를 밀며 가는 모습을 지켜봤다.

「그러면 왜 엘리엇이 스테펀의 집에 침입해서 아버지로부터 물려받은 수십만 파운드짜리 로스코의 그림은 놔두고 그 액자만 훔친 걸까요?」 주디스가 말했다.

「정말 이해가 안 가요!」 몇 분 후 자신의 집 2층으로 돌아온 수지가 주디스에게 말했다.

「나도 그렇게 생각해요. 하지만 그래도 엘리엇이 왜 스테펀을 싫어했는지는 설명이 되잖아요. 그리고 또 뭐가 있는지 알아요? 프레드가 엘리엇의 그림 스타일이 미드센

처리 스타일이라고 했죠?」

「그게 무슨 말인지는 모르겠지만, 그렇게 말했죠.」

「그 말은 엘리엇은 이미 로스코를 잘 알았다는 의미예요. 그는 미드센처리 화가니까요. 그래서 그는 로스코의 테크닉을 알았을 거예요. 로스코의 색상 선택 취향이나 어떻게 그림을 그리는지를요.」

「지금 무슨 말을 하시는 거예요?」

「당신이 엘리엇이라고 생각해 보세요. 그리고 스테펀이 훔친 로스코를 다시 되찾고 싶다고 말이에요. 그럼 어떻게 하겠어요? 그냥 들어가서 가지고 나올 수는 없잖아요. 스테펀은 곧바로 집 벽의 빈 자리를 눈치채고 누가 그걸 훔쳐 갔는지 알아차렸을 거예요. 하지만 엘리엇은 로스코의 테크닉을 배운 화가였죠.」

「오! 그가 그림을 위조했다고 생각하는 거예요?」 수지가 아이디어가 떠오른 듯이 눈을 반짝였다.

「가능성은 있잖아요. 그리고 엘리엇은 스테펀의 로스코 그림을 위조할 수 있다고 생각할 만한 사람이고요. 자, 엘리엇이 그렇게 했다고 칩시다. 그가 위작을 그린 다음, 스테펀의 집에 침입해서 그 위작을 벽에 대신 걸고 진짜 그림과 맞바꾸려고 한 거죠.」

「그가 그랬을 거라고 생각해요?」

「수십만 파운드의 가치가 있으니까요. 그리고 엘리엇의 입장에서 보면 스테펀이 1988년에 그 그림을 훔친 거나 마찬가지잖아요. 그러면 누구라도 그로 인해 받은 상처가 곪아 터졌겠죠. 그거 아세요? 이로써 스테펀의 집에 있는 로스코의 그림에 액자가 없는 게 설명이 돼요.」

「어째서요?」

「이해하기 쉽게 천천히 얘기해 볼게요. 엘리엇은 그림은 위조할 수 있지만, 액자는 위조할 수가 없어요. 그래서 그가 위조된 그림을 가지고 스테펀의 집에 들어가서 진짜 로스코의 그림에서 액자를 떼어 내려는데 그때 제가 방해를 해요. 그게 바로 로스코의 그림을 가져가기 위해 그가 세 번째로 침입했거나, 혹은 침입을 시도했던 때였던 거죠. 엘리엇은 절대 포기할 생각이 없어요. 그래서 그는 진짜 로스코의 그림과 액자를 벽에서 내린 다음, 액자가 없다는 사실을 아무도 발견하지 않기를 바라며 자신이 그린 액자 없는 위작을 벽에 걸어 놓은 거죠.」

「전 아직도 모르겠어요.」 수지가 말했다.

「지금 스테펀의 집 벽에 걸려 있는 로스코 그림은 엘리엇이 그린 위조품일 거라고 생각해요. 그리고 엘리엇은 진품과 액자를 모두 가지고 달아났을 거예요.」

「오, 그렇군요! 그러면 경찰한테 얘기해야겠네요.」

「집에 가면 타니카한테 전화할게요. 스테펀의 집에 있는 로스코 그림을 전문가한테 감정받으라고요. 하지만 이제 우리는 엘리엇이 스테펀을 죽이고 싶어 할 만한 진짜 그럴듯한 동기를 알게 됐어요. 스테펀은 엘리엇이 첫 번째 침입과 관련이 있다는 것을 알고 있었어요. 그리고 우리는 스테펀이 〈지금 당장이라도 경찰서에 갈 수 있어〉라고 하면서 엘리엇을 위협했다는 걸 그의 비서한테 들었고요. 엘리엇은 감옥에 갈까 봐 두려웠겠죠. 그래서 그는 스테펀의 입을 막기 위해 죽인 거예요.」

「와, 대단해요! 그러니까 엘리엇이 살인자 맞네요! 그렇게 될 수밖에 없어요! 그게 불가능하다는 게 문제지만.」 수지가 덧붙였다.

「그러니까요! 정말 답답해요! 어떻게 그 짓을 저질렀는지 그게 문제예요. 그가 외출할 때 따라다니고 사업장 주변에서 잠복도 하고 집에 카메라라도 설치해야 할까 봐요. 그런데 그러면 안 되겠죠? 우린 그냥 일반 시민에 불과하니까.」

「그 부분은 제가 어떻게 도울 수 있을 것 같아요.」

「정말요?」

「제가 좀 알아볼게요. 엘리엇이 사는 집시레인 동네 주민이나 혹은 그 동네 주민을 아는 사람을 찾을 수 있을 거예요. 어쩌면 감시를 부탁할 수도 있고요.」

「그거 정말 훌륭한 생각이네요.」

주디스는 이렇게 말하면서 벽에 걸린 「샬럿의 여인」 포스터에 눈길을 보냈다. 그녀는 왜 시선이 다시 한번 그쪽으로 이끌렸는지 계속 생각해 내려고 노력하다가, 마침내 답을 떠올렸다.

「리즈 커티스!」 주디스가 갑자기 소리쳤다.

수지로서는 전혀 예상치 못한 말이었다.

「뭐라고요?」

「그게 바로 그 여성이에요!」

「네?」

「내가 말했던 그 적갈색 머리의 여성이요. 스테펀이 죽은 다음 날 그의 정원에 있던, 그리고 내가 당신과 처음 얘기했던 그 들판에서 나를 보고 도망쳤던 그 여성. 분명 어디선가 봤다 했어요. 그녀 이름이 리즈 커티스예요.」

「그걸 어떻게 알아냈어요?」

「그녀도 적갈색 머리잖아요. 여기 있는 〈샬럿의 여인〉처럼요. 그리고 내가 리즈 커티스를 마지막을 봤을 때 그녀도 이 그림의 여인처럼 저런 배를 타고 있었어요. 리즈 커티스는 말로 조정 센터를 운영하거든요.」

이번에는 수지가 흥분해서 물었다.

「당신이 두 번 본 그 사람이 정말로 리즈 커티스가 확실해요?」

「확실해요. 그녀를 알아요?」

「당연히 아주 잘 알죠. 만일 살인을 저지를 만한 사람을 찾는다면, 나는 리즈 커티스를 제일 먼저 꼽을 거예요.」

「그렇게 생각해요?」

「그렇게 생각하는 게 아니라 그냥 알아요. 사실, 그녀는 예전에도 살생을 한 적이 있거든요.」 수지가 음울하게 답했다.

17

수지의 승합차에 있는 좌석은 다 찢긴 상태였고 바닥에는 오래된 패스트푸드 봉지들이 흩어져 있는 데다 핸들을 지지하는 기둥 부분에는 시동 열쇠 대신 드라이버가 꽂혀 있었다. 주디스는 수지가 감초 담배를 물고 쿨럭대는 엔진을 달래면서 말로 조정 센터로 운전해 가는 동안 이 승합차는 절대 위험하지 않다고 생각하려 애썼다.

「제가 그랬잖아요. 말로 사람들을 전부 다 안다고.」 수지가 자랑스러워하며 말했다. 「리즈 커티스는 거의 10년 동안 만난 적이 없긴 해요. 크럼블이라고 하는 웨일스산 스프링어스패니얼을 키우고 있었는데, 진짜 만나 본 중에 가장 착한 개였어요. 귀가 엄청 부드럽고 에너지가 넘치고 통통 튀는 그런 개 알죠? 그리고 눈은 또 얼마나 감정이 풍부한지. 하여간, 그 개는 사실 원래 리즈가 아니라 그녀 아버지의 개였어요. 이건 리즈한테 들은 거예요. 하지만 그 아버지가 돌아가시고 그녀가 조정 센터를 상속받게 됐죠. 그때 크럼블도 같이 물려받았고요.」

「내가 맞혀 볼까요? 그녀가 개를 안 좋아했던 거죠?」

「완전 맞아요. 그녀는 산책을 시켜 주고 밥사이에 봐달라며 나에게 개를 맡겼어요. 하지만 자신은 전혀 돌보지 않았죠. 그리고 내가 받는 돈에 불평이 많았어요. 그냥 정원에 놔두고 돈을 더 적게 받으면 안 되느냐, 아니면 동시에 다른 개도 같이 받아서 비용을 좀 깎아 주면 안 되느냐 하면서요. 나는 한 번에 한 마리 이상을 돌보는 건 좋아하지 않거든요. 일대일로 봐주면 더 잘 돌볼 수 있으니까요. 그런데 어느 날부터 갑자기 리즈가 크럼블을 안 데려오더라고요.」

「왜요? 무슨 일이 있었는데요?」

「그로부터 몇 달 후에 리즈와 중심가에서 마주쳤는데 내가 크럼블은 잘 지내냐고 물어보니까 자기도 모른다고 하는 거예요. 어느 날 밖으로 나가서 안 돌아왔다고요. 그냥 사라졌대요. 그리고 그녀가 그런 말을 하는데 뭔가 이상했어요. 거짓말을 하는 느낌이랄까. 아니면 자기 잘못을 숨기려는 듯한. 어쨌든, 그다음에 내가 동물병원에 갈 일이 있어 거기 접수처 직원이랑 얘기를 나눴을 때였어요. 그 직원과는 오래 알던 사이예요. 그레이트 말로 학교를 같이 다녔거든요. 난 리즈네 크럼블을 찾았느냐고 물었죠. 그 직원은 내가 개의 소식에 대해 아는 줄 알고 깜짝 놀라더군요. 물론 저는 몰랐지만 아는 척했어요. 어쨌든, 그녀는 리즈가 크럼블을 보빙던그린에 있는 동물병원에 데려가서 안락사를 시켰다는 얘길 들었다고 했어요.」
「잠깐만요, 뭘 어쨌다고요?」
「크럼블이 아주 건강한 상태였는데도요.」
「자기 개를 죽였다는 거예요?」
「병원 직원이 그렇게 말했어요.」
「그거 불법 아니에요?」
「합법일 수도 있는데, 어쨌든 나라면 건강한 개를 죽이는 동물병원에는 절대 안 가요.」
「당연하죠.」
「뭐, 증명된 바는 없지만, 요구만 하면 개를 죽여 주는 수의사라는 소문이 퍼지자 그 보빙던 동물병원은 얼마 지나지 않아 문을 닫게 됐어요. 솔직히 말하면 그 병원이 문을 닫은 데에는 나도 어느 정도 영향을 끼쳤을 거예요. 하지만 중요한 건, 리즈가 당신이나 나처럼 건강한 개를 안락사시켰다는 거예요.」
「그 사람이 그런 게 확실해요?」
「그 어떤 것보다도 확실해요. 너무 사악하죠. 크럼블은 정말 사랑스러운 개였는데. 리즈가 개를 키우기 싫다고 했으면 분명 누가 기꺼이 데려갔을 거예요. 저라도 맡았을 걸요. 하지만 리즈는 바로 그런 사람이에요. 자기 개를 죽인 사람.」
주디스와 수지는 말로 조정 센터의 자갈이 깔린 작은 주차장에 차를 세우고 잠시 침묵에 잠겼다. 조정 센터는 템스강 한 굽이의 마을 가장자리에 지어진 이동식 주택들과 오두막들로 이루어진 곳이었다. 경관은 아름다웠지만 건물들은 풍파에 시달려 낡았고 금속 선반에 보관된 붉은색, 흰색, 파란색 카누들과 카약들도 모두 한창때가 지난 것들이었다.

「당신 말이 맞아요. 이제 살인범과 만나게 될지도 모르는데, 괜찮겠어요?」 승합차에서 내리면서 주디스가 물었다.

「한판 붙어 보죠 뭐.」 수지가 이렇게 말하자 그런 맹목적인 열정이 왠지 주디스를 멈칫하게 만들었다.

주디스는 휴대 전화를 꺼내 타니카에게 전화를 걸었다.

「주디스, 별일 없나요?」 타니카가 전화를 받자마자 물었다.

「난 괜찮아요. 물어봐 줘서 고마워요. 그 적갈색 머리의 여성이 누군지 알아냈다는 얘기를 하려고 전화했어요. 있잖아요, 내가 스테펀의 집 정원에서 봤다는 그 사람이요. 그리고 다음 날 들판에서도요.」

「그래요? 그게 누군데요?」

「이름은 리즈 커티스예요. 말로 조정 센터를 운영하는 사람이고요.」

「확실한 건가요?」

타니카가 이 질문을 할 때, 이동식 주택 중 하나에서 그 적갈색 머리의 여성이 나와 페인트 붓의 물을 털어 내고 다시 안으로 들어갔다. 주변을 살피지 않아서 주디스와 수지를 보지는 못했다.

「아, 네, 확실해요.」 주디스가 말했다.
「그러면 뭐 한 가지만 약속해 주세요.」
「뭘요?」
「가서 그 사람을 조사하려고 하지는 마세요.」
「그게 무슨 소리예요?」
「벌써 한 번 위험에 빠질 뻔했잖아요. 스테펀 던우디 집에서 침입자를 쫓아갔을 때 말이에요. 그런 위험한 일을 또 하게 놔둘 수는 없어요.」
「그건 걱정 말아요. 그땐 그냥 딱 한 번 그랬던 거예요.」
「아무래도 그 살인범의 행각이 아직 끝나지 않은 것 같아서 그래요.」
「그게 무슨 말이에요?」
「확실히는 모르지만. 아마 또 살인을 할 것 같아요. 세 번째 살인이요.」
주디스는 휴대 전화를 쥔 손에 힘을 주었다. 타니카는 그걸 어떻게 알았을까?
「그러니까 또 본인을 위험에 빠뜨리는 일은 하지 않겠다고 약속해 주세요. 직접 말로 약속해 주세요.」
「물론이에요. 약속해요. 더 이상 아마추어 탐정 놀이는 하지 않을게요. 약속해요.」 주디스가 말했다.
「고마워요. 그리고 리즈 커티스에 대한 정보도 감사해요. 제가 그 사람에 대해서 좀 알아볼게요.」 타니카가 안심한 듯한 목소리로 말했다.
전화를 끊자 주디스 쪽 말만 들은 수지가 방금 무슨 약속을 했는지 물었다.

「오, 아무것도 아니에요. 자, 이제 리즈 커티스와 얘기하러 가볼까요.」 주디스가 밝은 미소를 지으며 말했다.

두 여성은 리즈가 나왔던 이동식 주택으로 갔다. 안에서는 리즈가 사다리 중간쯤에 올라서서 벽을 하얀 색으로 칠하고 있었다.

「안녕하세요.」 리즈 커티스가 사다리에서 내려오면서 인사했다.

주디스는 리즈를 보고 키가 크고 깡마른 데다 팔다리가 부자연스러워 보일 만큼 길다고 생각했다. 마치 사마귀 같았다. 빨간색 머리는 불타는 듯했다. 분명히 주디스로부터 도망친 그 여성이었다.

리즈는 주디스를 보자마자 표정이 굳었다.

「아, 당신이군요.」 그녀가 말했다.

「안녕하세요, 리즈.」 수지가 말했다.

주디스의 옆에 서 있는 수지를 본 리즈는 더 당황하는 표정을 지었다.

「안녕하세요, 수지. 예약하러 오셨나요?」 리즈는 두 여성에게서 등을 돌리고, 금속 찻주전자와 차가 놓인 테이블로 향했다.

「오늘은 예약하러 온 게 아니에요.」 수지를 힐끗 바라보며 주디스가 말했다. 두 여성 모두 리즈가 얼마나 수상쩍게 행동하는지 알 수 있었다.

「이봐요. 여기 있는 내 친구가 당신이 왜 자꾸 도망가는지 알고 싶대요.」 수지가 말했다.

「그게 무슨 말이에요?」 리즈가 여전히 등을 돌린 채 차를 따르며 말했다.

「그때 들판에서 날 보고 도망가지 않았다는 말이에요?」

리즈는 곧바로 대답하지 않았다. 하지만 차를 젓다가 숟가락을 내려놓더니 돌아섰다.

「뭐라고 하셨죠?」 그녀는 마치 듣지 못한 듯이 물었다.

「스테펀이 죽은 다음 날 당신을 그의 집 정원에서 봤어요. 그리고 그다음 날 들판에서도요. 그런데 두 번 다 도망쳤잖아요. 왜 그랬는지 알고 싶어요.」 주디스가 말했다.

리즈는 차를 꿀꺽꿀꺽 마시더니 접수대 쪽으로 향했다. 시간을 벌어 보려는 속셈이 분명했다.

「아뇨. 미안하지만 난 당신이 무슨 말을 하는지 모르겠어요.」

「하지만 우리는 서로 눈이 마주쳤는데.」

「무슨 말인지 모르겠다고 했잖아요.」 리즈가 다시 말했다. 주디스와 수지는 리즈가 당황한 기색을 감추려고 노력하고 있음을 눈치챘다.

「하, 그럼 스테펀이 죽은 후에 그의 집에 가지 않았다는 거예요?」

「맞아요. 난 스테펀 던우디가 누군지도 몰라요. 그런 이름은 들어 본 적도 없어요. 자, 예약하실 게 아니면 그만 가주시죠?」

「이크발 카삼은요?」 수지가 물었다.

리즈는 대답하기 전에 잠시 머뭇거렸다.

「누구요?」

「이크발 카삼이요. 얼마 전 살해당한 택시 운전사요.」

「네, 뉴스에서 읽었어요. 정말 끔찍한 일이에요. 하지만 왜 나한테 그 사람에 관해 묻는 거죠?」

「그 사람을 아는지 확인하고 싶어요.」

수지가 묻는 이유를 생각해 보던 리즈는 놀라서 눈을 크게 떴다.

「대체 무슨 억측을 하는 거예요?」

「아무 억측도 안 해요. 그냥 그 사람을 아는지 묻는 거예요.」

「물론 모르죠. 나한테는 좋은 차가 있는데 왜 택시를 타겠어요? 이렇게 여기까지 찾아와서 그런 추측성 질문을 하는 게 정말 불쾌하군요.」

「뭐라고요?」 수지가 말했다.

「대체 왜 그 죽은 사람에 대한 질문을 나한테 하는지 모르겠다고요.」

「충분히 잘 알고 있을 텐데요.」

「몰라요.」

「그럼 한마디만 할게요. 크럼블.」

그녀는 뺨을 한 대 맞은 듯한 표정을 지었다.

「우리 둘 다 당신이 그 불쌍한 개에게 한 짓을 알고 있기 때문에 이러는 거예요.」 수지가 덧붙였다.

「난 아무 짓도 안 했어요.」

「죽였잖아요.」

「그렇게 말하지 말아요!」 두려움, 죄책감, 혼란의 감정이 한꺼번에 밀려들면서 리즈의 눈이 눈물로 가득 찼다.

「그 개를 키우기 싫어서 죽였잖아요. 개를 키우는 비용이 너무 많이 들어서!」

「절대 아니에요. 아버지가 돌아가시고 나서 그 개를 키우고 싶어 하지 않았던 건 맞아요. 우리 생활에 개는 맞지 않는다는 걸 알았으니까요. 그리고 개를 키우는 데 비용이 많이 들었던 것도 사실이에요. 하지만 그건 우리에게 돈이 없었기 때문이에요. 나는 크럼블을 사랑했어요. 진짜로. 크럼블이 사라졌을 때 난 정말 제정신이 아니었어요. 전단지를 만들어 전봇대에 붙이면서 제 인생에서 가장 힘든 때를 보냈어요. 어떻게 나보고 그 개를 죽였다고 말할 수 있어요? 미안한데, 오늘은 나한테 이러지 말아요. 적어도 오늘은, 지금은요.」

주디스와 수지가 뭐라고 더 말하기도 전에 리즈는 돌아서서 이동식 주택 밖으로 허둥지둥 나가 버렸다.

「정말 지은 죄가 있나 보네요.」 수지는 옆의 친구에게 말했다.

「그러게요. 내가 봐도 그런 것 같아요.」

두 여성이 햇빛 속으로 다시 나왔을 때, 리즈는 자신의 낡은 차에 타고 있었다. 주디스와 들판에서 마주쳤을 때 타고 달아났던 것과 같은 고동색 차로, 주디스가 그때 만났던 사람이 리즈였음을 다시 한번 확인시켜 줬다. 그들은 리즈의 차가 큰 도로로 나가 끼익하는 바퀴 소리와 함께 배기구 폭발음을 내며 우회전한 뒤 말로 시내로 사라지는 모습을 지켜봤다.

「매우 인상적인 퇴장이로군요.」 수지가 말했다.

「어디로 가는 걸까요?」

「어디인지는 모르겠지만, 아주 급해 보이기는 하네요.」

「그리고 왜 나를 만난 사실을 부인하는 걸까요? 저 차가 바로 그때 그 여성이 탔던 차예요.」

「그녀가 살인범이니까요.」

「네. 그렇게 보이죠? 그런데 저 사람이 살인범이라면, 좀 더 그럴듯한 대답을 준비했을 것 같지 않아요? 내가 저 사람을 두 번이나 봤잖아요. 그녀나 나나 둘 다 그걸 알아요. 그런데 자신이 도망친 이유를 왜 미리 생각해 놓지 않았을까요? 예를 들면 나를 다른 사람으로 착각했다든지, 혹은 스테펀의 집에 있는 걸 봤을 때는 길을 잃어서 그랬고 그래서 나를 또 봤을 때 당황해서 도망간 거라든지 말이에요.」

주디스는 뭔가 더 알아볼 것이 없는지 주변을 돌아보다가 강가에 있는 카누에서 짙은 녹색 작업복을 입고 뭔가 작업 중인 남자를 발견했다.

「혹시 저 사람 누군지 알아요?」 주디스가 물었다.

「여기 일꾼이 아닐까요?」

「그럼 저 사람이랑 잠깐 얘기하는 게 좋을 것 같은데, 어떻게 생각해요? 지금 막 떠난 주인에 대해서 뭔가 좀 더 알아봐야 할 것 같아요.」

남자에게 다가가면서 주디스는 그의 체구가 크고 아주 통통하다는 것을 볼 수 있었다. 특히 몸통 부분은 마치 배가 작업복을 안에서 밖으로 밀어내는 것처럼 보일 만큼 꽉 끼었다. 주디스는 맥주를 좋아하는 사람인 것 같다고 생각하며 그에게 〈안녕하세요!〉 하고 소리쳤다.

낡은 카누의 받침대를 손보고 있던 그는 손에 스패너를 들고 일어섰다.

「안녕하세요.」 그가 말했다.

「방해해서 미안해요. 그런데 뭐 좀 여쭤봐도 될까요?」

「물론이죠. 무슨 일이죠?」

「리즈 커티스 밑에서 일하는 분인가요?」

남자가 미소를 지었다.

「그렇다고 할 수 있죠. 난 리즈의 남편입니다. 대니 커티스라고 해요.」

대니는 손을 내밀었고, 두 여성도 각자 소개를 했다.

「그래서 뭘 어떻게 도와드릴까요?」 그가 물었다.

「당신이 도와줄 수 있을지 모르겠네요. 전 스테펀 던우디의 이웃이에요. 스테펀의 집 강 건너편에 살고 있죠. 조금 더 하류 쪽에요.」

「네, 당신이 누군지 알아요. 헐리 록[29] 바로 옆의 그 웅장한 저택에 사는 분이죠. 강으로 나갈 때 당신이 정원에 있는 걸 가끔 본 적이 있어요. 스테펀이란 사람은 얼마 전

29 템스강 수위를 조절하는 버킹엄셔에 있는 수문.

에 사망한 사람 아닌가요? 그런데 이제 뉴스에서는 그가 살해당했다고 말하더군요. 믿기 어려운 일이에요. 이곳 말로에서는.」

「맞아요. 혹시 당신이나 아내분이 스테펀 던우디를 아는지 여쭤봐도 될까요?」

「저는 모르지만 리즈는 알았어요.」

주디스와 수지는 서로의 눈을 쳐다봤다.

「그래요?」

「그분이 미술 갤러리를 운영했죠? 리즈는 항상 거기에서 시간을 보내곤 했거든요.」

「그럼 그 사람을 잘 알았어요?」

「그것까지는 잘 모르겠어요. 하지만 우리가 시내에 쇼핑하러 나가면 그곳에 들러 얘기를 나누곤 했어요.」

「그거 흥미롭네요. 그의 집에도 간 적이 있는지 혹시 아세요?」

「그의 집에요? 아뇨. 그가 어디에 사는지도 모를걸요.」

「혹시 리즈 씨가 지난 토요일에 그의 집에 갔을 가능성이 있을까요?」

「전 모르겠어요. 그건 제 아내에게 직접 물어보세요. 하지만 잘못 판단하지 않으셨으면 좋겠네요. 리즈가 스테펀과 잘 알고 지냈는지는 모르겠지만 그에게서 뭘 사거나 한 적은 없어요. 제 말은, 지금 여기 상태를 보세요. 우리는 그런 고급 미술품을 살 돈이 없거든요.」

그는 이렇게 말하며 조정 센터의 낡은 건물들을 고갯짓

으로 가리켜 보였다.

「네, 저도 그게 궁금했어요. 사람들은 다 어디 있나요? 여름 휴가철이라 카누를 타고 노는 아이들이 많을 줄 알았는데.」 주디스가 말했다.

대니가 한숨을 쉬었다. 「홍수가 난 후에 이곳을 원상태로 복구하려고 노력 중이에요.」

주디스는 겨울 동안 템스강의 둑들이 여러 번 무너졌다는 사실을 알고 있었다. 그녀의 집은 경사진 곳에 있어서 피해가 없었지만 보트 하우스와 정원이 침수된 날은 여러 번 있었다.

「이 모든 게 다 물에 잠겼었죠.」 대니가 조정 센터의 건물들을 가리키며 말했다. 「그리고 물이 다 빠진 다음에는 진흙투성이 상태가 됐고요. 지난 수십 년을 통틀어 가장 힘든 겨울이었어요. 지역 공동체에 전화해서 치우는 작업을 도와 달라고 요청했죠. 그래서 여러 명이 왔지만 그 사람들이 할 수 있는 건 많지 않았어요. 이렇게 힘들었던 적이 없어요. 우리는 이제껏 어려운 시기를 많이 겪어 왔는데도 말이에요.」

「침수된 적이 많았나요?」

「리즈의 아버님 얘기로는 이곳을 처음 샀을 때 10년 동안은 한 해도 침수된 적이 없었다고 해요. 하지만 이제는 거의 매년 그래요.」

「그거 유감이네요.」

「우리 시설은 아직 원래대로 복구되지 않아서 하루에

이곳에 올 수 있는 사람의 수에는 제한이 있어요. 그리고 일하는 사람은 리즈와 저뿐이고요. 계획대로라면 여름 동안 수리를 다 끝내고 겨울을 무사히 보낸 다음 봄부터 다시 성공적으로 시작해야 했죠.」

「참 힘드시겠어요.」 수지가 말했다. 주디스는 그녀와 대니 사이에 뭔가 유대감 같은 게 있음을 느꼈다. 두 사람 다 열심히 일해야 한다는 게 어떤 건지 잘 아는 것 같았다.

「리즈는 아주 독실한 기독교인이에요. 매주 일요일에 교회에 가요. 저보다 더 자주 가죠. 하지만 지금 우리가 겪는 일은 그런 그녀도 시험에 들게 했어요. 자, 이제 죄송하지만 저는 이 카누를 오늘 밤 노팅엄에 훈련용으로 가져가야 해서요.」

「훈련이요?」 주디스가 대니의 뚱뚱한 몸집을 자기도 모르게 흘깃거리며 말했다.

대니가 웃었다.

「저 말고요. 청소년 국가대표 팀이요. 제가 코치로 있습니다. 그 팀의 베이스캠프가 노팅엄에 있어요.」

「국가대표 팀을 훈련시킨다고요?」 수지가 감명을 받은 듯 말했다.

「청소년 팀이에요. 그리고 코치도 여러 명이지만, 맞습니다. 저도 그 팀에 있어요.」

「그러면 더 이상 시간을 빼앗으면 안 되겠네요. 우리와 얘기를 해줘서 고마워요.」 주디스가 말했다.

주디스는 수지는 함께 그곳을 떠나려고 돌아서서 몇 발

자국 걷다가 멈춰 섰다. 리즈가 그들에게 스테펀을 모른다고 거짓말을 했으니, 어쩌면 또 다른 거짓말을 했을 수도 있었다.

「한 가지만 더요.」 대니에게 돌아서며 그녀가 말했다. 「당신이나 아내분은 혹시 그 총을 맞았다는 택시 운전사를 아세요?」

「그게 무슨 말이죠?」 대니가 물었다.

「이크발 카삼 말이에요.」

대니는 질문에 잠시 어리둥절하다가 고개를 끄덕였다.

「아, 그런 것 같아요. 그 사람을 한 번도 만난 적은 없지만, 몇 주 전에 그의 택시를 이용한 적이 있어요. 차가 수리 센터에 있었는데 꼭 사야 할 게 있어서 슈퍼마켓에 갔다 오려고 이크발의 택시를 예약했죠. 전화로 얘기했는데 아주 좋은 사람 같았어요.」

「정말 그렇죠?」 수지가 동의했다.

「오, 아는 사람이었나요?」

「그 사람 개를 산책시켰거든요.」

「그럼 뉴스에 보도된 것이 사실이에요? 그 사람도 누가 쐈다는 게?」

「뉴스에서는 그러더군요.」 주디스는 사건을 얼마나 잘 알고 있는지 드러내고 싶지 않아서 이렇게 대답했다.

「세상에, 정말 믿기 어려운 일이네요.」 대니가 말했다.

「혹시 그가 죽기를 바란 사람이 있었는지, 아는 건 없나요?」

「저요? 아뇨. 그 사람을 본 적도 없는걸요. 리즈한테 한 번 물어보세요. 택시를 탄 사람이 리즈니까요.」

「당신 부인이 이크발의 택시를 이용했다고요?」

「장을 보는 건 리즈거든요.」

「몇 번이나 이용했나요?」

「글쎄, 아마 그때 한 번뿐이었을걸요. 그건 왜 물어보죠?」

「그럼 얼마나 오래 그 택시를 탔어요?」

「한두 시간 정도요. 맞아요. 이크발이 택시로 리즈를 핸디크로스에 있는 애즈다 슈퍼마켓으로 태우고 갔고, 쇼핑을 할 동안 기다리다가 다시 데려왔죠. 하지만 이해가 안 가네요. 왜 그런 걸 알고 싶으세요?」

「우리는 무슨 일이 있었는지 알아내려고 노력 중이에요.」 언제나 정직이 가장 좋은 전략이라고 생각하는 주디스가 이렇게 말했다.

대니는 잠시 생각해 보더니 얼굴을 찌푸렸다. 「그건 경찰들이 할 일 아닌가요?」

「아, 걱정 마세요. 경찰도 우리가 하는 일을 다 알고 있어요.」 주디스가 미소를 지으며 말했다.

「그래요?」 대니가 의심의 눈으로 바라보다가 어깨를 으쓱했다. 「그 택시 운전사나 당신 이웃에 대해 알고 싶으시면 제 아내와 얘기해 보세요. 이 근처 어디에 있을 텐데.」

「감사합니다. 만일 만나게 되면 그렇게 하죠.」 주디스가 말했다.

주디스는 대니에게 다시 한번 감사 인사를 하고 그날 밤 노팅엄에서 훈련이 잘 되기를 바란다고 말한 다음 수지와 자리를 떴다.

일단 대화 소리가 들리지 않을 곳까지 가자, 수지가 주디스에게 말했다. 「리즈가 우리에게 거짓말을 했네요.」

「그러게요.」 주디스가 동의했다.

「스테펀과 이크발을 둘 다 알고 있었으면서.」

「그런데 우리한테는 둘 다 모른다고 했어요. 스테펀의 정원에 있었던 사실을 부인했던 것처럼요. 그리고 나한테서 도망친 것도. 이 일과 확실히 연루돼 있는 거예요.」

「어떻게 대니한테 이크발에 대해 물어볼 생각을 다 했어요?」

주디스는 본인도 왜 그랬는지 이해해 보려는 듯 잠시 생각에 잠겼다.

「나도 모르겠어요. 아마 오랫동안 십자말풀이를 해서 그런 것 같아요. 연관성을 발견하는 데 익숙하거든요. 그리고 리즈가 스테펀에 대해 거짓말했다는 걸 대니가 확인시켜 줬고……. 자, 이제 리즈 커티스에 대해 더 알아봐야 할 것 같아요, 그렇죠?」

「그런데 그러려면 어떻게 해야 하죠?」

「글쎄요, 대니 말로는 리즈가 규칙적으로 교회에 간다고 했으니까, 그 경우에 생각나는 사람이 한 명 있죠…….」

「그러네요!」 그것이 누구인지 깨닫고 수지가 말했다. 「벡스.」

18

「여긴 무슨 일로 온 거예요?」 문밖에 주디스와 수지가 서 있는 걸 본 벡스가 불쑥 내뱉었다.

「나도 만나서 반가워요.」 수지가 인사했다.

「여기 이렇게 오면 안 돼요.」 벡스가 다시 한번 곤란한 듯 말했다.

「우리가 여기 왜 왔는지 모르잖아요!」

「아주 잘 알고도 남죠. 그리고 두 분의 살인 사건을 이렇게 사제관에까지 가져오면 어떡해요. 콜린이 뭐라고 생각하겠어요?」

「우선,」 주디스가 작은 키를 최대한으로 쭉 늘이며 말했다. 「이 사건들은 〈우리의〉 살인 사건이 아니에요. 그리고 두 번째로, 이런 얘기를 사제관에서 안 하면 어디에서 하겠어요?」

「글쎄요, 어쨌거나 살인 사건에 대해 얘기하는 모습을 누가 보면 안 되거든요.」

「왜 안 돼요?」

벡스는 왠지 모욕을 당한 느낌이었지만 그 이유를 정확히 짚어 낼 수가 없었다.

「왜 안 되죠?」 주디스가 다시 물었다.

「여보, 밖에 누가 왔어?」 집 안에서 남성의 목소리가 외쳤다.

「아무도 아니야. 금방 갈 거야.」 벡스가 답했다.

「우리는 리즈 커티스에 대해서 알고 싶어요.」 수지가 말했다.

그 말은 벡스를 놀라게 했다.

「리즈에 대해서 뭘 알고 싶은데요?」

「그 사람을 알아요?」

「일요일에 예배가 끝나면 인사만 나누는 정도예요. 그런데 왜요?」

「내 생각이지만, 그 사람이 우리가 찾는 살인범일 수도 있거든요.」

「그건 말도 안 돼요! 그녀는 요가를 하는 사람이에요!」

주디스는 자기가 방금 제대로 들은 것인지 확신이 안 갔다.

「지금 요가를 하는 사람들은 살인을 저지를 수 없다고 말하는 거예요?」

「그래요!」

「그러면,」 결정적인 말을 하기로 결심한 주디스가 물었다. 「차 한잔 마시면서 리즈 커티스에 대해 얘기해 줄 수 있나요?」

벡스의 미소가 얼어붙었다. 진정한 영국 태생의 여성으로서, 그녀는 누가 차 한잔을 요청할 때는 어떤 경우에도 거절해선 안 된다는 걸 알았다.

「그거 좋은 생각이네요.」 벡스는 마음에도 없는 말을 하고는 두 여성을 안으로 초대했다.

「이런 세상에! 무슨 광고에 나오는 집 같아요!」 수지가 집 안으로 들어서며 세련된 벽지와 그림, 복도의 가구를 보며 말했다.

「광고요?」 벡스가 어리둥절해서 물었다.

「마치 잡지에 있는 것 같아요. 현실적이지가 않아요. 실제로 이렇게 사는 사람은 아무도 없어요.」

수지의 말을 칭찬으로 잘못 알아들은 벡스가 미소를 지었다.

「그렇게 말해 줘서 고마워요. 이쪽으로 들어오세요. 집이 지저분해서 죄송해요.」 벡스는 티끌 하나 없는 부엌 쪽으로 둘을 안내했다.

「와.」 수지가 놀랍다는 듯 감탄했다.

「정말 굉장히 깨끗하네요.」 주디스가 맞장구쳤다.

「싱크대도 닦아요?」 반들반들 윤이 날 만큼 깨끗한 금속 싱크대로 다가가면서 수지가 물었다.

「설거지한 다음에만요. 난 강박증 같은 건 없어요.」

수지가 주디스를 돌아봤다. 「싱크대를 닦는대요.」

벡스는 세제가 든 스프레이 통을 들어 싱크대의 눈에 보이지도 않는 얼룩에 뿌리더니 깨끗한 행주로 닦아 냈다.

「자, 차 마실 분? 카페인 있는 것과 없는 것이 있는데요.」

「그냥 보통 차면 돼요.」 수지가 말했다.

「홍차, 녹차, 우롱차?」

「우롱차요? 집에서 웬 우롱차요? 그냥 보통 차면 돼요. 고마워요.」

「그럼 허브차는 어때요? 루이보스와 차이가 있는데요.」

「그냥 보통 차에 우유랑 설탕 넣어서요.」

벡스는 여전히 충분한 정보를 얻지 못한 듯 머뭇거렸다.

「왜 그래요?」 수지가 물었다.

「그냥 우유요?」

「네?」

「차에 그냥 보통 우유를 넣을까요, 아니면 두유를? 혹은 아몬드? 귀리나 코코넛?」

「그냥 우유요! 그냥 보통 차에 보통 우유요.」

「오.」 벡스는 거의 무안을 당한 느낌이었지만, 그러면서도 수지의 색다른 요구가 인상적이라는 듯 말했다. 보통 차에 보통 우유라? 사제관에서는 아주 오랫동안 들어 보지 못한 말이었다.

벡스가 물방울무늬의 에마 브리지워터[30] 찻주전자와 세트인 물방울무늬의 에마 브리지워터 컵, 컵 받침, 그리고 물방울무늬 에마 브리지워터 우유 단지를 꺼내는 동안, 주디스는 스테펀이 죽고 나서 그의 집 정원에 있던 사람과

30 영국의 유명 도자기 회사.

이크발이 죽은 다음 주디스를 보고 도망갔던 사람이 리즈 커티스라는 걸 알아냈다고 설명했다.

「문제는 우리가 물어봤을 때 그녀가 스테펀과 이크발을 모른다고 했단 거예요. 그런데 남편인 대니의 말로는 리즈가 스테펀과 인사하고 지낼 정도로 잘 아는 사이였고, 몇 주 전에 이크발의 택시를 탄 적도 있다고 하더라고요.」 수지가 말했다.

「그럼 거짓말을 했다는 거예요?」 벡스가 믿지 못하겠다는 듯이 말했다.

「우리 면전에 대고요.」

「왜 그랬을까요?」

「그게 당신이 말해 줄 부분이에요. 그녀에 대해 뭐 얘기해 줄 거 없어요?」 주디스가 말했다.

「글쎄요, 우선, 리즈가 올림픽에서 은메달을 딴 거는 아시죠?」

「그랬어요?」 주디스라면 어떤 사람을 설명할 때 그 사람이 성취한 업적을 제일 먼저 언급하지는 않겠지만, 벡스에게는 그런 외적인 성취가 사람을 정의하는 기준인 듯했다.

「그녀는 그런 승자의 태도를 가졌어요. 아주 집중력이 높고 의지가 결연해요.」

「어떤 종목에서 메달을 땄어요?」 수지가 물었다.

「리즈는 조정 선수예요. 선수〈였〉다고 해야 하나. 대니하고도 그래서 만났고요. 대니도 조정 경기 선수였으니까요. 하지만 그는 청소년 수준이었어요. 리즈 말에 따르면 대니의 실력 자체는 세계에 나갈 정도였지만 거기에 필요한 투지가 없었다고 해요. 솔직히 말하면, 그녀가 최고의 선수가 되기 위해 필요한 자질을 얘기할 때는 좀 무섭기도 했죠. 리즈는 아주 미세한 차이에 달렸다고 했어요. 목표에 전념하고 거기에 방해되는 건 절대 용납해선 안 된다면서 말이에요. 아마 그렇게 해야만 올림픽에서 메달을 딸 수 있나 봐요.」

「부문이 뭐였어요?」 주디스가 물었다.

「부문이요?」

「어떤 조정 분야를 했냐고요. 8인승?」

「아뇨, 싱글이었던 것 같아요. 혼자서 하는 거요.」

「그것참 흥미롭네요. 그럼 혼자 지내는 걸 좋아하겠군요, 그렇지 않아요?」 주디스가 말했다.

「그렇게 말해도 될지 모르겠어요. 그 사람에 대해 잘 몰라서요.」

「그래도 매주 교회에 오잖아요.」 수지가 말했다.

「맞아요. 하지만 이해해 주세요. 제가 교회에 있을 때는 항상 콜린을 대변하는 입장이다 보니 저는 저와 대화하고 싶어 하는 모든 사람들과 얘기를 나눠야 해요. 그리고 리즈는 본인 얘기를 잘 안 하는 경향이 있어요. 제가 보기에 그녀의 신앙은 매우 개인적이라는 느낌이에요.」

「그래도 기독교인이라고 할 수 있나요?」

「오, 그럼요.」

「기독교적 가치관도 갖고 있고요?」
「물론이죠.」
「자신의 개를 죽인 사람인데도 말이죠.」 수지가 말했다.
「뭐라고요?」
수지는 리즈가 수의사에게 돈을 내고 자신의 개를 죽인 일이 있다고 설명했다.
「그건 말도 안 돼요.」
「말도 안 되지 않아요. 실제 일어난 일이에요.」
「이것 봐요, 그 사람이 좀 거만한 데가 있다는 건 인정해요. 올림픽 메달을 땄으니 말로에서는 꽤 특별한 인물이죠. 그녀가 교회에 올 때의 태도를 보면 알 수 있어요. 자신이 여왕벌이라도 되는 줄 아는 것 같거든요. 모든 사람이 주변에서 법석을 떨고 대단한 사람 취급하니까, 그러는 게 놀랄 일도 아니죠. 이제 질문에 대답했으니, 두 분 다 가주셨으면 좋겠어요.」
「우린 그냥 당신 부엌에서 차 한잔 하고 있을 뿐이에요.」 주디스가 말했다.
「전 지역 주민들에 대해 뒷얘기를 해서는 안 돼요.」
「살인을 저질렀을지도 모르는 지역 주민이죠.」
「제발 그런 말 좀 그만하세요!」
「하지만 사실이에요! 누군가가 스테펀을 죽였어요. 그리고 이크발도 죽였고요. 그게 누군지 알아내야 해요.」
「그래도, 그건 리즈일 수 없어요. 제가 말씀드릴 수 있는 건 그 정도예요. 그녀가 살인을 저질렀을 리는 없어요.」 벡스가 종지부를 찍듯 말했다.

「그건 당신 생각이고요. 하지만 모든 사람이 다 우리가 생각한 것과 같진 않잖아요. 주디스는 이웃인 스테펀이 티 하나 없이 깨끗한 사람이라고 생각했지만, 이제 우리는 그가 엘리엇 하워드의 코앞에서 수십만 달러짜리 그림을 훔쳤다는 걸 알아요. 그러니까 그게 누구든 과거에 어떤 어두운 비밀을 숨기고 있는진 아무도 모르죠. 그렇지 않나요, 주디스?」 수지가 말했다.

수지는 자신의 질문에 주디스가 당황한 듯 마시던 차를 턱으로 흘리는 걸 보고 놀랐다.

「아이고, 내가 왜 이러지!」 주디스가 외쳤다.

「괜찮아요.」 벡스가 두꺼운 키친타월을 잔뜩 뽑아 주디스에게 건넸다.

벡스는 주디스가 흘린 차를 수습하는 걸 돕고 주디스는 실수를 자책하느라 정신이 팔려서, 두 사람 다 수지가 주디스를 의심의 눈길로 바라보는 걸 눈치채지 못했다. 수지가 잘못 생각한 게 아니라면, 주디스의 행동은 뭔가를 숨기는 사람 같아 보였다. 수지는 남편에 대해 물었을 때 주디스가 얼굴을 붉혔던 것과 관련이 있다고 직감했다. 그 일이 생각나고 보니, 주디스의 집에 있던 잠긴 문도 떠올랐다. 주디스처럼 개방적이고 모든 것에 솔직한 사람 집에 왜 잠긴 문이 있는 걸까?

그때 전화벨 소리가 울리는 바람에 모두가 깜짝 놀랐다. 수지는 그게 자기 휴대 전화인 걸 알아차리고 주머니에서 꺼냈다.

「모르는 번호예요.」 액정이 깨진 휴대 전화를 들여다보며 그녀가 말했다.

「여보세요, 수지 해리스입니다.」 수지는 한동안 듣고 있더니 귀에 대고 있던 휴대 전화를 아래로 내렸다.

「이크발의 이맘이에요.」 그녀는 마치 속삭이는 듯한 몸짓을 했지만 목소리는 평소보다 컸다. 「경찰에서 시신을 양도받았고, 그래서 내일 장례식을 할 거래요. 저보고 몇 명을 데려올 건지 묻네요.」

「저도 넣어 주세요.」 주디스가 조금도 주저하지 않고 말했다.

수지가 벡스를 돌아보자, 벡스는 양심과 싸움을 벌이는 듯했지만 아주 잠깐 동안이었다.

「저기, 전 두 분이 하는 조사에 동참할 수 없어요. 그냥 제 입장이 그래요. 하지만 장례식엔 당연히 가야죠. 그게 제가 할 수 있는 최소한의 일이니까.」

수지는 다시 귀에 휴대 전화를 댔다.

「초대해 주셔서 감사합니다. 이크발에 장례식에는 세 명이 갈 거예요.」

19

하이위컴의 끝자락에 위치한 이크발의 모스크는 사방이 테라스 하우스[31]에 둘러싸여 있었다. 모스크는 1980년대 붉은 벽돌 건물이었지만, 꼭대기에 거대한 하얀 돔과 뾰족탑이 있었다.

벡스가 다른 사람들에게 설명한 〈자나자〉라는 명칭의 장례 의식은 여성들이 이전에 참석한 장례식과 전혀 다르면서도 또 모든 장례식과 유사한 면이 있었다.

가장 큰 차이점은 모스크에 들어가기 전에 신발을 벗고 머리를 가려야 하는 점이었다. 주디스는 고모할머니가 가지고 있던 멋진 1940년대 에르메스 실크 스카프를 가져왔다. 벡스는 빨간색과 금색이 섞인 예쁜 두파타[32]를 가지고 왔고, 아무도 준비해 오지 않을 경우를 대비해서 핸드백

31 비슷하게 생긴 여러 채의 주택이 옆집과 벽 하나를 사이에 두고 연속적으로 붙은 형태의 주택.

32 남아시아 지역에서 힌두교도나 이슬람교도가 착용하는 긴 스카프.

에 여분을 두 개 챙겨 왔는데 수지가 마침 그에 해당됐다.

일단 안으로 들어가자, 그들은 황금색 선으로 무늬를 짠 어두운 빨간색 카펫이 방 전체에 깔린 커다란 예배실로 안내됐다. 방 한가운데에 암청색 커튼이 공간을 반으로 나누듯 드리워져 있었고 벽 옆에 플라스틱 의자가 몇 개 있는 것을 제외하고 다른 가구는 없었다.

남자 대여섯 명이 모인 맨 앞에는 샬와르 카미즈[33]를 입은 나이 지긋한 노인이 마이크에 대고 쿠란을 단조로운 어조로 읽고 있었다. 그들 옆에 이크발의 관이 하얀 천에 덮인 채 가대 위에 놓인 것이 보였다.

여성들이 다가가자 그것을 본 한 남성이 화가 난 표정을 지었다.

「이쪽으로는 오면 안 돼요. 여자들은 저쪽 편이에요.」 그가 커튼을 가리키며 날카롭게 소리쳤다.

「죄송합니다. 얼른 저쪽으로 갈게요. 감사합니다.」 벡스가 신부의 부인다운 잘 숙련된 미소를 지으며 분위기를 무마하려고 노력했다.

벡스는 친구들을 커튼 반대편으로 데려갔고 그곳에는 어떤 여성이 맨 앞에서 혼자 기다리고 있었다. 그녀가 그들을 보고 환영의 의미가 담긴 미소를 지으며 고개를 끄덕였다. 세 명의 친구들도 답례의 미소를 보냈다.

「여기 앉는 게 좋겠어요.」 벡스가 벽을 따라 놓인 몇 개

33 남아시아 지역에서 입는 발목 부분을 조이는 헐렁한 바지와 긴 셔츠. 셔츠 쪽을 카미즈, 바지 쪽을 샬와르라고 한다.

의 플라스틱 의자를 가리켰다.

그들이 자리에 앉는 동안 이맘이 맨 앞에 나타나 예식을 시작했다. 여러 기도문과 찬송은 그들이 이해하지 못하는 아랍어였지만, 다행히도 예식 자체는 친숙했다. 또한 전체 예식 시간이 20분밖에 되지 않는 것을 보고, 벡스는 영국 성공회 장례식과 비교해 볼 때 기분 좋게 간결하다고 생각했다.

예식이 끝난 후, 커튼의 다른 편에 있던 남성들이 앞으로 나와 관 주변에 모이더니 어깨 높이로 관을 들고 방 밖으로 나갔다. 그들이 관을 운반하는 동안, 라티프 이맘이 커튼을 지나 세 명 쪽으로 다가왔다.

「여러분 중 한 분이 수지 해리스 씨인 것 같습니다만.」 그가 말했다.

「맞아요. 저예요.」 수지가 손을 내밀었다.

「삼가 고인의 명복을 빕니다.」

「감사합니다.」 이맘의 말에 감명을 받은 수지가 답했다.

「그리고 만나서 반갑습니다. 스탈링 씨.」

「살람,[34] 이맘.」

「당신의 교회 신도들은 어떤가요?」

「제 남편의 신도들이죠. 잘 지냅니다. 그쪽은요?」

「오, 마찬가집니다. 그런데 사과를 해야겠군요. 제 신도 한 명이 여러분께 얘기하는 것을 봤습니다. 너무 무례한 행동이었습니다. 그리고 다른 편으로 가게 한 것도 그의

34 아랍어를 쓰는 곳에서 흔히 하는 인사로 평화를 빈다는 뜻.

잘못입니다.」

「사과하실 필요 없습니다. 우리 교회에서도 별로 다르지 않아요. 낯선 사람이 감히 자기 가족석에 앉았을 때 루이스 소령이 지었던 표정을 봐야 해요.」 벡스가 말했다.

라티프 이맘이 미소를 지었다.

「언제나 상대의 말에 대한 적절한 대답을 아시는군요, 스탈링 씨. 누군가는 진보적으로 행동하고 싶어도, 또 어떤 사람들은 오랜 전통을 고수해야 한다고 생각한다는 게 참 슬픈 현실이죠. 그럼 이제 함께 걸을까요?」

라티프 이맘은 남성들이 관을 운반해서 나간 문을 가리켰다.

네 명은 남성들을 따라갔다.

「그런데 당신은 제가 모르는 분이군요.」 라티프 이맘이 주디스에게 말했다.

「주디스 포츠라고 합니다. 이렇게 모스크에 초대해 주셔서 감사합니다.」

「저야말로 와주셔서 기쁩니다.」

「그런데 몇 가지 물어봐도 될까요?」

「물론입니다. 뭐가 궁금하신가요?」

「그게, 고인이 너무 끔찍한 사고로 돌아가셨잖아요.」

「정말 그렇습니다. 비극이 아닐 수 없습니다.」

「소식을 듣고 이맘께서는 많이 놀라셨나요?」

「혹시 이크발이 어떤 배임에 연루된 거라 보는지, 제 의견을 물으시는 건가요?」

「그렇습니다.」

벡스와 수지는 설명해 주기를 바라며 주디스를 쳐다봤고 주디스는 기꺼이 받아들였다.

「여기서 배임이란 위법 행위를 말하는 거예요.」

「오.」 벡스가 감동받은 듯 감탄했다. 수지는 마치 〈그런 건 알아서 뭐해?〉라는 듯이 어깨를 으쓱했다.

「솔직히, 제가 이크발을 잘 알지는 못합니다. 여기에서 거의 본 적이 없거든요. 저는 괜찮아요. 가끔이라도 오는 사람을 환영하는 것이, 너무 오라고 강요해서 아예 안 오게 하는 것보다는 낫다고 여기거든요. 그래도 그를 보면 언제나 진실하고 배려심 깊은 사람이라고 느꼈습니다. 많이 내성적이긴 했지만요. 자기 얘기를 너무 안 하려 하기도 했고요. 그리고 뭔가 분노심 같은 게 엿보이기도 했습니다.」

「그렇게 생각하셨어요?」

「어쩌면 좌절감이었는지도 모릅니다. 한번은 그와 길게 대화를 나눈 적이 있는데, 배를 타고 영국 전역을 여행하는 게 꿈이라고 했던 기억이 납니다.」

「저한테도 똑같은 말을 했어요.」 수지가 말했다.

「그런데 그런 미래를 빼앗겼다고 했지요.」

「그게 언제였나요?」 주디스가 물었다.

「한 1년 전입니다. 작년 언제쯤이에요.」

「그러면 자신의 미래를 어떻게 빼앗겼는지도 얘기를 했나요?」

「제 생각에는 유산과 관련된 문제였던 것 같아요.」

여성들은 시선을 교환했다. 뭔가 중요한 단서처럼 느껴졌다.

「이웃의 유산이었어요.」 라티프 이맘이 이어 말했다.

「그렇다면 아마 그건 에즈라의 유산이겠군요.」 수지가 말했다.

「맞아요. 자신의 이웃이 에즈라라고 했어요. 에즈라가 죽으면서 재산과 집을 이크발에게 물려줬다고요. 하지만 막상 그렇게 되려고 할 때, 누군가가 마지막에 유언을 바꾸게 만들었던 것 같아요. 그래서 이크발이 아니라 다른 사람이 에즈라라는 이웃의 유산을 물려받았죠.」

「오, 가엾은 이크발.」 벡스가 말했다.

「정말 그렇습니다.」

「그 다른 사람이란 게 엘리엇 하워드였나요?」 주디스가 흥분해서 물었다.

「저는 모릅니다. 이크발이 그 사람의 이름은 얘기하지 않았거든요. 하지만 한 번 본 적은 있습니다.」 이맘은 기억이 떠오른 듯이 말했다. 「맞아요. 제가 이크발을 마지막으로 본 때였어요. 올해 초에 쇼핑센터에서 나오는 이크발과 마주쳤고, 제가 대화하려고 다가가려는데 그가 주차장에서 길 건너편을 바라봤어요. 제가 괜찮으냐고 물었더니 갑자기 막 화를 내면서, 차에서 내리는 남자를 가리켜 자신에게서 유산을 훔친 게 바로 저 사람이라고 했어요.」

「그 사람 키가 아주 컸나요? 50대 후반 정도 되지 않았나요? 어깨까지 내려오는 긴 흰머리에.」 주디스가 물었다.

라티프 이맘은 대답하기 전에 가만히 생각을 해봤다.

「아니요, 그렇게 크지 않았어요. 그런데 50대였을 수는 있겠어요. 사실, 다시 생각해 보니 키가 작았어요. 그리고 많이 뚱뚱했고요. 아주 커다란 밀가루 반죽처럼요.」 그는 자신의 비유에 미소를 지었다. 「그는 아주 작고 아주 뚱뚱한 사람이었어요.」

여성들은 몹시 놀라지 않을 수 없었다. 그들은 스테펀과 이크발의 사건에 관련된 아주 작고 아주 뚱뚱한 사람은 만난 적이 없었다.

「그가 몰던 차가 뭔지 기억나세요?」 수지가 물었다.

「오, 아뇨.」 이맘이 빙그레 웃었다. 「제가 차에 대해서는 전혀 몰라서요. 하지만 지금 머릿속에 그 모습이 그려지네요. 그 아주 작고 뚱뚱한 남자는 넥타이에 양복을 입고 있었는데, 서류 가방을 들고 차에서 내려 주차장을 떠났어요. 이크발은 그가 이웃의 유언을 바꿔서 자기가 받아야 할 유산을 가로챘다고 주장했어요. 저는 뭐라고 해야 할지 모르겠더군요. 이크발이 너무 흥분한 상태였거든요. 그게 제가 그를 마지막으로 본 날이었어요.」

얘기를 나누면서 라티프 이맘은 여성들을 모스크 밖의 계단으로 안내했고 남성들이 장의사들을 도와 관을 검은 영구차에 싣는 모습을 함께 지켜봤다.

「저희와 얘기 나눠 주셔서 감사합니다. 하지만 더 길게 폐를 끼치고 싶지 않네요.」 벡스가 말했다.

「감사합니다. 저는 관을 묘지까지 운반하는 데 동행해야 할 것 같습니다. 오늘 이렇게 와서 힘을 보태 주셔서 고맙습니다. 또 오신다면 언제든지 환영입니다.」

따뜻한 미소를 지으며 라티프 이맘은 영구차 옆에 선 장의사들에게 다가갔다.

「아주 충격적인 정보네요.」 주디스가 말했다.

「작고 뚱뚱한 남자가 있군요. 이크발의 유산을 훔친.」 수지가 말했다.

「하지만 그는 단순히 작고 뚱뚱한 게 아니에요. 양복을 입고 서류 가방을 들었다고 했잖아요. 그럼 사업하는 사람인가 봐요. 하지만 우리가 이렇게 흥분하기 전에, 대체 그 유산은 얼마였을까요?」

「글쎄요, 에즈라의 집은 아주 낡았어요. 제 생각에 그렇게 가치가 크진 않을 거예요.」 수지가 말했다.

「지금 매물로 나온 상태죠?」 벡스가 물었다.

「집 밖에 팻말이 세워져 있던데.」

「위치가 정확히 어디예요?」

「말로에서 나가서 위컴 로드 중간쯤에 있어요.」

「오, 거기 알아요. 방 세 개짜리 단층집. 개발하면 충분히 가치가 있어서 한 65만 파운드에 나왔을 거예요.」

두 여성은 놀라서 벡스를 쳐다봤다.

「그걸 알아요?」

「거의 그쯤 될 거예요. 하지만 원하는 값을 더 받을 수 있을 걸요. 지역 개발자가 사서 다 허문 다음 튼튼한 집을 지을 테니까.」

「그걸 어떻게 알아요?」 수지가 물었다.

벡스는 예의상 부끄러운 듯한 표정을 지었다.

「지역 부동산 시장에 관심이 있거든요.」

「하지만 가격을 정확히 알고 있잖아요!」

「네, 방금 말한 것처럼 관심이 있으니까요.」

「그럼 말로에 있는 주택 가격을 다 알아요?」

「물론 아니죠. 그럴 리가요.」

「하지만 위컴 로드의 단층집 가격은 알잖아요.」

「우연의 일치였어요.」 벡스가 겸손하게 말했다.

「중심가에 있는 매물로 나온 주택은요? 반려동물 용품 가게 옆에 있는 거 말이에요.」 수지가 물었다.

「오, 그건 몰라요.」 벡스는 이렇게 말했지만, 두 여성은 그녀가 거짓말을 한다는 걸 알 수 있었다.

「말해 봐요. 얼마에 나왔는지 〈정확히〉 알면서.」 주디스가 싱글거렸다.

「뭐, 그렇게 물어보시니까 얘기할게요. 80만 파운드요. 하지만 저라면 그 집에는 조금도 관심 갖지 않을 거예요. 길에 주차할 자리도 없고 화장실 딸린 방이 하나도 없어요. 안방으로 쓸 만한 방도 없고요. 요즘 시대에 가족이 살 집으로는 조건이 안 좋아요.」

주디스가 좋아하며 손뼉을 쳤다.

「마치 구글 검색 기능이 옆에 있는 것 같네요. 그럼 우리 집에서 한참 강 아래쪽에 나와 있는 그 흉물스러운 유리 건물은요? 항상 그 건물이 얼마인지 궁금했어요.」

「건축가가 지었다는 그 주택 말인가요? 방 다섯 개에 방마다 화장실이 딸려 있고, 강변에 60미터 정도 땅을 접하고 있는 물건이요. 그건 310만 파운드에 나왔어요.」

「와, 정말 비싸네요. 어쨌거나 이크발이 왜 그렇게 화가 났는지는 설명이 되네요. 65만 파운드에 달하는 집을 물려받을 수 있는 기회를 날렸으니 말이에요. 누구든 화가 날 만해요.」 주디스가 말했다.

「특히 좋은 배를 사려고 돈을 모으던 사람에게는 더 그랬겠죠. 그 정도의 돈이라면 아주 멋진 배를 살 수 있었을 텐데.」

「그래서 그 밀가루 반죽 같은 작고 뚱뚱한 사람은 누굴까요?」 수지가 물었다.

「오, 그건 찾기 어렵지 않을 거예요.」 주디스가 말했다.

「그렇게 생각해요?」

「꽤 간단할 거라고 생각해요. 에즈라의 집이 매물로 나왔다는 건 그의 유언장에 대한 공증이 끝났다는 의미죠. 일단 유언장 공증이 끝나면 누구나 열람 가능한 정보가 돼요.」

「그걸 어떻게 알아요?」

「고모할머니한테 유산 상속을 받을 때 다 알게 됐어요. 유언장이 공개 정보가 되면, 누구든 그 사본을 요청할 수 있어요. 그러니까 우리는 관련 정부 사이트에 들어가서 에즈라의 유언장 사본을 주문만 하면 돼요. 그러면 이크발 대신 누가 그 돈을 유산으로 받았는지 알 수 있죠.」

「그러면 그 사람이 작고, 뚱뚱하고, 반죽 덩어리 같은 사람이길 바라야겠네요.」 수지가 말했다.

「맞아요. 작고 뚱뚱하고 밀가루 반죽 덩어리 같은 남성. 그게 누구든지 간에.」 주디스가 말했다.

20

그로부터 며칠간, 주디스의 일상은 평상시의 모습을 되찾았다. 십자말풀이를 출제해서 『업저버』의 편집자에게 제출했고 웨스트하일랜드테리어 그림 퍼즐을 완성해서 자선 가게에 되돌려줬으며, 매일 아침 템스강에서 수영을 했다. 도저히 선택의 여지가 없었다. 매일 숨 막힐 정도로 무더운 날씨가 계속됐기 때문이다.

주디스에게 새로 생긴 친구들에 대해 말하자면, 수지는 다시 일에 몰두할 수는 있었지만 뭔가 외떨어진 느낌을 떨쳐 낼 수가 없었다. 이크발의 살인을 해결하고 싶어서라기보다는, 주디스와 벡스와 함께하면서 느낀 동지애가 좋았던 이유가 더 컸다. 슬픈 진실은, 개들에게 둘러싸여 매일 긴 산책을 하고 집에 사람들이 끊임없이 드나드는데도 그녀가 외로움을 느낀다는 점이었다. 물론 수지에게는 에마가 있었다. 그녀는 새로 맡게 된 이 개를 많이 좋아하게 됐다. 하지만 오랫동안 혼자서 두 아이를 최선을 다해 키우면서 일까지 해야 했던 그녀는 한때 만났던 친구들과도 모두 연락이 끊긴 상태였다. 아이들까지 집을 떠난 후에는 버려진 기분이 들었다. 물이 빠져나가면서 해변에 고립된 낡은 배처럼.

벡스는 짜증이 점점 늘어 가는 초조함 속에서 시간을 보냈다. 그녀로서는 너무나 놀라운 경험을 했는데도, 가족들은 아무도 그 얘기에 관심이 없었다. 콜린은 라티프 이맘에게서 들은 이크발 카삼의 유산 빼앗긴 얘기를 주의 깊게 들어주는 것 같았다. 하지만 콜린은 얘기를 다 듣고는 밖에서 다른 사람들의 험담을 하고 다니면 안 된다고 했고, 벡스는 그가 귀 기울여 듣지 않았음을 깨달았다. 또 아들은 자신의 열네 살 인생에만 몰두해 있어서 아예 대화할 생각도 하지 않았다. 딸이라면 자신의 모험담을 듣고 싶어 했겠지만, 현재 클로이는 벡스와의 대화를 거부하고 있었다. 이크발의 장례식 전날 밤, 클로이가 남자 친구 잭을 만나려고 집을 몰래 빠져나갔는데, 벡스가 정말 화가 났던 이유는 클로이가 가방에 진을 한 병 숨긴 걸 발견했기 때문이었다. 그것을 본 벡스는 클로이에게, 대체 어떤 열여섯짜리 여자아이가 늦은 밤에 진 한 병을 들고 남자 친구를 만나러 가느냐고 소리를 질렀다.

그에 대한 대답은, 물론 〈벡스〉였다. 어쨌든, 클로이는 그런 면을 누군가에게서 물려받은 것일 텐데, 그건 분명 콜린은 아니었다. 사실, 벡스는 열한 살 때 어머니의 오래된 쿠앵트로 한 병을 몰래 훔쳐 가장 친한 친구와 친구 엄마의 담배까지 피우면서 마셨던 적이 있었다. 하지만 그렇게 대담한 짓을 서슴지 않고 규칙 같은 것에 얽매이지 않았던 것은 어린 시절의 일이었다.

벡스를 가장 괴롭히는 점은, 가족 안에서 자기 입지가 약한 데에는 다른 사람뿐 아니라 자신의 과실도 크다는 걸 스스로도 안다는 사실이었다. 그녀는 결혼할 때 어떻게든 빨리 결혼반지를 끼고 남편의 성을 따르고 싶어 안달을 했다. 하지만 그 후 많은 세월이 지난 지금은 자신의 정체성을 가진 이름도, 방향성도 없이 떠도는 느낌이었다.

휴대 전화가 울렸을 때, 벡스는 손 거품기로 마요네즈를 만드는 중이었다. 그녀에게는 그런 작업을 몇 초 만에 끝낼 수 있는 아주 좋은 믹서기가 있었다. 게다가 집 근처에는 장인이 만든 유기농 마요네즈를 바로 살 수 있는 상점도 여러 군데 있었다. 하지만 자신의 인생에서 뭘 해야 할지 잘 모르는 상태였기에, 그녀는 현재 아는 유일한 진실에 매달렸다. 자신은 가정주부이며, 이 상황에서 자신이 정신 건강을 위해 할 수 있는 일은 이제까지 존재했던 주부들 중 최고의 주부가 되는 것뿐이었다. 따라서 손 거품기를 택한 것이다.

휴대 전화에 뜬 이름을 보고 그녀의 심장이 쿵쿵 뛰었고, 기쁜 마음으로 전화를 받았다.

그로부터 몇 분 후 전화벨이 울리는 걸 본 수지도 마찬가지였다. 주디스가 전화를 걸었을 때 수지는 에마, 월리와 에비라고 부르는 두 마리의 휘핏, 크래커스라고 하는 퍼그와 함께 강가에 있었다.

「에즈라 해링턴의 유언장이 도착했어요. 우편으로요.」 주디스가 숨이 찬 목소리로 말했다.

「유산을 받은 사람이 누구예요?」 수지가 본론부터 물었다.

「그의 부동산 전체가 앤디 비숍이라는 사람에게 상속됐네요.」

「그게 누군데요?」

「유언장에 의하면, 앤디 비숍은 에즈라의 변호사였어요.」

「잠깐만요. 이크발의 이웃이 자기 부동산 전체를 본인 변호사한테 남겼다는 거예요?」

「그리고 그 변호사는 단독 유언 집행자이기도 했어요. 같은 사람이 유언을 작성하고 에즈라가 죽은 다음 그것을 처리하는 책임을 맡았는데, 동시에 단독 상속인이기도 했던 거예요.」

「그렇게 하는 게 법적으로 가능해요?」

「찾아봤는데, 합법이더라고요. 하지만 분명 윤리적인 건 아니죠.」

「우리 좀 만나야겠죠?」

「아주 긴급하게 만나야 할 것 같아요.」

21

말로에는 세 사람이 만날 장소가 아주 많았다. 사실, 시내에 있는 상점들은 거의 하나 걸러 하나가 여성들이 만나 얘기를 나눌 수 있는 커피숍이나 바라는 느낌이 들 정도였다. 주디스, 수지, 벡스는 앤디 비숍의 사무실 바로 건너편, 중심가에 있는 작은 커피숍 창가에 운 좋게 자리를 잡을 수 있었다. 에즈라의 유언장에 회사 주소가 적혀 있었기 때문에 그들은 앤디 비숍이 어디에서 일하는지 알 수 있었다.

건물은 예쁜 조지아 양식의 퇴창이 달린 타운 하우스로, 매끈한 검은 문 옆에는 고상한 청동 명판이 붙어 있었다. 회사 웹사이트에 따르면, 열두어 명의 변호사가 소속돼 있었고 앤디 비숍은 대표 변호사 중 한 명으로 명시돼 있었다.

그럼 이제 그들은 다음 단계로 무엇을 해야 할까? 수지는 방법을 찾아 그를 감시해야 한다고 생각했지만 벡스는 그에게 가까이 가지 않는 게 좋다고 주장했고, 주디스는 두 의견을 다 거부했다. 그녀 생각에 앤디 비숍이 이크발의 사망과 관련됐는지를 알아내기 위한 방법은 하나뿐이었다.

「비숍 씨를 만나러 왔는데요.」 몇 분 후, 주디스는 앤디 비숍의 안내 데스크 직원에게 이렇게 말했다.

친구들은 앤디의 사무실로 쳐들어가는 것이 무모한 일일 수도 있다고 했지만, 주디스는 그들의 걱정에 콧방귀를 뀌었다. 엘리엇 하워드를 찾아갔을 때와는 달리, 이번에는 분명 계획이라는 게 있었다. 혹은 적어도 그렇게 믿었다. 사실상 주디스에게는 어느 쪽이든 마찬가지였다.

「약속을 하고 오셨나요?」 직원이 물었다.

「아뇨. 하지만 난 주디스 포츠라고 해요. 에즈라 해링턴의 유언장에 대해 할 얘기가 있다고 전해 주시겠어요?」

안내 직원은 어리둥절한 표정을 지었다.

「해링턴 씨의 유언장이요? 그건 작년 일인데.」

「걱정 마세요. 비숍 씨는 그게 무슨 말인지 알 거예요.」

예의 바른 미소를 지으며 주디스는 빈 난로 옆의 의자에 앉았다. 주디스가 돌아갈 생각이 없다는 것을 깨달은 안내 직원은 일어나서 근처에 있는 문으로 들어갔다.

그녀는 1분도 안 돼 자리로 돌아왔다.

「포츠 씨? 비숍 씨가 기다리고 계십니다.」 그녀는 얼떨떨한 표정으로 말했다.

「감사합니다.」

주디스는 곧 세련되게 장식된 사무실로 안내받았다. 커피 테이블 옆에 두 개의 가죽 암체어가 있었고, 벽에는 사냥하는 장면을 그린 빛바랜 유화들이 걸려 있었다. 주디스는 사무실이 1층에 있으며 번잡한 중심 도로를 바라보는 멋진 내리닫이창이 있고, 반대편에는 사무실의 주차장과 지저분한 아스팔트가 내다보이는 창도 있음을 눈여겨봤다.

앤디 비숍은 서류가 잔뜩 쌓인 책상 앞에 앉아 있다가 주디스에게 인사하려고 자리에서 일어났다. 주디스는 그의 키가 전혀 크지 않은 것을 보고 속으로 스릴을 느꼈다. 165센티미터도 안 되는 듯했다. 그리고 키에서 부족한 부분은 허리둘레가 채워 주는 듯한 몸집이었다. 사실, 너무 뚱뚱해서 조끼가 지나치게 꽉 끼고 단추가 터질 것 같았다.

의심의 여지가 전혀 없었다. 이 사람이 바로 이크발이 이맘에게 가리켜 보였던 〈아주 작고 아주 뚱뚱한 남자〉였다. 이크발의 유산을 가로챈 그 남자. 주디스는 자신을 소개하면서 이 모든 위험에서 오는 짜릿함을 느꼈다. 앤디는 가죽 소파를 가리키며 함께 앉자는 손짓을 해 보였다.

「해링턴 씨의 유언장에 대해서 하고 싶은 말씀이 있으시다고요?」 그가 물었다.

「맞습니다. 그는 제 친구였어요.」

「그렇군요, 제 친구이기도 했습니다. 꽤 멋진 신사였죠. 이거, 사무실이 더워서 죄송합니다.」 그가 손수건을 꺼내 반들거리는 이마를 닦아 낸 다음 창문을 가리키며 말했다.

「에어컨이 없어서요. 창문을 여는 것 말고는 할 수 있는 게 없네요.」
「괜찮습니다.」
「그나저나, 어떻게 도와드릴까요?」
「그냥 확인하고 싶어서요. 당신이 에즈라의 유언장을 작성한 앤디 비숍이 맞는지 말이에요.」
「맞습니다.」
「아니면 바꿔치기했거나.」
「뭐라고요?」
「제가 알기로 에즈라는 처음에 이크발 카삼이라는 이웃에게 자기 재산을 남겼어요.」
앤디는 약간 당황한 듯했다.
「죄송합니다만 저는 고객의 사적인 재정 문제에 대해 얘기할 수 없습니다.」
「하지만 사실이죠. 에즈라는 아주 오래전에 자기 이웃인 이크발에게 유산을 남길 거라고 나한테 말한 적이 있어요. 에즈라가 아프기 시작하면서 이크발이 아주 많이 도와줬거든요. 검사받으러 갈 때마다 택시로 태워다 주기도 하면서요.」
「아, 물론 그랬겠죠. 이크발이란 사람은 기억이 안 나지만요. 그런데 저라면 그걸 그렇게 대단하게 생각하진 않겠어요. 에즈라를 도와준 건 이크발만이 아니었거든요.」
「뭐라고요?」
「실은 저 역시 에즈라가 사망하기 전까지 매일 만나러

갔으니까요. 처방전을 확실히 잘 받는지 확인하기 위해서 그를 병원에 데려다주기도 했어요. 약을 정말 많이 받았거든요. 그는 항상 건강이 좋지 않았어요.」 앤디는 기억을 떠올리며 미소를 지었다. 「주디스 포츠 씨라고 하셨나요?」 그러다 문득 생각난 듯이 덧붙였다. 「지금 생각해 보니, 에즈라가 주디스란 친구에 대해서 언급한 기억은 없는데요.」

「글쎄요, 그를 한동안 못 봤거든요. 그가 아프기 시작하면서 다시 연락하게 됐죠.」

「그럼, 에즈라와는 어떻게 알게 됐나요?」

주디스는 미소를 지었다. 그녀가 기대하고 있던 질문이었다.

「우린 둘 다 말로 주민이잖아요. 원래 아주 오래전부터 알고 지낸 사이예요.」

「그래서 어떻게 만나셨는데요?」

「둘 다 아는 친구를 통해서였나? 기억이 안 나네요. 40년은 더 된 일이니.」

「그럼 혹시 에즈라의 여동생을 아세요?」

주디스의 미소는 변하지 않았지만, 심장은 쿵쿵 뛰었다. 〈여동생? 무슨 여동생?〉 그리고 그녀는 에즈라의 유언장을 떠올리고는 진실을 깨달았다.

「그것참 이상한 얘기네요. 에즈라한테는 여동생이 없었는데.」

잠시 후, 앤디의 얼굴이 밝아졌다.

「오, 맞아요. 없었죠. 어떤 이유인지는 모르지만, 저는 항상 그가 여동생이 있다고 생각했어요. 제가 이렇게 한심합니다. 그나저나, 어떻게 도와드릴까요?」

「그게요,」 앤디의 시험을 통과한 것에 대한 안도감이 표정에 드러나지 않기를 바라며 주디스가 말했다. 「실은, 몸이 아주 편찮으신 고모할머니가 계세요. 식도암에 걸리셨거든요.」 주디스는 앤디를 헷갈리게 하기 위해 고모할머니를 불치병에 걸렸다고 이용하는 것에 일말의 죄책감도 느끼지 않았다. 고모할머니는 분명히 이해할 거라고 믿었다. 「그리고 이제 저희와 함께할 시간이 얼마 남지 않으신 것 같아요. 하지만 고모할머니는 전담 변호사를 유언장 집행인으로 지명했어요.」

「그렇군요. 전적으로 합리적인 일 같은데요.」

「그렇죠. 하지만 문제는 변호사에게 유언장 작성도 부탁했단 거예요.」

「그것도 이해가 갑니다.」

「어떤 점에서요?」

「우선은 비용을 아낄 수 있으니까요. 그리고 행정적인 절차도요. 유언장 작성자가 집행도 담당하면, 훨씬 깔끔하거든요.」

「네, 그렇군요. 하지만 제가 이해가 안 되는 건 이거예요. 그리고 아마도 당신이 이 부분에서 절 도와줄 수 있을 것 같아요. 있잖아요, 고모할머니는 그 변호사에게 유언장을 작성하도록 할 뿐만 아니라 집행하게 하고, 또 그 사람에게 상당한 유산을 남기고 싶어 해요.」

앤디는 어리둥절한 표정을 지었다.

「그렇군요. 그런데 제게 물어보고 싶으신 게 정확히 뭔가요?」

「에즈라가 당신에게도 똑같이 했다는 것을 알아요. 그가 죽은 지 얼마 안 돼서, 그는 당신에게 새로 유언장을 작성하게 하고 집행하게 하고 또 단독 상속인으로 지정까지 했잖아요.」

「그걸 대체 어떻게 알고 계시죠?」

「에즈라한테 들었죠. 그는 제 친구였으니까.」

「그가 이런 얘기를 당신에게 했다고요?」

「아, 네. 그가 죽기 직전에요. 이렇게 말씀드려도 괜찮을지 모르지만, 저는 모든 일이 너무 수상하게 느껴졌어요. 그래서 당신을 만나고 싶었어요. 고모할머니가 하시려는 일도 수상하게 느껴지거든요. 그래서 제가 묻고 싶은 것은, 지금 고모할머니의 변호사가 하는 일이 윤리적인 일인가 하는 거예요.」

「그러니까 당신 말은, 상속인으로서 유언서를 작성하는 게 말인가요?」

「맞아요. 요점만 간단하게 말하면요.」

앤디는 잠시 주디스를 바라보았다. 그리고 그녀에게 실망한 듯이 한숨을 쉬었다.

「이게 무슨 일인지 알 것 같네요. 지금 날 확인하러 온 거죠?」

「뭐라고요?」

「됐습니다, 이제 알겠어요.」 그의 목소리는 거의 상냥하기까지 했다. 「지금 혼자 사시죠? 저는 이 일을 아주 오랫동안 해왔습니다. 그래서 어떤 유형인지 다 알죠. 당신은 마침 할 일이 없어서 심심하던 차에 친구 에즈라의 유언장에 뭔가 이상한 점을 발견하고는, 그 생각에 집착하기 시작했겠죠.」 앤디는 일어나 사무실의 문을 열었다. 「그런데 진실은 아주 따분하게도, 에즈라의 유언장은 완전히 공정했다는 거예요. 당연히 그렇죠. 안 그랬으면 유언 공증을 받지 못했을 테니까요. 자, 믿든 안 믿든, 전 해야 할 일이 있어서요. 그러니까 미안하지만 이제 그만…….」

앤디는 주디스가 더 이상 할 말이 없음을 이미 안다는 듯 얼굴에 미소를 머금고 열린 문 앞으로 가서 섰다. 좌절되게도 주디스도 그의 말이 맞다는 걸 알았다. 그녀에게는 진심을 드러내지 않고는 더 이상 내놓을 패가 없었다. 그래서 주디스는 자리에서 일어나 앤디에게 시간을 내줘서 고맙다는 인사를 하고 사무실에서 나왔다.

하지만 주디스는 안내 데스크로 가면서 스스로를 책망했다. 비록 합법적이라 해도, 앤디 비숍이 에즈라의 유언장에 관해 한 일은 아주 좋게 봐도 교활한 행위임에 틀림없었다. 게다가 그 일이 그렇게 정당하다면, 약속도 잡지 않고 온 주디스를 왜 그렇게 황급히 만나려고 했을까?

주디스는 정문 앞에서 멈춰 섰다.

그가 무슨 말을 했지? 내가 혼자 살아서 할 일이 없다고?

아니, 그건 완전히 틀린 말이었다. 그녀는 엄연히 십자말풀이를 출제하는 직업이 있었고, 그건 77세의 나이에 아주 괜찮은 직업이었다. 이런 생각을 하면서 주디스는 그 누구도 그렇게 무시하는 말을 할 자격이 없다는 걸 깨달았다. 게다가 자만심에 가득 찬 지역 변호사라면 더더욱.

주디스는 몸을 돌려, 앤디의 사무실로 성큼성큼 걸어가서 노크도 하지 않고 문을 열었다.

「저기요, 나도 직업이 있는 사람이에요.」 그녀는 당당히 선언하듯 말했다.

창문 옆에 서서 중심가를 내다보던 앤디는 주디스의 갑작스러운 재등장에 놀라 돌아섰다.

그때 창문 옆 테이블에 있는 파쇄기 안으로 종이 한 장이 빨려 들어가 파쇄되면서 뒷면에 부착된 투명한 비닐봉지 안으로 떨어지는 것이 보였다. 주디스는 정확히 무엇이 파쇄되는지는 알 수 없었지만 잡지처럼 윤이 나는 종이였고, 앤디는 본능적으로 주디스가 보지 못하도록 파쇄기 앞을 막아섰다.

그는 뭔가 아주 큰 잘못을 들킨 표정이었다.

「그게 무슨 말이에요?」 시간을 벌기 위해 노력하면서 그가 말했다.

「내가 하려던 말은 그게 다예요.」 주디스는 빨리 그곳에서 나가려고 이렇게 말했다. 「나도 직업이 있다고요. 난 오지랖 넓은 사람이 아니에요. 그리고 당신은 손윗사람들한테 좀 더 예의 있게 행동해야겠어요. 그럼 잘 있어요.」

그 말을 하고 그녀는 돌아서서 방을 나갔다. 하지만 이번에는 앤디가 이크발의 죽음과 관련이 있음을 〈확실히〉 알게 됐다. 결백한 사람이라면 자신의 잘못에 대해 지적당한 직후에 서류를 파쇄하지는 않을 것이다.

대체 앤디가 파쇄하고 있던 서류는 무엇이었을까? 그리고 무슨 대단한 이유가 있기에 주디스와 얘기한 직후 그 서류를 없애려고 했을까?

22

세 여성은 긴급회의를 하기 위해 앤디 비숍의 사무실에서 중심가를 따라 조금만 가면 있는 교구의 사제관에 다시 모였다.

「앤디가 파쇄하던 게 뭔지 알아내야 해요.」 주디스가 벡스의 거실에 있는 푹신한 로라 애슐리 소파에 푹 파묻히며 말했다.

「그걸 어떻게 알아낼 수 있겠어요. 차 드실래요?」 벡스가 차와 비스킷을 내오면서 말했다.

「오, 고마워요.」 수지가 비스킷을 집었다.

「일꾼들이 좋아하는 보통 차예요. 그리고 여기 종지에 설탕도 있고요.」 그런 차는 생각만 해도 싫다는 내색을 감추지 못하며 벡스가 말했다.

「아주 좋아요.」 수지가 기뻐하며 말했다.

「우리가 그 파쇄된 종이만 얻을 수 있으면, 그 내용이 뭔지 알아낼 수 있을 텐데요.」 주디스가 말했다.

「어떻게요? 파쇄된 것은 알아보기가 거의 불가능해요.」 수지가 물었다.
「오, 아니에요. 충분히 가능해요. 하지만 그 종잇조각들을 얻지 못하면 이런 얘기를 할 필요도 없죠.」
「그 종잇조각들을 얻을 수는 없죠.」 벡스가 세 개의 찻잔에 따뜻한 김이 모락모락 나는 차를 따르며 말했다.
「나는 생각이 좀 달라요.」 수지가 말했다.
「그래요?」
「앤디 비숍이 파쇄한 게 뭐든 그걸 손에 넣을 방법은 있을 거예요.」
「어떻게요?」
「그건, 아주 간단해요. 그냥 들어가서 가져오면 돼요.」
「그 사람이 가만히 있겠어요?」
「물론 가만히 안 있겠죠. 그러니까 그 사람이 눈치채지 못하게 가져와야죠.」
「하지만, 그건 절도예요.」 방금 수지가 한 말이 온당한지 이해하려고 노력하면서 벡스가 말했다.
「그렇게 부를 수도 있겠죠.」
벡스가 몸서리를 쳤다.
주디스는 기대에 부풀어 눈을 반짝이며 몸을 앞으로 기울였다.
「그러면 우리가 어떻게 하면 그걸 손에 넣을 수 있다고 생각해요?」
「한 가지 방법밖에 없어요. 몰래 들어가는 거죠.」

「오, 안 돼요, 안 돼. 변호사의 사무실에서는 아무것도 훔쳐선 안 돼요!」 벡스가 말했다.

「그렇게 말하니까 아주 나쁘게 들리네요.」 수지가 말했다.

「나쁜 일이니까요.」

「그렇게 나쁜 일 아니에요.」

「그건 불법이에요! 감옥에 갈 수도 있다고요!」

「감옥에는 안 갈 거예요.」

「어떻게 그렇게 확신해요?」

「간단하죠. 우리는 잡히지 않을 거니까.」

벡스는 수지가 계속 설명하기를 기다렸다. 하지만 추가적인 설명은 없었다.

「그게 다예요?」

수지가 어깨를 으쓱했다. 「네.」

「미안해요. 저는 이런 일에 절대 동참할 수 없어요. 전 신부의 부인이니까요.」

「벡스, 당신에겐 여전히 자유 의지가 있어요.」 주디스가 말했다.

「아주 재밌네요. 하지만 틀렸어요. 신부의 부인에게 자유 의지란 없어요. 그리고 조금 있다 하더라도 그걸 법을 어기는 데 쓰지는 않겠어요.」

「그건 절도라고 할 수도 없어요.」 수지는 말하고 나서 차를 한 모금 마셨다.

「그건 분명히 절도예요. 그리고 전 절대 그 일에 관여하지 않을 거예요!」
의도치 않게 너무 큰 소리로 말한 벡스는, 두려운 듯이 거실의 문을 바라봤다. 누군가가 집에 있었다면 방금 그녀가 외친 소리를 들었겠지만 집은 조용했다.
「충분히 이해해요. 당신에겐 지켜야 할 자리가 있으니까요. 당신 말처럼, 당신은 신부의 부인이니까요.」 주디스가 벡스에게 다가가서 그녀의 무릎을 쓰다듬었다.
「좋아요. 관여하고 싶지 않다면 그건 당신 선택이에요. 그런데 혹시 펜과 종이 있어요? 주디스와 나는 계획을 세워야 할 것 같아요.」 수지가 말했다.
벡스는 서랍으로 가서 문구류를 꺼냈다. 그녀는 종이 몇 장을 주디스에게 내밀었다. 종이를 들여다본 주디스는 놀랐다.
「아무래도 종이 맨 위쪽에 당신의 이름과 주소가 적혀 있지 않은 게 좋을 것 같은데요. 우리가 지금 절도를 계획하고 있는 걸 고려하면 말이에요.」
「오, 그러네요! 그리고 그렇게 말하지 말아요. 그렇게 말하면 너무 나쁜 일처럼 들리잖아요. 콜린 사무실에서 A4 용지 좀 가져올게요.」
벡스가 거실을 나가자 수지는 주디스에게 문은 어디에 있는지, 그리고 파쇄기는 정확히 어느 위치에 있는지 등등 앤디 사무실의 배치에 대해서 묻기 시작했다.
벡스가 돌아와 빈 종이를 내밀었을 때쯤, 그녀에겐 왠지 모를 권태감이 차가운 안개처럼 스며든 상태였다. 벡스로서는 그 이유를 설명할 수 없었다. 왜냐하면 자신이 법을 어기는 일에 흥미가 없다는 점은 말할 필요도 없이 자명했기 때문이었다. 하지만 수지와 주디스가 1층 사무실 배치와 아주 더운 날에는 사무실 뒤쪽 창을 활짝 열어놓는다는 등의 얘기를 나누는 분위기에는 뭔가 벡스가 절실히 참여하고 싶게 만드는 활기가 있었다.

「하지만 사무실 창문이 열려 있다 해도, 거길 어떻게 들어가요?」 주디스가 물었다.

「창문을 넘어 들어가면 되죠.」

주디스는 폭소를 터뜨렸다.

「창문을 어떻게 넘어 들어가요!」

「먼저 우리가 해야 할 일은 창문에 몸이 닿는지 확인하는 거예요. 1층 창문이라고 했잖아요.」

「맞아요. 하지만 땅에서는 꽤 높을 텐데.」

「그러면 사다리를 구해야겠네요.」

「늙은 여자 두 명이 사다리를 들고 말로를 활보하면 사람들이 다 눈치챌 텐데요.」

「그러게요. 그럼 어떻게 하죠?」

이 문제는 주디스를 당황하게 했다. 하지만 오래는 아니었다.

「우리에게는 한 가지 장점이 있어요, 안 그래요?」

「그게 뭔데요?」

「우린 안 보여요.」

「그게 무슨 뜻이에요?」

「내가 말한 그대로예요. 우리는 〈늙은〉 여자들이잖아요. 마흔 넘은 여자들은 아무도 신경 안 써요.」

「그건 맞는 말이네요. 사람들이 쳐다보던 때는 한참 전에 지났죠.」 수지가 음산하게 킥킥거렸다.

「사실 우리가 아니라 나머지 세상이 문제인 거예요. 사회는 나를 그냥 작고 늙은 여자로만 생각하죠. 내가 말한 대로 우리는 보이지 않아요. 그걸 이용하면 돼요.」 주디스는 당당하게 말했다.

「어떤 식으로요?」

「더 늙고 쇠약해 보이려고 노력하는 거예요.」

「휠체어라도 타자는 말이에요?」

「그 말을 듣고 보니, 휠체어가 정말 좋은 해답이 되겠네요. 강력한 브레이크가 달린 구식 휠체어 말이에요. 그런데 그런 걸 어디에서 구하죠?」

「제가 구할 수 있을 것 같아요.」 수지가 말했다.

「그래요?」 벡스가 말했다.

「말로 중고품 가게에서 하나 팔고 있는 걸 봤어요.」

「맞아요, 그렇죠!」 주디스가 맞장구를 쳤다.

이 말은 수지를 놀라게 했다.

「자선 가게에도 가세요?」

「물론 자선 가게에도 가죠. 그럼 내가 그림 퍼즐을 어디에서 구하겠어요?」

「사람은 참 이렇게 매일 배우는 게 생긴다니까요. 어쨌든 우리가 구식 휠체어를 구할 수 있으면 앤디의 사무실엔 들어갈 수 있겠네요. 그리고 중심가에 있는 자선 가게를 돌면 필요한 것들을 다 구할 수 있을 거예요. 그런데 이게 그리 좋은 방법은 아닌 것 같은데요.」

「왜요?」 주디스가 물었다.

「당신을 휠체어에 앉혀야 하니까요. 당신이 우리 중에 나이가 가장 많잖아요. 그리고 나는 창문을 통해서 들어가야 할 사람이니까 휠체어를 밀어야 하고요. 하지만 시선을 분산시키려면 누군가 정문으로 건물에 들어갈 사람도 필요해요.」

「제가 할게요.」 벡스가 말했다.

「뭐라고요?」

「정문으로 들어가는 그 사람도 법을 어겨야 하나요?」

수지는 코를 찡긋했다.

「아닐걸요.」

「그럼 그 사람은 무단 침입과 관련이 있나요?」

「절대 아니죠. 변호사 사무실에서는 이 세 번째 사람이 이 일과 관련이 있을 거라고는 아무도 눈치채지 못할 거예요.」

「정말요?」

「그렇게 생각해요.」

「그럼 저도 같이 할게요.」 벡스는 마침내 뭔가 대담한 일을 하게 됐음을 깨닫고 아드레날린이 솟구치는 느낌이 들었다. 젊은 날의 자신이 했을 만한 일이었다.

「대신 두 분이 잡혔을 때 제가 두 분과 아무 상관 없는 척해도 된다면요.」 그녀는 이렇게 덧붙였다. 그녀는 위대한 독립을 향해 작은 발걸음을 내디딜 준비는 돼 있었지만 그 이상은 아니었다.

「물론이죠. 자, 이제 질문 하나만 할게요. 분명 대답은 예스일 거라 믿어요.」 수지가 말했다.

「좋아요.」 벡스가 말했다.

「빵을 직접 구워요?」

「사실 오늘 아침에도 사워도 빵을 구웠어요.」

「그럴 줄 알았어요! 그럼 아주 완벽해요!」

「매일은 아니에요. 매일 빵 한 덩어리를 먹진 않으니까요. 전 그냥 돈을 아끼려는 것뿐이에요.」 벡스가 변명하듯 말했다.

「그럼요, 그렇겠죠.」

「하지만 우리가 사무실에서 파쇄된 종이를 가져가면 앤디가 눈치채지 않을까요? 종이는 파쇄기 뒤쪽에 달려 있는 투명한 비닐 봉투에 담겨 있거든요.」 주디스가 물었다.

「오, 그렇군요. 그건 좀 문제네요.」 수지가 얼굴을 찌푸리며 말했다.

「어쩌면 아닐 수도 있어요. 봉투를 가져갈 때 비슷해 보이는 파쇄 용지를 대신 넣어 놓으면 되죠.」

「그런데 그 많은 파쇄 용지를 어디에서 구하죠?」

「아마 자선 가게 같은 데에 파쇄기가 있을지도 몰라요.」 벡스가 제안했다.

「안 팔아요.」 주디스와 수지가 동시에 대답했다.

「그럼 여기에서 막히네요.」 벡스는 이렇게 말했다. 그리고 곧 아이디어가 떠오른 듯 눈이 반짝였다. 「어쩌면 아닐 수도 있어요. 사실, 저는 그런 파쇄 용지를 많이 구할 수 있는 데를 〈정확히〉 알고 있어요.」

「그렇다면 정말 다행이네요.」 주디스가 말했다. 그녀는 기쁜 마음에 손뼉을 치고는 수지를 향해 몸을 돌렸다. 「하지만 말해 봐요, 거기서 빵은 왜 필요한 거예요?」

「가서 빵 몇 쪽 잘라 먹으면서 설명할게요. 벡스의 빵 덩어리와 파쇄된 종이와 자선 가게의 휠체어만 있으면, 오늘 오후가 끝나기 전에 필요한 것을 얻을 가능성이 아주 클 것 같아요!」

23

오후 4시가 막 지난 시각, 벡스는 두껍게 썬 하얀 식빵을 양쪽 주머니에 한 쪽씩 넣고서 앤디 비숍의 회사에 사전 약속도 없이 찾아갔다. 주디스와 수지는 이 교묘한 사기극에서 가장 힘든 역할을 수행 중이었지만, 길에서 그들을 지나친 사람들은 전혀 눈치채지 못했다. 말로 중고품 가게에서 필요한 것을 모두 구입한 후, 수지는 주디스가 탄 구식 휠체어를 밀고 앤디의 사무실 뒷골목으로 갔다. 주디스가 휠체어에 앉아 짙은 회색 망토로 무릎을 덮은 모습은 아무리 노력해도 그보다 더 무해해 보일 수 없었다. 분명 그들이 대담한 절도를 저지르려 한다는 생각은 아무도 하지 못할 것이다.

그들은 예쁜 정원이 딸린 작은 테라스 하우스를 여러 채 지나 곧 주변 집들보다 커다란 조지아 양식의 건물 뒤에 있는, 아스팔트 포장 위에 차가 여러 대 주차된 장소에 도착했다. 그의 사무실 창문은 아직도 열린 채였다.

「좋아요. 한번 가봅시다.」 수지가 말했다.

수지는 주디스가 탄 휠체어를 아스팔트 포장 위로 밀고 건물로 들어가는 뒷문을 지나서 앤디 사무실의 열린 창 밑에서 멈췄다. 이쪽 지대가 약간 더 낮아서 창턱의 높이는 수지의 키보다 높았다.

「올라갈 수 있을 것 같아요?」 주디스가 속삭였다.

수지는 잠시 동안 대답을 하지 않다가 마침내 이렇게 말했다. 「물론이죠.」

두 사람 모두 수지가 대답과는 달리 확신이 없음을 깨달았다. 그녀가 올라가기에는 너무 높아 보였다.

한편 벡스는 건물 안으로 들어가 안내 직원에게 자신을 소개했다.

「안녕하세요. 가족 간의 불화 같은 일도 처리하신다고 들었어요.」

「그렇습니다. 어떻게 도와드릴까요?」

「그게, 좀 민감한 사안이라서요. 혹시 상담을 해줄 변호사가 있을까요?」

「약속을 하고 오셨나요?」

「아뇨. 하지만 어떤 분이든 시간이 되실 때까지 기다릴 수 있습니다.」

「오늘은 변호사가 여러 분 계신데 아마 비숍 씨가 한 30분 뒤에 잠깐 시간이 나실 것 같아요.」

「비숍 씨요?」 그녀는 갑자기 어쩔 줄을 몰라 했다.

「잠깐 기다리실 수 있으세요?」

「그럼요, 그럴게요.」 벡스는 애써 밝게 대답했다. 앤디 비숍은 그 순간 가장 만나고 싶지 않은 사람이었지만, 벡스는 대기실 의자로 가면서 모든 것이 계획대로 진행되면 그를 만나기 훨씬 전에 건물을 나갈 수 있을 거라고 스스로를 다독였다.

「외투를 보관해 드릴까요?」 안내 직원이 물었다.

「뭐라고요?」

「날이 너무 더워서 혹시 겉옷을 벗고 싶으실까 해서요.」

벡스의 미소가 얼어붙었다.

「아뇨, 괜찮아요.」 그녀는 무의식적으로 외투의 주머니에 손을 넣어 안에 든 두꺼운 빵 조각을 만지작거렸다.

「정말요?」

「정말로요. 감사합니다.」

안내 직원은 벡스를 수상쩍게 바라봤다. 그녀는 벡스가 어딘가 이상하다고 생각했지만 정확히 무엇인지는 알 수 없었다.

「알겠습니다. 혹시 마음이 바뀌면 말씀해 주세요.」

「감사합니다. 그런데 화장실 좀 이용할 수 있을까요?」

안내 직원의 대답에 모든 계획의 성패가 달려 있었다.

「네. 저 문을 지나서 똑바로 가시면 됩니다. 복도 끝에 있어요.」 안내 직원은 꽤 커다란 계단 옆에 있는 문을 가리켰다.

「감사합니다.」 벡스가 말했다. 가슴이 쿵쾅거렸다.

그녀는 문을 향해 다가갔다. 이제 안내 직원을 피했으

니 탕비실을 찾아야 했다. 어쨌든 수지가 말한 것처럼, 모든 사무실에는 간단한 주방 같은 것이 있지 않은가?

한편 건물 밖의 주차장에 있던 주디스와 수지는 당황하기 시작했다.

「앤디가 와서 창문 밖을 내다보면 어쩌죠?」 수지가 아주 작은 소리로 물었다.

「안 그럴 거예요.」

「만일 그러면 당신이 거기 앉아 있는 모습을 보게 될 거예요.」

「이리로 와서 창문을 닫지는 않을 거예요. 이렇게 쩔쩔 끓을 정도로 날이 더우니까.」

「그래도 그러면 어떡해요?」

주디스는 휠체어에 앉은 채로 몸을 돌려 수지를 똑바로 바라봤다.

「지금은 물러날 때가 아니에요. 우리는 어떻게든 이 일을 해내야 해요.」 그녀가 날카롭게 속삭였다.

수지는 겁먹은 듯 침을 꿀꺽 삼키고 고개를 끄덕였다.

「알았어요.」

주디스는 손목시계를 확인했다.

「젠장, 벡스는 지금 저기서 뭐 하고 있는 걸까요?」

사실 벡스는 1층에서 주방처럼 생긴 데를 찾지 못했다. 이곳저곳을 둘러보다가 문구류를 넣어 두는 비품실과 청소 용품 창고는 큰 계단 뒤 복도에서 금방 찾았다. 또 곧 무너질 듯이 낡은, 옛날에 하인용으로 쓰였던 것 같은 계단도 발견했다. 자신의 역할이 얼마나 중요한지 아는 그녀는 그 계단으로 올라갔다.

주디스와 수지가 앤디의 사무실 창밖 아래에서 그렇게 기다리는 동안, 벡스는 2층에서 탕비실을 찾는 중이었다. 〈분명 어딘가에 있을 텐데.〉 2층에는 변호사의 이름이 적힌 명패가 부착된 무겁고 광택 있는 하얀 문들 밖에 보이지 않았다. 〈대체 빌어먹을 주방은 어디 있는 거지?〉

그러다 복도 끝에서 문이 달리지 않은 입구를 발견한 벡스는 그쪽으로 갔고, 그곳이 탕비실로 이어지는 걸 발견하고는 기뻐했다. 주변에 자신을 보는 사람이 아무도 없는지 복도를 재빨리 확인한 뒤 그녀는 작은 방으로 들어갔다.

그 안에는 작고 뚱뚱한 남자가 주전자 옆에 서 있었다.

벡스의 몸에 아드레날린이 솟구쳤다. 이 사람이 앤디 비숍이다. 이 건물 안에 아주 작고 아주 뚱뚱한 사람이 둘이나 있지 않다면. 하지만 그럴 가능성은 희박했다.

「안녕하세요.」 앤디가 밝게 미소를 지으며 말했다.

벡스는 본능적으로 앤디가 추파를 던지고 있다고 느꼈지만, 그럴 리가 없잖은가?

「네?」

「앤디 비숍이라고 합니다. 안녕하세요?」 그가 손을 내밀었다.

「저는 리베카 스탈링입니다.」 앤디와 악수하면서 벡스가 말했다. 그의 손은 축축했다.

「그런데 여기는 무슨 일로 오셨습니까? 이혼은 아니실 것 같은데요.」
〈오, 세상에. 이 사람, 지금 나한테 수작을 걸려고 하는구나.〉
「죄송합니다, 좀 사적인 일이라서요. 그나저나 물 한잔을 마시고 싶었어요. 날씨가 너무 덥네요.」
「정말 그렇습니다.」 앤디가 동의하며 자신의 차를 탔다. 「겉옷을 벗는 게 어떠세요. 안에서 겉옷을 입기에는 너무 더운 날씨예요.」 그가 윙크했다.
「괜찮습니다.」 벡스는 예의 바르게 말한 뒤 앤디에게서 등을 돌리고는 잔을 꺼내기 위해 찬장으로 다가갔다. 잔을 꺼내면서 그녀는 스스로에게 감탄하지 않을 수 없었다. 물을 마시려고 왔다는 변명이 자기도 모르게 떠오르다니. 그녀는 자신이 그렇게 쉽게 거짓말을 할 수 있을 거라고는 생각해 본 적이 없었다.
10대 때부터 앤디 비숍 같은 남자들을 수도 없이 무시해 왔던 벡스는 아무렇지 않게 그에게서 등을 돌리고 수도꼭지를 틀어 더 차가운 물이 나올 때까지 기다렸다. 그녀는 자신이 그곳에 서 있는 동안 앤디가 자신을 평가하고 있음을 느낄 수 있었다. 물이 흐르는 수도꼭지 밑에 손가락을 대고 있는 그녀의 몸은 분노로 바짝 경직됐다. 대체 이 남자는 자기가 뭔데 그녀를 이런 식으로 봐도 된다고 생각하는 걸까?
그녀는 그가 티스푼으로 차를 젓는 소리를 들었다. 그

리고 그녀가 눈치채기도 전에 옆으로 다가왔다.

「또 봅시다.」 그는 티스푼을 싱크대에 놓고 주방을 나갔다.

벡스는 자신이 참고 있었는지도 몰랐던 숨을 내쉬었다. 그녀는 손에 들고 있는 물컵이 떨리는 것을 보고 화가 났다. 그녀는 자신이 부정한 목적으로 이 건물 안에 있다는 이유 때문이 아니라, 방금 비숍이 자신에게 보인 모습 때문에 화가 났다는 걸 알았다. 사실, 앤디의 태도는 벡스를 동요시켰을지 몰라도, 그와 동시에 결의를 더 굳건히 다지게 했다.

벡스는 수지가 탕비실에 있을 거라고 예상했던 토스터기 쪽으로 다가가서, 주머니에서 아주 두툼한 사워도 빵 두 쪽을 꺼내 토스터기에 억지로 끼워 넣은 다음, 레버를 내려 기계 안쪽의 열선이 빨갛게 달아오르는 것을 확인했다. 벡스가 가져온 빵은 토스터기 입구에 맞지 않을 만큼 아주 두툼했다. 따라서 다 구워진 다음에도 빵이 다시 튀어 오를 리 만무했다. 거기에 더해 그녀는 토스터기의 굽기 조절 다이얼을 가장 강한 쪽으로 돌렸다. 그리고 천장의 화재경보기에 제대로 작동한다는 의미의 초록색 불이 켜져 있는지 확인한 다음, 재빨리 그곳을 빠져나왔다. 이제 그녀가 할 일은 빵을 우겨 넣은 토스터기에서 되도록 멀리 떨어지는 것이었다.

「가신 줄 알았어요.」 벡스가 로비로 돌아오자 안내 데스크 직원이 말했다.

「미안해요. 사람들이 있어서 기다리느라 그랬어요.」

다시 한번, 그녀는 거짓말이 입에서 술술 나오는 것에 스스로 놀랐다.

「어쨌든, 비숍 씨가 방금 지나가서 제가 잠깐 말씀드렸는데요. 지금 하던 일을 마무리하는 중이라고 합니다. 몇 분 후면 만나실 수 있을 것 같아요.」

「감사합니다.」 벡스가 미소를 지으며 대답하고는 자리에 앉았다. 그녀는 모든 일이 계획대로 잘 되면, 비숍을 만나기 전에 이 건물을 빠져나갈 수 있을 거라 생각했다.

한편 사무실로 돌아간 앤디 비숍은 방금 위층 주방에서 이뤄졌던 매력적인 유부녀와의 만남을 되새겼다. 〈그녀는 변호사가 왜 필요한 걸까?〉 그는 차를 한 모금 마시면서 생각하다가 사무실이 참을 수 없을 만큼 더운 것을 깨달았다. 그는 창문 너머로 주차장을 바라봤다. 창은 물론 열려 있었지만 더 활짝 열 수 있을 것 같았다.

앤디는 창으로 다가가 몇 센티미터 정도를 더 열었다. 그러다 창밖에서 휠체어에 앉은 나이 든 여성이 그 보호자와 함께 있는 것을 봤다. 그는 책상으로 돌아왔다가 휠체어에 앉은 여성이 에즈라에 대해 물었던 주디스란 사람과 닮았다는 걸 깨닫고 멈칫했다. 그래서 곧바로 창밖으로 머리를 내밀었지만 휠체어에 탄 여성은 이미 사라진 뒤였다. 흠, 그는 잠시 생각하다가 모든 것을 금세 잊어버리고 책상으로 되돌아갔다.

주디스와 수지는 앤디가 창 쪽에 나타난 순간 당황했지

만 수지가 휠체어를 밀어 주차장 바로 옆에 있는 첫 번째 집 쪽으로 재빨리 피했다. 주디스는 수지가 그녀를 밀어 넣는 순간 울타리에 붙은 문을 발로 차 열었고, 앤디가 다시 창문 밖을 내다봤을 때 두 여성은 분홍색 수국 뒤로 몸을 숨길 수 있었다.

「우리를 봤을까요?」 주디스가 물었다.

「쉿!」 수지가 말했다. 가슴을 망치로 두드리는 것처럼 심장이 마구 뛰었다.

그때 날카로운 화재경보기 소리가 갑자기 대기를 가득 채웠다. 드디어!

「됐다, 이제 당신 차례예요.」 주디스는 방금 앤디가 사라진 창문 쪽으로 수지가 휠체어를 밀고 가는 동안 몸을 똑바로 세워 앉았다. 가까이 다가갈수록 창턱은 좀 전에 본 것보다 훨씬 더 높게 느껴졌다. 어떻게 해야 수지가 앤디의 사무실로 올라갈 수 있을까?

건물 안에 있던 벡스는 화재경보기가 비명을 지르는 동안 조용히 만족감을 느끼며 무릎 위에 손을 얹은 채 대기실에 앉아 있었다. 대여섯 명의 변호사들과 고객들이 문과 위층 계단에서 황급히 모여들었다.

「화재 대피 연습인가?」 그중 한 명이 물었다.

「아닌 것 같은데요.」 안내 데스크 직원이 물었다.

「좋아요. 모두 집합 장소로 가세요. 복도를 돌아가면 뒤쪽에 있어요.」

벡스가 자리에서 일어났다. 의기양양했던 만족감은 일

시에 사라졌다.

「뒤쪽이라고요?」

「건물을 비워야 할 때는 여기 뒤쪽에 있는 작은 주차장으로 집합해야 해요.」

「앞쪽이 아니고요?」 그녀는 절망적인 심정으로 조용히 물었다.

「아뇨. 중심가를 혼잡하게 만들면 안 되거든요. 그러니 모두 다 뒤쪽으로 갑시다.」 한 남자가 소리쳤다.

벡스는 건물 뒤로 가기 위해 복도로 향하는 사람들을 보고 당황했다. 수지와 주디스에게 지금 그들이 침입하려고 하는 창문 바로 옆으로 건물 안의 모든 사람들이 빠져나간다는 걸 알려 줄 방법이 없었다.

하지만 벡스는 그 순간 수지와 주디스가 어느 쪽으로도 침입할 생각을 못 하고 있다는 사실은 몰랐다. 수지의 계획은 주디스가 휠체어에 앉아서 무게 중심 역할을 하는 동안 등받이를 밟고 올라가 창으로 넘어가겠다는 것이었다. 하지만 실행은 이론보다 훨씬 어려웠다. 수지의 균형 감각이 영 안 좋다는 점이 주요 원인이었고, 주디스가 수지를 도우려고 몸의 위치를 계속 이리저리 옮기는 바람에 휠체어가 자꾸만 넘어질 위험에 처했기 때문이었다.

「움직이지 좀 말아요!」 수지는 휠체어의 팔걸이에 서서 한 손으로는 휠체어 손잡이를 잡고 다른 한 손으로는 주디스의 머리통을 부여잡은 채 소리쳤다.

「아파요!」

「일어서야 해서 어쩔 수 없어요.」

「아야!」

「참아요!」

수지는 한 발을 휠체어의 등받이에 올리고 두 손으로 창문턱을 단단히 잡고 올라서려고 했다. 거의 반쯤 올라갔을 때, 혹은 그렇게 됐다고 여긴 순간이었다. 수지의 체중이 다 실리자, 휠체어가 넘어가지 않게 지탱해 주는 건 주디스의 몸무게뿐이었기 때문에 균형이 잘 잡히지 않았고, 두 사람 다 그 불안정함을 느꼈다.

모든 무게가 뒤쪽으로 실리면서 구식 휠체어의 앞바퀴가 서서히 땅에서 뜨기 시작했다. 그때 수지가 휠체어가 넘어지지 않도록 무게 중심을 옮겼다.

「〈이탈리안 잡〉[35]의 마지막 장면 기억나요?」 주디스가 그 와중에 틈을 내 물었다.

「지금 웃긴 얘기 하지 말아요!」 수지가 숨을 쌕쌕거리며 외쳤다. 그리고 두 사람은 건물 뒤쪽 문이 쿵 열리며 사람들이 나오는 걸 보고 헉하고 놀랐다. 〈젠장, 무슨 일이 벌어지고 있는 거지?〉

바로 그 순간 수지가 휠체어를 힘껏 눌러 밟으면서 추진력을 얻은 그녀의 몸이 열린 창문을 향해 들려 올라갔다. 그녀는 창 안으로 쑥! 하고 착지했고, 그 순간 처음 밖으로 나온 사무실 직원은 휠체어를 탄 주디스가 앤디 사무실의

35 도둑들이 금괴를 터는 내용의 1969년 영국 영화로 2003년 미국에서 같은 제목으로 리메이크되기도 했다.

창밖 아래에 있는 모습을 발견했다.

주디스는 늙은 여성 특유의 미소로 그들을 바라봤다. 하지만 그다음 앤디 비숍이 나오고 그 바로 뒤에 벡스가 주디스와 눈을 맞추지 않으려고 얼굴을 가리면서 나오는 걸 보고는, 황급히 휠체어를 돌려 주차장에서 빠져나왔다.

벡스는 주디스가 휠체어를 타고 떠나는 모습을 흘깃 보고 심장이 철렁했다. 수지의 계획은 누가 경보기를 작동시켰는지 알아내기 전에 파쇄된 서류를 들고 창문을 통해 빠져나오는 것이었다. 하지만 모든 직원들이 주차장에서 서성거리고 있는 이 상황에 대체 어떻게 건물을 빠져나올 수 있을까?

수지는 거기까지는 생각하지 못했다. 대신, 그녀는 앤디의 사무실에서 경보기가 크게 울려 퍼지는 가운데 두려움과 당황 속에서 파쇄기를 향해 다가갔다. 파쇄기는 주디스의 말대로, 중심가를 향한 창문 옆 테이블 위에 있었다. 수지가 창밖을 살펴보려는데 소방차가 건물 앞 포장도로에 도착하더니 노란 헬멧을 쓴 소방관들이 차에서 내렸다.

수지는 재빨리 바닥으로 몸을 숙였다. 〈젠장, 이제 소방차까지 온 거야?〉 얼마 안 가 발각될지도 모른다는 생각에 손이 떨렸다. 그러나 계획을 실행해야만 했다. 의지의 힘으로 그녀는 테이블로 가서 투명한 비닐 봉투를 분쇄기에서 떼어 냈다. 그것을 바닥에 내려놓고 그날 오후 자선 가게에서 산 가죽 핸드백에서 봉지를 꺼냈다. 벡스가 아들의 햄스터 우리에 깔려 있던 파쇄 용지처럼 보이는 종잇조각 뭉치를 가득 채워 넣은 봉지였다. 햄스터용 종이 뭉치를 한쪽에 놓고, 수지는 앤디의 파쇄 용지들을 핸드백에 우겨 넣은 뒤 가방을 닫았다. 그런 다음 햄스터 우리에서 뺀 종이들을 파쇄기에 붙어 있던 비닐 봉지에 넣어 비슷해 보이게 만들었다.

하지만 봉투를 어떻게 다시 파쇄기에 붙일 것인가?

한 가지 방법밖에 없었다.

수지는 자리에서 일어나, 중심가에 있는 소방관들 중 혹시 창을 통해 그녀를 보는 사람이 없는지 확인했다.

수지가 파쇄기에 다시 봉투를 부착하는 동안, 화재경보기가 멈췄다.

갑자기 조용해진 탓에 귀가 먹먹했다.

수지는 핸드백을 그러쥐고 창문으로 다가가 주차장을 내려다봤다. 하지만 그녀가 창밖을 내다봤을 때 주디스는 보이지 않았다. 그리고 사무실 직원들이 다시 건물 안으로 들어가는 것이 보였다. 그들을 이끄는 한 소방관의 손에 검게 탄 빵 두 쪽이 들려 있었다.

수지는 모든 사람이 다시 안내 데스크 근처까지 돌아오기 전 아직 아무도 없을 때 정문으로 몰래 빠져나가는 것만이 유일한 희망이라고 생각했다. 이를 실행에 옮기기 위해서는 몇 초밖에 없었지만, 사무실 손잡이를 잡는 순간, 수지는 그 자리에 멈췄다.

앤디의 컴퓨터가 켜진 것을 발견했기 때문이었다. 그가

사무실을 나가기 전에 컴퓨터를 잠그지 않았던 것이다. 그것을 본 수지에게 문득 아이디어가 떠올랐다.

그녀는 휴대 전화를 꺼낸 후 책상이 있는 곳으로 쏜살같이 달려갔다. 사무실 밖 복도에서 웅성거리는 소리가 들렸다. 사람들은 어떤 바보가 위층 탕비실에 빵이 타도록 놔두었는지 얘기하고 있었다.

앤디의 사무실용 응용 프로그램을 발견한 수지는 마우스를 움직여 그중에서 일정을 기록하는 달력 아이콘을 클릭했다. 그때 사무실의 문이 반쯤 열렸고, 그녀의 심장은 요동쳤지만 그래도 휴대 전화로 컴퓨터 화면을 찍은 다음, 줄이 끊긴 마리오네트 인형처럼 바닥으로 풀썩 엎드렸다.

앤디가 들어오는 걸 보면서 수지는 그제야 자신이 얼마나 큰 실수를 저질렀는지 깨달았다.

그녀는 책상에 몸 일부가 가려진 상태로 바닥에 엎드려 있었지만, 그가 책상에 앉는 순간 곧바로 발견될 것이 뻔했다. 더 큰 문제는, 그러고 바닥에 있는 걸 어떻게 변명해야 할지 전혀 생각이 나지 않는다는 점이었다. 그녀는 절도를 저지르고 사무실에 숨어 있는 상태로 발견되기 직전이었다. 그녀는 감옥에 가게 될 것이다!

앤디가 책상 쪽으로 다가오는데, 갑자기 문이 다시 활짝 열렸다.

「비숍 씨?」

벡스였다.

앤디는 사무실로 들어온 사람을 보기 위해 돌아섰다.

「스탈링 씨.」 그가 기뻐하며 말했다.

「혹시 절 좀 도와주실 수 있을까 해서요.」 벡스가 〈길 잃은 소녀〉같이 처량한 인상을 주려고 최선을 다하며 말했다. 「있잖아요, 변호사님 말씀이 맞아요. 사실 전 여기 아주 사적인 문제로 왔어요. 저에겐 생사가 달린 문제예요. 하지만 남편이 제가 여기 온 걸 몰랐으면 해요. 혹시 함께 걸으면서 얘기하실 수 있을까요?」

「그게 무슨 말씀이시죠?」

「남편이 제가 여기 있는 걸 볼까 봐 두려워서 그래요. 잠시 산책 안 가실래요? 저랑 둘이서?」

「글쎄요.」 앤디가 그녀의 제안을 생각해 보는 척하면서 뜸을 들였다. 「예쁜 여성분이 저에게 산책을 가자고 하는 건 자주 일어나는 일이 아니죠. 기꺼이 그러죠.」

「당장요.」 벡스가 덧붙였다.

「오, 알겠습니다. 그런데 당장이라는 말씀은……?」

「지금 가자는 뜻이에요. 부탁이에요.」

책상 뒤쪽에서 훔쳐 보던 수지는 벡스의 얼굴에서 순진한 여인이 구원을 바라는 듯한 표정을 볼 수 있었다. 앤디에게는 선택의 여지가 없었다.

「물론입니다. 앞장서시죠.」

벡스는 앤디가 마치 반짝이는 갑옷을 입은 기사가 되어 준 양 감사의 미소를 짓고는, 앤디가 방을 나설 때 한쪽으로 물러서면서 수지와 눈을 마주쳤다.

〈고마워요.〉 수지는 입 모양으로 말했지만 벡스는 눈치채지 못한 척했다. 그녀는 절망에 빠진 아내 역할을 하느라 정신이 없었으니까. 벡스가 나가서 문을 닫자마자, 수지는 뒤쪽 창문으로 돌진한 다음 창밖에 원래 자리로 돌아온 주디스 외에는 아무도 없는 것을 보고는 안심했다. 수지는 핸드백을 먼저 아래로 던졌고, 주디스가 그것을 받아 무릎 위에 올려놨다. 그리고 창문 밖으로 빠져나온 수지는 휠체어의 등받이를 발판으로 삼고 다시 한번 주디스의 머리를 지지대 삼아 바닥으로 내려섰다.

주디스가 탄 휠체어를 밀고 가는 동안 수지는 무릎이 떨리는 것을 깨달았다.

아슬아슬했지만 결국 해냈다. 그들은 앤디의 사무실에 잠입해 파쇄 용지를 훔쳐 낼 수 있었다.

24

세 여성은 주디스의 집에서 만나기로 했지만 주디스와 수지가 도착한 다음에도 벡스는 오지 않았다. 하지만 수지는 크게 신경 쓰지 않았다.

「우리가 해냈어요!」 주디스의 카드 테이블에 핸드백을 올려놓으며 수지가 말했다.

「우리가 정말 해낸 거죠?」 주디스는 조용히 만족스러운 기분을 느끼며 말했다.

「거의 잡힐 뻔했지만요!」

「하지만 안 잡혔잖아요. 그게 중요하죠.」 주디스는 테이블 앞에 앉아 아주 조심스럽게 핸드백에서 파쇄 용지를 꺼냈다.

「저는 정말 아슬아슬했어요. 제가 어쩌자고 앤디 비숍의 책상까지 봤을까요? 나올 수 있을 때 빨리 나왔어야 했는데.」

「뭐, 그래도 별일 없었잖아요.」

「그래도, 너무 멍청했어요!」

「전혀 아니에요. 잘 빠져나왔으니 그걸로 됐어요.」

「하기야 나란 사람이 그렇죠, 뭐. 생각도 안 하고 저지르기부터 한다니까요.」 수지가 자기 회의에 빠진 듯 중얼거렸다.

주디스는 패기만만하던 친구의 기분이 급격히 가라앉았음을 느꼈다.

「그게 무슨 말이에요?」

「전 너무 성급해요. 그게 문제예요.」

「그게 대체 무슨 소리예요? 얼마나 잘해 냈는데.」

「하지만 완벽히 잘해 낸 건 아니잖아요. 갑자기 앤디의 컴퓨터가 보고 싶더라고요. 그래서 그렇게 했죠. 우리가 계획한 대로 밖으로 빠져나왔어야 했을 시간에 말이에요. 결과도 고려해 보지 않고요. 저에게나 당신에게나 벡스에게 일어날 일을요. 다른 사람들을 생각하지 않았어요.」

「전 그렇게 생각하지 않아요.」

「제 딸 레이철 말이 맞아요. 저는 제 생각만 해요.」

수지는 이런 말을 하면서 소파에 푹 몸을 파묻었다.

「그렇지 않아요.」

자신의 기억 속에 매몰된 수지는 너무 우울해져서 대화를 계속할 만한 상태가 아니었다.

「다른 딸들은 뭐라고 하는데요?」 주디스가 우울한 수지를 달래기 위해 물었다.

「제가 어떻게 알겠어요. 에이미와는 대화를 안 한 지

1년도 넘었는데.」

「왜요?」

「싸웠어요.」

「오, 그렇군요. 그럼 먼저 전화해 보지 그래요?」

「못 해요. 서로 대화를 안 한다니까요.」 수지가 말했다. 그녀의 입장은 설득의 여지가 없었다.

주디스는 친구가 처한 상황에 마음이 쓰였다. 수지의 집 거실에 있던 빛바랜 사진들을 보고 그녀와 가족 간의 사이가 좋지 않다는 것은 짐작할 수 있었지만, 주디스는 아이들을 키우는 게 세상에서 가장 어려운 일 중 하나임을 알았다. 그런 일을 혼자서 해내는 것이 얼마나 힘들었을지는 짐작밖에 할 수 없었다.

뭔가 상황 개선을 위한 개입이 필요해 보였다.

「우리 차 한잔 마실까요? 설탕 한두 스푼이 에너지를 충전해 줄 거예요.」

「좋아요. 그러면 너무 좋을 것 같아요. 고마워요.」

주디스는 서둘러 거실을 나갔고 수지는 혼자 남아 생각에 잠겼다. 그녀는 신문과 잡지가 여기저기 엉망으로 흩어져 있는 모습과 참나무 계단 옆에 있는 블뤼트너 그랜드 피아노를 둘러봤다.

음료 테이블 옆에는 주디스가 들어갈 수 없다고 말했던 문이 있었다.

부엌에서 찻잔과 접시가 부딪히는 소리를 들으며 자리에서 일어난 수지는 그 문으로 다가가 손잡이를 돌려봤다.

문은 오래전부터 그랬던 것처럼 잠겨 있었다. 문안에는 무엇이 있을까? 그녀는 열쇠 구멍에 눈을 갖다 대 봤지만 안쪽은 어둠으로 가득했다.

염탐하는 모습을 들키기 전에 수지는 소파로 돌아가 다시 주위를 둘러봤다. 〈대체 주디스 포츠는 어떤 사람일까?〉

「자, 여기요.」 주디스가 짝이 안 맞는 본차이나 찻잔과 받침, 우유와 함께 뜨거운 찻주전자를 담은 쟁반을 들고 돌아왔다.

「뭐 좀 물어봐도 돼요?」

「물론이죠.」 주디스가 잔에 차를 따른 뒤 설탕을 넣고 저었다.

「사별했다고 하셨잖아요.」

「맞아요.」

주디스는 차에 우유를 넣고 수지에게 찻잔과 받침을 내밀었다.

「이게 딱 제가 원하던 거예요. 고마워요.」 수지가 차를 한 모금 마시며 말했다.

「다행이네요.」

「그런데 남편 사진은 하나도 없네요.」

주디스는 자신의 과거에 대해 말하고 싶지 않았다. 사실 한 번도 다른 이에게 자신의 과거에 대해 얘기한 적이 없었다. 그건 그녀의 철칙이었다. 하지만 수지도 자신의 가족 얘기를 털어놨으니 그녀 또한 자기 얘기를 털어놔야 공평하겠다는 생각이 들었다.

「네, 없어요. 실은 그리 좋은 결혼 생활이 아니었거든요.」 그녀는 잔과 받침을 들고 윙 백 소파에 앉았다.

「그랬어요?」

「그런 말 있잖아요. 〈한 번 성급히 결혼했다가 줄곧 후회한다〉고요. 그리고 그때 저는 너무 어렸어요.」

「무슨 일이 있었는데요?」

「정말 알고 싶어요?」

「얘기해도 괜찮다면요.」

「그럼요, 괜찮아요. 그냥 요즘에는 별로 생각을 하지 않거든요. 그뿐이에요. 하여간 그땐 옥스퍼드에서 막 왔을 때라 인생을 어떻게 살아야 할지 몰랐어요.」

「학생이었어요?」

「1960년대였고 그 당시엔 마치 노래 가사처럼 대기 중에 사랑이 충만했죠.」

주디스가 차를 한 모금 마셨다. 수지로서는 사랑에 빠진 학생 주디스가 어떤 경험까지 했을지 상상밖에 할 수 없었다. 그런 생각을 하며 수지는 미소를 지었다.

주디스는 그런 수지의 미소를 봤다.

「맞아요. 하지만 제가 옥스퍼드를 떠났을 때, 잉글랜드의 다른 지역들은 그다지 발전이 안 된 상태였죠. 당시만 해도 여자들은 집을 돌봐야 하고, 결혼을 잘 해야 하고, 남편이 바깥일을 잘하도록 내조해야 한다고 여기던 때였어요. 그런데 그런 일은 매력이 느껴지지 않았어요. 조금도요. 하지만 어쩌겠어요? 그런데 그때 어머니가 말로에 사는 고모할머니가 몸이 안 좋아서 집안일을 도와줄 사람이 필요하다는 얘기를 했죠.」

「그분이 베티 고모할머니인가요?」

주디스는 고모할머니의 이름이 나오자 미소를 지었다.

「우리는 만나자마자 아주 잘 통했어요. 고모할머니는 한 번도 결혼한 적이 없었고 아주 맹렬히 독립적인 분이었어요. 우리가 의견이 안 맞았던 단 한 가지는 필리포스에 대해서였어요.」

「그분이 당신 남편이죠.」

「맞아요. 그는 그리스 전문 여행업체에서 일했어요. 안타깝게도 난 그에게 완전히 푹 빠졌죠. 정말 잘생긴 남자였어요. 정신, 말, 행동이 모두 강한 사람이었죠. 그리고 아주 훌륭한 뱃사람이기도 했어요. 저는 배에 대해 아무것도 몰랐지만 그가 나를 본엔드 마을에 있는 항해 클럽에 데려가곤 할 때면 정말 신이 났죠. 작은 돛단배를 타고 바람에 머리를 흩날리며 템스강을 가로지르는 기분이란! 있잖아요, 코르푸에서 자란 필리포스는 영혼에 바다를 품은 그런 사람이었어요. 그는 바람과 파도의 흐름을 읽을 수 있었죠. 우리 두 사람의 사랑은 정말 로맨틱했어요.」

「그때 당신은 몇 살이었나요?」

「우리가 만났을 때 난 스물여섯이었어요. 그리고 결혼도 스물여섯에 했고요. 코르푸에서요. 그때 베티 고모할머니와 사이가 안 좋아졌어요. 고모할머니는 필리포스가 나쁜 놈이라고 했거든요. 신뢰할 수 없는 사람이라고요.

고모할머니와 내가 이 방에서 얼마나 심하게 다퉜는지 모를 거예요.」 주디스가 슬프게 주변을 돌아봤다. 「하지만 나는 사랑에 빠진 상태였고, 그땐 고모할머니가 이기적이라고 생각했어요. 내가 결혼하면 집안일을 도울 사람이 없어질 테고, 그래서 내 생각을 조종해 자기를 떠나지 못하게 하려는 거라고 말이에요. 지금 생각해 보면 내가 어리석었어요.」

「고모가 옳았나요?」

「상상할 수 있는 것보다 훨씬 더요. 나는 결혼하자마자 코르푸로 이주했어요. 그리고 첫 시작부터 상황이 아주 안 좋게 돌아갔죠. 필리포스는 술주정뱅이였어요. 항상 성질이 불같았고 나를 통제하려 했죠. 하지만 집에 있을 때만 그런 성격을 완전히 드러냈어요.」

주디스는 과거의 기억에 잠겨 잠시 말을 멈췄다.

「많이 안 좋았나요?」

「많이 안 좋았죠.」 그녀는 간단하게 대답했다. 하지만 수지는 그 간단한 말이 품은 바다처럼 심오한 고통을 읽을 수 있었다. 「하지만 자기 인생의 선택은 본인이 하는 거잖아요? 그래서 때로는 그냥 그 선택을 감수해야 해요. 그래서 난 견뎠어요.」

「그리고 무슨 일이 있었어요?」

「운명이요. 그 운명이라는 게 일어났어요. 아무리 훌륭한 뱃사람이라 해도, 이오니아해는 아주 변덕스러워요. 갑자기 난데없이 스콜이 쏟아지기도 하죠. 필리포스가 배를 타고 나간 어느 날이었어요. 그렇게 큰 배는 아니었어요. 그냥 돛이 하나 있고 침대 하나인 선실과 조리실이 딸린 배였죠. 휴대 전화나 GPS 같은 것도 없던 시절이었어요. 무슨 일이 일어났는지는 아직도 확실히 몰라요. 어쨌든 그날 그는 집에 돌아오지 못했어요. 그다음 날도요. 전 그냥 그가 즐기던 여자와 어디론가 떠나 버렸다고 생각했어요. 사실, 그때쯤 나는 그가 연애할 때도 결혼한 다음에도 내내 바람을 피웠다는 걸 알았어요. 그런데 그가 사라진 다음 날, 그의 배가 바위에 부딪쳐 파손된 채 발견됐어요. 필리포스의 흔적은 아무 데도 없었어요.」

「어디에 있었는데요?」

「전날 밤에 폭풍이 있었기 때문에 나라에서는 그가 아마 배 밖으로 떨어진 모양이라고 판단했어요. 그리고 그의 시신이 일주일 후 떠밀려 왔어요.」

두 여성 사이에 침묵이 가라앉았다.

「빌어먹을.」 수지가 마침내 말했다.

「그러게요. 고마워요. 하지만 이미 수십 년 전 일이에요. 그리고 다 제 탓이에요. 정말로요. 하여간, 저는 잔뜩기가 죽어서 영국으로 돌아왔어요. 베티 고모할머니가 아무것도 묻지 않고 받아 줬기 때문에 전 버틸 수 있었어요. 우리는 헤어졌을 때 상태 그대로 다시 시작했어요. 십자말풀이 일을 한 것도 그때부터였어요. 그 일이 내가 균형을 잡고 버티게 해줬어요.」 주디스는 감정을 가다듬기 위해 잠시 멈췄다. 「자, 이게 주디스와 필리포스의 슬픈 얘기의 끝이랍니다. 피라무스와 티스베[36]와는 좀 다르지만요. 차 더 마실래요?」

「아뇨, 괜찮아요. 하지만 감사해요. 그런데 뭐 좀 물어봐도 돼요?」

「물론이죠.」

「남편과 행복하지 않았다고 했죠?」

「행복하지 않았죠.」

「그런데 왜 아직도 결혼반지를 끼고 있어요?」

이 질문은 주디스를 당황하게 했다. 그녀는 미소를 지었지만 수지는 그것이 억지 미소라는 것을 알 수 있었다.

「상기시키기 위해서요.」 주디스가 말했다.

「뭘요?」

「내가 저지른 실수들에 대해서요.」

주디스의 대답에는 마치 겨울 연못의 두꺼운 얼음을 떠올리게 하는 서늘함이 있었다. 언뜻 아주 단단해 보이지만 언제라도 금이 갈 수 있고, 그 밑에는 어두운 물이 소용돌이치고 있는.

주디스는 자신을 너무 드러낸 게 아닌가 싶었다. 그래서 정문의 벨소리가 들렸을 때는 다행이라는 생각이 들었다.

「드디어! 벡스인가 보네요. 무슨 일이 있었는지 알아봅시다.」 주디스는 찻잔을 옆으로 치우고 일어났다.

주디스와 수지는 현관으로 가서 문을 열었지만 그곳에

36 오비디우스의 『변신 이야기』에 나오는 비극적인 사랑 이야기.

서 있는 사람은 벡스가 아니었다.

타니카 말릭 경사였다.

그녀는 방금 귀신이라도 본 사람 같았다.

「타니카, 괜찮아요?」 주디스가 물었다.

「주디스, 살인 사건이 또 발생했습니다.」

25

주디스가 먼저 정신을 차렸다.

「벡스는 아니죠?」 그녀가 물었다.

「벡스? 벡스 스탈링이요?」 타니카가 놀라서 물었다.

「맞아요. 벡스는 괜찮아요?」

「제가 아는 한은요. 괜찮지 않을 이유가 있나요?」

「없죠. 그런데 또 누군가가 살해됐나요?」 주디스는 자기 입으로 모든 걸 술술 털어놓기 전에 재빨리 대답했다.

「리즈 커티스입니다. 던우디 씨의 집에서 봤다는 여성 말이에요.」 타니카가 말했다.

「리즈가 죽었다고요?」 주디스는 모골이 송연해졌다.

「누군가 시신의 신원을 확인해 줄 사람이 필요합니다. 그래서 혹시 당신에게 부탁해도 될까 해서요. 어쨌든 최근에 그녀를 봤으니까요. 그것도 두 번이나.」

이 말을 들은 주디스는 양심에 찔려 얼굴을 찌푸렸다.

「세 번이에요.」 그녀가 작은 목소리로 말했다.

「뭐라고요?」
「리즈를 세 번 만났다고요.」
「언제요?」 타니카가 말했다.
「나한테 그녀하고 절대 얘기하지 말라고 말했던 거 기억해요?」
「물론입니다. 약속했잖아요.」
「그게, 사실 문제는 그 얘기를 할 때 내가 이미 조정 센터에 가 있었다는 거예요. 그래서 그곳에 간 이상 그녀와 얘기를 하지 않을 수 없었어요.
「제가 얘기하지 말라고 한 다음에 리즈 커티스와 대화를 나눴다고요?」 몹시 화가 난 타니카가 말했다.
「그래도 당신 입장에서는 다행이잖아요. 이제 그녀가 죽었으니까. 내가 목격자가 된 거잖아요. 그러니까 그녀가 어떤 사람이었는지 다 말해 줄 수 있어요.」
「그녀는 개를 죽인 사람이에요.」 수지가 끼어들었다.
「당신은 또 지금 여기에서 뭘 하고 있는지 물어봐도 될까요?」 타니카가 수지에게 말했다.
「이 사람은 내 친구예요.」 주디스가 말했다.
「주디스, 일단 저와 함께 가줘야겠습니다. 그리고 가면서 리즈와 만났을 때의 일을 말해 줘야 해요.」 타니카가 상황을 통제하려고 노력하며 말했다.
「나는요?」 수지가 물었다.
「뭐가요?」
「나도 리즈 커티스를 만났어요. 나도 같이 가도 돼요?」

「아뇨.」

「진짜 나는 안 가도…….」

「그냥 한 분만 가서 신원을 확인해 주면 됩니다.」

수지는 체중을 약간 발뒤꿈치 쪽으로 실었다.

「뭐 그렇다면야 어쩔 수 없죠.」 수지는 이렇게 말하고 물러났다.

타니카가 주디스를 조정 센터로 데려가는 동안 주디스는 리즈를 만났던 일을 설명했다. 특히, 리즈가 두 사람을 안다는 걸 부정한 뒤, 남편 대니를 만나 리즈와 두 사람이 아는 사이였다는 걸 들었다는 얘기를 했다. 주디스가 얘기하는 내내, 타니카는 턱에 힘을 주고 앞의 도로에 시선을 고정시킨 채로 듣기만 했다.

조정 센터에 도착하자 타니카는 차를 세우고 핸드 브레이크를 부서질 듯이 세게 당겼다.

주디스는 그제야 타니카가 얼마나 화가 났는지 깨달았다.

「조금 더 일찍 말할걸 그랬나 봐요, 그렇죠?」

「아뇨, 그녀와 아예 얘기를 하지 말았어야 했습니다!」 타니카는 거의 소리치듯 말했다. 「지금 저 밖에는 세 명의 사람을 죽인 누군가가 있습니다. 그리고 당신의 목숨은 이 일에 연루될 때마다 점점 더 위험해지고 있고요.」

주디스는 겸연쩍은 마음에 가방 속에서 휴대용 사탕 통을 꺼내 뚜껑을 열었다.

「사탕 하나 드실래요?」 그녀는 분위기를 풀기 위해 이렇게 물었다.

「됐습니다.」 타니카는 주디스에게 그렇게 간단히 넘어갈 수는 없다는 의미를 담아 거절했다.

주디스는 사탕을 입에 넣고 태평한 척 말했다. 「그러면 앤디 비숍에 대해서도 알려 줘야겠네요.」

「앤디 비숍이 누굽니까?」

「이 동네 변호사예요. 그가 이크발 카삼의 이웃인 에즈라 해링턴의 유언장을 작성했어요.」

「지금 무슨 말을 하는 거죠?」

주디스는 수지가 이크발의 장례식에 초대를 받았고 그래서 그녀와 벡스, 수지, 셋이 함께 이맘과 얘기했으며, 이맘의 말에 따르면 이크발은 죽기 전까지 앤디 비숍이 유산을 가로챘다고 믿고 있었단 걸 말해 줬다. 하지만 주디스는 신중을 기하기 위해서 얘기를 더 이상 하지 않고 그 부분에서 멈췄다. 리즈와 대화를 한 걸 두고 타니카가 이렇게까지 화를 내는 걸 보니, 앤디 비숍과 얘기한 데서 그치지 않고 그의 사무실에 잠입해 파쇄 용지까지 훔쳤다는 건 얘기하면 안 되겠다 싶었다.

「이크발 카삼 씨의 장례식에 갔다고요?」 타니카는 주디스의 설명이 끝나자 물었다.

「초대받아서 간 거예요. 그렇게 하는 게 맞는 것 같아서요. 정말 사탕 안 먹을래요?」 주디스는 통을 다시 내밀며 물었다.

「됐다니까요.」 타니카가 말했다. 주디스는 타니카가 차 문을 열고 내리는 걸 보며 경찰관이 자신의 성질 하나 제대로 조절하지 못한다는 인상을 강하게 받았다.

주디스는 사탕 통을 다시 핸드백에 넣고 차에서 내렸다.

「그 외에 또 저한테 할 말 없나요?」 타니카가 쏘아붙이듯이 물었다.

「아뇨. 그게 진짜 전부예요.」 주디스는 이렇게 말하면서 스스로도 그 말을 믿을 뻔했다. 하지만 곧 그녀의 눈은 강가 풀밭에 세워져 있는 파란색 감식반 천막을 향했다.

타니카는 주디스가 얼굴을 찌푸리는 걸 보고 마음이 조금 누그러졌다.

「걱정 마세요. 시신 가까이 갈 필요는 없습니다. 저희가 찍은 사진을 보고 확인해 주시면 돼요. 그 정도면 충분합니다.」

타니카는 주디스를 조정 센터의 사무실 건물로 데려갔다. 여전히 한쪽 구석에 놓인 사다리와 페인트 통, 붓 등이 주디스의 눈에 들어왔다. 리즈는 이제 결코 이 페인트칠 작업을 끝낼 수가 없었다. 왠지 모르겠지만, 주디스는 어이없게도 이 사실이 다른 무엇보다 슬프게 느껴졌다.

「이런 부탁을 드려서 미안합니다, 주디스. 부탁할 사람이라고는 시신을 발견한 보이 스카우트 단장뿐인데 그 사람은 데리고 있던 스카우트 대원들을 돌봐야 해서요.」

「괜찮아요. 기꺼이 도울 수 있어요. 하지만 리즈의 남편 대니는요?」

「노팅엄에 있어요. 경찰관이 데리고 오는 중입니다.」
「그렇다면 난 준비됐어요. 할 수 있어요.」
타니카는 증거물을 기록하고 있는 경찰관에게서 태블릿을 넘겨받았다. 태블릿을 주디스에게 가지고 오면서 타니카는 사진이 보기 불편할 수 있다고 미리 경고했다.
「걱정 마세요. 난 워낙 강한 사람이라.」
타니카가 여러 번 화면을 옆으로 밀어 넘기자 사진이 나타났다. 헝겊 인형처럼 팔다리를 사방으로 뻗은 채 얼굴은 붉은 피로 범벅이 돼 풀밭에 누워 있는 리즈 커티스의 사진이었다.
그리고 이마 한가운데에는 총알구멍이 있었다.
「리즈 커티스 맞아요.」 주디스는 시선을 돌리고 싶은 걸 참으며 말했다.
「고맙습니다.」
「저항한 흔적은요?」
타니카는 대답하지 않았다. 주디스는 그녀의 침묵을 저항이 없었다는 뜻으로 해석했고, 그건 옳았다.
「그러면 스카우트 단장이 발견한 거예요?」
「맞습니다. 스카우트 단장과 대원들이 아침에 리즈한테 카약을 빌려서 한 9시쯤 강으로 나갔다고 해요.」
「그럼 9시까지는 살아 있었던 거네요?」
「그렇죠. 리즈가 모두에게 안전 수칙을 설명해 줬다고 합니다. 어쨌든 대원들이 약 한 시간가량 강에 나갔다가 10시가 조금 지나서 조정 센터로 돌아왔는데, 그때 단장이 시체를 발견한 거예요. 다행히 애들은 시체에 다가가지 못하게 막고 다시 말로로 돌려보낼 수 있었고요. 지금 순경이 그의 진술을 기록하는 중입니다.」

「사망 시간이 아주 확실하네요. 오늘 아침 9시경에서 10시경. 엘리엇 하워드는 확인해 봤어요?」

「사실 그 사람을 제일 먼저 확인했습니다. 그는 오늘 아침 8시 반부터 경매를 진행하는 중이에요.」

「그래요?」

「그리고 그 과정은 인터넷에서 라이브로 방송되고 있고요.」

「말도 안 돼요!」

「그러니까요.」

「대체 경매를 무슨 8시 반에 시작해요?」

「알고 보니 해외 구매자들을 위한 경매라고 합니다. 어쨌거나 그의 알리바이는 확실해요. 9시부터 10시 사이의 알리바이를 증명해 줄 증인이 전 세계에 있으니까요.」

「흠.」 주디스는 깊이 좌절한 듯 한숨을 쉬었다. 그녀는 엘리엇이 스테펀의 살인과 관련이 있다고 확신했다. 사실, 그녀의 머릿속 한편에서 조용히 피어오르던 추론은, 아직 밝혀지지 않은 어떤 이유에서 리즈가 엘리엇을 대신해 스테펀을 죽였다는 것이었다. 그리고 이제 엘리엇이 리즈를 죽인 것이다. 이렇게 되면 첫 번째 살인의 배후로 그가 지목될 가능성은 사라진다. 하지만 리즈의 살인과 관련한 엘리엇의 알리바이가 확실하므로, 주디스의 이런 추리는 무너지게 된다.

주디스는 아직 물어보지 않은 질문이 남았다는 것을 깨달았다.

「남편이 노팅엄에 있다고 했죠?」

「그가 연루됐다고 생각해요?」

「이 살인 중 하나를 누군가 명백한 한 사람이 저지른 거라면 좋을 텐데.」

「그러게요. 하지만 오늘 아침 9시부터 10시 사이에 대니 커티스는 M1 고속도로 25번 인터체인지 휴게소에서 아침을 먹었습니다. 어젯밤에는 국립 수상 스포츠 센터에 있었고요.」

「오늘 아침 알리바이가 있다고요?」

「160킬로미터나 떨어진 곳에 있었으니까요.」

「확실해요?」

「제복 입은 경찰관이 대니 커티스 씨를 노팅엄 외곽에서 오늘 아침 10시에 차에 태웠습니다. 누구든 이 짓을 한 사람은 오늘 아침 당연히 말로에 있었겠죠.」

타니카가 말하는 동안 주디스는 태블릿에 있는 사진을 자세히 들여다봤다.

「이게 뭐예요?」 리즈의 얼굴 옆 땅에 놓여 있는 체인 달린 작은 물체를 가리키며 주디스가 물었다.

타니카는 그것이 청동 메달이라는 걸 알고 있었다. 그녀가 우려한 대로 세 번째 청동 메달이었다. 이 메달은 리즈가 목에 건 가는 체인에 달린 채로 발견됐다. 그녀가 예상한 대로, 메달의 가운데에 적힌 단어는 〈자비〉였다.
「청동 메달입니다.」 그녀가 말했다.
「청동 메달을 걸고 있었어요? 그러니까 스테펀의 재킷에 달려 있던 것과 같은 거 말이에요?」 갑자기 강렬한 관심이 생긴 주디스가 물었다.
「그걸 기억해요?」
「물론이죠. 스테펀의 메달에 〈믿음〉이라는 말이 새겨져 있었다고 했잖아요.」
「그랬죠.」
「그럼 이 메달에도 뭔가 단어가 새겨져 있었나요?」
「미안하지만 말씀드릴 수 없습니다.」
「대체 왜요?」
「왜냐하면 사건의 어떤 세부 정보도 일반 시민에게 누설해서는 안 되니까요.」
「그렇게 하는 게 더 낫다는 것을 우리 둘 다 이미 인정한 걸로 아는데요.」
「그래도 안 됩니다. 미안해요. 원칙에 어긋난 일은…….」
「규정에도 어긋나겠죠.」 화가 난 주디스가 타니카의 말을 가로챘다.
「잘 아시네요.」
그때 제복을 입은 경찰이 건물 안으로 들어왔다.
「경사님, 경찰과 고인의 남편 커티스 씨가 지금 막 도착했습니다.」

26

주디스와 타니카는 조정 센터의 사무실 건물에서 나오면서, 막 도착한 경찰 승합차 뒷좌석에서 혼란스러운 표정을 한 대니 커티스가 내리는 걸 경찰관이 도와주는 모습을 지켜봤다.

「여기서 좀 기다려 주시겠어요?」 타니카가 주디스에게 말했다.

「알겠어요.」 주디스가 말했다.

「감사합니다.」 타니카는 인사하고 대니에게 자신을 소개하러 갔다.

가만히 기다리겠다고 말했을 때는 분명 진심이었지만, 주디스는 곧 무슨 일이 일어나고 있는지 들을 수 없다는 게 너무 답답해졌다. 분명 뭔가 할 수 있는 일이 있을 텐데, 잠깐 어슬렁거리는 게 뭐 그렇게 큰 문제겠어? 그녀는 타니카가 눈치채지 못하기를 바라면서 이동식 주택 옆쪽으로 슬그머니 다가갔다. 타니카는 전혀 알아채지 못하는 것 같았다. 그래서 주디스는 한가하게 날씨를 확인하는 것처럼 하늘을 쳐다보다가 건물 가장자리 쪽으로 슬그머니 돌아서 갔다.

이제 타니카가 보이지 않는 곳에 이르자 주디스는 잰걸음으로 그 옆에 위치한 화장실 건물을 따라 이동한 다음, 거길 돌아 경찰차가 주차된 곳으로 갔다. 타니카와 대니는 반대편에 서 있었다.

주디스는 적어도 이번 한 번은 자신의 몸집이 작은 것에 감사하며 승합차 주변을 따라 슬그머니 움직였다. 그녀의 머리는 승합차의 창문 높이에도 채 닿지 않을 정도라서, 건너편에 있는 타니카나 다른 경찰관들이 회색으로 코팅된 창문 너머로 주디스를 볼 수 없으리라고 확신했다. 하지만 그녀가 발뒤꿈치를 올리면 대니와 타니카의 얼굴이 보였다. 그리고 정말 집중하면 그들이 무슨 말을 하는지도 거의 알아들을 수 있었다.

「그럴 리가 없습니다.」 대니가 하는 말을 들려왔다.

「죄송합니다. 가족 지원 담당자가 되도록 빨리 오게끔 조치하겠습니다.」 타니카가 말했다.

「하지만 이제 전 어떻게 해야 하나요?」

「커티스 씨, 너무 힘드시겠지만 몇 가지 질문을 해야 할 것 같습니다. 최대한 빨리 끝내겠습니다.」 대니가 고개를 끄덕였다. 「우선, 어젯밤 노팅엄에서 뭘 하셨습니까?」

「어젯밤에요?」

「당신의 이동 경로에 대해 파악해야 해서요.」

「저는 코치예요. 영국 청소년 국가대표 카누 팀이요. 그 팀이 노팅엄에 있어요.」
「그럼 예정된 일정이었습니까?」
「경기가 없을 때는 매주 화요일 밤에 훈련이 있습니다.」
「매주 화요일에 노팅엄에 가십니까?」
「그렇습니다. 화요일 오후에 그쪽으로 출발하죠. 가서 그날 밤 훈련을 하고 하룻밤 잔 뒤 다음 날 수요일 아침에 돌아옵니다.」
「그럼 커티스 씨를 잘 아는 사람이라면, 당신이 매주 화요일 오후와 수요일 늦은 아침에 집에서 멀리 떨어진 지역에 있을 걸 알겠군요.」
「그렇겠죠.」
「아내분에게 해를 끼치고 싶어 할 만한 사람을 혹시 아십니까?」
「아뇨. 그건 말도 안 돼요. 사람들 모두가 리즈를 좋아했으니까요.」
「확실한가요?」
「성격이 괴팍한 건 오히려 저였어요. 소리도 지르고 까다로운 쪽은요. 리즈는 묵묵히 일을 해나가죠. 그거 아세요? 리즈는 성을 내는 법이 없어요. 성격에 나쁜 구석이라곤 하나도 없는 사람이에요.」
대니가 이렇게 말하는 동안 주디스는 리즈의 개 크럼블을 생각하지 않을 수 없었다. 수지의 말이 사실이라면, 대니는 아내를 완전히 잘못 판단하고 있었다.

「그렇다면 혹시, 부인과의 사이는 어땠나요?」 타니카가 계속했다.

「뭐라고요?」 대니가 되물었다.

「두 분의 관계가 어땠는지 알고 싶습니다.」

「글쎄요, 제가 스무 살 때 리즈와 사귀기 시작했습니다. 우리는 그 이후로 계속 함께했습니다. 그녀는 제가 진지하게 사귄 유일한 사람이었어요.」

「그리고 두 분 사이가 좋았나요?」

「네. 전 제 아내를 사랑합니다. 항상 사랑했어요. 그건 왜 묻죠?」

「혹시 부인은 남편에 대해서 당신 생각과 달리 느꼈을 가능성이 있을까요?」

「지금 제 아내가 바람이라도 피웠는지를 묻는 건가요? 지금 그걸 말이라고 하세요? 우리는 하느님이 주신 모든 시간을 여기서 일하는 데 보냈습니다. 홍수로 피해를 본 후 이 장소를 다시 원래대로 복구하려고 노력하면서요. 일주일에 7일을 일했죠. 페인트칠을 하고, 이것저것 고치고, 다시 지으면서 말입니다.」

「알겠습니다. 그러면 혹시 부인에게 경제적인 문제가 있지는 않았나요?」

대니는 씁쓸하게 웃음을 터뜨렸다.

「하! 우리에게 있던 문제는 〈전부 다〉 돈이었죠. 우리는 파산한 상태예요. 그게 문제였죠.」

「부인에게 빚이 있었나요?」

「개인적으로는 없어요. 아닐 겁니다. 공동 계좌를 가진 적이 없어서 아내의 경제 상황을 정확히 말씀드릴 순 없어도, 우리는 지난 몇 년 동안 아주 어렵게 살았어요. 사실, 이제 강에서 일하는 꿈을 좇고 싶다면 건물을 다 기둥 위에 올려놓는 것이 현명할 겁니다.」

「사업이 힘들었나요?」

「원래부터 이렇게 힘들었던 건 아니에요. 리즈는 이 사업을 몇 년 전에 아버지로부터 물려받았어요. 그래서 대출을 받거나 그런 건 없었습니다. 쓰는 것보다 버는 돈이 많은 한, 우리는 풍족하게 살 수 있었어요. 하지만 지난번 홍수와 같은 재해에 대비된 저축 같은 건 없었어요. 그 이전 홍수 이후에는요.」

「그럼 저축한 돈을 다 소비하셨나요?」

「저축은 다시 할 수 있으니까요. 일단 운영을 제대로 다시 시작하면요.」

「알겠습니다. 몇 가지만 더 질문하겠습니다. 이 지역 주민 이크발 카삼 씨에 대해 알고 계신 게 있습니까?」

「그 여성분도 이 질문을 했었는데.」

「주디스 포츠 씨 말씀인가요?」

「맞아요. 그 사람이 지난주에 살해된 그 남자에 대해 물었어요.」

「제가 알기로는 아내분이 몇 주 전에 그의 택시를 이용했다던데요.」

「장을 보기 위해서였어요. 그런데 한 시간도 안 됐을걸요. 그의 택시를 이용한 사람들은 많을 텐데요.」

「그럼 부인은 스테펀 던우디를 얼마나 잘 알았나요?」

대니는 즉시 대답을 하지 않았다. 그리고 대답을 할 때도 뭔가 경계하는 듯했다.

「아, 그 주디스란 사람도 그에 대해서 물어봤는데, 그건 왜요?」

「일단 질문에 대답해 주세요.」

「그런데 대체 왜 리즈가 그 남자들하고 관련이 있는 것처럼 질문을 하는 건가요?」 주디스는 대니의 목소리에 분노가 섞여 있음을 느꼈다.

「지금은 제 질문에 답변을 해주시는 게 아주 중요합니다, 커티스 씨.」

대니가 한숨을 쉬었다.

「주디스와 대화를 나눈 뒤에, 리즈에게 스테펀에 대해서 물어봤습니다. 됐어요? 그러니까 아내가 스테펀과는 몇 개월 동안 아무 연락도 없었다고 하더군요. 그의 갤러리에도 가지 않았고요. 그와 말도 전혀 하지 않았다고 했어요. 그리고 당신이 물어보기 전에 저 역시 아내에게 그의 집에 갔었는지 물어봤습니다. 아내는 웃더군요. 집에 가긴커녕 그가 어디에 사는지도 모른다고요. 그러니까 그게 당신이 리즈와 스테펀에 대해서 알아야 할 전부입니다. 이제 끝났나요?」

「거의요. 혹시 총을 가지고 계십니까?」

「아뇨! 제가 총을 왜 갖고 있겠습니까?」

「그럼 마지막 질문입니다. 〈믿음, 소망, 자비〉, 이게 당신에게 어떤 의미로 들리나요?」

승합차의 뒤쪽에서 듣고 있던 주디스는 귀를 쫑긋 세웠다. 믿음, 소망, 자비? 타니카는 왜 이런 질문을 하는 걸까? 주디스는 분명 이것이 어떻게든 스테펀의 메달과 관련이 있을 거라고 짐작했다.

대니도 주디스만큼이나 그 질문을 듣고 당황한 듯했다.

「아무 의미도 없습니다. 그건 왜 물으십니까?」

「이 문구를 듣고 떠오르는 게 아무것도 없나요?」

「좌우명 같은 거 아닌가요? 잘 모르겠습니다.」

「원래는 성경에서 온 것입니다만, 혹시 당신에게 뭔가 다른 의미는 없나요?」

대니가 대답하려는 순간, 주디스의 핸드백에 있는 휴대 전화가 울리기 시작했다. 오, 젠장. 주디스는 재빨리 승합차에서 멀어졌다. 그녀는 엿듣고 있단 걸 정말 들키고 싶지 않았다. 그런데 휴대 전화의 소리를 끄는 버튼은 대체 어디 있는 거지? 그녀는 골칫덩어리 기계가 조용해질 때까지 아무 버튼이나 마구 눌러 댔다. 그래, 이제 됐다. 그녀는 전화를 받았다.

「여보세요.」 그녀는 전화기에 대고 속삭였다.

「저예요.」 수지가 전화기 반대편에서 말했다. 「벡스가 방금 왔어요. 그리고 앤디 비숍에 대한 소식이 있어요. 아주 대단한 소식이요. 얼른 이쪽으로 오세요.」

27

「그래서 무슨 소식인데요?」 주디스는 자신의 집으로 잽싸게 돌아와서, 망토를 훌러덩 벗어 블뤼트너 피아노 위에 던졌다.

「앤디 비숍이 킬러예요.」 벡스가 말했다.

「진짜로요? 브리지 카드 게임 할 때 첫 패로 강력한 게 나오면 딱 그렇게들 말하던데.」

「의심의 여지가 없어요.」

「좋아요. 도대체 왜 그렇게 확신하는 건데요?」

「그가 저와 함께 있을 때의 태도를 보고요.」

「태도가 어땠는데요?」

「우선, 아주 혐오스러웠어요. 눈을 보지 않고 여자 가슴에 대고 말하는 그런 남자들 중 하나예요.」

「빌어먹을 추근대는 놈들.」

「정확해요.」 벡스가 동의했다. 「그리고 정문을 나갈 때 안내하는 척하면서 손으로 제 엉덩이를 만졌어요. 아주 불쾌했어요.」

「위스키 마실래요?」 주디스가 물었다.

「아뇨, 괜찮아요.」

「정말요? 나는 한 잔 마실까 하는데.」

「뭐, 정 권하신다면…….」 수지가 말했다.

「좋아요, 신경 안정을 위한 위스키 두 잔 곧 대령할게요. 얘기 계속해요.」 주디스는 벡스에게 말하곤 테이블로 가서 자신과 수지가 마실 위스키를 준비했다.

「앤디와 저는 함께 중심가를 걸었어요. 그런데 정말 할 말이 없더라고요. 저는 수지가 도망칠 시간을 벌어 주기 위해 사무실에서 데리고 나왔을 뿐이었으니까요.」

「정말 훌륭하게 해냈어요. 하지만 제가 그 기회를 제대로 써먹질 못했어요. 그 시간 동안 한 거라고는 그의 달력 일정을 찍은 것뿐인데, 거기엔 아무 내용도 없었거든요. 이미 살펴봤어요.」

수지가 말한 건 사실이었다. 수지와 주디스는 앤디의 사무실에서 무사히 벗어난 즉시 수지가 찍은 사진을 확인해 봤지만 실망할 수밖에 없었다. 최근 2주간의 일정이 찍힌 사진엔 단순히 업무와 관련된 내용만 나열돼 있었을 뿐, 살인 사건에 얽힌 이들과는 전혀 상관이 없었다.

「그래도 그런 시도 자체는 아주 영리했어요.」 주디스는 수지에게 이렇게 말하고 벡스를 돌아봤다. 「그러니까 앤디와 같이 거리로 나갔다는 거죠? 대체 그에게 무슨 말을 했어요?」

「그게, 저는 남편과 관련해서 상의할 게 있다고 하면서 그를 사무실에서 나오게 했어요. 그러다 보니 제가 할 수 있었던 말은 남편이 저의 존재를 중요하게 여기지 않는다는 얘기뿐이었어요. 제 인생에서 저 자신이 보이지 않게 됐다고요. 그냥 엄마, 아내일 뿐. 그리고 어떤 종류의 독립적인 정체성도 가지고 있지 않다는 데에 너무 화가 난다고요.」

「그에게 진실을 얘기했어요?」 주디스가 말했다.

「진실을 얘기한 게 아니에요! 다 거짓말이에요. 그 사람에게 말을 시키려고요.」 벡스가 혼란스러운 듯 말했다.

「오, 그렇군요. 거짓말이었군요.」 주디스는 수지와 시선을 교환했다.

「저는 지금의 인생을 누리고 있는 게 행운이라고 생각해요.」

「물론 그렇겠죠.」

「하지만 저는 앤디에게 뭔가 지어서 얘기해야 했어요. 그래서 행복하지 않고 콜린을 떠날 생각이라고, 이혼을 하면 제가 뭘 얻을 수 있는지 알고 싶다고 말했어요. 50퍼센트를 다 가질 수 있는지, 아이들의 주 양육자로서 남편의 수입에 대한 권한이 있는지, 그리고 제가 사제관에서 나오면서 발생할 비용에 대해서 그가 책임져야 할 부분은 뭔지 등에 대해서요.」

주디스와 수지는 또 서로 시선을 교환했다. 인생이 행복하다는 사람치고는 이혼에 대해서 너무 잘 파악하고 있는 듯했다.

「그러니까 앤디가 뭐라고 하던가요?」

「그는 저처럼 예쁜 사람은 남편 돈을 다 빼앗을 수 있다고 했어요.」

「그가 그렇게 말했단 말이죠?」

「그의 경험상, 판사들은 예쁜 아내를 무시하는 남편에게 친절하지 않다고 하더라고요.」

「그럴 리가요.」

「저도 아니라고 생각해요. 그냥 앤디가 저한테 추파를 던지기 위해 한 말이었겠죠. 그러더니 템스강 가를 산책하자고 했어요. 교회 쪽이 아니라, 오, 하느님 감사합니다, 헐리 록 쪽으로요. 그리고 우리 목소리가 사람들한테 들리지 않을 만한 곳까지 가니까, 혹시 남편이 물리적인 폭력을 행사한 적이 있으면 더 유리하게 합의할 수 있다고 하는 거예요. 저는 너무 화가 났어요. 콜린은 지루한 사람일지는 몰라도, 폭력적인 행동을 한 적은 없거든요.」

주디스와 수지는 이번에는 시선을 교환할 필요조차 느끼지 못했다.

「하지만 그는 아주 교묘하게 유도할 수 있다고 했어요. 어쨌든, 제가 정신적인 학대를 받았음을 암시하고 신체적 폭력에 대한 질문에 답변을 회피한다면 판사가 알아서 결론을 도출할 거라고요. 그것은, 앤디 말에 의하면, 콜린에게 가능한 한 많은 오명을 씌우는 데 달렸다고 했어요. 저는 너무 화가 났죠.」

「그런 건 분명 다 불법일 거예요.」

「저도 그렇게 말했어요. 그런데 그가 어떻게 반응했는지 알아요? 웃어넘기더군요. 나보고 순진한 어린애 같다고요. 그리고 남편을 제대로 망치기 위해선 배울 게 많다고요.」

「쥐방울만 한 역겨운 놈.」 주디스가 욕했다.

「그게 다가 아니에요. 알고 보니 우리가 스테펀의 집 방향으로 걷고 있었더라고요.」

「우리 집 쪽으로 왔다고요?」

「건너편 말로 쪽, 스테펀의 집 있는 방향으로요. 저는 왜인지 몰랐어요. 하지만 우리가 왜 그쪽으로 걸어가는지 알아내려면 스테펀의 집까지 계속 대화를 이어 나가야 한다고 생각했죠. 그래서 저는 앤디에게 항상 고객과 이렇게 템스강 산책로를 걷는지 물었어요. 그랬더니 뭐라고 했는지 알아요? 그는 고객과 만나 나중에 부인해야 할 여지가 있는 대화를 할 때는 언제나 여기서 잠깐 산책하길 권한다고 했어요. 〈그 멍청한 남자〉 집까지 갔다가 돌아온다고요. 그는 스테펀을 그렇게 불렀어요. 〈그 멍청한 남자〉라고요. 자연스럽게 저는 아무것도 모르는 척하며 그게 누구냐고 물었죠. 그랬더니 그는 스테펀의 집이 템스강 산책로를 막고 있어서 우회로로 가야 한다고, 그리고 다행히도 그가 최근에 총을 맞아 죽었다고 했어요.」

「앤디가 스테펀의 이름을 말했어요?」 주디스가 물었다.

「그랬어요.」

「그러니까 스테펀을 알고 있었네!」 수지가 끼어들었다.
「그게 다가 아니에요. 앤디가 스테펀이 총에 맞아 죽었다고 한 게 확실해요?」 주디스가 이글거리는 눈으로 말했다.
「네. 그냥 죽었다고 말한 것도 아니고, 심지어 살해됐다고 한 것도 아니고, 총에 맞았다고 했어요.」
「그게 뭐가 중요해요?」 수지가 물었다.
「왜냐하면, 경찰은 스테펀이 어떻게 죽었는지 확실히 공개한 적이 없거든요. 신문에서 그런 식으로 추측성 기사를 낸 적은 있지만 분명히 확인된 적은 없어요.」 주디스가 말했다.
「그래서 제가 물었죠. 그가 총에 맞았는지 어떻게 아느냐고요.」
두 여성은 망연자실했다.
「그렇게 말했어요?」
「어쩔 수가 없었어요. 우리는 지금 누가 스테펀을 죽였는지를 알아내려고 하고 있잖아요. 그리고 저는 모든 걸 알고 있는 사람과 얘기를 하던 중이었으니까요.」
주디스와 수지는 뭐라고 해야 할지 알 수가 없었다. 그들은 항상 벡스를, 서로 어떤 협의도 없이, 무턱대고 겁쟁이라고 치부해 왔다. 그런 그들이 얼마나 틀렸던가.
「그가 뭐라고 했나요?」 주디스가 물었다.
「그가 웃더군요. 〈내부자〉를 알고 있다고, 그리고 스테펀을 죽인 총이 골동품이었단 말도 들었다고요. 저는 그 순간을 잊을 수가 없어요. 그때 그 사람의 표정을요. 그는 히죽히죽 웃고 있었어요. 아주 자신감에 차서요.」

「그가 골동품이라고 했다고요?」 주디스가 물었다.

「네.」 벡스가 말했다.

세 여성은 서로를 바라봤다.

「와, 그거 정말 흥미로운데요. 이 사건과 가장 근접해 있을 우리조차도 골동품 권총에 대해서는 들은 바가 없잖아요.」 주디스가 말했다.

「그러니까요. 그래서 그가 그렇게 말할 때, 저는 〈너무 끔찍하네요〉 같은 말을 했어요. 사실 확실하게는 기억이 안 나요. 솔직히 너무 얼떨떨한 상태였거든요. 앤디가 제 쪽을 돌아보더니 말했어요. 아주 무덤덤하게, 〈혹시 남편이 그런 식으로 없어지길 바라는 건 아니죠?〉라고요. 너무 공포스러웠어요. 그는 웃더니 농담이라고 하더군요. 그래서 저는 또 그의 말을 곧이곧대로 듣는 바보인 척 시늉을 했어요. 사람들은 내가 멍청한 척하면 다들 믿더군요. 제 외모가 그렇게 보이니까요.」

「그런 말 말아요.」 주디스가 말했다.

「아니에요, 정말이에요. 그리고 이번만은, 제가 정말 멍청한 가정주부여서 다행이라고 생각했어요. 왜냐하면 그는 자기가 한 모든 〈농담〉으로 우리가 가까워졌다고 생각하고 마음을 놓는 것 같았거든요. 그리고 방향을 돌려 돌아오는 길에 저는 그의 인생에 대해 물었어요. 단순히 대화 주제를 바꾸려고요. 그는 정말 자신에 대해 우쭐해 있더군요. 제 남편이 살해되는 걸 두고 농담을 한 다음이었는데도, 또 저한테 추근거리기 시작했어요. 너무 끔찍했죠. 그가 젊을 때 얼마나 대단한 운동선수였는지, 그 이후로 어쩌다 이렇게 살이 쪘는지, 하지만 아직도 체력이 아주 좋다는 둥 그쪽으로는 여전히 〈짱짱하다〉는 둥 하면서요. 정확히 그 단어를 사용했어요. 정말 역겹더군요. 그런데 있잖아요, 아무래도 저 위스키 한잔 할까 봐요.」

「젠장, 충분히 마실 자격 있어요.」 주디스는 음료 테이블로 가서 잔에 위스키를 따라 벡스에게 가져다줬다.

완벽한 신부 아내이자 완벽한 엄마, 딸이자 주부인 벡스가 위스키를 한 모금 마셨다.

「후유! 그런데 항상 위스키만 마셔야 하는 거예요?」 그녀는 손등으로 입술에 묻은 얼얼한 액체를 닦았다.

「솔직히 말하면, 수지와 나는 이미 아까 차를 마셨어요. 그런데 뭔가 이건 아니라는 생각이 들더라고요. 어쨌든 아주 잘했어요, 벡스. 정말, 진짜, 영웅이에요. 식빵으로 화재경보기를 울린 것만으로도 충분히 용감했는데 말이죠. 앤디를 사무실에서 나오게 한 것도 놀라울 정도로 빨리 잘 생각했어요. 게다가 총에 관한 정보를 알아낸 것은 더더욱 놀라워요. 아무리 그가 나중에 농담이라고 주장했어도 말이에요. 또 앤디가 자기 존재를 드러내고 당신을 위해 남편을 죽게 만들 수도 있다는 제안을 하게 한 것도요. 정말 진심으로 우리들 중 누구보다 훨씬 더 많은 걸 해냈어요.」

벡스의 뺨이 붉어진 건 단지 위스키가 혈액 속으로 갑자기 흡수돼서만은 아니었다.

「그럼,」 주디스가 위스키병을 음료 테이블 위에 돌려놓으며 말을 이었다. 「이제 앤디가 스테펀이 총에 맞았다는 것과 그게 골동품 권총이었다는 걸 인정했는데, 그게 무슨 의미라고 생각해요?」

「그가 살인범이라는 의미겠죠.」 벡스가 말했다.

「그가 정말 살인범〈이라면〉, 스테펀을 쏜 누군가를 안다는 걸 곧이곧대로 말하려고 할까요?」 주디스가 머리를 굴리려고 애쓰면서 말했다.

「자랑하고 싶어 안달 난 사람 같았잖아요.」 수지가 말했다.

「하지만 그는 입을 다물고 있어야 했을 텐데. 물론 지역 변호사가 경찰에 내부자를 두고 있는 건 충분히 그럴 수 있다고 생각해요. 혹은 연락이 닿을 만한 사람을 알고 있거나요. 말로에는 분명 스테펀이 총에 맞아 죽었다는 걸 들은 사람이 아주 많을 거예요. 당신이 말한 것처럼 그는 허세를 부린 거예요.」

「하지만 골동품 권총은요? 그건 어떻게 들었을까요?」 수지가 물었다.

「그리고 제가 그 사람과 한 시간을 같이 보냈잖아요. 그는 아주 상냥하고 고상한 지식인처럼 굴었지만, 분명 살인범이 맞아요. 나는 확신할 수 있어요. 우리는 이미 그가 이크발의 살인에 연루돼 있다는 걸 알잖아요. 그렇지 않았다면 사무실에서 주디스 당신을 만난 후 그 용지를 바로 파쇄하진 않았을 거예요.」

「그건 맞아요.」 수지가 동의했다.

「우리가 말한 것과 같아요. 스테펀이 골동품 권총에 맞아 죽었다는 사실을 그가 아는 가장 명백한 이유는, 바로 그가 스테펀을 쏜 사람이기 때문이죠. 그러니 우리가 해야 할 일은 그와 리즈의 살인 사이에 있는 연관성을 찾아내는 거예요. 그렇게 되면 비로소 세 살인 사건 모두와 확실히 관련이 있는 사람을 밝혀냈다고 할 수 있을 거예요.」

주디스는 곰곰이 생각을 하는 듯 위스키를 홀짝거렸다.

「정말 답답하네요. 타니카가 말해 줬는데, 리즈 커티스가 오늘 아침 9시까지 살아 있는 걸 스카우트 대원 아이들이 봤대요. 그리고 스카우트 단장이 10시가 얼마 지나지 않아 그녀의 시신을 발견했다고요. 앤디가 9시와 10시 사이에 뭘 하고 있었는지 알 수 있다면, 그가 살인범인지를 확인할 수 있을 거예요.」 얼굴에 화색이 돌면서 주디스가 덧붙였다. 「게다가 그건 우리가 확실히 알 수 있는 거잖아요. 수지, 앤디 비숍의 달력에서 일정표를 찍은 사진 좀 봐요.」

「알았어요.」 수지가 휴대 전화를 꺼내 몇 장을 넘기더니 앤디의 일정표가 찍힌 사진을 두 여성에게 보여 줬다. 매일 근무 시간 전체에 걸쳐 사무실 회의 일정이 많았지만, 9시 30분 전에 시작하는 회의는 하나도 없었다.

「자, 수지가 오늘 재빨리 판단하고 행동한 덕분에, 이제 우리는 앤디 비숍이 9시 30분 전에 사무실에 없었다는 사실을 알게 됐네요.」 주디스가 말했다.

「그러네요. 제가 해낸 거죠, 그렇죠?」 수지가 신이 나서 말했다.

「맞아요, 당신이 한 거예요. 아주 잘했어요. 그런데 시간이 좀 아슬아슬하긴 하네요. 앤디는 총을 가지고 조정 센터에서 몰래 기다렸어야 했을 거예요. 스카우트 대원들이 카누를 타고 강으로 나갈 때까지 기다렸다가, 9시 반에 사무실로 출근하기 전에 아주 재빨리 리즈를 쏴 죽여야 했겠죠.」

「그래도 그렇게 하는 게 가능하긴 하잖아요.」 벡스가 말했다.

「그리고 남편 대니가 부재중인 걸 미리 알아야 했을 테고요.」

「부재중이었어요?」 벡스가 물었다.

주디스는 타니카와 대니의 대화를 어떻게 엿들었는지 설명한 뒤 대니가 전날부터 노팅엄에 있었다는 걸 알려 줬다.

「그렇군요. 그런데 그걸 알아내는 건 별로 어려운 일이 아니었을 거예요. 우리만 해도 대니가 화요일 밤마다 노팅엄에 간다는 사실을 그와 처음 만났을 때 알게 됐잖아요.」 수지가 말했다.

「맞아요. 주저하지 않고 우리에게 말했죠. 그는 그만큼 자랑스러워했어요.」 주디스가 맞장구쳤다.

「그러면 이제 뭐가 남죠? 우리는 이크발이 자신의 유산을 앤디 비숍이 가로챘다고 믿었단 걸 알고 있어요. 그다음 이크발은 죽었고요. 앤디와 스테펀이 어떻게 연결돼 있는진 아직 모르지만 스테펀은 사기꾼이었어요. 앤디 역시 아주 〈명백한〉 사기꾼이고요. 그러니까 어쩌면 그게 연관성 아닐까요? 사기꾼으로 함께 일했을 수 있잖아요. 어느 쪽이든, 앤디는 스테펀이 골동품 총에 맞아 살해된 걸 아는데, 그건 살인범만이 알 수 있는 사실이에요. 그게 진짜라면요. 그리고 이제 일정표를 보면, 그가 오늘 아침 사무실에 오기 전에 리즈를 죽일 시간이 있었다는 것도 알 수 있죠.」

백스가 말하는 동안 주디스는 핸드백에서 휴대 전화를 꺼내 전화를 걸었다.

「주디스.」 타니카가 전화를 받았다.

「잠깐이면 돼요. 살인범이 살인에 골동품 총을 사용했다는 건 맞는 정보인가요?」 주디스는 전화를 건 용건이 마치 휘스트 카드 게임 같은 별 대수롭지 않은 일인 것처럼 물었다.

전화기 건너편에 긴장된 침묵이 흘렀다.

「그건 대체 어떻게 안 거예요?」 타니카가 물었다.

「오, 아주 흥미로운 진전이네요. 고마워요.」 주디스는 이렇게 말하고 전화를 끊었다.

「확인됐어요. 앤디가 벡스에게 말한 대로예요. 살인자는 골동품 권총을 사용했어요.」

세 명의 여성은 서로를 쳐다봤다.

그럼 살인범이 앤디 비숍이었다는 말인가?

그때 주디스의 전화기가 울렸다. 주디스는 전화기를 보고 당황했다. 전화 건 사람도 없는데 어떻게 전화벨이 울리는 거지?

수지는 전화벨 소리가 자신에게서 나는 걸 알아차리고 깜짝 놀라 뒷주머니에서 휴대 전화를 꺼냈다.

「미안해요. 제 예전 고객이에요. 안녕, 브렌다. 잘 지내요?」 수지는 잠시 상대의 말을 듣고 있더니 놀랐다. 「말도 안 돼요!」

그녀는 흥분해서 눈을 반짝이며 얼마간 얘기를 더 들었다.

「알았어요. 5분 안에 갈게요. 고마워요, 브렌다. 당신이 최고예요.」

수지는 전화를 끊고 친구들을 바라봤다.

「브렌다 맥팔레인이에요.」

「브렌다 맥팔레인이 누군데요?」 주디스가 물었다.

「옛날 제 고객이었어요. 몬티라고 하는 코커스패니얼 종을 키웠죠. 그나저나 요점은, 브렌다가 엘리엇 하워드 옆집에 사는데, 내가 그 남자를 좀 살펴보라고 부탁해 놨거든요.」

「그랬어요?」 주디스가 말했다.

「기억나요? 당신이 그에 대해 처음 말했을 때, 내가 그를 감시할 만한 사람을 찾아보겠다고 했었잖아요.」

「그래서 그 사람이 감시해 온 거예요?」

「브렌다는 좋은 사람이에요. 믿어도 돼요.」

「그런데 지금은 왜 전화한 거예요?」

「30분 전에 엘리엇이 정원에 모닥불을 피우기 시작했대요.」

「오, 그게 뭐 그렇게 의심스러운 일인가요?」 벡스가 살짝 실망한 듯 말했다.

「의심스러운 건 그가 지금 태우는 물건이에요.」

「뭔데요?」

「엘리엇이 방금 막 불을 붙인 건 오래된 유화 한 점이래요.」

28

「아무래도 좋은 생각이 아닌 것 같아요. 엘리엇은 경찰이 상대하게 하는 게 좋지 않을까요?」 수지가 낡은 승합차에 친구들을 태우고 빠른 속도로 말로 지역을 달리는 동안 벡스가 말했다.

「그렇게 할 거예요. 하지만 타니카가 메이든헤드에서 말로까지 오려면 10분은 걸리잖아요. 그러니 우리가 먼저 출발해야 해요. 그나저나, 뭐가 문제예요? 당신이 살인범은 앤디 비숍이라면서요.」 수지가 말했다.

「맞아요. 하지만 이건 아닌 것 같아요. 우리는 그저…… 그러니까, 그냥 가정주부일 뿐이잖아요.」

「난 아니에요. 더 빨리 갈 수 없어요?」 주디스가 말했다.

「지금 최대한 빨리 가는 거예요. 꽉 잡아요. 증거물을 다 태우기 전에 도착해야 해요.」 수지는 깜박이도 켜지 않고 바퀴에서 끼익 소리가 날 만큼 빠른 속도로 집시레인을 향해 방향을 틀었다.

집시레인은 한때 말로와 이웃하는 말로보텀이라는 마을을 연결하던 오래된 길이었지만 최근 재개발되면서 양쪽에 주택들이 늘어서게 됐는데, 로터리가 있는 길 끝의 마지막 집은 다른 집들보다 크기가 훨씬 컸다. 원격으로 제어되는 보안 대문과 빽빽한 월계수 울타리가 세워져 있고, 눈에 확 띄는 녹색 아스팔트 포장도로가 밝은 빨간색 벽돌과 대조되는 건물이었다.

이 집이 바로 엘리엇 하워드가 아내 데이지와 사는 곳이었다.

수지의 승합차가 도로 막다른 곳으로 질주해 들어가서 브레이크를 쾅 하고 밟으면서 급정거하자 왼쪽 바퀴가 연석에 부딪히는 소리와 함께 차가 부르르 떨리더니 먼지를 풀풀 내면서 멈췄다.

「어딜 가도 당신 차는 다신 타지 말라고 해줘요.」 벡스가 말했다.

「어떤 게 브렌다 집이에요?」 주디스가 물었다.

「저거요.」 수지가 엘리엇의 저택에서 한 집 건너에 있는 작은 건물을 가리켰다.

세 여성이 그녀의 집으로 바쁘게 다가가자 초롱초롱한 눈빛의 80대 여성이 현관으로 나왔다. 그녀는 세 여성을 집 안으로 들이기 전에 마치 음모를 꾸미는 사람처럼 주변을 살폈다.

「이쪽은 브렌다예요.」 현관 안으로 들어선 수지가 말했다.

「이 집은 꼭 나치 점령 때의 프랑스 분위기가 나네요.」 주디스가 기쁜 마음으로 주변을 둘러보며 말했다. 집 안 곳곳에 레이스 커튼, 골무 등이 전시돼 있는가 하면, 말 장식 같은 것도 벽에 걸려 있었다.「집이 정말 멋지네요.」

「감사해요. 그리고 와줘서 고마워요. 수지. 얼른 위층으로 올라가요. 어서요.」

브렌다는 여성들을 데리고 계단을 올라서 넓은 복도를 지나 어두운 방으로 갔다. 방 안에는 카드와 브리지용 수첩, 연필 등이 놓인 녹색 천 깔린 테이블이 있었다.

「브리지를 하시나 봐요?」 주디스가 물었다.

「네, 당신도 하세요?」

「했었죠. 하지만 언제나 너무 높게 패를 불러서 같이 하는 짝을 화나게 했어요.」

「어떤 방식으로 불렀는데요?」

「사실 별 차이 없었어요. 어차피 항상 스페이드 일곱 장으로 끝나는 것 같았거든요.」

「저기요! 엘리엇 하워드는요?」 수지가 끼어들었다.

「아, 그렇죠, 미안해요.」 브렌다가 창으로 다가가 드리워진 커튼을 살짝 젖혔다.「실은 난 저 사람을 좋아한 적이 없어요. 그 부인도요. 저 사람들은 인사하는 법이 없다니까요. 여기서 보면 저 집 안이 들여다보이는데요, 저 사람들 생활 방식은 뭔가 이상해요. 음악이나 라디오를 절대 듣지 않아요. 집 안에서 즐거움이 전혀 느껴지지 않죠. 그래도 오늘까지는 그럭저럭 멀쩡하다 봐줄 수 있었어요.

별로 보고할 만한 게 없었죠. 그래도 수지 당신이 말한 대로 계속 지켜보고는 있었어요. 그러다 이 방에 올라와서 브리지를 하려고 준비하다가 목격하게 된 거예요. 직접 보는 게 좋겠어요. 어서요, 한번 보세요.」

브렌다가 한쪽으로 물러나자, 다른 세 명이 모두 커튼 사이로 밖을 내다봤다. 2층에 있는 그들의 위치에서 월계수 울타리 너머 길 끝의 커다란 집 정원이 내다보였다.

엘리엇이 혼자서 발치에 작은 모닥불을 피우고 있었다.

태우는 물건은 액자에 끼워진 정사각형의 그림 같아 보였다.

「당신 말이 맞네요! 그림을 태우고 있어요!」 수지가 말했다.

「그렇게 보이더라고요. 수지가 내게 뭔가 이상한 것이 없는지 지켜봐야 한다고 했는데, 그림을 태우는 건 분명 이상한 일이라고 할 수 있죠.」

그녀가 이렇게 말하는 동안 네 명의 여성은 엘리엇이 다시 집 안으로 들어가는 것을 지켜봤다. 그는 그림 몇 개를 더 들고 다시 나타났다.

「그림을 하나만 태우는 게 아닌가 봐요.」 엘리엇이 새로 가져온 그림들을 모닥불에 던져 넣는 걸 보며 주디스가 말했다.

「왜 저 그림들을 다 태우는 걸까요?」 벡스가 물었다.

벡스의 질문에 대해 아무도 답을 하지 못하는 사이, 엘리엇의 집 밖에 경찰차가 도착하고 타니카가 내리는 것이 보였다.

「드디어 나타났네!」 수지가 커튼을 닫고 브렌다에게 돌아섰다. 「귀띔해 줘서 너무 고마워요, 브렌다. 당신이 최고예요.」

타니카가 엘리엇의 집 대문 옆에 있는 벨을 누르자마자 주디스, 수지, 벡스가 밖으로 허둥지둥 나와 그녀를 향해 다가갔다.

「이럴 줄 예상했어야 했는데.」 그녀는 여성들이 오는 걸 보고 말했다.

「우리가 아니었다면 엘리엇이 그림들을 태우는 걸 몰랐을 거 아니에요.」 자신들을 환영하지 않는 듯한 타니카의 태도에 짜증이 난 주디스가 말했다.

「그림들이요? 그림 한 점이라면서요?」 타니카가 날카롭게 물었다.

「지금까지 브렌다의 집에서 지켜보다 왔거든요.」 수지가 말했다.

「브렌다요?」

수지는 브렌다가 창문에서 그들을 내려다보는 것을 가리켰다. 그녀는 창문에서 다정하게 손을 흔들었다.

「그나저나 내가 따질 말이 있는데요. 왜 스테펀과 이크발이 골동품 권총으로 살해됐다는 말을 나한테 안 했어요?」 주디스가 타니카에게 말했다.

「왜냐하면 살인 사건을 조사하는 건 당신이 아니니까요!」 타니카가 말했다. 목소리에 답답함이 묻어났다.

「하지만 우리를 조사에 참여시켰다면 수사가 훨씬 더 많이 진전됐을 거예요.」

「그럴 수도 있죠. 하지만 여러분은 시민입니다. 저는 그렇게 하면 안 되고요. 아주 간단해요.」

「예를 들면, 난 당신에게 〈믿음 ,소망, 그리고 자비〉의 의미를 말해 줄 수 있어요.」 주디스가 타니카의 말을 무시하고 말했다.

「그걸 알고 있었어요?」 그녀가 물었다.

「아마 살인 사건마다 발견된 청동 메달에 새겨진 글귀일 거라고 짐작해요.」

「대체 그걸 어떻게 알았죠?」

「간단한 추론으로요. 스테펀의 시체에 달린 메달에 〈믿음〉이라는 단어가 새겨져 있다고 말해 준 건 당신이었고, 리즈의 시체 옆에 또 다른 메달이 있는 건 내 눈으로 직접 봤고요. 그러니까 당신이 지금 〈믿음, 소망, 그리고 자비〉라는 글귀에 대해 조사 중이라면, 〈믿음〉, 〈소망〉, 〈자비〉가 각 시신에서 발견된 메달에 하나씩 새겨져 있었다는 논리적인 추리가 가능하죠.」

「주디스는 아주 영리해요.」 수지가 타니카에게 보라는 듯이 주디스를 향해 엄지를 치켜들었다.

주디스는 칭찬에 얼굴이 환해졌다.

「좋습니다. 그럼 당신에게 〈믿음, 소망, 자비〉는 무슨 의미인가요?」 타니카가 말했다.

「뭐, 물론 성경 『고린토인들에게 보낸 첫째 편지』에서 나온 말이죠. 하지만 그 뜻 말고도, 실력 있는 십자말풀이 출제자라면 누구나 그게 프리메이슨의 좌우명이기도 하다는 걸 알 거예요.」

「그래요?」

「더 정확히는, 프리메이슨의 세 가지 기본 덕목이죠.」

타니카는 뭐라고 할 말이 없었다.

「그건 정말 유용한 정보네요. 감사합니다.」

「그러니까 누가 프리메이슨의 일원인지 알아내야 할 거예요. 그게 세 건의 살인 사건과 어떻게든 연관돼 있으니까요.」

「네, 알았습니다. 그럴 수도 있겠네요.」

주디스는 두 명의 친구에게 돌아섰다.

「자, 이제 타니카가 자신의 일을 할 수 있도록 해주자고요.」 그녀는 위엄 있는 목소리로 말했다.

세 명의 여성은 방향을 틀어 수지의 낡은 승합차 쪽으로 향했다. 타니카는 수지의 차가 보도에 불법으로 주차돼 있는 것을 발견했다. 그리고 왼편에 긴 머리에 제깅스와 조끼를 입은 완벽한 가정주부, 오른편에 롱 존 실버[37]와 함께 막 항해라도 나가려는 듯한 차림의 튼튼하고 강인한 몸집의 여성을 거느리고 그 둘의 가운데에서 몸통 너비와 키가 비슷한 귀부인이 언제나처럼 회색 망토를 걸친 기묘한 모습을 하고 나란히 걸어가는 모습을 바라봤다.

이보다 더 다채로운 조합을 상상할 수 없는 세 명의 여

37 로버트 루이스 스티븐슨의 소설 『보물섬』에 나오는 해적.

성이 디젤 연기를 뿜는 차량을 타고 사라지는 모습을 보면서 타니카는 미소를 짓지 않을 수 없었다.

경탄스럽다는 듯 고개를 저으며 타니카는 다시 벨을 눌렀다. 여성의 목소리가 스피커에서 흘러나왔다.

「하워드 씨 집입니다.」

「안녕하세요. 저는 타니카 말릭 경사입니다. 들어가도 될까요?」 타니카가 인터폰을 향해 말했다.

29

타니카가 보안 장치가 설치된 대문을 통과해 윤기 흐르는 BMW 두 대를 지나 현관문으로 향하자 엘리엇의 아내 데이지가 마중을 나왔다.

「안녕하세요! 저는 데이지 하워드라고 해요. 뭘 도와드릴까요?」

타니카는 자신을 소개하면서 엘리엇 같은 사람이 첫눈에 봐도 따뜻하고 친절한 이런 여성과 결혼했다는 사실에 놀라워했다.

「남편분과 잠깐 얘기를 나눌 수 있을까요?」

「물론이죠. 들어오세요.」

데이지는 타니카를 자연스럽게 고급스러운 집 안으로 안내했다. 내부는 두꺼운 크림색 카펫, 모더니즘 스타일의 화병, 오래된 유화 등으로 꾸며져 있었다.

「뭐 마실 거 드릴까요?」 데이지가 대리석과 크롬으로 인테리어된 부엌으로 들어서며 물었다.

「괜찮습니다. 감사합니다.」
「진짜 괜찮으세요? 날이 정말 덥네요.」
「먼저 남편분과 얘기를 나누고 싶습니다.」
「제 남편은 무슨 일로 보려고 하세요?」
「경찰 수사와 관련된 사안이라서요.」 타니카는 되도록 친절하게 대답했다.
「그렇다면 엘리엇은 정원에 있을 거예요. 뭔가를 태우는 중이에요. 아주 전형적인 남자죠.」
데이지는 부엌에서 테라스로 이어지는 접이식 문을 가리켰다. 오래된 요크산 판석이 깔린 테라스 밖으로 나가면서 두 여성은 엘리엇이 정원 끝부분 작은 모닥불 옆에 있는 걸 발견했다. 그들은 잠시 조용히 그를 바라봤다.
「두 분은 어떻게 만나셨나요?」 타니카가 물었다.
「런던의 미술 갤러리에서요. 같은 그림을 사려다가 만났죠. 그리고 그는 전형적인 영국인처럼 굴었어요. 아주 센 척했죠. 그런데 저는 그가 친절한 남자라는 것을 알 수 있었어요. 상처 입었지만, 친절한.」 데이지가 그때의 기억을 떠올리며 미소를 지었다.
「남편분이 상처를 입었다고 생각하세요?」
「그는 예술가의 영혼을 지녔어요. 그래서 쉽게 상처를 받죠. 오늘 무슨 일로 엘리엇을 만나러 오셨는지는 모르지만, 그건 그의 잘못이 아니에요. 누군가가 그를 나쁜 길로 몰고 갔기 때문일 거예요. 그는 보이는 것만큼 그렇게 강하지 않아요.」

「그가 곤란한 상황에 처했다고 생각하세요?」

「경찰이 그냥 별거 아닌 일로 이렇게 찾아오진 않을 테니까요.」

타니카는 데이지를 바라봤다. 데이지는 여전히 미소를 짓고 있었지만, 아주 강철 같은 내면도 엿보였다.

데이지에게 고개를 끄덕여 감사 인사를 한 뒤 타니카는 정원으로 나갔다. 엘리엇에게 가까워질수록, 그녀는 주디스와 친구들의 말이 맞았음을 알 수 있었다. 여러 색상으로 칠해진 그림들과 나무 액자가 불에 타고 있었다.

타니카가 다가가자 엘리엇이 돌아봤다. 그녀는 경매 회사 웹사이트에서 엘리엇의 사진을 봤고 전화로도 두 번 얘기를 나눴지만 직접 만난 적은 없었다. 그는 그녀가 상상했던 것보다 훨씬 조용해 보였다. 혹은, 조금 덜 의기양양한 느낌이었다.

「안녕하세요?」 그가 인사했다.

타니카는 자신을 소개하면서 불에 타고 있는 대여섯 점 남짓의 그림을 바라봤다. 그녀는 그림들을 살리려고 불에서 꺼내기 시작했다. 그러다가 그것들이 모두 스테펀의 집에서 본, 액자가 없어진 그림과 유사하다는 것을 눈치챘다.

엘리엇은 한편으로 물러서서 어리둥절한 눈으로 그녀를 지켜봤다.

「지금 뭐 하시는 겁니까?」 그가 물었다.

「당신이 정원에서 그림들을 태우고 있다는 이웃의 제보

를 받고 왔습니다.」

「그게 경찰이 개입할 일인가요?」 엘리엇은 돌아서서 자신의 정원이 내려다보이는 여러 채의 집들을 쳐다봤다. 「빌어먹을 참견쟁이들 같으니.」

「스테펀 던우디가 1988년에 당신이 판매했던 로스코의 작품과 관련한 이유로 살해당했다고 판단할 만한 근거가 있기 때문에, 이건 당연히 경찰이 개입할 문제입니다.」 타니카는 불에서 또 다른 그림을 꺼내서 불붙은 부분을 잔디 위에 털어 냈다. 세 번째 그림은 아직 불이 붙지 않은 상태였기 때문에 그게 여러 빛깔의 한 가지 색, 즉 모두 다른 색감의 오렌지색으로 이루어진 그림임을 알 수 있었다.

「정말 말도 안 되는 소리군요.」 엘리엇이 말했다. 그의 목소리에 거만함이 다시 스며들었지만 타니카는 허풍일 거라 추측했다. 「지금 내가 진짜 로스코 작품에 불을 붙였다고 진심으로 생각하는 건 아니죠? 그 그림들은 수백만 파운드의 가치가 있어요.」

타니카는 새까맣게 탄 나무판자를 자세히 들여다봤다. 얼마 안 된 소나무로 만들어진 것으로, 스테펀의 집에 있던 로스코 그림의 액자에서 나온 것 같아 보이진 않았다. 스테펀의 액자는 모두 오래된 것으로 대부분 금박을 입히거나 화려하게 장식된 것이었다. 사실, 그녀는 그림을 불에서 꺼내 잔디밭에 비벼 끄는 순간, 이미 나무가 모두 요즘 캔버스를 만드는 데 사용되는 저렴한 것들임을 알아챘다. 실제로, 불에서 꺼낸 나무 액자의 모서리 부분에는 천을 프레임에 부착시키기 위해 찍은 현대식 스테이플이 보였다.

「이 그림들은 제 눈에는 로스코의 그림처럼 보이네요.」타니카가 조금도 물러날 생각이 없다는 듯 말했다.

「그거 아주 만족스러운데요. 바로 그런 효과를 노린 것이니까요.」

「그게 무슨 뜻입니까?」

「제가 그린 겁니다. 전부 다.」

「당신이 그렸다고요? 언제요?」

「지난 몇 달간이요. 그림 그리는 건 제가 여가 시간에 하는 취미입니다.」

「당신 부친이 돌아가신 후 스테펀에게 판 로스코의 작품에 대해서 얘기해 주시겠습니까?」

엘리엇은 대답하기 전 잠시 생각에 잠겼다.

「좋습니다. 당신이 스테펀 던우디에 대해서 알아야 할 건 그가 사기꾼이었다는 겁니다.」

「그렇습니까?」

「하지만 저는 아버지가 돌아가셨을 때만 해도 그것을 몰랐습니다. 1988년 당시에는요. 그래서 그에게 아버지의 그림들을 감정해 달라고 맡겼죠. 그리고 그는 아주 잘해 냈습니다. 아니 적어도 그 당시에는 그렇게 느꼈습니다. 하지만 그는 아버지의 그림 중 하나가 위작이라면서 저에게서 그것을 푼돈에 샀고, 한참 후에 로스코의 그림이라고 다시 감정을 받았죠. 저는 정말 상처를 받았습니다. 로스코는 언제나 저의 전문 분야였습니다. 자, 제 그림을 보세요. 이렇게 많은 세월이 흐른 뒤에도 저는 아직도 그에게 집착하고 있습니다.」

「그럼 왜 그림들을 태우셨나요?」

「저는 항상 제 그림들을 없앱니다. 어느 정도 시간이 지나면요.」

「왜요?」

엘리엇은 대답 대신 꺼져 가는 불꽃들을 응시했다.

「왜 당신의 그림들을 태우시나요?」 타니카가 다시 한번 물었다.

「형편없으니까요.」 그가 말했다. 엘리엇은 타니카가 아니라 불한테 말하는 듯했다.

「네?」

「제 그림은 아무런 가치가 없으니까요.」

엘리엇이 너무 조용히 말해서 타니카는 제대로 들었는지 확신할 수가 없었다.

「미술 대학을 다니셨잖아요.」

「미술 대학은 누구나 갈 수 있습니다. 능력만 있으면 됩니다. 그리고 제겐 항상 그런 능력은 있었습니다. 하지만 〈그것〉이 없었죠. 천부적 재능 말입니다. 다른 사람과 다르다고, 특별하다고 말해 주는 것. 뭔가 전할 메시지가 있음을 보여 주는 그런 재능이요.」

타니카는 엘리엇이 훨씬 어릴 때 미대에 합격했지만 그의 아버지가 반대했다는 얘기를 주디스에게 들었던 걸 기억했다.

「더 어릴 때는 어땠나요? 처음 미대에 합격했을 때 말입니다. 그때 당신의 작품은 특별했나요?」

엘리엇은 마침내 불에서 시선을 들어 올렸다.

「그건 평생 알 수 없겠죠.」

처음으로 타니카는 자신이 〈진짜〉 엘리엇 하워드와 얘기하고 있다고 느꼈다. 젠체하지도 않고 거만하지도 않은, 그는 그냥 방황하는 어린 소년 같았다. 물론 〈방황하는 어린 소년〉이라도 살인을 저지를 수 있음을 그녀도 모르는 건 아니었지만. 게다가 스테펀의 집에서 로스코의 그림과 관련된 절도 사건이 발생한 후에, 비록 도난당한 것은 액자뿐이었다 해도 로스코 스타일의 그림들을 그리고 또 태운다는 점은 확실히 의심스러웠다.

「스테펀과 헨리에서 다툰 후에 그의 집에 침입한 적이 있나요?」

「아뇨. 지금 무슨 얘기를 하시는 겁니까?」

「그러면 지난주에 그의 집에 침입한 건 당신인가요?」

「지금 무슨 얘기를 하시려는 건지 모르겠군요. 무슨 침입 말인가요?」

「던우디 씨의 로스코 작품에서 액자를 떼어 갔나요?」

「솔직히 말씀드리자면, 이런 얘기는 지금 처음 듣습니다. 무슨 액자요?」

타니카는 엘리엇의 대답이 진심임을 알 수 있었다. 하지만 그가 침입해서 액자를 훔치지 않았다면 누가 그런 것일까? 그리고 애초에 그 액자는 왜 그렇게 중요한 걸까?

그때 데이지가 손에 휴대 전화를 들고 다가왔다.

「형사님? 그만 나가 주셨으면 좋겠습니다.」 데이지의 목소리에 엘리엇과 타니카가 돌아봤다.

「무슨 일이야, 여보?」 엘리엇이 물었다.

「지금 변호사와 통화 중인데, 당신 질문에 아무런 대답도 할 필요가 없다고 하네요. 변호사가 옆에 없는 경우에는요. 그리고 영장 없이는 경찰이 우리 집에 들어올 수도 없다고요.」

「나는 그냥 형사님의 질문에 대답 중이야.」

「아무 말도 하지 마요.」 데이지가 단호하게 말하고 타니카 쪽으로 고개를 돌렸다. 「이제 제 남편을 특정한 혐의로 기소를 할 게 아니라면, 그리고 영장이 없다면, 지금 당장 가주시죠.」

데이지의 말은 옳았다. 주인의 허락 없이 타니카는 그 집에 머물 수 없었다.

주디스는 데이지를 바라봤다. 그녀에게서는 어떤 의견 차이도 용납하지 않는 결연한 의지가 엿보였다.

타니카는 억지로 미소를 지어 보이며 사과를 한 뒤 정원에서 집으로 들어가려다가, 접이식 문 옆에 잠시 멈춰 엘리엇과 그의 부인을 슬쩍 돌아봤다. 마치 데이지가 남편을 엄하게 질책하는 것처럼 보였다.

대체 저건 무슨 상황이지?

30

이튿날 한 전국 신문에는 세 명을 죽인 살인범이 말로를 활보하고 다닌다는 기사가 1면에 실렸다. 저녁 무렵엔 텔레비전 뉴스에서 주요 기사로 다뤄졌고, 그 순간부터는 마치 국제 언론들이 그 도시를 장악한 것처럼 느껴졌다. 뉴스 위성 방송 승합차들이 줄지어 늘어섰고, 전 세계에서 기자들이 물밀듯 밀려와 주민들을 인터뷰하면서 연쇄 살인범이 활보하고 다니는데 어떻게 일상 생활을 해나가는지 등의 질문을 했다.

그런 뉴스는 사람들을 불안하게 했다. 그래서 시장과 콜린 스탈링 신부와 같은 지역 공동체의 유지들이 직접 나서서 세상과 지역민들을 향해 말로는 주민들이 조화를 이루고 공존하며 살아가는 평화로운 곳이라는 걸 지속적으로 상기시켰다.

한편 주디스는 그 이후 며칠간 자취를 감췄고, 벡스와 수지는 평소의 일상을 따라잡는 시간을 가질 수 있었다.

그러던 월요일 아침, 두 사람은 주디스로부터 전화를 받았다. 그들은 모든 일을 내려놓고 즉시 그녀의 집으로 달려갔다. 주디스가 드디어 돌파구를 마련한 것이었다.

「믿을 수가 없네요.」 벡스와 함께 주디스의 거실에 들어선 수지는 놀라움을 금치 못했다.

녹색 천이 깔린 테이블 위에는 수지가 앤디 비숍의 사무실에서 훔친 파쇄 용지가 놓여 있었는데, 1~2밀리미터 폭으로 파쇄된 그 종잇조각들을 주디스가 최대한 조심히 분리하고 잘 펴서 A4 용지였던 원래 모습에 가깝게 맞춰 놓은 상태였다.

「이걸 다시 원래대로 맞춘 거예요?」 수지만큼 놀란 벡스가 말했다.

「내가 한다고 했잖아요.」 주디스가 말했다.

「하지만 수백 조각도 더 됐을 텐데!」 수지가 말했다.

「맞아요. 그런데 꼭 그림 퍼즐을 맞추는 것 같았어요. 일단 어떤 조각이 정확한 위치를 찾으면, 그건 이제 제자리에 놓이는 조각이 되는 동시에 아직 제자리를 찾지 못한 조각들에서 제외되는 거니까요. 마치 제로섬 게임처럼요.」

「정말 경의를 표하고 싶을 정도예요. 이걸 진짜로 할 수 있을 거라고는 정말 생각지도 못했어요.」 벡스가 서류를 보면서 말했다.

「그럼 말해 봐요. 앤디 비숍이 당신이 떠나자마자 이걸 파쇄할 만큼 중요한 정보가 대체 뭐였어요?」 수지가 열의 띤 표정으로 말했다.

「이건 『볼러시언』의 페이지 일부예요.」

「그게 뭔데요?」

「옛날에 공학이었던 윌리엄 볼러스 경 중등학교의 교지예요.」

「이해가 안 가요. 앤디 비숍이 왜 예전 교지를 파쇄하려고 했을까요?」 벡스가 말했다.

「직접 보면 알 거예요.」

수지와 벡스는 몸을 숙여 테이블 위에 정렬된 종잇조각들을 살펴봤다.

「너무 가까이 다가가면 안 될 것 같아요.」 벡스가 걱정했다.

「걱정 마요. 셀로판지와 풀을 샀어요. 여기에 투자한 시간을 바람에 다 망치고 싶지는 않았거든요. 그래서 종잇조각을 전부 셀로판지에 풀로 붙였으니까 들어서 양쪽 면을 다 볼 수 있어요. 실은 양쪽 면을 다 봐야 해요.」

주디스는 그것을 증명해 보이기 위해 붙인 종이를 들어서 벡스와 수지에게 건넸다. 그들은 그 문서를 꼼꼼히 들여다봤지만 여전히 아무것도 깨닫지 못했다.

「작년 학교 하키 팀에 관한 보고서네요.」 수지가 말했다. 그녀의 말이 맞았다. 그 문서는 지난 시즌 동안 열한 명의 핵심 선수들로 이루어진 남자 팀과 여자 팀의 활약을 각각 다루고 있었다.

「제가 얘기한 것처럼 흥미로운 건 그쪽 면이 아니에요. 뒤집어 봐요.」 주디스가 말했다.

복구된 서류의 다른 면은 그 학교의 동문들에 관한 내용이었다. 동문회 회장의 인사말, 모금 캠페인 소식, 그리고 지난해에 사망한 동창생들의 명단 등이 있었다. 이것 역시 아무런 관련이 없는 내용이었다.

「좋아요. 내가 문제가 있는 것이 아니라면, 이건 그냥 평범한 학교 관련 얘긴데요.」 수지가 말했다.

「그는 대체 이걸 어디서 구했을까요?」 벡스가 물었다.

「좋은 질문이에요. 먼저 나는 이게 그가 받은 학교 교지라고 생각했어요. 그래서 앤디 비숍의 회사 웹사이트에서 그에 관해 찾아봤어요. 그도 볼러스 중등학교를 다녔더군요. 그래서 그에게 매년 학교 교지가 배달된 거예요.」

「그런데 이게 그의 것이 아니라고 생각하는 거예요?」 수지가 물었다.

「좀 더 들여다봐요.」 다른 두 여성은 주디스가 혼자 만족한 채 즐기고 있단 걸 알 수 있었다.

「아무것도 없는데요. 에즈라 해링턴의 이름도 언급되어 있지 않고. 이크발 카삼도요. 그렇게 생각하면, 혹은 스테펀 던우디나 앤디 비숍도요. 어떤 것도 어떤 사람하고도 상관이 없는데요.」

「그러니까 거기에서부터 생각이 잘못된 거예요!」 주디스가 사이드보드로 가서 에즈라의 유언장 사본을 가지고 왔다. 「사실 처음에는 나도 똑같이 생각했거든요. 앤디 비숍이 왜 학교 교지에서 굳이 이 페이지를 파쇄하려고 했는지 이해가 안 됐죠. 그러나 중요한 건 그가 이걸 파쇄했다는 사실 그 자체예요. 분명 이유가 있어야 했어요. 그래서 그 이유를 알아내야 했죠. 모든 각도에서 생각해 보면서요. 그리고 에즈라의 유언장을 봤을 때 무슨 일이 벌어지고 있는지를 깨달았어요. 유언장의 증인 이름을 한번 보세요.」

주디스는 에즈라의 유언장을 펼쳐서 두 사람이 서류 맨 마지막의 서명 부분을 볼 수 있도록 했다. 유언장에 적힌 두 증인의 이름은 스펜서 채프먼과 페이 커였다. 그들의 주소와 함께 말 사육사와 교사라는 직업 또한 명시돼 있었다.

수지가 그 연관성을 먼저 알아냈다.

「말도 안 돼!」 볼러스 중등학교의 교지를 다시 들여다보면서 그녀가 외쳤다.

그녀는 부고란에 적힌 이름들을 손가락으로 짚어 가며 읽었다.

「스펜서 채프먼과 페이 커는 작년에 죽었잖아요!」

「바로 알아차렸네요!」 주디스는 친구가 수수께끼를 풀어냈다는 것에 기뻐했다.

「지금 이제 사실이에요? 에즈라 유언장의 증인을 선 다음에 죽었다는 건가요? 무슨 일이 있었던 거예요?」 수지가 말했다.

「오, 그것보다 더 큰 문제가 있어요. 죽은 날짜를 봐요.」

수지는 손에 들고 있는 종이를 다시 들여다봤다.

「스펜서는 작년 3월에 죽었고, 페이도 마찬가지예요.

그들은 둘 다 3월에 죽었어요.」

「그리고 에즈라의 유언장의 날짜를 봐요.」

벡스는 서명 밑에 적인 날짜를 봤다.

「여기 있네요. 작년 5월 5일이에요. 잠깐만요. 이건 말이 안 되는데.」

「오, 완벽하게 말이 되죠.」 주디스가 말했다.

「어떻게 두 사람 다 죽은 다음에 에즈라 유언장의 증인이 될 수 있었죠?」

「그러니까 그 사람들이 증인을 선 게 아니군요. 이건 그들의 진짜 서명이 아니에요. 앤디 비숍이 위조를 한 거예요.」 수지가 드디어 모든 것을 깨닫고 말했다.

「정확해요! 하지만 그는 혹시라도 나중에 유언장의 증인이 된 적 없다고 나설 만한 사람으로 위조할 위험은 감수하고 싶지 않았던 거예요. 그래서 아주 최근에 죽은 사람들의 이름을 사용한 거죠. 그들의 서명을 위조하고요.」

「그래서 당신을 만난 후에 이 용지를 파쇄한 거군요. 당신이 알아낼까 봐 걱정됐던 거예요.」 수지가 마침내 이해간다는 듯 말했다.

「하지만 에즈라를 어떻게 속일 수 있었을까요?」 벡스가 물었다.

「그건 쉽죠. 에즈라의 유언장 날짜는 그가 죽기 2주 전이에요. 죽어 가기 전에 아주 심한 고통에 시달렸을 거예요. 그럼 모르핀 같은 진통제를 맞아서 정신이 맑지 않았겠죠. 나는 암으로 죽어 가는 사람을 본 적이 있어요. 돌아가시기 전 마지막 2주 동안 고모할머니는 자기 자신도 인지하지 못했고 무슨 요일인지도 몰랐어요. 호스피스에서 맞은 마약 성분의 진통제 때문에 대부분의 시간을 환각 속에서 지냈죠. 혹시라도 내가 그때 뭐든 꿍꿍이가 있었다면 고모할머니에게 어떤 것에든 서명하게 만들 수 있었을 거예요.」 주디스가 말했다.

「앤디 비숍이 에즈라에게 했던 것처럼요.」

「그는 에즈라의 재산 전체를 자신에게 남기는 유언장을 써서 에즈라에게 서명하게 했고, 그걸 서명하는 당시 증인이 있었던 척하려고 나중에 두 증인의 서명을 위조했어요. 그런데 그걸 누가 알 수 있었겠어요?」

「그들의 이름이 1년 후에 『볼러시언』 교지 부고란에 등장할 때까지는 말이에요.」

「그러면 제가 계속 얘기해 왔던 것처럼, 앤디 비숍이 우리가 찾는 살인범이네요. 그래야만 해요.」 벡스가 말했다.

「당신 말이 맞을 가능성은 충분해요. 그래야만 말이 되니까요.」 주디스가 말했다.

「하지만 이크발은 그 위조된 유언장에 대해 어떻게 알게 됐을까요?」 수지가 물었다.

「그것에 관해서는 내가 생각한 게 있어요. 내 생각이 맞다면, 그가 왜 죽었는지도, 그리고 앤디가 그를 죽였다는 것도 설명이 돼요. 잠깐만요.」 주디스가 말했다.

주디스는 휴대 전화를 찾아 집어 들고 전화를 걸었다.

「타니카, 이렇게 전화해도 방해가 안 되는지 모르겠어

요.」 주디스가 말했다.

「전혀요. 별일 없나요?」 타니카가 전화기 건너편에서 말했다.

「별일 없는 것보다 훨씬 좋아요. 그런데 물어볼 게 있어서 전화했어요.」

「좋습니다. 하지만 제가 엘리엇 하워드와 만난 일에 대해서는 물어보면 안 되는 거 아시죠?」

「오, 걱정 말아요. 엘리엇 하워드와는 상관없는 일이니까요.」

「또는 살인 사건에 대해서도요.」

「그게 무슨 말이에요?」

「살인 사건에 관한 얘기도 물어보시면 안 된다고요.」

「내가 왜 그럴 거라고 생각해요?」

「그게 아니라면 왜 저한테 전화를 했겠어요?」

「이크발 카삼이 윌리엄 볼러스 중등학교를 나왔나요?」

「그건 그 사건과 관련된 얘기잖아요.」

「당연히 그 사건과 관련된 얘기죠!」

「그럼 말씀드릴 수 없습니다.」

「그냥 그렇다 아니다만 간단하게 얘기해 줄 수 있잖아요. 아주 중요한 문제일 수 있어서 그래요. 그 사람 거기 나왔죠, 맞죠?」

주디스는 타니카가 대답하기까지 시간이 너무나 길게 느껴졌다.

「그런 정보는 공개적인 정보인 것 같은데요.」 그녀는 마침내 대답했다. 「맞습니다. 카삼 씨의 양친은 말로에서 1년 정도를 지냈고 그때 카삼 씨는 열두 살이었어요. 그는 당시 볼러스 중등학교에서 7학년을 다녔습니다. 그래서 양친이 돌아가신 후 그가 다시 여기 와서 살게 된 것 같아요. 말로와 인연이 있었으니까요.」

「그러면 당신은 지금 카삼 씨의 집으로 빨리 가야 해요. 그리고 열심히 찾아보면 최근 『볼러시언』 교지의 최근 호를 찾을 수 있을 거예요. 그리고 정확히 한 면, 그러니까 74면이 뜯겨 있을 테고요.」

「저보고 지금 그걸 찾으러 가라고요?」 타니카가 물었다.

「그게 앤디 비숍이 에즈라 해링턴의 유언장을 위조한 증거예요. 거기에는 에즈라의 유언장 증인이었던 사람들이 유언장 날짜보다 한 달 이르게 죽은 걸로 나와 있어요.」

「앤디 비숍이 증인의 서명을 위조했다뇨?」

「맞아요. 앤디 입장에서 보면 운이 나빴죠. 왜냐하면 그가 선택한 두 사람 다 볼러스 중등학교를 다녔으니까요. 사실 그건 놀랄 일이 아니죠. 이 도시에는 지역 학교가 단 두 곳뿐이고, 말로에 살던 사람들의 50퍼센트는 볼러스에 다녔을 테니까요. 그런데 유언장을 위조하는 데 성공하고 1년 뒤 앤디가 에즈라의 집을 팔아서 65만 파운드를 챙기려고 할 때, 그는 자신이 선택한 두 명의 증인이 최근에 나온 교지의 부고란에 실릴 거라고는 전혀 생각하지 못했어요. 그리고 유언장에 적힌 것보다 한 달 빨리 죽은 날짜까지 실릴 거라는 사실도요. 앤디에게 또 불리했던 점은, 이크발도 그 학교를 다녔기 때문에 그 교지가 그에게도 한 권 배달됐다는 사실이에요.

그다음에 일어난 일에 대해서는…… 우리가 정확히 알 수는 없겠죠. 하지만 이크발이 그 교지를 배달받았을 때 아무 생각 없이 훑어보다가 에즈라의 유언장에 서명받은 증인 두 사람이 이미 사망한 상태였음을 발견할 가능성은 충분히 상상할 수 있어요. 생각해 봐요. 이크발은 이미 뭔가 불법적인 행위가 있었을 거라고 의심하고 있었으니까요. 에즈라는 그에게 자신의 재산을 남기겠다고 약속했는데, 마지막 순간에 자기 변호사에게 남겼잖아요. 그리고 1년이 지난 후, 에즈라 유언장의 증인이었던 두 사람이 이미 그 시점에 사망한 상태였다는 확실한 증거를 이크발이 손에 넣게 된 거죠.

그럼 이크발은 뭘 어떻게 했을까요? 음, 나는 그가 분명 앤디에게 연락을 했을 거라고 생각해요. 그가 저지른 범죄에 대해 안다면서요. 그런 다음은 어떻게 됐을까요? 앤디가 에즈라에게 받은 돈을 이크발의 입을 다물게 하기 위해 나누자고 제안했을까요? 아니면 모든 것을 부정했을까요? 누가 알겠어요? 하지만 우리가 아는 건 앤디에게 이크발이 죽기를 바랄 만한 아주 강력하고 확실하면서 명명백백한 동기가 있었다는 거예요. 그는 이크발의 입을 막기 위해 그를 죽여야 했어요. 에즈라를 속여서 얻은 65만 파운드를 지키기 위해서 말이죠.」

「좋습니다. 잠시 몇 초간 생각할 시간을 주세요, 주디스. 한 번에 이해하기에는 너무 많은 내용이네요. 이 모든 게 정말인가요?」

「1백 퍼센트 확실해요. 엘리엇 하워드는 잊어버려요. 그의 거만한 태도나 모닥불도요. 그가 스테펀에게 어떤 불만을 가졌든 아무 상관이 없어요. 왜냐하면 앤디 비숍이 살인범이니까요. 그편이 말이 되는 게, 각 시신에서 발견된 메달들을 생각해 봐요. 내가 얘기한 것처럼 〈믿음, 소망, 자비〉는 프리메이슨의 좌우명이에요. 그리고 그 웃기는 악수 단체[38]의 일원이 아닌데도 그가 지역 변호사로서 두드러진 입지를 얻을 수 있었다면, 그게 더 놀라운 일일 거예요. 게다가, 그는 스테펀이 총에 맞았다는 것뿐만 아니라 골동품 총이 사용됐다는 것까지도 자기도 모르게 벡스에게 말했어요. 그가 살인범이 아니라면 그걸 어떻게 알았겠어요? 그를 당장 체포해야 해요.」

「정말 놀랍네요. 정말이요. 그런데 유일한 문제는 앤디 비숍은 이크발 카삼을 죽이지 않았다는 거예요.」

「분명히 그가 그랬을 거예요. 내가 설명했잖아요.」

「그는 아니에요. 실은, 이크발이 살해당했을 때 그는 국내에 없었어요. 몰타에 있었어요.」

주디스는 방금 제대로 들었는지 믿을 수 없었다.

「다시 말해 줄래요?」

「당신한테 그에 대한 얘기를 듣고 수사 팀에게 앤디를 조사하도록 시켰어요. 그리고 영국 국경 출입국 사무소와

38 프리메이슨에는 특별한 비밀 악수법이 있는 것으로 알려져 있다.

몰타 이민국 양쪽에서 접수한 정보에 의하면, 앤디 비숍은 이크발 카삼이 살해됐을 때 2주의 연례 휴가 중 마지막 기간을 몰타에서 보냈어요. 그 말은 스테펀 던우디가 죽었을 때도 그는 몰타에 있었다는 얘기예요.」

「이 모든 사건들이 일어나는 동안 2주의 휴가를 보내고 있었다고요?」

「그래요, 주디스. 당시 그는 1천 킬로미터 떨어진 곳에 있었어요. 따라서 그가 살인범이 될 수는 없어요.」

주디스는 말문이 막혔다. 앤디가 처음 두 살인 사건이 있었을 때 국내에 없었다면, 그가 저지른 일이 아니므로 이크발을 죽일 동기가 아무리 강하다 해도 상관이 없었다. 리즈 커티스의 살인에 관해서는, 그가 범인일 가능성이 여전히 있었다. 앤디 비숍이 그날 아침 회사에 나타나기 전에 재빨리 행동을 했다면 말이다. 하지만 그가 처음 두 살인을 하지 않았다면 세 번째 살인을 왜 했겠는가? 게다가 앤디 비숍과 리즈 커티스와의 연관성은 아직도 찾지 못한 상태라 그것은 더더욱 말이 되지 않았다.

주디스는 모든 것이 다시 원점으로 돌아갔음을 깨달았다. 그들은 이미 엘리엇 하워드를 용의선상에서 제외시켰고, 이제는 앤디 비숍도 제외시킬 수밖에 없었다. 두 사람이 한 짓이 아니라면, 대체 누가 스테펀 던우디와 이크발 카삼, 리즈 커티스를 죽였을까?

그리고 왜? 그들이 죽어야만 했던, 그 세 희생자 간의 연결점은 대체 무엇일까?

31

주디스와 친구들이 의기소침한 상태이긴 했지만, 사실 그건 타니카도 마찬가지였다. 안타깝게도 리즈 커티스의 살인 사건에 더해 국제적인 언론에 지속적으로 노출되기까지 하다 보니 그녀와 사건 전담 팀은 잔뜩 기가 죽은 상태였다. 타니카처럼 경험이 부족한 경찰관이 이렇게 공개적으로 알려진 세 건의 살인 사건을 제대로 이끌어 나갈 방법은 없었다. 경찰서장은 지역 범죄 위원회에 요청해서 경험 많은 수사관을 기용해 수사 팀을 이끌 거라고 했지만, 그 일을 조정하는 데는 시간이 걸렸다.

당분간은 타니카 혼자 팀을 이끌어야 했다.

더 큰 문제는, 현재 상황이 그녀의 역량을 넘어섰단 걸 팀원들이 알고 있다는 사실이었다. 타니카가 그 일에 적합하지 않다는 의미는 아니었다. 전혀 그렇지 않았다. 사실 그녀의 근면함과 모든 것을 〈원칙대로〉 해나가고자 하는 열정 덕택에 팀원들은 정확히 무엇을 해야 하고 또 언제 해야 하는지를 잘 알고 있었다. 따라서 단순하게 보면, 이번 사건은 그녀가 모든 것을 통제하고 관리하기에 너무 일이 많은 게 문제였을뿐이었다.

타니카는 그녀가 보지 않는 줄 알고 몰래 팀원들이 자신을 힐금거릴 때, 그리고 그녀가 나타나면 하던 대화를 멈추는 순간순간에 그 사실을 느꼈다. 팀원들은 그녀에 대한 신뢰를 잃어 가고 있었다.

「지금 뭔가 확실하게 수사 중인 단서가 있나?」 경찰서장이 그의 사무실에서 타니카와 일일 회의를 하며 물었다.

「어떤 사건에 대해서 말인가요, 서장님?」 타니카가 되물었다.

서장이 꼿꼿하지 않은 자세와 총기 없는 표정의 타니카를 본 것은 오늘이 처음이었다. 그녀는 지쳐 보였다.

「리즈 커티스 건 말이야.」

「솔직히 말씀드리겠습니다, 서장님. 아직 아무것도 밝혀진 게 없습니다.」

「아무것도?」

「단서도, 증인도, 동기도요.」

「그 사람 남편은?」

「그녀가 살해된 시각에 남편이 노팅엄 외곽의 길가에 있는 걸 본 목격자가 여럿 있습니다. 그의 일상에 대해서도 철저히 조사해 봤지만 이메일, 문자, 메시지든 뭐든, 스테펀 던우디나 이크발 카삼과는 아무런 연관성도 찾지 못했습니다.

「그럼 그는 총을 쏜 사람이 아니라는 거지?」
「가능성이 전혀 없습니다.」
「그럼 리즈 커티스를 죽인 살해 도구는?」
「총기 관련 보고서에 따르면, 이크발 카삼과 스테펀 던우디를 죽인 루거 권총과 정확히 같은 총입니다.」
「그럼 언론이 맞았네? 연쇄 살인범이 돌아다니고 있다는 기사 말이야.」
「그렇습니다.」
「이 말로에서 말이지?」
「그렇습니다. 말로에서요.」
타니카의 상사는 그녀가 얼마나 갈피를 못 잡고 있는지 알 수 있었다. 그는 예전에 살인 사건을 담당했던 때의 자신을 아직도 잘 기억하고 있었다. 수사를 진행하다 보면 그 모든 일에 압도당하게 되기 마련이었다. 그럼에도 어떻게든 사건을 해결해야 했다.
「말릭 경사, 적어도 이 사건 중 하나, 어쩌면 세 사건 모두를 지휘할 더 경험 많은 수사관이 파견될 때까지는 자네가 더 노력하는 수밖에 없겠지.」 그리고 왠지 불길하게 다음과 같이 덧붙였다. 「주어진 권한과 능력 안에서 수사를 진전시키기 위해서 가능한 모든 걸 다 해보게.」
「알겠습니다.」
「자네에게 주어진 권한과 능력을 총동원하라고. 알아들었나?」
타니카는 고개를 끄덕였다. 그녀는 상사의 속뜻을 확실

히 간파했다.

타니카는 상사와 회의를 마친 후 곧바로 사건 수사실로 들어가지 않았다. 대신 신선한 공기를 마시러 건물 뒤쪽의 비상구로 빠져나갔다. 비록 경찰서 건물 뒤편은 고속도로에 인접해 있었기 때문에 신선한 공기를 마신다는 게 그리 쉬운 일은 아니었지만.

자동차와 트럭이 휙휙 지나가는 것을 보며, 그녀는 현재 느끼는 좌절감을 잠시 인정하는 시간을 가졌다. 그녀는 마치 상사가 자신을 실패로 이끄는 것처럼 느껴졌다. 그게 아니라면, 적어도 그녀가 일을 망쳤을 경우 본인에겐 피해가 가지 않도록 몸을 사리는 것 같았다.

〈수사를 진전시키기 위해 모든 능력을 총동원하라니.〉

타니카는 이미 할 수 있는 모든 최선을 다하고 있었다. 문제는 돈이었다. 그녀가 이끄는 팀은 규모가 충분하지 않았다. 예산 역시 마찬가지였다. 하지만 여러 해에 걸친 정부의 예산 삭감은 경찰력을 능력 이상으로, 거의 붕괴 직전까지 몰아붙이고 있었다. 그것이 호킨스 경위가 병가 중인데도 그를 대신할 또 다른 경위 직급의 수사관이 없는 이유였다. 그리고 타니카는 바로 그게 경찰서장이 사건을 도와줄 수사관을 아직까지 임시 투입하지 못한 이유라고 의심하고 있었다. 그는 상당한 추가 비용이 메이든헤드 예산에서 지출되지 않도록 하기 위해 노력 중이었던 것이다.

그리고 무엇보다도, 타니카의 남편인 새밀은 그녀가 집

에 있는 시간이 거의 없다는 이유로 점점 더 짜증을 내기 시작했다. 아내의 일이 아주 중요하다는 걸 알고, 필요한 지원을 해주려고 노력은 하고 있었지만 새밀이 종종 주장하는 것처럼, 그 역시 자신의 꿈이 있었다. 언제나 디제이를 꿈꿨던 그에게 집에서 자식을 돌봐야 하는 역할은 특히 주말에 늦게 나가 일해야 하는 직업 특성상 방해가 됐다. 새밀은 지난 20년 이상 유의미한 진전을 이루거나 한 푼이라도 돈을 벌어 오거나 하지 못했는데도 계속 한 가지 꿈을 좇았다. 타니카는 그걸 두고 얘기하기를 이미 오래전에 그만뒀다.

하지만 무엇보다 그녀의 마음을 아프게 한 것은, 매일 아침 딸 섄티가 오늘 저녁에는 자기 전에 돌아와 동화책을 읽어 줄 수 있는지 물으면서 짓는 표정이었다. 지난주에는 더 마음이 아팠던 이유가, 섄티가 아예 묻는 것을 그만뒀기 때문이었다. 섄티는 이미 엄마의 대답을 알았던 것이다.

그리고 타니카는 집에서의 모든 책임 외에도, 자신의 아버지를 혼자 돌봐야 했다. 도움을 제공할 충분한 능력이 있는 두 형제가 있는데도 그들은 도우려고 하지 않았다. 노골적으로 그건 〈여자가 해야 할 일〉이라고 말하진 않았지만, 사실 그들은 굳이 그렇게 말할 필요가 없었다. 그건 아버지가 항상 주장하던 것이었기 때문이다. 그는 타니카의 어머니가 사망한 후 그의 음식, 운전, 사회적으로 필요한 도움, 청소와 세탁은 무조건 딸의 의무라고 여졌다.

타니카는 주먹을 꽉 쥐고 눈을 감은 뒤 속으로 비명을 질렀다. 그녀는 최선을 다하고 싶었고, 좋은 경찰이자 좋은 아내, 좋은 엄마, 좋은 딸이 되고 싶었고, 세 살인 사건에도 정의를 구현하고 싶었지만 그녀가 할 수 있는 일은 없었다.

〈사실 그건 전적인 진실은 아니지 않아?〉 타니카는 이렇게 생각했다. 그녀 스스로 최선을 다한 건 맞지만, 그럼에도 〈믿음, 소망, 자비〉가 프리메이슨의 좌우명이라고 말했던 주디스의 말이 계속 생각났다. 그리고 타니카가 조금 더 일찍 말해 줬더라면 주디스는 그게 무슨 의미인지 더 빨리 알려 줄 수 있었을 것이다.

그녀는 순간 번뜩 떠오른 아이디어에 스스로 놀라 눈을 떴다.

그다지 합리적인 아이디어는 아니었다. 〈원칙대로〉 일을 처리하는 방식도 아니었다. 하지만 경찰서장이 사건을 해결하기 위해 권한과 능력을 최대한 동원하라고 말했고, 아직 그녀가 완전히 활용하지 않은 자원이 하나 남았다는 사실에는 의심의 여지가 없었다. 스테펀 던우디의 살인 사건이 난 이후 지속적으로 확고한 단서를 제공해 온 자원 말이다.

타니카는 마음이 바뀌기 전에 전화를 걸었다.

「여보세요? 무슨 새로운 소식이라도 있어요?」 주디스가 전화를 받았다.

「그렇게 말해도 될 것 같아요.」 타니카는 미소를 머금은 목소리로 말했다.

「오, 그래요? 무슨 소식인데요?」

타니카는 숨을 깊이 들이쉬고 자신이 입 밖에 꺼내리라고 전혀 예상치 못했던 문장을 소리 내어 말했다.

「주디스 포츠 씨. 당신을 수사에 참여시킬까 해요.」

32

타니카는 메이든헤드 경찰서에서 주디스, 수지, 벡스와 만났다.

「나는 아직도 이해가 안 가요.」 타니카가 통행증을 나눠 주자 벡스가 말했다.

「여러분이 시민 조언자로서 저희 수사 팀에 합류해 주기를 요청드리는 바입니다. 시간이 되신다면요.」

「오, 시간은 당연히 되죠.」 주디스가 통행증을 목에 걸면서 말했다.

「혹시 돈도 주나요?」 수지가 물었다.

「죄송하지만 그런 건 없습니다. 충분히 예상하시겠지만 자금이 넉넉했다면 이런 부탁을 드리지는 않았을 겁니다. 하지만 상급 수사관이 해야 할 일 중 하나는, 도움이 될 거라고 판단되는 전문성을 가진 민간인을 동원하는 것입니다.」

「그럼 규정에도 어긋나지 않는 거 맞죠?」 눈썹을 치켜

올리며 주디스가 물었다.

「걱정 마세요.」 타니카는 주디스가 자신을 놀린다는 걸 알면서 대답했다. 「블랙스톤의 『상급 수사관 지침서』를 살펴봤는데요. 이건 모두 정당한 방식입니다. 그리고 돈을 아끼는 하나의 방법이기도 하고요. 필요할 때 민간인 전문가를 영입하는 것 말이죠.」

「하지만 전 아무런 전문적인 능력이 없는데요.」 벡스가 말했다.

「전혀 그렇지 않습니다. 이제까지 이 세 사건 중 어느 하나라도, 또 조금이라도 진전을 이뤄 낸 건 세 분뿐이에요. 진심으로 충분한 능력이 있다고 생각합니다.」

「그럼 사건 관련 서류에 접근할 수 있는 권한도 있나요?」 주디스가 잔뜩 기대를 가지고 물었다.

「물론입니다.」

「감식 보고서, 탄도 분석, 증인 진술서 모조리 다요?」

「네.」

「그럼 어서 갖다주세요.」

「한 가지만 더 말씀드릴게요. 사실 이건 제 원래의 수사 방식에 비하면 상당히 특이한 경우이긴 합니다.」 타니카가 덧붙였다.

「아마 내 말을 들으면 더 그럴걸요. 난 전과가 있거든요.」 수지가 가볍게 말했다.

모두가 놀라 수지를 바라봤다.

「정말이에요?」 벡스가 물었다.

「그렇게 심각한 건 아니에요. 그냥 사기 정도.」
「사기가 심각한 게 아니에요?」
「결국은 집행 유예로 풀려났어요. 그것도 이젠 모두 소멸됐고요.」
「저라면 그런 건 비밀로 하겠어요. 어쨌든 중요한 건, 우리 수사 팀은 민간인 세 명이 팀에 합류한 걸 썩 반기지는 않을 거란 겁니다. 그렇다고 그들에게 어떤 선택권이 있는 건 아니지만요. 하지만 어느 정도 반발이 있어도 놀라지 마세요.」
타니카의 말은 틀리지 않았다.
그녀가 주디스, 수지, 벡스를 사건 전담 수사실로 데리고 갔을 때, 다른 경찰관들은 그들을 면밀히 관찰하는 듯한 시선을 보냈다. 이 외부인들은 누구야? 이 〈여자들〉은 뭐야? 주디스는 턱을 치켜들었고, 벡스는 눈을 내리깔았으며, 수지는 그들 모두와 싸울 듯이 같이 노려봤다.
타니카는 세 여성을 분리된 작은 회의실로 데리고 갔다.
「좋습니다. 여기가 여러분 방입니다. 필요한 것이 있으면 뭐든지 물어보세요. 그럼 팀원들에게 가져다드리라고 하겠습니다.」
「그러면 세 사건에 관한 모든 자료를 갖다주세요.」
「정보 관리자에게 서류를 가져오라고 하겠습니다.」
「정말요? 그렇게 간단히요?」 벡스가 놀라서 물었다.
「그런데 가시기 전에, 세 가지 질문이 있어요. 먼저, 스테펀의 집에 있는 로스코 작품을 확인하셨나요? 그 액자

없는 그림이요.」 주디스가 물었다.

「당신이 말했던 것처럼 전문가에게 감정을 받아봤는데, 진품이라고 하더군요.」

「위작이 아니고요?」

「붓의 터치, 색감, 재료의 노화 등 모든 부분에서 로스코의 진짜 작품이라는 게 확인된다고 했습니다.」

「그렇다면 정말 흥미로운데요.」

「그럼 수십만 파운드에 달하는 로스코의 진짜 그림에서 왜 돈도 안 되는 액자만 훔친 걸까요? 그게 유일하게 아무런 가치가 없는 부분인데.」 수지가 물었다.

주디스는 수지의 질문을 무시했다.

「그러면 살인범이 사용한 골동품 권총이 어떤 종류인지 말해 줄 수 있어요?」

타니카는 마침내 주디스에게 모든 걸 공개할 수 있다는 생각에 미소를 지었다.

「제2차 세계 대전에서 사용됐던 독일제 루거입니다.」

「살인범은 왜 독일제 권총을 사용했을까요?」 수지가 물었다.

「그건 세 분이 저에게 말해 줄 수 있는 부분이면 좋겠군요.」 타니카가 말했다.

「그럼 저도 질문이 있어요. 주디스가 말한 그 메달은 무슨 상관이 있는 거예요?」 벡스가 물었다.

「주디스 씨의 추측이 맞았던 것 같습니다. 이제껏 그랬던 것처럼요. 살인범은 각 살인 사건 현장에 메달을 하나씩 남겼어요. 첫 번째는 〈믿음〉이란 말이 새겨져 있었고, 두 번째와 세 번째는 각각 〈소망〉과 〈자비〉라고 새겨져 있었습니다.」

「그게 뭘까요?」

「아마 경찰에게 남긴 메시지 같은 걸 거예요.」 주디스가 타니카에게 말했다.

「저도 그렇게 생각하고 있습니다.」 타니카가 동의했다.

「왜 그렇게 생각하세요?」 벡스가 물었다.

「그건 당연하죠. 피해자들이 살해된 다음 그 모든 살인 사건 현장을 볼 대상이 또 누가 있겠어요? 그리고 또 제가 눈치챌 수밖에 없었던 게 뭔지 알아요? 네 번째 문구가 없다는 거예요. 단지 〈믿음, 소망, 자비〉뿐이죠. 세 단어, 그리고 세 구의 시체. 그러니 살인범은 경찰에게 말하고 있는 거예요. 이제 끝났다고.」 주디스가 말했다.

「저도 그러길 바라고 있습니다.」 타니카가 동의했다.

「하지만 프리메이슨에서 유래한 단어라는 것에 또 다른 의미가 있다고 봐요. 앤디 비숍이 프리메이슨인지 확인했나요?」

「아직요. 그동안 너무 바빴습니다. 하지만 이제 곧 사람을 시켜 알아보겠습니다.」

타니카는 방을 나가려고 몸을 돌렸지만, 문턱에 다다랐을 때 갑자기 그 자리에 멈췄다.

「그런데 질문이 세 가지 있다고 하셨잖아요.」

주디스가 미소를 지었다.

「이크발의 집에서 『볼러시언』 교지를 찾으셨나요?」

「진심으로 하신 말씀이었어요?」

「그의 집에 사람을 보낼 수 있어요? 거기에 가면 가장 최근 호를 찾을 수 있을 거예요. 그리고 74면이 뜯겨 나갔을 거라고 확신해요.」

타니카는 주디스와 다른 두 여성을 바라봤다. 하지만 둘 다 동일하게 열의에 찬 눈빛으로 타니카를 바라볼 뿐이었다. 그녀는 주디스 포츠의 강력한 기운에 굴복해 한숨을 쉬었다.

「잘 알겠습니다. 경찰관을 보내 확인해 보도록 하겠습니다.」 그녀는 회의실을 나가 문을 닫았다.

셋만 남게 되자 수지는 완전히 놀란 눈으로 다른 두 사람을 바라봤다.

「젠장, 우리 지금 여기서 뭐 하는 거죠?」

「쉿! 여기에선 욕하면 안 돼요. 여긴 경찰서잖아요.」 벡스가 질겁했다.

수지는 벡스의 말을 듣지도 않고 휴대 전화를 꺼내 화면을 눌러 댔다.

「있잖아요, 나 당신이 한 조언대로 했어요, 주디스. 에이미와 다시 연락을 시작했어요. 내가 한 것 중 가장 잘한 일 같아요. 안녕, 에이미.」 그녀는 휴대 전화의 화면을 바라보며 말했다. 「내가 지금 어디 있는지 아니?」

수지는 휴대 전화를 두 사람에게 돌려 보여 줬다. 벡스와 주디스는 수지가 이미 영상 통화를 시작한 것을 알게 됐다.

「거기가 어딘데요, 엄마?」 휴대 전화의 스피커를 통해 목소리가 들렸다.

「엄만 지금 메이든헤드 경찰서에 와 있어!」

「이번엔 또 무슨 일을 저지른 거예요?」

「그런 거 아니야! 경찰이 나한테 도움이 필요하대. 이게 믿기니? 그리고 이 두 사람은 내 친구들이야, 주디스와 벡스. 자, 어서 인사해요.」 수지는 벡스와 주디스가 보이도록 화면을 맞췄다.

벡스와 주디스는 수지의 딸에게 어색하게 손을 흔들었다. 바로 그때 문이 열리고 경찰관이 서류로 꽉 차 부풀어 오른 종이 파일 세 권을 들고 들어왔다.

「세상에, 진짜 빌어먹을 경찰이네!」 수지 딸의 목소리가 휴대 전화에서 소리쳤다.

수지조차 당황한 기색이 역력했다.

「당연히 경찰이지! 내가 말했잖아. 지금 경찰서에 있다고.」 그녀는 휴대 전화에 대고 큰 소리로 속삭였다.

경찰관은 억지 미소를 지으면서 서류를 테이블 위에 놓고 방을 나갔다.

그녀가 나가자 수지가 말했다. 「뭐야, 방금 그 사람 태도 진짜 뻣뻣하지 않았어요? 무슨 막대기 꽂은 줄 알았네, 안 그래요?」 그리고 수지는 딸에게 나중에 얘기하자며 전화를 끊었다. 「자, 이제 어떻게 하면 좋을까요?」 수지가 오래된 차의 엔진 덮개를 열려고 하는 정비사처럼 두 손을 비볐다.

「일단 욕이랑 영상 통화는 자제했으면 좋겠어요.」 벡스가 말했다.

「각각 사건을 하나씩 맡아서 살펴보는 게 어떨까요?」 주디스가 밝게 말했다.

「좋은 생각이에요. 괜찮다면 저는 리즈 커티스를 맡을게요. 제가 좀 아니까요.」 벡스가 말했다.

「그럼 난 스테펀 던우디 사건 파일을 맡을게요.」 주디스가 말했다.

「그럼 난 이크발이 남네요. 어차피 그 사건을 맡고 싶긴 했어요.」 수지가 말했다.

세 명은 테이블에 자리를 잡고 앉아 각자 맡은 서류를 넘기기 시작했다.

「제가 지금 뭘 원하는지 아세요? 아주 좋은 차 한 잔이요.」 수지가 일을 거의 시작하자마자 말했다.

「오, 괜찮은 생각이에요.」 주디스가 말했다.

「제가 가져올게요.」 벡스가 자리에서 일어나 방을 나갔다. 몇 분 후 그녀는 비스킷이 담긴 작은 접시와 차 세 잔을 들고 돌아왔다.

「와, 너무 좋네요.」 주디스가 말하고 모두 비스킷과 차와 함께 다시 서류에 집중하려고 했다.

「그럼 이제 뭘 살펴봐야 할까요?」 수지가 물었다.

「일단은, 증인 진술서나 감식 보고서 같은 서류에 익숙해져야 한다고 생각해요. 하지만 우리가 정말 찾아봐야 할 건 세 희생자 사이의 연관성이에요. 그들의 죽음은 반드시 연결돼 있어야 하니까요. 셋 모두 13일 사이에 살해됐어요. 그 연관성이 무엇인지 찾아낸다면 살인범이 누군지 알아낼 수 있을 거예요.」

「그런데 왜 엘리엇 하워드와 앤디 비숍에는 초점을 맞추지 않아요?」 수지가 물었다.

「그건 좀 혼란을 줄 것 같아요. 적어도 당장은요.」 주디스가 덧붙였다.

「어째서요?」

「그 두 사람에 대해 생각하려고 할 때마다 왠지 자꾸 더 꼬이는 듯한 느낌이 들거든요. 그리고 비숍은 스테펀이나 이크발을 죽일 수가 없었어요. 두 사람이 죽었을 때 다른 나라에 가 있었으니까요. 그래서 그는 그 사건에 관해서는 무고하다고 볼 수 있어요. 비록 그에게 이크발이 죽기를 원했던 동기가 아주 컸어도 말이에요. 그리고 엘리엇 역시 그들을 죽였을 가능성이 없어요. 엘리엇도 자신에게서 로스코 그림을 훔쳐 간 스테펀을 오랫동안 증오했지만요. 엘리엇이 무슨 방법으로든 성가대 연습 전에 그를 죽였고, 내가 그날 밤 8시 직후에 들은 총성이 일부러 연출된 게 아니라면 말이죠. 내 생각에 그건 거의 불가능한 일이에요. 그리고 엘리엇이 이크발 카삼이나 리즈 커티스를 왜 죽이려고 했는지에 대해서는, 글쎄요, 그것 역시 거의 가능성이 없어요. 리즈 커티스의 사망 시각에 엘리엇이 경매에 참석하고 있었기 때문에 그녀를 죽일 수 없다는 사실을 무시한다고 해도요.」

「하지만 둘 중 하나는 범인이어야 해요.」 벡스가 말했다.

「나도 그 점에는 동의해요. 비유적으로 말하자면, 그들의 지문이 모든 살인 사건에 온통 도배돼 있으니까요.」 주디스가 말했다.

「어쩌면 다른 누군가가 그들을 함정에 빠뜨렸을 수도 있을까요?」 수지가 말했다.

「그런데 리즈 커티스는 아니잖아요, 그렇지 않아요?」 벡스가 서류를 들어 올리며 말했다.

「그게 무슨 말이에요?」 주디스가 물었다.

「앤디 비숍과 이크발, 그리고 엘리엇 하워드와 스테펀 사이의 연관성은 찾았지만, 두 사람 중 어느 쪽도 리즈 커티스와 연관된 흔적은 아직 아무것도 찾지 못했잖아요.」

「그게 정확히 제가 말하려는 요점이에요.」 주디스가 동의했다. 「우리는 앤디 비숍과 엘리엇 하워드에 대해서는 단지 추리만 하고 있어요. 반면 희생자들에 대해서는 아니에요. 우리는 그들이 살해당했다는 사실을 〈알아요〉. 그들의 죽음이 서로 연관돼 있다는 사실도 〈알고요〉. 그래서 우리가 그 연관성을 찾으려고 노력해야 한다고 봐요.」

「아무것도 없어요! 지역 미술품 판매자, 택시 운전사, 그리고 조정 센터의 주인을 연결하는 건 아무것도 없어요.」 수지가 말했다.

「그렇지 않아요. 그들 사이에 〈뭐라도〉 연관된 게 있을 거예요. 아니면 살해당하지 않았을 테니까요. 어떻게든 그게 무엇인지를 발견해야 해요.」

「당신 말을 듣고 보니 재미있는 게 있어요.」 벡스가 자신의 파일에 들어 있는 보고서를 가리켰다. 「여기에 이크발이 이곳에서 태웠던 모든 고객들의 명단이 있어요. 그런데 봐요, 그는 엘리엇 하워드는 한 번도 태운 적이 없어요. 앤디 비숍도 마찬가지예요. 스테펀 던우디도 그렇고요. 하지만 리즈 커티스를 태운 적은 있어요. 그녀가 죽기 2주 전에요. 15파운드를 냈다고 적혀 있어요.」

「그러니까 그게 〈정확히〉 제가 말하려는 거예요.」 주디스가 흥분하며 말했다. 「리즈의 남편 대니가 말하길 아내가 이크발의 택시를 탔다고 했고, 그 증거가 바로 거기 있잖아요. 리즈는 죽기 2주 전에 이크발을 만났어요. 그리고 우리는 그녀가 스테펀이 운영하던 미술 갤러리에 자주 들렀다는 것도 알아요. 그러니까 그게 바로 세 사람 사이의 확실하고도 직접적인 연관성이에요. 리즈가 두 희생자를 알고 있다는 사실이요.」

「비록 리즈의 남편은 그게 그리 놀랄 일은 아니라고 했지만요. 조정 센터를 운영하면서 평생 그녀는 교회를 비롯해 모든 곳을 들락거렸어요. 말로의 모든 사람을 알고 지냈다죠.」 수지가 말했다.

「그래도 여전히 연관성이라고 볼 수는 있어요.」 주디스는 종지부를 찍듯 말했다. 「그러니 우리는 계속 희생자들 간의 또 다른 연관성들만 찾아보면 돼요. 예를 들면, 여기 내가 살펴본 바로는 스테펀 던우디가 윌리엄 볼러스 중등학교를 다녔어요.」

「이크발처럼 말이죠.」 수지가 말했다.

「봐요, 또 다른 연관성이 있잖아요.」

「하지만 리즈는 아니에요. 그녀는 그레이트 말로를 다녔어요.」 벡스가 그녀의 파일을 뒤적이며 말했다.

「좋아요. 우리 계속 찾아봅시다.」

여성들은 각자의 작업에 다시 몰두했고, 간혹 서류를 넘기는 소리와 짧게 차를 홀짝거리는 소리, 혹은 비스킷을 베어 무는 소리만이 방 안의 침묵을 깼다.

「여기 뭔가가 있어요.」 벡스가 그녀의 파일을 들여다보며 말했다.

「뭔데요?」 주디스가 물었다.

「리즈 커티스의 사회적 교류에 관한 보고서예요. 경찰이 그녀의 통화 목록을 조사했나 봐요. 그리고 전자 다이어리도요. 거기다 이메일과 인터넷 기록 같은 걸 분석한 것도 있어요. 이런 일을 다 조사했다니 대단하네요. 여기 리즈의 삶 전체가 있어요. 하지만 의심스러운 점은 하나도 없어요.」

「분명 뭔가 있을 텐데.」 수지가 말했다.

「정말 아무것도 없어요. 리즈는 완전히 투명한 삶을 살았어요. 조정 센터의 예약들을 관리한 수많은 업무 이메일, 가족과 한 통화, 그런 것뿐이에요. 그녀는 그 외에는 사회적인 교류가 거의 없었나 봐요. 다이어리에는 아무것도 없고 딱 한 가지 항목만 있네요.」

「그게 뭔지 말해 줘요.」 주디스가 말했다.
「〈조정 저녁 식사〉라고 적혀 있어요. 지난달이에요.」
주디스가 입술을 오므렸다.
「그거 하나 빼고는 아무것도 없다고요?」
「네, 몇 달에 걸친 일정이 그냥 텅 비어 있어요. 8월 5일에 〈조정 저녁 식사〉 하나만 있고요. 혹시 다른 희생자들 중 누군가가 여기에 참석했을까요?」
「그럴 수도 있겠네요!」 수지가 말했다.
「8월 5일이요?」 주디스가 물었다.
「네, 맞아요.」
「그거 흥미롭네요.」 주디스는 스테펀 던우디의 살인 사건 파일을 뒤적였다. 「제가 크게 착각한 게 아니라면, 그 날짜는 스테펀의 갤리리에서 엘리엇이 스테펀과 다툰 날이에요.」
「그는 엘리엇과 헨리 리거타에서 다퉜잖아요.」 수지가 말했다.
「아뇨. 그건 더 전의 일이고요. 내가 지금 얘기하는 건 엘리엇이 스테펀의 미술 갤러리에 갔을 때 두 사람이 다툰 걸 말하는 거예요. 여기 있네요.」
주디스는 스테펀의 비서인 앤토니아 웹스터에게서 경찰이 받은 증인 진술서를 찾아냈다. 그녀는 그것을 재빨리 훑어봤다.
「맞아요. 여기 적혀 있네요. 엘리엇이 8월 5일 월요일 아침 스테펀 던우디의 사무실에서 스테펀과 말다툼을 했다고요. 이제 우리는 그날 리즈가 조정 저녁 식사에 참석했다는 것을 알게 됐군요.」

「그 두 가지 일에 연관성이 있다고 생각해요?」 벡스가 물었다.

「전혀 모르겠어요. 하지만 이렇게 말할 수는 있어요.」 주디스가 뭔가를 깨달은 듯이 말을 이었다. 「조정은 리즈와 엘리엇의 연결점이에요.」

「그래요?」

주디스는 엘리엇의 사무실 벽에서 그가 학창 시절 여러 조정 팀에서 활약한 사진들을 봤다고 말해 줬다.

「그러니까 그도 조정을 했었군요. 솔깃한 정보인데요.」 수지가 말했다.

「그리고 리즈가 한때 영국을 대표한 선수였던 것을 보면, 두 사람은 조정을 통해 만나지 않았을까요?」 주디스가 말했다.

「그럴 것 같지는 않아 보여요. 그녀는 엘리엇보다 훨씬 어려요. 여기 있네요. 그녀는 54세예요.」 벡스가 자신의 서류를 확인하며 말했다.

「엘리엇은 58세예요.」 주디스가 자신의 서류에서 관련 정보를 찾아냈다. 「그리고 조정은 혼성 팀이 없잖아요. 그러니까 두 사람이 같이 조정을 했을 가능성은 없어요. 하지만 그렇다고 해서 그날 같은 조정 저녁 식사에 참석하지 않았을 거라는 의미는 아니죠. 그럴 가능성은 여전히 있어요. 잠깐만요.」

주디스는 방을 나가 다른 경찰관 한 명과 회의실에 있는 타니카를 발견했다.

「말릭 경사님. 혹시 8월 5일 월요일에 엘리엇 하워드가 뭘 했는지 알아봐 주실 수 있나요? 하지만 우리가 정확히 그날에 관심이 있다는 건 눈치채지 못하게, 그 주 전체에 걸쳐 뭘 했는지 물어봐 주세요.」

「알겠습니다. 기꺼이 그러죠. 그나저나, 앤디 비숍에 대한 얘기는 맞았어요. 프리메이슨의 말로 지부장과 얘기를 나눴는데 비숍은 프리메이슨의 회원이 맞다는군요.」

「엘리엇 하워드는요?」

「엘리엇 하워드에 대해서도 물어봤지만 그는 회원인 적이 한 번도 없었다고 합니다.」

「스테펀 던우디는요?」

「스테펀과 이크발 카삼도 마찬가지예요. 모든 사람 중에 프리메이슨 회원은 앤디 비숍뿐입니다.」

「그거 좋은 정보네요. 친구들한테 말할게요.」 주디스는 사무실로 서둘러 돌아갔다.

주디스가 들어가자 수지와 벡스는 대화에 열중하고 있었다.

「난 신경 쓰지 말고 얘기해요.」 주디스는 자리에 앉으면서 말했다.

「이크발의 범죄 현장 보고서를 읽는 중이에요. 정말 읽기만 해도 너무 끔찍하네요. 하지만 뭔가 두드러진 특징이 있어요. 살인범이 그를 죽이기 위해 집에 침입한 흔적이 없다는 거요.」 수지가 주디스에게 설명을 해줬다.

「이크발이 살인범을 집 안으로 들여보내 줬다고 생각해요?」 주디스가 물었다.

「그가 죽은 건 새벽 5시니 그럴 리는 없었겠죠. 그리고 법의학자의 보고서에 의하면, 이크발이 죽었을 당시 체내에서 상당량의 수면제 성분이 검출됐대요.」

「그럼 약을 먹였다는 건가요?」 벡스가 경악을 금치 못했다.

「처방받은 수면제예요. 이크발은 야간 근무를 마친 다음 잠을 자기 위해 수면제를 먹는다고 했어요. 나는 그날 그가 누군가에게 문을 열어 줬을 거라고 생각하지 않아요.」

「그럼 살인범이 열쇠를 갖고 있었을까요? 그런 뜻이에요?」 주디스가 물었다.

「그게 아니라면 말이 안 되잖아요. 하지만 난 이크발이 얼마나 보안에 민감했는지 알아요. 봐요, 이크발은 심지어 에마를 데려가는 나한테도 옆문 열쇠를 주지 않았잖아요. 매일 문을 열어 주거나 내가 오는 것이 확실할 때만 문을 열어 뒀어요. 하루는 내가 물어본 적도 있어요. 그냥 나한테 열쇠를 주면 더 편하지 않겠느냐고요. 하지만 싫다고 했어요. 그냥 자기가 열어 주는 게 좋다고요.」

「그럼, 당신한테도 열쇠를 안 줬다면 대체 누구한테 열쇠를 줬을까요?」 주디스가 물었다.

「그거예요. 우리 모두 이크발의 장례식에 갔었잖아요. 우리 외에는 라티프 이맘이 참석하라고 해서 온 사람들뿐이었죠. 그가 열쇠를 줬을 만한 사람은 없어요.」

「이웃에게는 줄 수 있죠.」 벡스가 거의 혼잣말을 하듯 말했다.

「뭐라고요?」 주디스가 물었다.

「우리는 사제관 정문 열쇠를 아무한테나 주지 않아요. 하지만 이웃에게는 하나 줬어요.」

「그러네요!」 주디스가 갑자기 활력이 도는 듯 말했다. 「이웃에게는 열쇠를 주죠. 이크발도 분명 그랬을 거예요.」

「그런데 그게 지금 무슨 도움이 돼요?」

「이크발의 이웃은 에즈라였으니까요. 그리고 두 사람은 아주 좋은 친구였으니 이크발은 분명 믿고 그에게 열쇠를 줬을 거예요.」

「하지만 에즈라는 죽었잖아요. 지금 무슨 말을 하려는 거예요?」 수지가 말했다.

「생각해 봐요. 에즈라의 집에 이크발의 열쇠가 있어요. 찬장에 뒀겠죠. 혹은 서랍 안에 뒀을 수도 있고요. 에즈라가 죽고, 그의 집과 더불어 그 안에 있는 모든 걸 물려받은 게 누구예요? 앤디 비숍이죠. 앤디 비숍은 에즈라의 집에 들어가서, 물론 그 노인이 죽은 후에요, 이크발의 집 열쇠를 발견한 거예요.」

「잠깐만요. 이해가 안 가요. 그러니까 결국 앤디 비숍이 이크발 카삼을 죽였다는 거예요?」 벡스가 말했다.

「내가 말할 수 있는 건, 앤디한테는 그를 죽일 동기가 있었고, 그럴 수 있는 기회도 있었다는 걸 이제 우리가 알게 됐다는 거예요. 그는 몰래 침입하지 않고도 이크발의 집에 들어갈 수 있는 유일한 사람이었을 거예요.」

「하지만 그때 그는 몰타에 있었잖아요.」 수지가 말했다.

「그들이 서로를 위해 일했다면요?」 벡스가 말했다.

세 사람은 서로를 쳐다봤다.

「계속 얘기해 봐요.」 수지가 말했다.

「그러니까, 앤디 비숍이 엘리엇 하워드를 위해 스테펀 던우디를 죽이고, 엘리엇 하워드가 앤디 비숍을 위해 이크발 카삼을 죽인 거예요.」

「그래요. 나도 그런 생각을 하긴 했어요. 하지만 그렇게 되면 앞뒤가 안 맞는다는 게 문제예요. 첫 번째 살인을 생각해 봐요. 스테펀 던우디 말이에요. 엘리엇은 성가대 연습 중이었으니 살인범이 될 수 없어요. 그리고 앤디도 몰타에 있었으니 역시 될 수가 없고요. 아니, 분명 우리가 놓친 것이 있을 거예요. 느낌이 와요. 어떤 명백한 것이, 분명히 보이는 것들 사이에 숨겨진 뭔가가 있다는 게. 그게 무엇인지 밝혀내기만 한다면 말이죠!」 주디스가 말했다.

그때 문이 열리고 인쇄된 용지들을 든 타니카가 들어왔다. 타니카가 뭐라고 얘기하기 전에 수지가 그녀 쪽으로 몸을 돌렸다.

「앤디 비숍과 엘리엇 하워드 사이에 연결성을 찾은 게 있나요?」

「없습니다. 비숍 씨와 하워드 씨의 통화 기록, 이메일과 다이어리 등을 교차 참조 해봤지만 두 사람은 서로 연락한 적이 없었습니다. 우리가 조사한 바로 두 사람은 전혀 모르는 사이예요.」 타니카가 한숨을 쉬며 말했다.

「이런, 그럼 그 추론은 물 건너갔네요.」 수지가 말했다.

「그건 그렇고,」 타니카가 주디스를 향해 말했다. 「경찰이 이크발의 집을 수색했습니다. 책장에서 『볼러시언』 교지를 발견했고요. 그리고 74면이 없었습니다. 뜯겨져 있더군요. 당신이 얘기한 것처럼요. 어떻게 그걸 아셨는지 모르겠네요. 정말, 놀라워요.」

「아마 이번 건은, 자세히 묻지 않는 게 나을 거예요.」 주디스가 말했다.

「좋습니다. 묻지 않을게요. 어쨌든 저는 그 학교 홈페이지에 가서 교지를 찾아봤고, 당신 말대로였습니다. 74면에는 동문 중 최근에 사망한 사람들의 목록이 있었고, 그 목록에 나열된 이름 중 둘은 에즈라 헤링턴의 유언장의 증인이었던 스펜서 채프먼과 페이 커였어요.」

「그 당시에 두 사람은 이미 죽었는데도 말이죠.」

「그건 적어도 앤디 비숍을 에즈라 헤링턴의 유언장을 위조한 죄로 기소할 수 있다는 뜻입니다. 그러니, 정말 잘하셨어요. 아주 좋은 결과예요. 하지만 그보다 중요한 건, 이크발이 그 교지를 보고 위조 사실에 대해 알았고, 그 사실을 발설할 가능성이 바로 앤디가 이크발의 죽음을 원할 충분한 동기가 된다는 겁니다. 얘기해 보세요. 앤디가 이크발을 어떻게 죽일 수 있었을까요? 당시 그는 몰타에 있었는데?」

「그 부분은 저희도 생각 중이에요.」 주디스가 말했다.

「그럼 엘리엇 하워드와의 통화 내용을 말씀드릴게요.」

「그와 통화했어요?」 벡스가 물었다.

「물론이죠.」 타니카가 손에 들고 있던 서류를 주디스에게 건넸다. 「그에게 던우디 씨와 헨리에서 다툰 이후 모든 주의 다이어리 기록을 복사해서 보내라고 요청했어요.」

「그럼 8월 5일 월요일에 그는 뭘 했어요? 그리고 당신이 얘기할 때 그의 태도는요?」 주디스가 용지를 넘겨 보며 물었다.

「지겨워 죽겠단 반응이었죠. 자꾸 귀찮게 구는 멍청한 여자 대하듯 하더군요.」 타니카가 말했다.

「무슨, 당신은 전혀 멍청하지 않아요. 하지만 그를 귀찮게 하는 건 맞네요. 아, 여기 있네요. 5일 월요일.」 주디스가 미소를 지으며 말했다.

「조정 저녁 식사 모임에 갔었나요?」 벡스가 물었다.

「흠.」 주디스가 즉시 대답하지 않고 말을 아꼈다.

「그래서요?」

「안타깝게도 아니네요. 이 기록에 의하면 그는 그날 밤 수영을 하러 갔어요.」 주디스는 용지를 넘기며 다이어리의 다른 지면을 자세히 살폈다. 「그는 모든 걸 기록했어요. 친구들과 술을 마시고, 저녁을 먹고, 목요일에는 성가대 연습 또는 풋볼 경기, 토요일마다 배드민턴을 치는 등 모든 것을요. 그와 부인은 아주 알차게 삶을 살고 있네요.」

「왜 월요일 저녁에 그렇게 관심을 가지세요?」 타니카가 물었다.

「리즈 커티스가 다이어리에 유일하게 일정을 기록한 날이거든요. 〈조정 저녁 식사〉라고요. 그리고 엘리엇 하워드도 예전에 조정을 했으니 두 사람 사이의 연결점이 아닐까 하고 생각했던 거죠. 하지만 하워드의 다이어리를 보면 그는 매주 월요일에 8시부터 9시까지 코트가든 레저 센터에서 수영을 해요.」

「매주 월요일 밤에요?」 수지가 의심스럽게 물었다.

「매주 월요일 밤에요. 여기에는 그렇게 나와 있어요.」

「그럼 리즈와 같이 저녁을 먹었을 리가 없네요.」

주디스는 못마땅해했다.

「엘리엇의 행적을 조사할 때마다 그가 미리부터 알리바이를 만들어 놨다는 생각이 들지 않아요? 수영을 하고, 성가대 연습을 하고, 경매 행사에서는 웹 카메라까지 설치하고 말이에요.」

「경찰로 일하다 보면 종종 이런 느낌을 받습니다. 계속 단단한 벽에 부딪히는 느낌이죠. 하지만 그 과정에 신뢰를 가져야 합니다. 그리고 세 분이 이미 알아낸 것을 보면, 그것도 사건 관련 서류를 접하기도 전인 걸 생각하면, 앞으로 분명 아주 중대한 진전을 이룰 거라고 생각해요. 저는 정말 그렇게 확신합니다.」

안타깝게도, 타니카의 확신은 틀렸다. 세 사람은 총기 관련 보고서와 부검 결과 및 기타 법의학 보고서를 세심히 들여다보고, 목격자 진술서를 다 살펴본 뒤 경제적인 부분을 비롯한 다른 배경 조사 내용들까지 다 읽어 봤음에도, 더 이상 수사를 진전시킬 만한 중요한 단서를 하나도 발견하지 못했다. 정말 좌절되는 상황이었다. 살인범은 어딘가에 있었다. 그가 누군지 그들이 알아낼 수만 있다면.

그리고 그 모든 과정에서 주디스는 뭔가 큰 단서가, 심지어 아주 명백한 뭔가가 빠진 것 같다고 계속 말했다. 그녀는 뼛속 깊이 느낄 수 있었다. 그것은 과연 무엇일까?

33

첫째 날, 세 여성에겐 별로 중요한 진전이 없었다. 둘째 날도 마찬가지였다. 그들이 한 일이라고는 같은 실마리들과 단서들, 그리고 무엇보다 엘리엇 하워드와 앤디 비숍의 확실한 알리바이들을 계속 되풀이해서 논의하는 일뿐이었다.

세 사람의 사기는 점차 떨어졌다. 경찰서를 들락거리고 특정 정보를 요청하는 배짱을 보일 때마다 그들에게 향하는 은밀한 시선을 느낄 수 있었고, 타니카의 실망 또한 점점 더 강하게 감지할 수 있었다. 타니카는 이 세 사람을 참여시키기 위해 온갖 노력을 다 했는데, 그들은 그런 신뢰에 보답할 만한 일을 하나도 해내지 못했다.

수요일이 됐고 이날 벡스와 수지는 사건 조사에 할애할 시간이 없었다. 수지는 산책시켜야 할 개들이 있었고, 벡스는 지난 이틀 동안 집이 완전히 무질서 상태가 됐다고 굳게 믿었기에 살림을 돌봐야 했다. 그래서 수요일에는 주디스 혼자 경찰서에 있었다. 하지만 친구들 없이 일하려니 마음가짐부터 달라졌다. 왠지 스스로가 한심하게 느껴졌다. 이미 타니카의 동료들이 생각하게 된 것처럼, 간섭하기 좋아하는 어리석고 늙은 여자가 된 듯한 기분이 들었다.

하루 종일 경찰서 안에 처박혀 있다가 집에 돌아온 주디스는 머리를 맑게 하기 위해 수영을 해야겠다 싶었다.

화창했던 몇 주가 지나 저녁 무렵이 되자 멍든 것 같은 어두운 구름들이 몰려들었고, 공기는 숨이 막힐 듯이 뜨거워졌다. 주디스는 상류 쪽으로 헤엄치면서 곧 폭풍이 다가올 것을 예감했다.

답답함을 덜어 내기 위해 주디스는 항상 하던 일을 했다. 그건 감사한 것들을 헤아리는 일이었다. 감사할 것들은 아주 많았다. 그녀는 건강했고, 아무것도 바라는 게 없었고, 심지어 새 친구들도 사귀었다. 하지만 아무리 긍정적인 생각을 가져 보려고 노력해도 어떤 진전도 없는, 현재 경찰서에서 하는 일들에 대한 걱정으로 자꾸만 되돌아가는 것을 막을 수 없었다.

특히, 그녀는 살인 사건들에서 사용된 골동품 권총과 현장에 남겨진 메달이 계속 생각났다. 각 희생자를 살해한 오래된 루거 권총이라는 증거는 엘리엇 하워드가 살인범일 거라고 외쳐 댔지만, 희생자들에게 남겨진 프리메이슨 메달들은 앤디 비숍이 살인범이라고 외쳐 댔다.

주디스는 살인범이 자신과 경찰을 가지고 놀고 있다는

끔찍한 생각이 들었다. 굳이 사건 현장에 청동 메달 같은 단서를 남겼기 때문이었다. 철저한 살인범이라면 살인을 저지르고 또 빠져나올 때, 살인 장소에 어떤 단서도 남기지 않으려고 온 신경을 집중하지 않을까? 그런 의미에서 메달은 정말 이해가 가지 않았다.

주디스는 수영을 하다 스테펀의 집 근처까지 이르자 잠시 물에 뜬 상태로 부들이 무성한 둑을 보게 됐고, 자연스레 살인 사건이 일어난 그날 밤의 일이 떠올랐다. 스테펀 던우디가 총에 맞아 죽은 바로 그 정확한 시각에 살인범과 그렇게 가까이 있었다니! 생각하면 놀라운 일이었다.

순간 온몸에 오싹한 기운을 느낀 주디스는 수영을 그만하기로 결정하고 가만히 물에 뜬 상태에서 강이 그녀를 집까지 실어 나르도록 두기로 했다. 강물에 몸을 맡긴 채, 이 강이 말로에서 얼마나 많은 사람들을 연결하는지를 떠올리고는 새삼 경이로운 느낌을 받았다. 그녀도 강가에 살고, 스테펀도 그랬고, 그리고 물이 흐르는 대로 따라가면 말로를 관통해 반대편의 조정 센터까지 닿게 된다.

주디스는 리즈가 예전에 국제적인 조정 선수였고, 엘리엇 하워드 또한 어릴 때 조정을 했다는 사실을 떠올렸다. 그럼 스테펀 던우디는? 그도 한때 조정을 했을까? 헨리 로열 리거타에 갔었으니까. 주디스는 전에는 이 연결점을 미처 생각지 못했음을 깨달았다. 스테펀이 처음 엘리엇과 말다툼을 했을 때 조정 경기가 열리는 리거타에 있었다는 사실을!

그녀는 흥분에 몸이 저릿해졌다. 십자말풀이를 풀 때와 비슷한 느낌이었다. 아직 그 답은 알지 못했지만 올바른 방향에 들어섰다는 깨달음이 왔다. 그리고 스테펀과 엘리엇이 헨리에서 만났던 사실을 생각하면 할수록, 그녀는 자신의 본능이 맞다는 걸 더욱더 확신하게 됐다.

집에 도착하자 주디스는 옷을 입고 자신이 〈두뇌 회전 스카치〉라고 부르는 위스키를 후하게 따라 벌컥벌컥 마셨다. 그러고는 녹색 테이블로 가서 태블릿을 켰다. 그다음 A4 용지 몇 장을 꺼내 이미 충분히 뾰족한 HB 연필을 더 뾰족하게 깎고 작업에 착수했다.

그녀는 검색 엔진에 〈엘리엇 하워드〉와 〈+ 조정〉을 입력했다. 아무런 결과도 나오지 않았다. 상관없었다. 다시 〈조정〉과 〈스테펀 던우디〉를 입력했고, 화면에 뜬 검색 결과에 놀랐다. 『말로 프리 프레스』의 기사였다. 그녀는 기사를 클릭했다.

클릭해서 들어간 웹 페이지는 그 신문의 〈집과 정원〉 섹션이었고 〈현지 미술 갤러리 대표인 스테펀 던우디〉가 독자들에게 자신의 집을 소개하는 기사였다. 스테펀이 집에서 포즈를 취한 사진들도 많았지만, 주디스는 그가 〈조정〉에 대해 언급한 내용을 찾으려고 기사문을 샅샅이 읽었다. 그녀는 곧 관련된 문단을 찾아냈다.

> 왜 템스강 변의 집을 사게 됐는지 묻자 던우디 씨는 웃음을 터뜨렸다. 「저는 수영을 못할뿐더러 조정과 관

련된 것 또한 다 싫어하기 때문에, 제가 오래된 물레방앗간 건물을 산 걸 이상하게 생각할 수도 있을 겁니다. 하지만 저는 강에서 누릴 수 있는 모든 야생을 사랑합니다. 저한테 배를 타라고 강요만 하지 않는다면, 전 행복합니다.」

주디스의 열의는 증발해 버렸다. 이거면 충분한 대답이 되지 않을까? 이제 스테펀이 이 사건의 누군가와 관련이 있다 해도, 그게 조정과 연관된 건 아닐 것이다.

하지만 가능한 모든 로마자의 순열을 다 시도해 볼 때까지는 십자말풀이를 포기할 수 없는 것처럼, 희생자와 살인범과 조정 사이의 모든 조합을 빠짐없이 시도해 봐야 한다는 걸 알고 있었다. 그래서 그녀는 〈이크발 카삼〉과 〈조정〉을 검색 엔진에 입력해 봤다.

아무 결과도 없었다.

그다음 〈리즈 커티스〉와 〈대니 커티스〉에 〈조정〉을 더해 입력하자 수많은 검색 결과가 나왔지만, 대부분은 여행과 관광 사이트, 블로그에 관한 것이었다.

주디스는 얼굴을 찡그렸다. 조정 센터가 아닌 조정 경력에 관한 내용을 찾으려면 어떻게 해야 할까? 그녀는 관련 링크들을 살펴보고, 다른 단어로도 다시 검색을 시도해 봤지만, 여전히 원하는 결과는 얻지 못했다. 리즈의 조정 센터를 검색한 결과는 애들과 함께 하루를 보내기에 아주 좋은 곳이라는 칭찬과 함께, 최근 홍수로 인해 문을 닫아서 안타깝다는 기사들이 주를 이뤘다. 하지만 리즈나 남편 대니가 조정 선수였던 것과 구체적으로 관련된 내용은 거의 없었다.

자정이 다가올 때쯤 주디스의 머리는 온통 뒤죽박죽이 돼버렸다. 10시쯤 〈두뇌 회전 스카치〉는 〈두뇌 마비 스카치〉로 변해 있었고, 대체 그동안 얻은 정보가 뭔지도 확실치 않아져 버렸다. 그녀는 모든 현지 신문의 웹사이트를 검색해 보고, 근처의 조정 클럽 웹사이트부터 윌리엄 볼러스 중등학교와 그레이트 말로 중등학교, 말로 타운 조정 클럽과 헨리에 있는 리앤더 클럽[39]까지 모두 찾아봤다. 하지만 아무리 열심히 검색해도, 원하는 내용은 발견할 수 없었다.

그녀가 저녁 시간 동안 노력한 것은 모두 허사로 돌아갔다.

그런데도 주디스는 여전히 자신이 옳은 방향으로 나아가고 있다고 느꼈다. 그리고 더 깊은 마음 한구석에는, 현지 신문과 조정 관련 웹사이트에 기록된 정보는 그 정도가 한계임을 이미 인지한 상태였다. 지난 10년간 있었던 내용은 디지털화돼 있었지만 그 이전 10년 동안의 여러 다양한 웹사이트에 실린 정보들은 불완전하게 스캔된 정보이거나 미비하게 복사된 기록들이 대부분이었다. 그 이전의 수십 년 동안에 대해서는, 즉 1990년대나 1980년대의 내용에 대해서는, 어떤 신문에도 검색 가능한 데이터베이

39 헨리온템스 지역에 있는 세계적으로 유명한 유서 깊은 조정 클럽.

스가 없었고, 그건 조정 클럽들도 마찬가지였다. 엘리엇이 학생 때 조정을 했던 경력과 리즈가 영국 국가대표 선수였을 때의 기록은 인터넷이 활성화되기 훨씬 이전의 정보들이었다.

주디스는 간신히 몸을 일으켰다. 이제 잘 시간이었다. 하지만 계단 쪽으로 가려고 방향을 틀기 전에, 그녀는 자기도 모르게 목에 건 열쇠로 손을 가져갔고, 음료 테이블 옆의 참나무 문을 게슴츠레한 눈으로 바라봤다. 그리고 지금은 절대 그래서는 안 된다는 것을 어렴풋이 인지하면서도, 어쩌면 더 이상 미룰 수 없을지도 모른다는 생각을 했다.

침대로 가면서, 주디스는 숙면이 해결책을 제공해 줄 수도 있을 거라고 스스로를 다독였다.

놀랍게도, 그런 그녀의 생각은 맞았다.

34

이튿날, 엘리엇 하워드는 배가 고팠다. 엘리엇은 평소처럼 10시 정각에 직장에 도착했고, 그의 아침은 여느 때와 별반 다르지 않았지만 왠지 신경이 예민하고 초조했다. 밖으로 나가고 싶다는 생각이 들었다. 그래서 아직 11시도 안 된 시각이었지만 사무실을 나가기로 결정했다. 조금만 걸어가면 나오는 번화가에 맛있는 베이컨샌드위치를 스티로폼 컵에 든 차와 함께 먹을 수 있는 샌드위치 트럭이 있었다. 그는 사무실 사람들에게 30분 정도 외출하겠다고 말하고 건물에서 나왔다.

엘리엇은 성큼성큼 걸어 나가면서 수국 덤불 옆 벤치에 앉은 나이 든 여성을 발견하지 못했다. 그 여성이 짙은 회색 망토를 걸치고 있었음에도 말이다.

주디스는 엘리엇이 밖으로 나가는 것을 보고 아드레날린이 솟구치는 것을 느꼈다. 이제 안전하다! 하지만 얼마 동안일지가 문제였다. 그녀는 벤치에서 일어나 옆에 놔뒀던 가방을 들고 경매 회사 사무실로 서둘러 들어갔다.

안으로 들어가니 엘리엇의 아내 데이지가 책상 앞에 앉은 것이 보였다.

「안녕하세요!」 필요한 것을 얻기 위해 자신의 성격에 내재된 모든 힘을 사용해야 한다고 결심한 주디스는 당당하게 외쳤다.

주디스를 본 데이지는 놀라는 표정을 지었다.

「여기에서 뭐 하는 거죠?」

「당신은 기억 못 하겠지만, 나는 몇 주 전에 당신 남편을 봤어요.」

「오, 아주 잘 기억해요. 남편이 얘기했거든요. 당신이 그를 함정에 빠뜨리려고 말을 지어냈더군요. 드레스에 와인을 쏟았다는 얘기 말이에요.」

주디스는 당황했다. 마지막에 데이지를 만났을 때 느꼈던 태도와는 너무 달랐다. 대체 무엇이 그녀를 이렇게 변하게 만들었을까?

「뭐라고요?」

「남편 말이, 당신이 그를 떠보러 왔다고 했어요.」

「그건 사실이 아니에요. 난 그저 그가 망친 드레스를 배상하라고 했을 뿐이에요.」

「거짓말.」

「뭐라고요?」

「거짓말이라고요. 나는 알 수 있어요. 당신이 거짓말한다는 걸.」

「무슨 소리에요. 아니에요. 자, 미안하지만 난 당신 남편 사무실에 망가진 드레스를 놓고 와야겠어요.」 주디스가 고함쳤다.

「사무실엔 들어갈 수 없어요!」 데이지가 소리쳤지만 이미 늦은 다음이었다. 주디스는 성큼성큼 엘리엇의 사무실로 들어가 벽에 걸린 조정 관련 사진들을 보려고 노력했다.

이것이 그날 아침에 일어나서 그녀가 생각해 낸 아이디어였다. 어쨌든 엘리엇의 과거 조정 기록을 알아보기에 가장 좋은 장소는 그의 사무실 벽이 아닐까? 이곳에는 그가 참가해서 승리를 거뒀던 팀의 사진들이 다 있고, 사진에 나온 사람들의 이름까지 모조리 적혀 있으니 말이다. 그러니 엘리엇이 살인 사건의 목격자나 피해자 중 누구와 함께 조정을 했는지 알아보기에 가장 완벽한 장소일 것이다.

주디스가 제대로 살펴보기도 전에 데이지가 황급히 사무실로 뛰어들어 왔다.

「들어가지 말라고 했잖아요. 여긴 내 남편의 사무실이에요. 사적인 공간이라고요!」

데이지의 태도는 너무 격렬해서 주디스가 위협을 느낄 정도였다. 그녀는 마치 위험에 처한 어린 새끼를 보호하려는 암컷 늑대 같았다. 「우리는 행복해지기 위해 아주 열심히 일해 왔어요. 엘리엇과 나, 둘이 함께요. 그리고 어떤 것도, 누구도 그것을 방해하게 놔두지 않을 거예요. 이제

나가요. 당장!」 데이지가 날카롭게 말했다.

주디스는 데이지의 말을 따르지 않으면 신체적인 공격을 당할지도 모른다는 위험을 느꼈다.

주디스는 경매 회사를 나오면서 대체 무슨 일이 있었는지 상상해 보려 했다. 데이지는 왜 저렇게 과잉 반응을 보이는 걸까? 단지 남편을 보호하려고 그러는 걸까? 아니면 그것 이상의 다른 이유가 있을까? 흥미로운 질문이었지만 주디스는 이 질문에 완전히 집중하지 못했다. 자신이 엘리엇의 사무실에 들어갔을 때 중요한 단서를 발견했음을 깨달았기 때문이었다. 벽에 걸린 조정 관련 사진 사이에는 그 전에는 없던 빈 자리가 생겨 있었다.

그녀가 마지막으로 그곳을 방문한 후, 엘리엇이 벽에서 사진 한 장을 떼어 버린 게 분명했다.

주디스는 이제 확신이 들었다. 조정이 바로 그들이 찾고 있던 연결 고리였다. 그리고 만일 그렇다면, 주디스는 더 이상 선택의 여지가 없었다. 그녀는 목에 건 열쇠로 손을 가져갔다.

이제 드디어 때가 됐다.

「우리를 왜 불렀어요?」 벡스가 물었다.

주디스는 두 사람을 집 안으로 들여보내면서 엘리엇 하워드의 사무실에 방문해서 부인인 데이지를 만났다는 사실을 얘기했다.

「당신을 위협했어요?」 수지가 물었다.

「정말 이해할 수가 없어요. 처음 만났을 때는 아주 상냥한 사람이었거든요. 하지만 이번에는 상처 입은 동물 같았어요.」

「대체 무슨 일 때문에 변한 걸까요?」 벡스가 물었다.

「남편이 살인범이라는 것을 알게 된 거예요. 그래서 변한 거죠.」 수지가 간단히 말했다.

「맞아요. 충분히 그럴 수 있겠네요.」 주디스가 수지의 말에 동의했다.

「그럼 엘리엇이 조정 사진 하나를 떼어 낸 이유가 뭐라고 생각해요?」 벡스가 물었다.

「글쎄요. 인터넷에서 조정과 관련한 모든 정보를 검색해 봤지만, 아무것도 찾지 못했어요.」

「그럼 관련이 없는 거예요?」 벡스가 어리둥절해했다.

「아뇨. 난 여전히 관련이 있다고 생각해요. 하지만 엘리엇이 조정을 한 건 학교를 다닐 때인 1980년대예요. 인터넷이 보급되기 한참 전이죠. 그래서 우리가 그 연결 고리를 찾아보면 어떨까 해요.」

이렇게 말하면서 주디스는 목에 걸고 있던 체인 목걸이를 벗어서 끝에 달린 열쇠를 들어 보였다.

벡스는 지금 막 일어나려는 일이 얼마나 중요한 사건인지 눈치채지 못하고 있던 반면, 수지는 놀라서 눈을 크게 떴다.

주디스는 수지를 향해 미소를 지어 보이고는 음료 테이블 옆에 있는 문으로 다가갔다.

「너무 큰 기대는 하지 말아요. 당신이 생각하는 것만큼 그렇게 흥미로운 건 아니니까요.」 주디스가 구멍에 열쇠를 밀어 넣으며 말했다.

그녀가 한 말은 한편으로는 맞기도 했지만, 다른 한편으로는 아주, 아주 틀린 말이었다.

35

주디스가 문을 열고서 두 명의 친구들은 몇 초간 아무 말도 하지 않았다.

「이런 환장할!」 수지는 자신과 벡스 두 사람의 기분을 대표해서 겨우 말문을 뗐다.

주디스가 문을 연 방에는 벽에서 벽까지, 바닥에서 천장까지 두꺼운 먼지로 가득한 신문, 잡지, 브로슈어, 전단지 등이 3미터 높이의 탑을 이루고 서로 기댄 채 쌓여 있었는데, 이 중 어떤 종이 탑은 무너져서 거대한 종이 더미가 돼 있었다. 그리고 종이 탑 꼭대기와 천장, 벽 사이에 두꺼운 거미줄이 쳐져서 이 모든 걸 무너지지 않게 지탱하고 있는 것처럼 보였다.

벡스는 마치 지옥의 열 번째 고리[40]를 보는 것 같은 경악스러움에 입을 다물지 못했다. 그리고 곧바로 재채기를

40 단테의 『신곡』 「지옥」 편에는 지옥이 죄의 종류에 따라 아홉 개의 고리로 구분돼 있다고 묘사된다.

했다. 그러곤 한 번 더 재채기를 했다. 그녀는 손수건을 꺼내 코에 갖다 댔다.

「대체 왜…….」 벡스는 입을 열었지만 차마 문장을 다 끝내지 못했다.

「신문을 버리는 게 싫어서요.」

「그건 굳이 말 안 해도 알겠네요, 탐정 나리. 하지만 이건 그냥 신문만이 아니잖아요.」 수지가 말했다.

「물론 지역 신문도 있어요. 잡지도요. 정기 간행물도 보존해야죠. 그리고 교구 소식지도. 지방 자치 단체에서 나오는 행사 관련 브로슈어도 있고요.」

「대체 언제부터……?」 벡스가 놀라움을 금치 못하며 물었다.

「1970년부터요.」

「그때 고모할머니가 돌아가셨나요?」 수지가 물었다.

「아뇨. 고모님은 그 몇 년 뒤에 돌아가셨어요.」

수지가 눈을 가늘게 떴다.

「언제 돌아가셨는데요?」

「얼마 뒤에요.」

「몇 년이요?」

「1976년.」

「그럼 이미 그때 6년간 신문을 모은 상태였어요?」

「저기요. 다른 방도 살펴봐야 하거든요.」 주디스가 짜증 난다는 듯 말했다.

벡스가 경악했다.

「다른 방이 〈하나 더〉 있어요?」

「두 개 더 있어요. 자, 갑시다.」

주디스는 신문 탑들 사이의 통로를 하나 골라 앞으로 나아갔고 두 친구가 뒤를 따랐다.

다음 방에는 네 벽 모두 바닥에서 천장까지 금속 프레임 책장으로 덮여 있었고, 책장의 모든 선반과 모든 공간에는 가장자리가 누렇게 바래고 바싹 마른 신문들이 꽉꽉 채워져 있었다.

「여기에서 모든 것이 시작됐어요.」 주디스가 간단히 말했다.

「1970년에 말이죠.」 수지가 말했다.

주디스는 수지가 본능적으로 1970년이 중요한 해라는 사실을 알아차렸음을 느꼈다.

「그래서 우리가 찾아야 할 게 정확히 뭐예요?」 벡스가 물었다.

「음, 엘리엇이 벽에서 조정 사진을 없앤 것은, 그게 유죄를 입증하는 증거였기 때문일 거예요. 그러니 엘리엇이 젊었을 때 누구와 함께 조정을 했는지를 찾아야 할 것 같아요.」

「그 답이 여기 있을 거라고 생각해요?」 벡스는 이 많은 신문 더미에서 그걸 찾을 생각만으로도 벌써부터 기가 질린 듯했다.

「걱정 말아요. 생각처럼 그렇게 나쁘지는 않으니까. 엘리엇은 쉰여덟 살이니까 그가 윌리엄 볼러스 중등학교에 들어간 것은 1973년일 거고, 열여덟 살, 그러니까 1980년도에 졸업을 했을 거예요. 그리고 볼러스는 언제나 말로 타운 리거타와 헨리 리거타에서 조정 경기를 했어요. 6월과 7월에요. 그러니까 우리는 지역 신문에서 1973년부터 1980년 사이의 6월과 7월만 확인하면 돼요. 그렇게 오래 걸리지 않을 거예요.」

「그럼 스테펀의 살인 사건은 그 벽에 걸린 로스코 그림과 아무런 연관이 없다는 거예요? 조정과 관련된 뭔가 때문에 살해당한 거고요?」 벡스가 물었다.

「실은 지금 스테펀의 집 벽에 걸린 그림이 진품이라는 걸 알게 된 후, 로스코가 이 모든 사건에 어떻게 들어맞는지 알아냈어요.」

「왜 엘리엇이 진품 그림에서 액자만 훔쳐 냈는지를 알아냈다고요?」

「그런 것 같아요. 하지만 그건 현재로서는 부수적인 것에 불과해요. 우리가 엘리엇이 누구와 조정을 했는지 찾아내면, 왜 스테펀과 이크발, 리즈가 죽어야 했는지도 알아낼 수 있을 거라고 확신해요.」

주디스는 작업이 그리 오래 걸리지 않을 거라고 했지만 그것은 잘못된 생각이었다. 그녀는 최근 몇십 년과는 달리 초기에는 분명 체계를 세워 신문을 저장했다고 열심히 주장했지만, 1970년 당시에 대체 어떤 체계를 기준으로 정리했는지 기억하지 못했다. 각 출판물이 각자 하나의 무더기로 이뤄져 있었고, 바닥부터 제일 오래된 순으로 쌓인 것 같았지만, 실제로는 전혀 체계적이지 않았다. 말하자면 한 지역 신문이 몇 달에 걸쳐, 혹은 운이 좋으면 1년 동안 연속으로 유지되다가 갑자기 아무 이유 없이 다른 지역 신문으로 바뀌거나, 혹은 다른 연도로 바뀌곤 했다. 대체로 일관적인 것은 밑에 있는 신문들이 위에 있는 신문들보다 더 오래됐다는 사실 정도였다. 하지만 그 많은 책장에 꽉꽉 들어찬 신문 더미는 수백 개에 달했다.

한편 벡스는, 사방에 흩날리는 먼지들이 그녀의 머리, 옷, 피부에 내려앉는 것을 보면서 두려움을 억누르려고 애를 쓰고 있었다. 하지만 공포를 극복하기로 마음먹었다. 신문들을 살펴보기 위한 최상의 방법을 제안한 것도 벡스였다. 그녀는 바싹 마른 신문 무더기의 모서리만 훑으면서 각 페이지의 모서리에 있는 날짜를 확인해 나갔다. 그 무더기가 6월부터 시작하면 그 지점부터 위쪽으로, 7월 이후면 아래쪽으로 살피기로 했다. 그리고 어떤 신문이든 6월이나 7월에 해당하면 더 철저하게 조사하기 위해 무더기에서 아주 조심스럽게 빼내기로 했다.

좋은 소식이라면, 주디스가 짐작했던 대로 각 지역 신문이 헨리 리거타와 말로 리거타 모두를 상세하게 다루고 있다는 점이었다. 사진과 보도 자료가 한 면 전체에 걸쳐 실린 곳도 있었는데, 다행히 지역 신문인 『헨리 애드버타이저』에 모든 경기의 결과를 나열해 싣는 면이 있다는 것도 발견했다. 다만 그 면에는 조정에 참가한 선수들의 이름이 아니라 단순히 배의 이름만 있었다. 그래서 〈볼러스 최상위 8인승〉와 〈애빙던 최상위 8인승〉이 겨뤄서 볼러스가 경기에서 이기고 애빙던은 패자 부활전 경기에 참가하게 됐다는 등의 기록만 있을 뿐, 참가 선수들의 이름은 없었다.

두 시간 동안 검색을 한 후 주디스는 절망감에 허공으로 손을 내던졌다.

「제발 공기 중에 먼지를 더 보태지 말아 줘요.」 먼지로 뒤덮인 벡스가 사정하듯 말했다.

「하지만 이건 정말 아무 쓸모가 없잖아요. 우리가 원하는 건 결코 못 찾을 거예요.」

「이 안에 있기만 하다면 찾을 수 있을 거예요.」 벡스가 말했다.

「하지만 여기 없잖아요, 안 그래요?」

「계속 찾는 수밖에 없어요.」

벡스의 말이 옳았다. 어딘가에서 엘리엇이 활짝 웃는 얼굴 사진이, 조정 팀의 다른 사람들 이름과 함께 등장할 가능성은 여전히 있었다. 하지만 그 가능성은 정말 희박해 보였다.

「그리고 당신도 좀 진짜로 도움을 좀 줘봐요, 수지.」 주디스는 괜히 답답한 심정을 옆의 친구에게 분출했다.

「무슨 말이에요?」 손에 들고 있는 신문에서 고개를 들며 수지가 말했다.

「그동안 관련 기사 하나 찾지 못하고 있는 것 같으니 그러잖아요.」

수지는 어떻게 반응을 해야 할지 모르겠다는 표정이었다. 하지만 이내 그녀는 손에 들고 있던 신문을 흔들어 보였다.

「아무것도 못 찾았다고는 말 못 하겠는데요.」

그녀가 손에 든 것은 〈말로 여성의 그리스 비극〉이라는 대문짝만 한 기사 제목이 적힌 아주 오래된 『벅스 프리 프레스』의 신문이었다.

그 기사의 제목 아래에는 아주 젊은 주디스 포츠의 커다란 흑백 사진이 있었다.

36

「그거 어디에서 찾았어요?」 주디스가 가만히 선 채로 물었다.

「당신 결혼반지요.」 수지가 말했다.

「그게 무슨 말이에요?」

「전에 남편이 당신을 괴롭혔다고 했잖아요. 폭력적이었다고. 하지만 이렇게 수많은 세월이 흐른 뒤에도 당신은 여전히 결혼반지를 끼고 있어요.」

「그건 당신이 상관할 문제가 아니에요.」

「난 아내를 힘들게 하는 남편이 있다는 게 어떤 건지 알아요. 나는 제일 먼저 반지부터 빼고 싶었어요. 시내에 나가 반지를 팔아서 애들을 위해 크리스마스 선물을 더 사는 데 썼죠. 하지만 당신은 아직도 반지를 끼고 있어요.」

「말했잖아요, 이건 실수를 상기하기 위한 거라고요.」

「알아요. 그렇게 말했었죠. 하지만 그건 정말 이상해요. 그리고 당신은 남편 얘기가 나올 때마다 뭔가 죄지은 듯한 표정이었어요. 그래서 당신이 1970년부터 온 세상의 신문을 다 저장해 오고 있었다는 사실을 밝혔을 때, 아, 그제야 감이 오더군요. 1970년은 당신 남편이 죽은 해죠.」

「그의 이름은 필리포스였어요.」

「그리고 무슨 이유에선지 당신은 계속 놓지 못하고 있고요. 그러니 아직도 결혼반지를 끼고 있고, 그 이후로 발행된 모든 신문들을 이 미친 알라딘의 동굴 같은 곳에 보관하고 있는 거예요. 나는 이 모든 게 다 그가 죽었을 때 당신이 뭔가 잘못했기 때문이라는 생각이 들었어요. 그래서 찾아보기 시작해죠. 아마 맨 아래 무더기를 확인하면 이 모든 걸 촉발시킨 내용이 담긴 신문을 찾을 수 있을 거라고 생각했어요.

난 1970년부터 찾아낼 수 있는 모든 신문들을 다 뒤적여 봤어요. 『메이든헤드 애드버타이저』, 『헨리 애드버타이저』, 『윈저 에코』, 『말로 프리 프레스』, 『리딩 이브닝 포스트』 등을 전부요. 그리고 찾아냈어요.」 수지는 오래된 신문 기사를 벡스에게 건넸다. 벡스는 그 기사를 열심히 읽기 시작했다.

주디스는 여전히 자리에 서 있었지만 속에서 분노가 부글거리며 끓어오르는 것을 느낄 수 있었다. 이것이 그녀가 다른 사람들을 집에 들이지 않은 이유였다. 이것이 이 방들을 걸어 잠근 이유였다. 사람들이 나에 대해 아무것도 모른다면, 그들은 나를 절대 배신할 수 없다. 하기야 주디스가 신문들을 보관한 이유는, 어떤 약점 때문이 아니라 단지 습관처럼 돼버린 일이기 때문이란 사실을 아무도 이해하지 못하리라는 걸 이미 알았다. 그뿐이었다.

처음 주디스가 필리포스의 장례식 후 그리스에서 돌아왔을 때, 그녀는 신문들을 보관해야만 했다. 신문에서 그녀에 대한 거짓말을 계속 보도하는지 알아야 했기 때문이었다. 그리고 그런 행위가 일상이 된 다음에는 그것을 언제 그만둬야 하는지 도저히 알 수가 없었다. 몇 주 후? 아니면 몇 달 후? 주디스가 아는 한, 신문을 비롯해 다른 인쇄된 자료를 수집하는 것 자체가 목적인 돼버린 것은 완벽히 자연스러운 일이었다. 마치 옛날에 『브리태니커 백과사전』 전 세트를 소유했을 때 느꼈던 안도감과 비슷했다. 그녀는 이 지역의 모든 지식들을 이 세 개의 방에 소유하고 있었으니까.

그리고 이것은 결국 쓸모가 있었다. 그녀가 신문 수집을 시작한 1970년에, 수십 년 후 살인 용의자를 찾아내기 위해 이 수집품들을 이용하게 될 거라고 누가 상상이나 했겠는가?

「이 기사에는 그때 배 위에 다른 사람이 있었다고 하네요.」 벡스가 상념에 잠긴 주디스에게 말했다.

「나도 그 점이 눈에 띄었어요.」

「그들이 착각한 거예요.」 이에 대해 먼저 반박을 하고 싶었던 주디스가 말했다.

「그래도 정말,」 벡스가 말을 이었다. 「이건 정말 끔찍하게 들리네요. 당신이 경찰과 인터뷰를 했다는 건 몰랐어요. 그가 의문사했다는 것도요. 정말 힘들었겠어요.」

「오, 정말 그랬죠. 하지만 경찰에 조사를 시작해야 한다고 주장한 건 나였어요. 필리포스는 정말 뛰어난 뱃사람이었거든요. 하지만 그들은 의심스러운 부분을 아무것도 찾아내지 못했어요. 결국 비극적인 사고로 결론을 냈죠.」

「수지 말이 맞아요. 해안에서 본 목격자의 증언으로는 필리포스가 배 위에 다른 사람과 있었다고 적혀 있네요.」

「배에 또 다른 사람이 있는 걸 본 것 〈같다〉고 적혀 있죠.」 주디스가 짜증을 냈다. 「당시에는 그게 희망적인 단서이긴 했어요. 하지만 그때 해안에 있던 목격자는 노인이었고 그 다른 사람이 누구인지 끝까지 식별해 내지 못했어요. 혹은 그 배가 정말 필리포스의 배였는지도요. 그렇게 모든 것이 흐지부지 끝나 버렸어요.」

「그때 당신 남편이 어떤 다른 사람과 함께 있었다고 생각해요?」 벡스의 목소리로 보아, 지금 뭘 암시하는지는 확실했다.

「그러니까, 여성과 함께 있었냐고 묻는 거예요? 나도 모르죠. 당시에 한 명이 있긴 했어요. 여자는 항상 있었죠. 하지만 누구와 함께 있었던 건 아닐 거예요. 필리포스의 시신만 발견됐거든요. 그가 누군가와 함께 있었다면, 그 여성의 시신도 발견이 됐을 거예요. 혹은 실종 신고라도 있었거나. 우리 이제 찾을 만큼 다 찾은 것 같은데, 아닌가요? 난 아무리 좋을 때라도 여기 들어오는 게 싫어요. 그리고 우리가 찾고 싶은 건 찾게 될 것 같지가 않네요.」

「아직 안 끝났어요.」 벡스가 말했다.

「이제 두 사람 다 그만 가줘요.」

벡스는 마치 뺨을 맞은 듯한 표정을 지었다.

「왜 이래요, 주디스. 지금 이렇게 화를 낼 필요는…….」 수지가 말했다.

「아니, 아니에요.」 주디스가 수지의 말을 막았다. 「당신 때문에 그러는 게 아니에요, 수지. 그냥 내가 여기 들어오는 게 싫어서 그래요. 너무 많은 기억들이 있어서요. 너무 많은 역사가.」

「그럼요, 당연히 그렇겠죠.」 신문을 내려놓으며 벡스가 말했다.

「그럼 그만 가줄래요?」

수지와 벡스는 잠시 동안 침묵 속에서 서 있었다. 그러다 벡스가 먼저 정신을 차렸다.

「자요, 수지. 그만 가는 게 좋겠어요.」 그녀는 이렇게 말하며 수지를 방 밖으로 데리고 나갔다. 「하지만 주디스, 뭐 필요한 게 있거나, 말할 사람이 필요하거나, 사건 조사를 다시 하고 싶으면 전화해 줘요.」 벡스는 문턱에 잠시 멈춰 서서 이렇게 덧붙였다.

벡스는 엉망인 방과, 그 한가운데 선 여성을 바라봤다. 이미 주디스는 수지가 찾은 오래된 신문을 들고 그것에 몰입돼 있었다.

벡스와 수지는 그런 주디스를 남겨 두고 집을 나왔다.

37

주디스는 기사에서, 그리고 지금의 자신을 응시하는 1970년 당시의 자기 사진에서 눈을 뗄 수가 없었다. 그때 그녀는 스물일곱이었고, 사진을 찍었던 그날은 여전히 어제처럼 생생했다. 팔레오카스트리차[41]의 해변에서 필리포스와 점심을 먹은 뒤 찍은 사진이었다. 당시 그녀의 인생은 형편없었지만, 그럼에도 주디스는 그날 형용할 수 없을 정도로 행복했다. 날씨가 아주 화창했고 풍경은 너무나 아름다웠다. 만 주변에 자란 로즈메리 덤불의 달콤한 향기가 식당의 바비큐 냄새에 섞여 실려 오던 이른 오후의 산들바람도 기억났다.

주디스는 노인 연금 수령자임에도 자신이 여전히 아름다움을 간직하고 있다고 믿었다. 그것은 어떤 외적인 모습이 아니라 그녀 자신 안에 품고 있는 감정이었다. 그녀는 나이가 들어 가면서, 아름다움이 피부로 스며들어 자

41 그리스 코르푸섬의 한 마을.

신의 영혼처럼 됐다고 생각했다. 그러나 사진 속의 여성을 보면서 윤기 있는 찬란한 머릿결을 주목하지 않을 수 없었다. 흑백 사진 속에서도 빛을 받아 반짝이는 피부와 날씬한 몸매를.

그러다 주디스가 원하던 해답을 찾아낸 것은, 20대였을 때의 자기 모습이 어땠는지를 떠올리면서였다.

그 깨달음은 전혀 뜻하지 않게 머릿속에 찾아왔다. 전혀 달갑지 않게. 방금 전까지도 전혀 존재하지 않았던 수수께끼의 답이, 그다음 순간 난데없이 나타난 것이다.

주디스는 깜짝 놀랐다. 이것이 이렇게 간단한 문제였던가?

그다음 앤디 비숍이 벡스와 함께 산책을 거의 끝마칠 무렵 했던 말의 중요성을 깨달으면서 아드레날린이 솟구치는 것을 느꼈다.

주디스는 손에 들고 있던 신문을 바닥에 떨어뜨린 채 방을 나가 문을 걸어 잠갔다. 그녀의 깨달음은 단지 퍼즐 조각 하나에 불과했다. 아직 제자리를 찾지 못한 조각 하나가 여전히 있었다. 하지만 주디스는 이번엔 그것을 분명히 찾을 수 있으리라는 확신이 있었다. 그녀는 찾고 있는 조각이 아직 무엇인지는 몰랐지만, 그 조각의 모양은 알고 있었다.

주디스는 속으로 경찰서에서 얻은 모든 정보를 다시 되뇌어 보기 시작했다. 배를 사고 싶어 했던 이크발의 꿈, 스테펀이 사기꾼이라는 우체부 프레드의 증언, 리즈가 건강한 개를 안락사시키기 위해 수의사를 매수한 일……. 하지만 아무리 생각해 봐도, 그녀가 찾고 있는 답은 발견하지 못했다. 그 해답을 보면 바로 알아볼 수 있으리라는 확신은 있었지만, 그때까지는 계속 찾아야만 했다.

하지만 대체 어디를 더 찾아봐야 할까?

주디스는 태블릿을 켜고 웹 브라우저 검색 기록을 확인했지만, 그 역시 어떤 답을 떠오르게 해주지는 못했다. 곧 그녀는 좀 더 체계적으로 찾아봐야 한다는 것을 깨달았다. 그래서 스테펀이 죽은 후 그녀가 처음으로 검색했던 시점으로 되돌아갔다. 스테펀이 헨리에서 엘리엇 하워드와 언쟁을 벌인 일에 관한 기사였다. 주디스는 그 링크를 클릭하고 기사를 다시 꼼꼼히 읽어 봤지만 그녀가 찾고 있는 질문에 대한 답은 그곳에 없었다. 그래서 웹 페이지를 닫고 그다음 기록을 열어 봤다.

지난 검색 기록을 시간 순서대로 확인해 가면서, 십자말풀이를 출제할 때 느끼는 차분함이 찾아왔다. 그녀는 웹 페이지를 열고, 그것을 주의 깊게 읽고, 닫고, 다시 다른 링크를 열기를 반복했다.

집중력을 계속 유지하는 데는 의지와 노력이 필요했지만 그녀는 인내심을 가진다면 원하는 결과에 도달할 수 있으리라는 것을 알고 계속 해나갔다.

그리고 마침내 찾아냈다.

마치 운명처럼, 그것은 가장 최근에 방문한 웹 페이지였고, 따라서 그녀가 재확인할 수 있는 마지막 화면이었다. 그건 바로 스테펀 던우디의 강변 집에 대한 『말로 프리 프레스』의 기사였다. 주디스는 그 기사를 그렇게 최근에 읽었다는 사실과, 그때는 기사의 핵심을 깨닫지 못했던 것에 놀랐다. 하지만 자신의 옛날 사진을 보고, 벡스의 말을 기억한 상태에서 다시 읽음으로써 새삼 그 핵심을 이해하게 됐다.

> 왜 템스강 변의 집을 사게 됐는지 묻자 던우디 씨는 웃음을 터뜨렸다. 「저는 수영을 못할뿐더러 조정과 관련된 것 또한 다 싫어하기 때문에, 제가 오래된 물레방앗간 건물을 산 걸 이상하게 생각할 수도 있을 겁니다. 하지만 저는 강에서 누릴 수 있는 모든 야생을 사랑합니다. 저한테 배를 타라고 강요만 하지 않는다면, 전 행복합니다.」

너무 분명하지 않은가! 이 몇 문장은 스테펀 던우디를 누가 죽였는지 드러냈다.

주디스는 마침내 모든 것이 이해됐다. 누가, 왜, 스테펀 던우디와 이크발 카삼과 리즈 커티스를 죽이고 싶어 했는지. 그리고 왜 2차 세계 대전 당시의 루거 권총을 사용했는지. 그리고 왜 살인범이 사건 현장에 매번 프리메이슨의 메달을 남겼는지를 말이다.

주디스는 너무 깊게 생각에 빠진 나머지 전화가 울린다는 것조차 한동안 깨닫지 못했다.

그녀는 마침내 소리를 인식하고 전화를 받았다.

「여보세요.」

「오늘 내 사무실에서 대체 무엇을 한 겁니까?」

주디스의 피가 차갑게 식었다. 엘리엇 하워드였다.

「뭐라고요?」

「아내가 오늘 내가 없을 때 당신이 내 사무실에 들어갔다고 하더군요. 대체 뭘 한 겁니까?」

「내 전화번호는 어떻게 알았죠?」 주디스는 시간을 벌기 위해 물었다.

「나는 당신에 대해 많은 걸 알고 있어요, 주디스 포츠.」

「내게 이렇게 함부로 전화해서는 안 되죠.」

「당신도 내가 없을 때 내 사무실에 그렇게 들어오면 안 되는 거였습니다.」

주디스의 마음은 혼란스러웠고 어떻게 대답해야 할지 몰라 그냥 되는대로 몰아붙이기로 했다.

「당신이 내 드레스의 세탁비를 지불하지 않는 한 나는 내가 하고 싶은 대로 행동할 거예요.」

「아직도 내가 당신에게 와인을 쏟았다는 거짓말을 하려는 건 아니겠죠?」

주디스에게는 더 강하게 주장하는 것 외에 다른 선택지가 없었다.

「당신도 아는 사실이잖아요. 그리고 난 그것을 증명할 드레스도 있어요.」

「그것참 안쓰럽네요.」

「그럼 내가 그 드레스를 가지고 가서 보여 주죠. 그럼 당신은 세탁비를 지불해야 될 거예요.」

「하, 우리가 다시 만날 일은 없을 겁니다.」

엘리엇이 너무 아무렇지도 않게 대답하는 바람에 주디스는 갑자기 불안해졌다.

「그건 모르는 일이죠.」

「난 그렇게 생각하지 않습니다.」

「뭐, 오늘은 목요일이죠? 그럼 당신은 오늘 7시에 교회 성가대 연습에 가겠네요. 내가 그럼 교회로 드레스를 가지고 가죠. 당신이 모든 사람들 앞에서 내 드레스의 드라이클리닝 비용을 갚지 않겠다고 버티는 모습을 보고 싶네요.」

「유감스럽게도 난 오늘 성가대 연습 안 갑니다. 오랜 친구들과 함께 하이버리에 풋볼 경기를 보러 갈 거니까요. 그럼 안녕히, 포츠 씨.」

전화가 끊기자, 주디스는 누군가가 자신의 무덤 위를 밟고 지나간 듯한 전율을 느꼈다. 사실 여러 측면에서 봤을 때 방금 일어난 일에 대한 주디스의 느낌은 정확했다.

주디스는 다리가 풀려 소파에 주저앉았다.

그녀의 마음은 얼어붙었다. 아무것도 할 수가 없었다. 하지만, 어렴풋하게나마 자신이 당장 해야 할 일이 있다는 걸 깨달을 수 있었다. 그녀는 휴대 전화를 집어 들고 앤디 비숍의 회사 전화번호를 찾아 전화를 걸었다.

안내 직원이 전화를 받자, 주디스는 자신이 누구인지

밝히고 비숍 씨를 바꿔 달라고 했다.

「죄송하지만,」 전화를 받은 목소리가 말했다. 「비숍 씨는 현재 사무실에 안 계십니다.」

「그래요? 언제 돌아오죠?」 주디스는 가까스로 물었다.

「오늘 오후 플리머스에 가서 하루 묵으실 거라고 말씀하셨습니다. 하지만 월요일 아침에는 사무실에 나오실 거예요. 그때 약속을 잡아 드릴까요?」

「아닙니다.」 주디스는 조용히 말하고 전화를 끊었다.

전화를 끊으며, 주디스의 내면에서는 두려움의 폭탄이 드디어 폭발하고 말았다.

이제 그녀는 진실을 알게 됐기 때문이었다. 말로에서 일어나는 살인 사건은 세 번으로 끝나지 않을 것이다. 네 번째 살인이 발생할 테고, 그리고 그 대상은 주디스 자신이었다.

38

그날 저녁, 폭풍우가 휘몰아쳤다. 두꺼운 구름이 서쪽에서 오후 내내 밀려왔고, 그러다 초저녁이 되자 하늘이 열린 듯 비가 쏟아졌으며, 무섭게 번쩍이는 번개로 세상이 갈라졌다.

주디스는 대체 무엇을 어떻게 해야 할지 알 수가 없었다. 마침내 누가 살인을 저질렀는지 밝혀냈다는 확신은 있었지만 그것을 어떻게 증명하느냐가 문제였다. 좌절감이 느껴졌고 어딘가 농락당한 기분마저 들었다. 정말이지 마음에 들지 않는 상태였다. 조금도.

그래도 한 가지 유리한 점은 있었다. 무슨 일이 일어날지를 안다는 사실이었다. 오늘 밤 자신을 살해하려는 시도가 있을 터였다. 이를 유리하게 이용할 방법이 분명 있지 않을까?

한 가지 있었다. 위험한 방법이긴 했지만. 무모할뿐더러 총알이 이마 정중앙에 박혀 피 웅덩이에 쓰러진 채 끝날 가능성도 충분했다.

주디스는 자신을 미끼로 사용할 생각이었다.

만일 살인범이 다른 살인에 사용했던 골동품 독일제 권총을 사용해 주디스를 죽이려다 발각된다면 유죄 판결을 받기에 충분할 것이다. 어떻게든 집 안에 경찰관들을 배치시켜 놓기만 한다면, 살인범이 그 권총을 가지고 침입할 때 경찰들이 체포하기만 하면 됐다.

하지만 주디스는 깨달았다. 경찰들이 도착하는 모습을 살인범이 보면 어떡하지?

주디스는 깊게 생각해 보고는 이미 살인범이 폭풍 속에서 집을 감시 중일 가능성이 매우 높다는 걸 깨달았다. 어떤 식으로든 경찰이 도착하는 순간, 살인범은 빠져나가 주디스를 죽일 다른 날을 기약할 것이다. 경찰의 보호망이 없는 날을.

그건 안 돼. 경찰을 부르는 일에 실패의 위험을 감수할 수는 없다고 주디스는 생각했다. 적어도 아직은. 그녀는 혼자 처리해야 했다. 살인범이 골동품 루거 권총을 든 채 그녀의 집에 들어온 후, 그다음에 경찰이 도착해야 한다. 하지만 어떻게 해야 이 일을 성사시킬 수 있을까?

주디스는 뭔가를 먹기에는 지나치게 긴장한 상태였지만, 작은 잔에 스카치위스키를 따른 다음 카드 테이블로 가서 연필을 깎고, 자신의 생각을 글로 적어 내려갔다. 그녀가 현재 아는 것, 의심하는 것, 그리고 곧 벌어질 일이라고 믿는 것들을.

스카치를 다 마신 후, 한 잔을 더 마시려고 디캔터로 손을 뻗다가 멈췄다. 모든 날 중에서도 특히 오늘 밤에는 한 잔이면 충분하다는 생각에. 하지만 여전히 충족되지 않은 갈증이 남았기 때문에 핸드백에서 휴대용 사탕을 꺼냈다. 사탕 통을 테이블 위에 놓고 뚜껑을 연 주디스는 통 안에 사탕이 거의 없고 설탕 가루가 대부분이라는 걸 발견했다. 그래도 아직 남은 한두 개의 사탕 중 하나를 입에 넣고 작업을 계속했다.

8시경, 폭풍이 거세지고 바람이 격렬하게 나무를 마구 뒤흔들 무렵, 주디스는 계획을 완성했다.

경찰차가 집에 먼저 도착하게 할 수는 없더라도, 경보장치는 미리 확보해 놔야 한다는 결론에 도달했다. 살인범이 침입하고 나면 경찰에 전화할 기회는 없을 테니까. 혹은 살인범이 그녀의 휴대 전화를 보고 방금 경찰을 불렀다는 것을 알게 되면 그땐 어떻게 되겠는가?

그래서 주디스는 수지와 벡스에게 전화를 걸어 어떤 일을 해달라고 요청했다. 그녀의 추론이나 엘리엇, 앤디의 비서와 오후에 전화한 내용에 관해서는 한마디도 하지 않았다. 친구들의 목숨까지 위험에 처하지 않도록 하려는 목적도 있었지만, 그들이 필리포스의 죽음을 다룬 신문기사에 대해 캐물었을 때 느꼈던 배신의 감정 때문에 여전히 마음이 아팠기 때문이기도 했다. 그래서 주디스는 수지와 벡스가 꼭 해줘야 할 일을 해줄 수 있을 만큼의 내용만 최소한으로 전달했다.

그리고 친구들과 어느 정도 적당한 거리를 두는 건 주디스의 인간 본성적인 측면을 만족시키는 일이기도 했다. 그녀가 인생에서 배운 한 가지 교훈은, 사람들이 가까이 다가오게 해서는 안 된다는 것이었다. 이제껏 뭐든지 혼자 했을 때 오히려 더 나은 결과를 얻었기 때문이었다.

카드 테이블에 앉아서 주디스는 공책에서 시선을 올려 쏟아지는 비를 바라봤다. 그때 번개가 하늘을 가르며 무시무시한 소리를 내는 바람에 주디스는 화들짝 놀랐다. 〈하필이면 왜 이런 날씨에?〉 그녀는 생각했다. 그것도 몇 주 동안이나 화창했던 날씨 뒤에!

그녀는 기다리는 동안 신경을 안정시킬 뭔가를 찾아야 했다. 십자말풀이나 그림 퍼즐은 고려 대상이 아니었다. 그래서 오래된 카드 한 팩을 가져와서 섞은 후, 시계 인내심 게임[42]을 시작했다. 혼자 하기에 썩 좋은 게임은 아니었지만, 베티 고모할머니가 가르쳐 준 게임이었기에, 지금 하면 좋겠다는 생각이 들었다.

그녀가 살인범을 기다리는 동안에.

주디스는 방을 등지고 창문을 향해 앉아 있었는데, 그게 아주 대담한 행동임을 알고 있었지만 그래도 그렇게 함으로써 창밖으로 거세게 휘몰아치는 폭풍우를 계속 내다볼 수 있었다. 집 안에서는 착, 착, 착 하고 테이블에 카드를 내려놓는 소리만 들렸다. 주디스가 계속해서 기다리고 또 기다리는 동안.

42 카드를 시계 모양으로 펼쳐 놓고 하는 카드 게임.

9시가 되기 직전, 주디스는 강 건너편에서 손전등 불빛이 번쩍이는 것을 봤다.

그리고 또 한 번 번쩍했다.

두려움이 심장을 와락 움켜잡았다.

두 번의 섬광이 나타났다가, 잠깐 쉬었다가, 또다시 두 번의 섬광이 나타났다. 주디스가 마치 기지개를 켜는 것처럼 두 팔을 위로 들어 올리자 번쩍이던 불빛이 멈췄다.

하지만 이제 시작이었다. 이 순간 그 일은 정말로 일어나고 있었다.

주디스는 테이블 위의 카드를 내려다봤지만 집중할 수가 없었다. 숫자와 모양이 그녀의 눈앞에서 마구 흔들렸다. 통제력을 잃고 있다는 게 느껴졌다. 전혀 움직일 수 없을지도 모른다는 두려움이 들 만큼, 팔다리까지 너무 무겁게 느껴졌다.

〈타니카가 올 거야.〉 그녀는 중얼거렸다. 〈10분 후면 모든 게 끝나. 타니카는 꼭 올 거야.〉

집 어딘가에서 유리 깨지는 소리가 들렸다.

주디스의 두려움은 더 강렬해졌다.

살인범이 집 안에 들어온 것이다.

「왜 더 일찍 말하지 않았어요!」 타니카가 조수석에 앉은 벡스에게 소리 질렀다. 둘은 사이렌을 울리며 푸른빛을 번쩍이는 경찰차를 타고 말로로 향하는 A404 도로를 질주하고 있었다.

「주디스가 말하면 안 된다고 했어요! 경찰서에서 당신이 떠나지 않도록 확인하면서 기다리라고요. 그리고 수지가 전화하면, 그때 살인범이 주디스를 죽이려고 집에 도착했단 걸 얘기해야 한댔어요.」

「하지만 내가 그곳에서 그를 막았어야 했어요!」

「주디스는 당신이 살인범을 쫓아 내면 안 된다고 했어요. 그러니 혼자 맞서야 한다고요.」

「연쇄 살인범을 어떻게 혼자 상대해요!」 타니카가 핸들을 돌리면서 말했다. 말로 쪽으로 향하는 회전 교차로를 빠른 속도로 돌자 주변의 물살이 솟구쳐 올랐다. 벡스는 겁에 질려 조수석의 손잡이를 붙잡으면서도, 생전 처음으로 자신이 탄 차가 더 빨리 갈 수 있기를 바랐다. 아직도 주디스의 집까지는 몇 분을 더 가야 했다.

한편 의자에 앉아 기다리던 주디스는, 마치 시간이 멈춘 것처럼 느껴졌다. 몇 초? 몇 분이 지났을까? 도저히 알 수 없었다.

그리고 그녀 뒤쪽에서 누군가가 방에 들어오는 기척을 느꼈다.

마룻바닥에 물방울이 똑, 똑, 똑 떨어지는 소리가 들렸다.

올 것이 왔다.

그녀의 역할을 할 때였다.

「안녕, 대니.」 주디스가 입을 열었다.

주디스가 의자에서 몸을 돌리자 대니 커티스가 회색 망토 스타일의 비옷을 입고 머리에서 발끝까지 흠뻑 젖은 채 방 건너편에 서 있는 게 보였다. 그는 후드를 벗고 주디스를 쳐다봤다. 그의 눈은 마구 헝클어진 머리만큼이나 야생적이었다.

「인사를 하면 대답을 해야죠.」 주디스는 남자와 대화를 이어 가려고 노력하며 이렇게 말했다. 하지만 대니 커티스는 듣지 않았다. 숨을 거칠게 몰아쉬며 주디스를 강렬하게 노려볼 뿐이었다.

그는 루거 권총을 들고 있었다.

불과 1백 미터 정도 떨어진 템스강 너머, 늘어진 버드나무 가지의 물이 뚝뚝 떨어지는 이파리 사이에서 수지가 결정을 내리지 못한 채 숨어 있었다. 그녀는 쏟아지는 폭우 속에서 주디스의 집 안을 들여다보려고 애쓰면서, 몸을 따뜻하게 유지하려고 제자리 뛰기를 하고 있었다.

그날 저녁 일찍, 주디스는 수지에게 전화해 한 남자가 집에 침입할 거라고 말했다. 게다가 그 남자는 카누를 타고 템스강을 통해 접근할 가능성이 크다고 했다. 그것이 그의 침입 방식일 테니 가능한 한 빨리 남자를 발견할 수 있도록 강의 반대편, 그것도 약간 하류 쪽에 숨어 있으라고 했다. 그동안 벡스는 정확히 주디스가 말한 대로 메이든헤드 경찰서 밖에서 기다리면서, 남자가 나타났다는 전화를 수지에게서 받는 즉시 안으로 달려 들어가 타니카나 다른 경찰관을 부를 준비를 했다.

수지가 더 자세한 내용이나 카누로 접근할 남자의 신원에 대해 물었을 때, 주디스는 단호히 거절했다. 주디스는 수지나 벡스가 자신이 말한 대로 해야 하며, 그러지 않으면 혼자서 계획을 실행할 거라고 고집을 부렸다. 아무리 설득해도 주디스는 마음을 바꾸려 하지 않았다.

그래서 수지는 방수 코트를 걸친 뒤 에마를 데리고서 폭풍우를 뚫고 말로 쪽의 템스강 변으로 산책을 나간 다음, 늘어진 가지 사이에 숨어 강 건너편 주디스의 집을 바라보게 된 것이다.

수지에겐 이 모든 게 굉장히 위험하게 느껴졌지만, 주디스는 카누를 타고 온 사람이 강에 배를 댄 뒤 땅에 내려 배를 고정시키고 그녀의 집까지 오려면 어느 정도 시간이 걸릴 거라고 설명했다. 그리고 일단 집에 도착한 다음에도 안에 어떻게 들어갈지 생각하는 데에 시간이 더 필요할 거라고 말이다.

하지만 주디스의 판단은 틀렸다.

빗속에서 어렴풋한 사람 모습이 강가에 정말로 나타났지만, 카누를 탄 그는 아주 힘차고 놀라운 속도로 전진했고, 노를 바람개비처럼 휘저으며 물을 헤치고 나아갔다.

그 사람이 수지가 숨은 곳을 지나자마자, 그녀는 숨었던 곳에서 나와 주디스를 향해 손전등을 두 번 깜박였다. 그러자 아래층 거실에 앉은 주디스가 기지개를 켜며 하품을 했고, 그것은 수지가 보낸 빛을 봤다는 확인의 신호였다. 그래서 수지는 다시 안전하게 늘어진 가지 사이로 들어가서 벡스에게 전화를 걸었다.

하지만 벡스가 전화받기를 기다리는 동안, 수지는 남자가 주디스의 정원 가장자리 강둑으로 카누를 몰고 가서 아주 쉽게 배에서 뛰어내린 다음 배를 끌어당기는 걸 봤다. 그러고 나서 그는 조금도 지체하지 않고 곧바로 집 쪽으로 달려갔다.

주디스는 그 모든 과정이 적어도 10분은 소요될 거라고 예상했다.

하지만 실제로는 2분도 채 걸리지 않았다.

집 안에 들어온 대니는 주디스 쪽으로 다가서며, 루거 권총을 들어 올렸다.

「당신은 리즈가 죽기를 아주 오랫동안 기다렸지, 안 그래?」 주디스가 남자와 대화를 시도하기 위해 말했다.

대니는 권총을 들지 않은 다른 손으로, 눈과 얼굴에 범벅이 된 빗물을 닦아 냈다. 그는 완전히 제정신이 아닌 것처럼 보였다.

「그런 원망을 품기 시작한 게 언제부터였을까?」 주디스는 계속 이어서 말했다. 〈끊지 말고 계속 말해. 계속 말해서 시간을 벌어야 해.〉 그녀는 속으로 생각했다. 「아마 거의 처음부터였겠지. 장래가 유망한 조정 선수였을 때부터. 그리고 리즈라는 또 다른 촉망받는 조정 선수와 사귀기 시작하면서부터 말이야. 하지만 그녀는 단순히 촉망받는 정도가 아니었어. 진짜 대단했지. 그리고 올림픽에 영국 대표 선수로 나가게 됐어. 은메달을 받았지. 당신과는 달리 말이야. 당신의 조정 실력은 한 번도 제대로 빛을 보지 못했고.」

대니의 턱에 힘이 들어갔다.

「당신은 자신보다 훨씬 성공한 여자와 결혼했다는 걸 참을 수 없었지. 자존심이 상했을 거야. 실패자처럼 느껴졌을 테고. 하지만 리즈는 당신이 결코 용서 못 할 일을 하고 말았어. 성공의 정점에 있을 때, 앞으로 두세 번은 더 올림픽에 나갈 수 있는데 그만둔 거야. 그것도 20대 중반의 나이에.」

주디스는 대니가 그때의 기억을 떠올리고 얼굴을 찌푸리는 것을 봤다. 〈좋아. 바로 이거야, 계속 주의를 끌어.〉

「그리고 또 떠올려 보자고. 조정으로 성공하면 많은 돈을 벌 수 있어. 그리고 그런 아내의 남편으로 산다는 게 당신이 삼키기엔 쓴 약이었을지 모르지만, 그래도 유명해질 수는 있었지. 하지만 리즈는 당신과 달랐어. 그녀는 명성에도 돈에도 현혹되지 않았어. 그녀는 단순히 할 수 있는 한 최고의 조정 선수가 되길 바랐고 일단 그걸 이루고 메달을 딴 다음에는 거기에 만족했어. 바로 그 점이 당신을 몹시 화나게 했지. 자신보다 훨씬 재능 있는 아내 옆에서 보좌 역할을 할 준비가 다 돼 있는데, 그녀가 그냥 재능을 포기해 버린 거야. 대신 가족 사업에 전념하기로 결심했어. 바로 말로 조정 센터였지.」

〈대체 타니카는 어디 있는 거야? 벡스는 어디 있고?〉

「하지만 조정 센터는 그렇게 좋은 생각이 아니었지.」 주디스는 목소리를 침착하게 유지하려고 애쓰며 말을 계속 이어 갔다. 「리즈의 아버지가 시작했을 땐 재정적으로 괜찮았을지 모르지. 하지만 그 이후로 날씨가 급변했어. 그리고 센터는 자꾸 물에 잠겼고. 매년 겨울, 아마 당신에게는 매년 겨울 그랬던 것처럼 느껴졌을 거야. 그리고 리즈는 또 당신 관점에서 그다음 실수를 저지르지. 이번에는 포기하지 않았던 거야. 사업이 점점 망해 가는데도. 그 사업이 저축한 돈을 다 까먹는데도 말이야.

그 모든 과정에서 당신은 실패한 인생이라고 느꼈을 테지. 우선 당신 자신은 조정 선수로서 성공하지 못했어. 그리고 유명한 조정 선수의 〈배우자〉 역할조차 할 수 없게 됐고. 이젠 지역 사업에서 성공한 대표의 역할도 어려워졌지. 사업이 성공적이지 못했으니까.」

주디스는 말하는 동안 대니에게서 시선을 떼지 않았지만, 주변시로 봤을 때 총을 쥔 대니의 손이 흔들리고 아래로 처지는 것이 보였다.

주디스는 첫 희망의 떨림을 느꼈다. 계획이 잘 먹히는 건가? 벡스와 경찰이 도착할 때까지 대니를 계속 대화하게 할 수 있을까?

「1분 남았어요!」 벡스는 온 힘을 다해 조수석의 손잡이를 꽉 쥔 채 휴대 전화의 지도 앱을 확인하며 타니카에게 소리쳤다. 「늦지 않게 갈 수 있어요!」

「꽉 잡아요.」 타니카가 말했다. 타니카의 차는 좁은 길 양쪽에 주차된 자동차들 사이를 피해 민첩하게 달려서 비셤을 쏜살같이 통과한 다음 마을을 벗어나 무서운 속도로 말로 다리에 다다랐다.

가장 마지막 순간에 그녀가 핸들을 꺾어 끼익하는 소리와 함께 페리레인으로 진입하려는데, 거대한 참나무가 길 한가운데 가로질러 넘어진 것이 보였다. 벡스가 비명을 질렀다. 타니카가 급히 브레이크를 세게 밟자, 물웅덩이에 미끄러져 후미가 옆으로 돌아갔다. 차는 격렬하게 흔들리다가 가까스로 멈췄지만, 조수석의 뒤쪽 바퀴 부분이 거세게 흐르는 템스강 위 허공에 뜬 형국이 되고 말았다.

폭우나 번개로 인해 참나무가 쓰러진 모양이었다. 오로지 타니카의 신속한 반응 덕분에 그들은 생명을 구할 수 있었다.

차 안에서 벡스나 타니카는 아무 말도 하지 않았다. 와이퍼가 차창을 스치는 소리와 차 지붕에 떨어지는 빗소리만이 들렸다.

「괜찮아요?」 타니카가 마침내 물었다.

「그런 것 같아요.」 몸을 감히 움직일 용기가 나지 않는 벡스가 조수석 창문을 내다보며 말했다. 고작 몇 미터 아래에서 템스강이 포효하듯 거세게 흘렀다.

「좋아요. 이렇게 합시다. 당신 쪽 뒷바퀴가 강 위에 떠 있으니까, 내가 여기에서 무게를 지탱하고 있을게요. 그러는 동안 먼저 차 밖으로 나가요. 일단 무사히 차에서 빠져나가면, 그다음 내가 나갈게요. 당신이 나가면요.」

벡스는 사이드 미러를 확인했다. 뒷바퀴가 허공에서 헛돌고 있었다.

「생각하지 말고, 그냥 나가요. 이제 차에서 차분하게 나간 다음 차 앞쪽으로 가요. 제가 하라는 대로 해요. 괜찮을 거예요.」 타니카가 말했다.

벡스가 문을 열자 비바람에 의해 문이 저절로 활짝 젖혀졌다. 그리고 그녀와 포효하는 강 사이에 있는 아주 좁은 면적의 흠뻑 젖은 도로 가장자리에 가까스로 발을 디뎠다. 그런 다음 바닥에 무릎을 꿇고 조수석 문 밑을 미끄러지듯 지나서 포장도로 위까지 기어갔다. 벡스가 안전해진 순간, 타니카가 즉시 차 밖으로 빠져나오자마자, 차가 1미터 정도 구르더니 차축이 빠지면서 운전석 쪽의 뒷바퀴 역시 다른 뒷바퀴와 같이 강 쪽으로 허공에 붕 뜨게 됐다.

타니카와 벡스는 서로를 쳐다보고는 같은 생각을 했단 걸 알았다. 경찰차를 다시 도로 위로 올려놓는 건 불가능하다는 생각이었다. 물론 상관은 없었다. 오래된 참나무가 길을 완전히 막은 상태였기 때문이었다.

어차피 주디스의 집으로 갈 수 있는 방법은 없었다.

주디스는 공포심을 억누르려고 안간힘을 썼다. 〈경찰은 대체 왜 안 오는 거지?〉

「당신이 왜 이런 일을 했는지 말해 볼까.」 주디스는 대화를 계속 이어 나가려고 노력했다. 「내 친구 수지는 내 집에 와보자마자 이 집은 분명 큰 가치가 있을 거라고 했어. 하지만 우리 집의 강변 땅은 당신 조정 센터에 비하면 비교도 안 되겠지. 그곳에 있는 땅은 아마 수백만 파운드의 가치가 있을 거야. 어쩌면 수천만 파운드일지도 모르지. 그런데 왜 그냥 개발업자에게 팔아서 그 돈을 가지고 은퇴하지 않고, 굳이 아끼고 절약해 가며 땅이 물에 침수되지 않게 하려고 그렇게 힘들게 일하는 걸까?

사실 난 당신이 리즈의 아버지가 죽을 때까지 기다렸다가 그 땅을 팔게 하려는 계획을 가지고 결혼한 게 아닌가 하는 생각을 지울 수가 없어. 하지만 그녀가 유산을 받았을 때 당신은 리즈가 땅을 팔 생각이 결코 없다는 것을 알게 됐지. 근근이 살며 절약하고 아끼면서도 말이야. 당신은 오도 가도 못 하게 됐어. 물론 빠져나올 방법은 하나 있었지만 말이야. 아내가 죽으면 당신이 땅을 상속받을 테고, 그러면 당신은 최고 입찰자에게 땅을 팔 자유가 생기고, 드디어 당신이 받아 마땅하다고 여기는 수백만 파운드를 손에 넣을 수 있게 되겠지. 하지만 아내를 어떻게 죽일까, 그게 문제였어.」

주디스는 그 순간을 정확히 포착했다.

대니는 몽상에서 벗어난 듯했고 마치 처음 보는 것처럼 주디스의 얼굴을 쳐다봤다.

「닥쳐, 이 할망구야.」

그는 권총을 들어 올려 방 건너편에 있는 주디스의 머리를 향해 조준하고 방아쇠를 당겼다.

강 반대편에서 총성을 들은 수지는 주디스의 집 1층 거실 창문 유리가 깨져 밖으로 튀어 나가는 것을 봤다.

「오, 세상에!」 그녀는 이렇게 외치며 에마를 봤다. 「가서 주디스를 구해! 주디스를 구해야만 해!」

하지만 에마는 움직이지 않았다. 처량하게 온몸이 흠뻑 젖어 추위에 떨고 있었다. 강 건너편에 있는 친구 주디스가 지금 구원의 손길이 절실히 필요하다는 사실을 개한테 알릴 수 있는 방법은 없었다.

그녀가 할 수 있는 일이 없을까?

그때 전화벨이 울렸다. 그녀는 휴대 전화를 들고 누구인지 확인하고 전화를 받았다.

「나예요.」 벡스가 전화 너머에서 말했다.

「지금 대체 어디 있어요? 한참 전에 왔어야죠! 지금 타니카랑 있기는 한 거예요?」

「같이 있어요. 하지만 페리레인이 완전 막혔어요. 나무가 넘어져서 길을 막고 있어요. 타니카의 차는 반쪽이 강 위에 떠 있는 상태고요.」

「그 남자가 주디스를 쏜 것 같아요!」 수지가 벡스의 말을 가로챘다.

「뭐라고요?」

「주디스가 총에 맞은 것 같다고요!」 수지가 하늘을 휩쓸며 가르는 천둥소리에 맞서 소리쳤다.

「세상에, 그러면 당신이 주디스한테 가야 해요. 우리는 못 가요.」

「나는 강 반대쪽에 있잖아요.」

「그럼 건너면 되잖아요!」

「못 건너요.」

「건너야 해요.」

「못 해요.」

「해야 돼요.」

「수영을 못해요.」

그러자 전화 건너편에서 잠시 침묵이 흘렀다.

「수영을 못한다는 게 무슨 말이에요? 수영 못하는 사람이 어디 있어요.」

「한 번도 배운 적이 없어요.」

「말도 안 돼! 그럼 거기 있어요. 어떻게든 이 참나무를 넘어가 볼게요. 어떻게 해야 할지는 모르겠지만 하여튼 해볼게요.」

벡스가 전화를 끊고 타니카에게 성큼성큼 가서 보니 타니카는 전화 통화 중이었다.

「수지가 그러는데 주디스가 총에 맞은 것 같대요.」 벡스가 타니카의 전화 통화에 끼어들며 말했다. 「그녀 집으로 누군가를 보내야 할 것 같아요.」

「벌써 지원 요청을 했어요. 구급차도요. 하지만 지금 날씨 때문에 모두 지원을 나간 상태예요. 시간이 좀 걸릴 거예요.」

「그럴 새 없어요! 헬리콥터는요?」

「이런 날씨에는 뜰 수 없어요.」

「하지만 주디스가 혼자 있잖아요!」

「이 길 말고 그녀 집으로 가는 다른 길이 있나요?」

「없어요.」 벡스는 도움이 될 만한 것이 없을까 하는 생각에 절망적으로 주변을 둘러봤다.

아무것도 없었다.

그녀는 막힌 도로 한가운데에 서 있었고, 경찰차는 강에 반쯤 걸쳐진 상태였다. 몇십 미터 떨어진 곳의 주요 도로에는 말로로 향하는 현수교가 주디스의 위태로운 상황과 전혀 상관없다는 듯 빗속에 서 있었다. 그리고 그 현수교 너머, 우르릉거리는 하늘을 배경으로 우아한 자태를 드러낸 것은 교회였다.

자신의 교회.

그리고 그날은 목요일이었고 이제 겨우 9시가 넘은 시간이었다!

「여기서 기다려요.」 벡스는 현수교로 향하며 말했다. 「곧 돌아올게요!」

타니카는 어리둥절한 채 현수교를 향해 달리는 벡스를 봤다.

도대체 어디로 가는 걸까?

주디스는 운이 좋았다.

그녀는 대니가 쏜 총알이 뒤에 있는 창문을 박살 낸 걸 느꼈고, 다행히 총알은 몇 센티미터 차이로 그녀의 머리를 빗나갔다.

총알이 빗나간 사실에 대니 역시 놀랐고, 주디스는 바로 몇 초 뒤 그가 다시 방아쇠를 당길 것을 예감했다.

그녀는 계속 대니의 주의를 산만하게 해야 했다. 그것만이 유일한 희망이었다.

「개를 죽인 것도 당신이지?」 그녀가 불쑥 내뱉었다.

대니가 눈을 깜박였다.

「뭐라고?」 그가 말했다.

〈좋았어.〉 주디스는 속으로 생각했다. 마침내, 그가 말문을 열었다.

「리즈가 수의사에게 당신네 개를 죽이도록 시켰다는 거, 내 친구 수지한테 들었어. 하지만 수지는 반만 맞았어. 개를 안락사하도록 시킨 건 리즈가 아니었으니까. 그건 당신이었어.」

「그래서 뭐?」 그가 내뱉듯이 말했다. 「증거도 없잖아. 게다가 개는 개일 뿐이야. 그리고 난 리즈를 죽이지 않았어. 대체 언제쯤 제대로 파악할 거지?」

「공교롭게도 난 당신 말에 동의해.」 주디스는 이렇게 말했지만 대니는 그녀의 말을 들을 생각도 하지 않았다.

「나는 그때 노팅엄에 있었으니까, 안 그래?」

「맞아. 아주 확실하게 말이야. 리즈가 9시쯤 살아 있는 게 목격됐을 때, 당신은 160킬로미터나 떨어진 곳에 있었지. 그리고 한 시간쯤 뒤 그녀의 시체가 발견됐을 때도 당신은 여전히 160킬로미터 떨어진 곳에 있었어.

「그런데 왜 내가 죽였다고 생각하는 거지?」

「난 이미 말했는데. 당신이 아니라고.」

「뭐라고?」

「당신은 아내를 죽이지 않았어. 스테펀 던우디를 죽였지.」

「뭐?」

「맞아. 스테펀을 죽인 건 당신이야. 그리고 〈믿음〉이라고 새겨진 청동 메달을 재킷 단춧구멍에 매단 것도 당신이고. 스테펀을 죽인 건 조정 선수였을지도 모른다고 좀 더 일찍 알아차렸어야 했어. 메달을 그런 식으로 매달 사람은 조정 선수뿐이니까. 리거타의 구역 내로 들어가기 위해 통행 패스를 달 때처럼 말이야.」

「아주 미쳤군.」

「아니, 정반대야. 아주 이성적이지. 사실 무척이나 놀라울 만큼.」

「내가 그 스테펀이란 남자를 죽였다고 생각해? 나는 그 사람을 알지도 못했어. 그를 안 건 리즈뿐이었다고.」

「그래서 당신이 저지른 범죄가 더 최악인 거야. 당신은 피도 눈물도 없이 그를 죽였어. 그리고 한 가지, 나는 그때 스테펀이 왜 정원 가장자리에서 총에 맞았는지 의문을 가졌어. 그가 어쩌다 거기까지 갔는지 도저히 이해가 안 갔거든. 내겐 엘리엇 하워드가 스테펀 살인의 첫 번째 용의자였어. 스테펀은 엘리엇을 좋아하지 않았으니까. 실제로, 스테펀은 엘리엇이 그의 집에 침입했다 의심하기도 했지. 그런데 엘리엇이 그의 집에 들어 왔다 해도, 두 사람은 어떻게 정원 끝까지 가게 됐을까? 대체 정확히 두 사람 사이에 어떤 대화가 있었기에? 〈안녕, 스테펀.〉 엘리엇이 이렇게 말했다고 쳐. 〈난 당신이 날 싫어하는 걸 알아. 하지만 정원을 함께 산책할까?〉 이건 말이 안 되잖아.

하지만 살인범이 강 쪽에서 왔다면? 그렇다면 얘기가 달라지지. 왜냐하면 당신 말이 맞기 때문이야. 스테펀은 당신이 누구인지 전혀 몰랐어. 그래서 당신이 그의 집 정원 끝에 나타났을 때, 그는 놀라긴 했겠지만 두려워하지는 않았을 거야.」

「내가 그의 정원 끝에 나타났다니, 그게 무슨 말이야?」

「솔직히 말하지. 내가 이걸 알아내는 데 이렇게 오래 걸렸다는 게 사실 스스로 좀 실망스러워. 스테펀이 죽은 날 밤, 나는 강에서 수영을 하다가 파란색 카누가 스테펀의 정원 가장자리 부들 사이에 있는 것을 봤어. 그때 나는 그 카누가 스테펀의 것이라고 생각했고 심지어 그것을 이용해서 물에서 기어 나오려고도 했었지. 하지만 그건 스테펀의 카누가 아니었어. 내가 오늘 오후 발견한 바에 의하면 스테펀은 조정은 물론 그와 관련된 모든 것들을 싫어했거든. 그런 그가 카누 같은 걸 가지고 있을 리가 없잖아? 그리고 무엇보다도, 나는 어쨌든 그게 스테펀의 것이 아니라는 걸 알아차렸어야 했어. 왜냐하면 그가 죽은 후에 내가 스테펀의 집까지 헤엄쳐 갈 때마다, 그리고 심지어 내가 그의 시체를 발견하기 전에 정원 부근을 찾아봤을 때에도, 그 파란색 카누는 더 이상 그 자리에 없었으니까. 그게 그 자리에 없다면, 살인범이 아니고 대체 누가 그걸 치웠겠어?」

주디스는 이제 대니가 그녀가 하는 모든 말을 귀 기울여 듣고 있음을 알 수 있었다.

「당신이 스테펀을 쏴 죽인 다음 어떤 여자가 강에서 소리치는 소리를 듣고 얼마나 당황했을지 상상이 가. 몰래 도착해서 스테펀을 몰래 죽이고 그리고 또 몰래 빠져나간 다음 템스강의 흐름을 이용해 조용히 조정 센터로 돌아갈 계획이었을 텐데 말이야. 당신이 살인범이라고 대체 누가 상상이나 했겠어? 당신이 말한 것처럼, 스테펀을 만난 적도 없는 사람인데 말이야. 그리고 한 번도 만난 적이 없는 사람을 누가 죽이려고 들겠어?

이제 불쌍한 당신 아내 얘기를 할 차례네. 스테펀을 죽인 게 당신이라는 걸 알게 된 다음에야 당신 아내의 행동이 이해가 갔지. 아마 살인이 있던 날 밤 리즈가 당신이 그 일에 연루됐다 생각하게 만든 뭔가가 있었을 거라고 생각해. 당신이 돌아와서 불안한 감정을 드러냈을까? 아니면 루거 총을 들고 카누에서 내리는 걸 리즈가 봤을까?」

주디스는 대니가 손에 쥔 총을 가리켜 보였다.

「하지만 어쨌든 리즈는 당신을 수상하게 생각했어. 기억해 봐, 당신이 나와 수지에게 말한 것처럼, 리즈는 스테펀과 인사를 나눌 만큼 잘 알았어. 그의 죽음은 그녀에게 충격이었을 거야. 그래서 그날 밤 당신이 리즈에게 무슨 말로 둘러댔든, 남편이 그 일에 연루됐을 거라는 그녀의 의심을 잠재우기엔 충분하지 않았어. 그녀는 다음 날 스테펀의 집에 확인하러 찾아갔지. 그때 내가 그녀를 봤고, 강 건너편을 향해 소리쳤어. 이제 왜 그녀가 도망쳤는지 알겠네. 내가 그때 생각했던 것처럼, 그녀는 자기가 한 행동 때문에 수상쩍게 행동한 게 아니었어. 그녀는 〈당신〉이 저질렀을 거라고 의심했기 때문에 그렇게 행동했던 거야. 그래서 이튿날 들판에서 마주쳤을 때도 또 나에게서 도망을 쳤던 거고. 그러고 보니 우리가 그녀에게 말을 걸었을 때 왜 그렇게 죄지은 사람처럼 보였는지도 설명이 되네. 당신의 진실을 부인하느라 스스로가 엮이고 만 거지. 진심으로 가여운 마음이 들어. 그녀가 느꼈을 고통이 어땠을지 상상조차 못 하겠어. 남편이 살인 사건에 연루됐을지도 모른다는 의심을 해야 했으니 말이야! 마음이 무너져 내렸겠지. 굳이 말하자면, 당신과는 아주 다르게 말이야. 수지와 나를 만났을 때 당신은 아주 침착했으니까.

거기에 그치지 않고, 당신은 이미 모든 의심스러운 정황을 당신 아내에게 〈완전히〉 전가할 준비가 된 상태였어. 그래서 우리에게 리즈가 스테펀과 친하다고 말했지. 적어도 그건 사실이었지만. 하지만 사전에 리즈를 이크발의 택시에 태운 건 정말 영리했어. 게다가 우리가 당신에게 말을 걸었을 때 그 정보를 마치 우리가 끌어낸 척 유도한 것도 정말 똑똑했고. 아주 멋지게 잘해 냈다고 말해 주지.

바로 그 한 번의 대화로 리즈가 스테펀과 이크발 두 사람 모두와 연결된 것처럼 보이게 만들었으니까. 그리고 그런 다음 그녀가 죽으면, 당신이 이미 의도한 대로 우리는 완전히 잘못된 결론을 내리게 될 테니까.」

「지금 한 말은 다 거짓말이야.」 대니가 말했다.

「그렇지 않다는 건 당신이 더 잘 알잖아. 당신이 여기 있는 게 바로 그걸 증명해.」

주디스는 대니와 눈을 마주치며, 강한 모습을 유지하라고 스스로를 다독였다. 하지만 주디스에게 더 이상 할 말이 떠오르지 않는다는 사실을 대니는 알지 못했다.

그녀는 더 이상 아이디어가 떠오르지 않았고, 마음은 두려운 공백으로 가득 찼다.

그녀는 대니가 여전히 자신을 향해 권총을 겨누고 있다는 사실 외에는 아무것도 생각할 수가 없었다. 대니는 여전히 총을 겨눈 채였고, 여전히 방아쇠를 당길 것처럼 보였다.

〈대체 벡스와 경찰은 어디 있는 거야?〉

벡스는 양문형으로 된 올 세인츠 교회의 정문을 박차고 들어가서 복도를 내달렸다. 그녀의 머리카락은 산발이 돼 흩날리고 옷은 머리에서 발끝까지 진흙으로 얼룩지고 빗물에 흠뻑 젖어 있었다. 연습을 마치고 해산하려던 성가대원들은, 신부 부인의 후줄근하게 흠뻑 젖은 모습과 미친 사람 같은 눈매를 보고 충격을 받았다.

「여보?」 당황한 콜린이 벡스를 불렀다.

「도움이 필요해요! 살인범이 다시 공격을 하려고 해요. 그런데 나무가 막고 있어서 치워야 해요.」

「살인범? 대체 무슨 말을 하는 거야?」 콜린은 아내를 달래려고 다가갔다.

벡스는 성가대원들을 훑어본 후 엘리엇 하워드가 없다는 사실에 안도했다. 그러고 보니, 엘리엇 하워드가 그날 밤 런던에서 하는 풋볼 경기에 갈 거라고 주디스가 말했던 게 기억났다.

「살인범이 주디스 포츠의 집에 있어요!」

「살인범이 누군지 알아요?」 테너 좌석에 있던 루이스 소령이 마치 자신이 여기에서 가장 분별력 있는 사람이라는 듯한 목소리로, 도금된 지팡이에 몸을 실으며 앞으로 나섰다.

그녀가 루이스 소령을 마지막으로 본 것은, 그와 부인에게 회향으로 향을 낸 삼겹살 요리를 해줬을 때였다.

「주디스를 구해야 해요!」 벡스는 루이스 소령을 쳐다본 다음 남편을 보고, 다음에 성가대원들 쪽으로 시선을 옮겼다. 모두 몹시 불편한 표정이었다.

「그건 경찰이 할 일 아닌가요?」 루이스 소령이 말했다.

「경찰은 지금 페리레인을 막고 있는 참나무 옆에 있어요. 그걸 옮기도록 도와야 해요.」

「글쎄, 그거야 경찰이 알아서 하겠죠. 우리는 그냥 그들이 하는 대로 놔두는 게 좋을 것 같군요.」

「하지만 그럴 수가 없어서 지금 제가 말하잖아요. 그들이 당장 할 수 있는 게 없어요. 너무 큰 나무가 길을 막고 있다고요!」

이렇게 말하면서 벡스는 소령의 지팡이를 잡아채고는, 교회 벽에 비치된 그 지역 군대의 전사자들을 기리기 위한 전시대로 달려갔다. 누가 말리기도 전에 그녀는 그 무거운 지팡이를 높이 치켜들어 물건이 전시된 유리 케이스를 내리쳤다. 깨진 유리 조각들이 사방으로 흩어졌다.

「벡스!」 그녀의 남편이 소리쳤다.

「그렇게 서 있지만 마요!」 벡스가 전시물로 가서 「경기병대의 돌격」[43]에서 어느 중위가 사용했던 검을 꺼냈다.

「완전히 정신 나갔군! 누가 경찰을 좀 불러요!」 소령이 소리쳤다.

「대체 내 말을 언제 이해할 거예요? 지금 내가 경찰하고 같이 왔다니까요!」 벡스가 종탑으로 향하는 위태위태한 계단을 황급히 오르며 소리쳤다. 다리를 힘차게 움직이면서도, 그리고 상황의 심각성에도 불구하고, 그녀는 자신이 그동안 해왔던 규칙적인 운동, 그 고된 스피닝, 복서사이즈,[44] 요가 수업으로 얻은 코어 근육을 잠시 자랑스러워했다.

루이스 소령과 신부를 위시한 성가대원들은 복도로 나

43 영국 시인 애프리드 테니슨의 시 제목으로, 1854년 크림 전쟁에서 용맹하게 싸운 영국 경기병대를 기리는 내용을 담고 있다.

44 복싱 선수들이 하는 훈련에 착안해서 만든 운동법.

가 고개를 쳐들고 신부의 부인이 머리 위로 검을 휘두르며 종탑을 뛰어올라 가는 모습을 쳐다봤다.

반쯤 올라갔을 때, 벡스는 탑에 있는 여덟 개의 종을 치는 장소인 중간층에서 멈췄다. 그녀가 가장 큰 종에 달린 밧줄을 잡고 세게 잡아당기자 종소리가 온 동네에 울려 퍼졌다. 그녀는 이런 폭풍 속에서 교회 종소리가 울리는 것을 들은 말로 주민들이 위급한 상황이라는 걸 알아차리고 교회로 달려와 주기를 바랐다.

종을 여러 번 울린 후 그녀는 한참 아래의 바닥까지 늘어진 밧줄 중 하나를 붙잡았다. 아래층에서 바로 울릴 수 있는, 종에 달린 밧줄이었다. 벡스는 그 밧줄을 왼손으로 잡고 다른 손에 쥔 검으로 자르기 시작했다.

검을 밧줄에 대고 톱처럼 여러 번 왔다 갔다 하자, 드디어 밧줄이 잘렸다.

「머리 조심해요!」 벡스는 이렇게 소리치고 15미터 길이의 잘린 밧줄을 뱀처럼 바닥으로 떨어뜨렸다.

「누가 그 밧줄 좀 잡아요.」 그녀는 다시 계단을 달려 내려가며 말했다. 「어서요. 그 밧줄을 들어요!」

벡스가 1층에 도달했을 때, 그녀는 남편을 포함한 스무 명 남짓한 성가대원들이 자신을 제정신 아닌 사람처럼 쳐다보고 있음을 느꼈다.

「지금 누가 위험에 처했다는 거야?」 그녀의 남편이 물었다.

「주디스 포츠요. 살인범이 그녀의 집에 있어요.」

「그런데 밧줄이 무슨 도움이 돼?」

「그냥 이걸 현수교로 가져다주기만 해요. 거기에 경찰이 있어요. 타니카 말릭 경사가요. 그럼 그 사람이 어떻게 해야 하는지 알려 줄 거예요. 콜린, 지금 당장 당신의 도움이 필요해요!」

벡스의 목소리의 뭔가가 마침내 그녀의 남편에게 전달됐다.

「알았어, 여보.」 그는 갑자기 열의를 보이며 말했다. 「자, 여러분. 이 밧줄을 경찰에게 가져다줍시다.」 그는 몸을 숙여 손안 가득 밧줄을 집어 올렸다.

벡스는 함께 밧줄을 집어 들며 희망을 품었다. 이렇게 많은 사람이 있으면, 그리고 이 밧줄이 있으면 분명 참나무도 옮길 수 있지 않을까?

그리고 참나무만 치우면, 어쩌면 주디스를 살릴 시간이 여전히 있지 않을까?

한편 주디스는 두려운 침묵 속에 앉아 있었다. 머릿속이 빙글빙글 돌고, 다음에 무엇을 말해야 할지 여전히 알 수가 없었다.

천만다행으로, 대니 쪽에서 침묵을 깼다.

「당신은 내가 리즈를 죽이지 않았다고 말했지?」 그는 질문이 아니라 진술하듯 말했다.

「맞아, 내가 그렇게 말했지.」

「당신이 내가 스테펀을 죽였다는 걸 증명할 방법은 없

어. 내가 한 번도 만나지 않은 사람을, 살해 동기가 전혀 없는 사람을 말이야.」

「그렇지.」 대니 쪽에서 더 대화할 거리를 이끌어 낸 것을 다행이라고 여기며 주디스가 답했다. 「아주 풀기 어려운 수수께끼지. 하지만 많은 수수께끼들처럼, 그것을 들여다보는 법을 알면 풀이는 간단해. 마치, 〈두 여자, 각 무릎 위에 하나씩〉처럼 말이야.」

「대체 뭔 소리야?」

「몰라도 돼. 하지만 동의해. 당신에겐 스테펀을 살해할 동기가 없었다는 걸. 하지만 엘리엇 하워드에겐 있었지. 그래서, 당신이 스테펀을 죽인 범인이라고 봤을 때, 당신이 그를 위해 해준 일이라고 보면 논리가 맞지.」

「거참 허무맹랑한 얘기네.」

「오, 아니, 이건 충분히 사실적인 얘기야. 당신은 엘리엇을 대신해서 스테펀을 죽였어.」

「내가 왜 그런 짓을 해?」

「그건 당신이 말해 보지그래.」

대니는 주디스의 논리 속에서 중심을 잃지 않으려고 노력하면서 얼굴을 찡그렸다.

「내가 생각할 수 있는 건, 당신은 지금 엘리엇이 나 대신 리즈를 죽이게 하려고 내가 엘리엇 대신 스테펀을 죽였다고 주장하려고 한다는 거야.」

「그걸 어떻게 알았지?」 주디스는 그 말을 낚아채며 말했다.

「나도 모르지.」 대니가 시간을 벌기 위해 이렇게 물었다.「경찰이 그렇게 말했으니까.」

「거짓말! 하지만 맞았어. 비록 당신은 엘리엇을 대신해서 스테펀을 죽였지만 그는 당신을 대신해서 리즈를 죽이지 않았어. 이크발을 죽였지.」

「뭐라고?」

「이크발을 죽였다고.」

「그게 나한테 무슨 도움이 돼?」

「도움이 안 되지. 앤디 비숍한테는 도움이 되지만. 당신들 계획이 그랬잖아. 당신은 엘리엇 하워드를 대신해서 스테펀 던우디를 죽였어. 그다음 엘리엇이 앤디 비숍을 대신해서 이크발 카삼을 죽였지. 그리고, 마지막으로 앤디는 당신을 대신해서 리즈를 죽인 거야. 계획한 사이클을 마무리하기 위해서. 생각해 보면 아주 영리한 수학적 단순성이 있어. 만일 당신이 스테펀을 죽이고 엘리엇에게 리즈를 죽이게 했다면, 경찰이 당신 둘이 교환 살인을 했단 걸 알아내는 데는 2분도 채 걸리지 않았을 거야. 하지만 세 번째 인물을 추가한다면? 갑자기 그 단순 명백함이 사라지지. 당신이 완전히 모르는 사람인 스테펀을 죽여. 그리고 스테펀 죽기를 바랐던 엘리엇은 그 일이 발생할 때 성가대 연습에 확실히 참석하지. 비록 연습을 끝내고 나갈 때 참지 못하고 의기양양한 표정으로 CCTV를 보기는 했지만. 그는 자기가 똑똑하게 군 게 너무 자랑스러웠던 거야. 어쨌거나 엘리엇은 그 사건에 대한 혐의가 없어. 그는 사건이 일어났을 때 다른 곳에 있었으니까.

그 덕에 엘리엇은 토요일 아침 5시에 침대에서 빠져 나와 이크발을 살해할 여유가 생겼지. 이크발 역시 엘리엇이 한 번도 만난 적 없는 사람이었어. 그러니 그가 어떻게 살인범이 될 수 있겠어? 동기가 뭔데? 또 이크발이 죽기를 간절히 바랐고 이크발의 집에 들어갈 때 필요한 열쇠를 엘리엇에게 준 앤디 비숍은, 그때 몰타에 있었지. 그리고 당신이 스테펀을 죽였을 때도 몰타에 있었어. 이중으로 확실한 알리바이가 생기도록 한 거지. 비록 당신을 대신해 리즈를 죽이기 위해서 영국으로 다시 돌아와야 했지만. 그리고 이번에도, 앤디 역시 한 번도 그녀를 만난 적이 없는데도 살해를 했어.

당신들 계획은 전체적으로 영리했지만, 그중에서도 가장 절묘했던 건 바로 루거 총과 〈믿음〉, 〈소망〉, 〈자비〉라고 적힌 메달을 살인 현장에 남겨 뒀던 일이야. 당신들 계획에는 한 가지 약점이 있었어. 동일한 골동품 루거를 사용한 덕택에 경찰은 그 약점을 알아채지 못했지. 세 사람을 죽인 게 같은 총이니 그들을 죽인 건 한 사람이 아닐까 했던 거야. 세 명의 각기 다른 살인범이 같은 총을 공유하는 일이 세상에 또 있겠어?

메달을 남긴 것도 확실히 영리했어. 사람들은 누구나 〈믿음, 소망, 그리고 자비〉란 표현이 오직 세 단어밖에 없다고 알고 있지. 각 시체에 메달을 놓음으로써 당신들은 경찰에게 희생자들은 모두 관련이 있고 그 살인들을 저지른 게 단독범일 거라는 메시지를 남긴 거잖아. 하지만 또 살인은 세 번만 있을 거라는 사실을 확실히 전달한 것이기도 해. 〈자비〉라는 메달이 목에 걸린 리즈 시체가 발견되자마자, 경찰은 이제 살인은 끝났다고 생각하겠지. 더 이상은 없다고 말이야. 그래서 시간이 지나면서, 그리고 세 희생자 간의 연결점을 찾는 데 실패하면서, 경찰은 다른 더 급박한 사건들에 주의를 빼앗기게 되겠지. 이 살인 사건들이 그렇게 뒷전으로 밀리면, 당신들은 머지않아 빠져나갈 수 있게 될 거고. 하지만 그렇게 최선의 노력을 했음에도, 난 이제 그 세 건의 살인이 한 사람의 소행이 아니란 걸 알아. 한 사람인 척한 세 사람의 소행이었지.」

「그 약점이란 게 뭔데?」 대니가 주디스를 향해 한 발자국 더 다가서면서 물었다.

「오, 그렇지, 혹시나 그걸 물어볼까 궁금했는데.」 속으로는 계속 〈대체 경찰은 어디에 있는 거야?〉라고 소리 지르고 있었지만, 주디스는 차분한 어조로 말했다. 「그 계획에는 아킬레스건이 하나 있었지. 그리고 그건 만약 경찰이 세 명의 희생자들 사이에 의미 있는 연결점이 없음을 알아차렸을 경우야. 동일한 총이 사용되었는데도 말이지. 그리고 그 〈믿음, 소망 그리고 자비〉를 이용한 속임수도. 그래서 대신, 경찰은 그 세 건의 살인으로 인해 가장 혜택을 볼 사람들에 집중했어. 왜냐하면 당신 셋은 모두 연결고리를 갖고 있잖아. 그것도 아주 강력한 연결점을.」

「나하고 그 두 사람과는 아무런 상관이 없어!」 대니가 소리를 질렀다.

「오, 물론 있어. 그리고 당신도 그걸 알아.」

「그래, 그게 뭔데?」

페리레인에서는 타니카가 세차게 쏟아지는 빗속에 서서 콜린 스탈링과 성가대원들이 말로 다리를 건너 잘린 종의 밧줄을 날라 오는 걸 지켜봤다.

그들이 거의 도착했을 때쯤, 타니카는 벡스가 그녀에게 원하는 것이 무엇인지를 깨달았다.

「밧줄을 나무 몸통에 감아요! 어서요. 이 나무를 빨리 옮겨야 해요!」 그녀가 소리쳤다.

그들이 모두 밧줄을 나무에 감으려고 노력하는 동안, 벡스가 운전하는 흰색 SUV의 눈부신 헤드라이트가 어둠을 가르며 질주하더니, 말로 다리를 건너 페리레인 방향으로 틀자마자 급제동을 했다. 도로가 매우 협소함에도, 벡스는 핸들 위 정확히 10시와 2시 방향에 손을 올려놓고는 자신 있게 전진, 후진, 전진으로 차를 돌린 후 마지막으로 정확히 차의 뒷부분을 참나무 옆에 위치시켰다.

「뒤쪽에 견인 고리가 달려 있어요.」 그녀는 차에서 내리며 이렇게 소리쳤다.

타니카는 신속히 말을 알아듣고, 밧줄 끝을 벡스의 사륜구동 차량 뒷부분에 묶을 수 있도록 조치했다.

그때 정말 다행스럽게도, 멀리에서 마침내 경찰차들이 달려오는 소리가 들렸다.

재빨리 밧줄을 묶자마자, 타니카는 거센 바람 소리에 맞서 벡스에게 소리쳤다.

「됐어요, 이제 출발해요!」

벡스는 다시 차에 올라타서 문을 쾅 닫았다. 하지만 콜린이 열린 창문을 통해 그녀의 팔을 잡았다.

「벡스!」 그는 이렇게 불렀지만, 다음에 뭐라고 해야 할지 알 수가 없었다.

벡스가 남편을 바라봤을 때, 그의 눈이 기대감에 반짝이는 것을 봤다.

「지금 무슨 일이 일어나고 있는지 모르겠어. 하지만 내가 요즘 당신에게 이런 말을 자주 안 한 것 같은데, 난 당신이 정말 대단하다고 생각해. 난 〈항상〉 당신이 대단하다고 생각했어.」

벡스의 가슴이 뛰었다. 이게 그녀가 기억하던 콜린이었다. 생기 넘치고 진실하며 온전히 그녀에게만 집중하던.

「사랑해요.」 그녀는 윙크를 하며 말했다.

「나도 사랑해.」 그가 말했다.

「자, 이제, 미안하지만 전속력으로 전진해야 해요.」 벡스는 이렇게 말하고 다시 조종석으로 주의를 돌렸다.

콜린이 뒤로 물러서자, 벡스는 차를 사륜구동으로 설정한 뒤, 가장 낮은 기어로 놓고 가속 페달을 밟았다. 고무 타는 냄새가 진동했지만 참나무는 꿈쩍도 하지 않았다.

벡스는 방법을 다시 생각하기 위해 페달에서 발을 뗐다. 그때 경찰차 두 대가 페리레인으로 들어오다가 벡스의 차와 부딪치기 전에 멈췄다.

벡스가 다시 가속 페달을 밟는 동안 경찰관들이 차에서 내렸다. 밧줄이 팽팽하게 당겨졌고 가속 페달을 또다시 밟자 차의 뒷부분이 왼쪽과 오른쪽으로 크게 요동치면서 엔진이 폭우 소리를 삼킬 만큼 우르릉댔지만 참나무는 여전히 움직이지 않았다. 너무 거대했다.

벡스는 페달에서 발을 떼고 좌절감에 핸들을 쾅 하고 내려쳤다.

뭘 동원하든, 나무를 옮길 방법은 없어 보였다.

주디스는 이제 완전히 혼자였다.

주디스는 지난 몇 분간 계속 같은 결론에 도달했다. 난 이제 혼자다. 그리고 그러한 충격적인 깨달음이 얼음물처럼 그녀의 몸을 훑고 지나갔다. 벡스가 타니카와 연락이 닿았다면 벌써 한참 전에 도착했을 것이다. 뭔가 일이 잘못된 것이 분명했다.

「말해 봐.」 대니가 이렇게 말하자 주디스는 다시 현실로 돌아왔다. 「내가 그 두 남자와 무슨 연결 고리가 있는지.」

「그건 아주 쉽지.」 주디스는 온몸이 완전히 마비된 듯한 느낌이었지만 이렇게 말했다. 「당신 셋은 같은 학교를 다녔잖아. 윌리엄 볼러스 중등학교.」

「그래서 뭐? 그게 다야? 이 동네에는 고등학교가 두 군데밖에 없어. 수많은 사람들이 같은 학교를 다녔어. 그리고 난 두 사람과 같은 나이도 아니야.」

「그렇지, 그건 사실이야. 엘리엇은 당신보다 한 살 위고, 앤디는 네 살 어리지.」

「그런데 내가 어떻게 그 앤디라는 사람과 연결이 되겠어? 난 기억도 못 하는데.」

「오, 기억할걸. 그는 당시에 최고의 운동선수였으니까. 지금 그 사람 모습을 보면 알 수 없겠지만. 한때는 말이야, 나도 내 옛날 사진을 보고 깨달은 사실이지만, 우리는 젊을 때 모두 훨씬 날씬했어. 하지만 우리가 정말 주목하게 되는 건 앤디의 키야. 왜냐하면 키 작은 조정 선수란 건 없으니까.」

「그런 건 없지.」

「하지만 키잡이라면 가능해. 사실 키잡이는 되도록 키가 〈작아야〉 해. 그리고 말라야 하고. 그리고 그게 바로 앤디의 옛날 모습이야. 아주 작고 날씬한 체구. 그가 내 좋은 친구 벡스에게 자랑했던 것처럼, 그는 젊을 때 아주 대단한 운동선수였지. 우리가 처음 그 말을 들었을 때는 무시했지만, 그건 사실이었어. 그와 당신, 그리고 엘리엇은 당신 학교에서 함께 승리를 거뒀던 조정 팀이었어.」

처음으로 주디스는 대니의 눈에 당황스러운 기운이 스치는 것을 봤다.

「당신들 셋은 그 후 몇십 년간 사이가 소원해졌을지 몰라도, 10대 때는 학교에서 배출한 최고의 조정 팀 팀원들이었지. 이제야 안 사실이지만, 키잡이가 있는 2인 팀으로 말이야. 그 한 명의 키잡이가 앤디였지. 배의 경로를 잘 파악할 줄 아는 교활하고 약삭빠른 소년. 그리고 더 나이 많고 크고 힘센 두 명이었던 당신과 엘리엇이 노를 저었고. 아마 리거타의 모든 경기를 휩쓸었을 거야.」

「다 추측일 뿐이야.」

「전혀. 난 조정이 연결 고리라는 것을 알아낸 후 엘리엇의 사무실에 갔었어. 그리고 내가 뭘 봤게? 내가 전에 갔을 때 있었던 조정 팀 사진 중 하나를 없애 버렸더군. 지금 생각해 보니 그는 아마 벽에서 액자에 끼워진 그림을 없애는 취미가 있나 봐. 하지만 내가 일단 제대로 방향을 잡았을 때는 그걸 확인하기만 하면 됐지. 그리고 그의 부인이 나한테 아주 화가 났다는 사실도. 내 생각에, 당신 부인처럼, 데이지는 엘리엇에 대해 한동안 의심을 해왔고, 그것이 그녀를 미치게 만들었던 것 같아.

어쨌든 사라진 사진은 엘리엇의 옛 조정 팀과 관련해 유죄를 입증하는 뭔가가 있음을 증명해 준 셈이야. 그러면 그 사진에는 또 누가 있었을까? 안타깝게도 당시의 기록들 중에 아직까지 남은 건 많지 않더군. 하지만, 십자말풀이의 일부를 푼다는 게 어떤 의미인지 알아? 종종 그 나머지는 그냥 저절로 제자리를 잡아 간다는 거야. 나는 엘리엇이 또 누구와 함께 조정을 했을까 생각해 봤어. 처음에는 스테펀이 아닐까 생각했지만 내가 이미 말한 것처럼, 스테펀은 조정을 싫어한다고 공식적으로 말했어. 그때 당신과 리즈가 젊을 때 조정 선수로 만났다고 벡스가 나에게 해준 말이 기억났어. 당신이 내가 찾고 있던 엘리엇의 배에 탄 세 번째 인물이었던 거지.」

주디스는 대니가 턱에 힘을 주었다 풀었다 하는 것을 볼 수 있었다.

「왜? 아무 말도 안 할 셈이야? 그렇겠지. 하지만 이제 나는 그 죽음들에 대해 이해하기 시작했어. 당신이 말한 것처럼, 당신과 엘리엇 그리고 앤디는 서로 별 관련이 없으니까. 하지만 당신들은 마지막으로 엘리엇이 졸업반이었던 1980년에 같이 배를 탔지. 정확히 40년 전이었으니 동창회를 할 만한 아주 좋은 변명거리였을 거야. 그래서 리즈가 다이어리에 8월 5일 월요일은 〈조정 저녁 식사〉가 있다고 특별히 적어 놨을 테고. 하지만 그건 〈리즈〉가 참석할 일정이 아니었어. 그녀는 그냥 〈조정 저녁 식사〉라고 적어 놨을 뿐이야. 좋은 아내로서 당신 일정이 겹치지 않도록 중요한 약속을 표시해 놓은 거지.

그리고 당신과 엘리엇, 앤디는 함께 즐거운 저녁을 보냈을 거라고 확신해. 당신들이 예약한 매우 은밀하고 한적한 식당에서. 당연히 검은 타이를 맸겠지. 그래, 아마 이 근처 식당의 참나무로 멋지게 꾸며진 조용한 방에서 당신 셋이 모였을 모습이 상상이 가. 모두 말쑥하게 차려입고, 요즘에는 실내에서 시가를 피울 수 없어서 얼마나 안타까운지 모르겠다는 둥 맞장구를 쳐가면서 말이야. 하지만 문제가 하나 있었어. 5일 월요일은 엘리엇이 갤러리로 스테펀을 만나러 갔던 날이었다는 거. 당신 셋이 만났을 때 엘리엇은 아주 화가 나 있었겠지. 그다음에 어떤 일이 일어났는지를 생각해 보면 얼마나 화가 났었을지 너무 분명해.

있잖아, 나는 엘리엇이 그 일을 당신들에게 모두 털어놨을 거라고 생각해. 스테펀이 얼마나 나쁜 협잡꾼인지. 사실 이렇게 말하기는 슬프지만 나도 지금은 그게 사실이라는 걸 알아. 그는 아주 큰 가치가 있는 로스코의 작품을 수십 년 전에 엘리엇한테서 빼앗았으니까. 그리고 엘리엇은 이 일에 대해서 당신들에게 다 말했겠지. 몇 주 전에 헨리에서 스테펀과 언쟁을 벌였던 것도. 그 이후로 자기가 한 일에 대해서도 말했을 게 분명해. 그는 복수를 할 결심을 굳힐 만큼 스테펀과 말다툼을 한 것에 화가 나 있었던 거야.

그는 로스코의 작품을 되찾고 싶어 했어. 하지만 어떻게 해야 할까? 사실 엘리엇은 언제나 자신의 재능을 증명하고 싶어 했으니까, 로스코의 위작을 그리기로 결심했어. 하지만, 그것 또한 어떻게 할 수 있었겠어? 그 그림을 수십 년간 본 적이 없는데 말이야. 그는 어떻게든 자신이 그린 위작을 스테펀이 그 차이점을 모르도록 진품이 있던 액자에 끼워 넣어야 했어. 그래서 그는 스테펀의 집에 몰래 침입했지. 아마 로스코 그림의 사진을 찍기 위해서였을 거야. 그리고 액자의 크기도 재고 어떻게 그림을 고정하고 있는지도 확인할 겸. 하지만 그는 일단 그것만 하고 집을 나왔어. 그래서 나중에 스테펀이 집에 돌아왔을 때 누군가 집에 침입한 흔적이 있다고 경찰에 신고했지만 결국 없어진 물건이 있음을 증명하지 못했던 거야. 아무것도 훔쳐간 게 없었으니까. 엘리엇은 그저 사실 확인을 위해 침입했을 뿐이니까.

그다음에, 엘리엇은 로스코의 그림을 그리는 자신의 능력을 재발견할 작업에 착수했어. 필요한 모든 테크닉과 색상의 조합을 상기하면서. 그건 한참 뒤에 그가 정원에서 태우던 로스코 스타일의 그림들에 대한 설명이 되지. 그는 연습했던 모든 그림을 다 없애던 중이었거든.

하지만 스테펀은 누군가 자신의 집을 침입했던 것과 여기에 엘리엇이 관련돼 있다는 사실을 알았어. 아마 원래와 다르게 로스코의 그림이 똑바르게 걸려 있지 않은 것을 봤을지도 모르지. 혹은 엘리엇이 스테펀을 보고 어떤 식으로든 조롱을 했을지도 모르고. 그게 뭔지는 알 수 없겠지. 하지만 분명 뭔가가 스테펀을 의심하게 했고, 그건 결국 엘리엇을 사무실로 불러 침입에 대해 비난을 할 만큼 충분한 정황 증거가 됐을 거야. 경찰에 갈 수도 있다고 위협도 하고 말이지.

그러니까, 맞아. 그날 당신들 셋이서 저녁 식사를 위해 만났을 때, 엘리엇은 아주 불쾌한 심정이었을 거야. 분명 그는 스테펀 같은 인간은 죽어도 마땅하다고 생각한다는 말도 덧붙였겠지. 그래서 그다음 무슨 일이 벌어졌을까?

그다음으로 나선 건 앤디였을 거야. 그에게도 문젯거리가 있었으니까. 비록 자신이 저지른 범죄를 훨씬 가벼운 일처럼 포장해서 말했을 테지만. 자기가 암으로 천천히 죽어 가는 에즈라를 돌봤다는 식으로 얘기를 꾸며 냈겠지. 그리고 에즈라가 죽기 직전에 자신의 유산을 신뢰하는 변호사인 자기에게 남겼다고. 물론 다 거짓말이었어. 에즈라는 모든 재산을 훌륭한 이웃인 이크발에게 남겼으니까. 하지만 앤디는 에즈라가 죽음에 너무 가까워지면서 새 유언서에 서명을 할 수가 없었다고, 그래서 증인의 서명을 위조할 수밖에 없었다고 말했을 거야.

그리고 중간에 끼어든 이크발에게 모든 잘못을 뒤집어씌웠겠지. 유언장에 서명하기 전에 이미 사망한 증인들의 이름을 볼러스 학교 교지에서 어떻게 발견했는지, 그리고 이크발이 교지에서 찢어 낸 그 페이지를 앤디에게 증거물로 보낼 만큼 얼마나 뻔뻔했는지를 말이야.

사실, 앤디는 엘리엇보다 훨씬 더 큰 곤경에 처해 있었어. 아주 심각한 사기죄를 지었으니까. 이크발을 잠잠하게 만들지 못하면 감옥에 갈 처지였어. 만일 스테펀은 죽어 마땅하다는 말을 엘리엇이 먼저 하지 않았다면, 분명 앤디가 이크발에 대해 그렇게 말했을 거라고 생각해. 누군가 이크발을 죽여야 한다고 말이지.

하지만 살인이란 건 대체 어떻게 해야 할까? 경매 회사를 운영하는 사람에겐 제2차 세계 대전 때 사용했던 루거와 같은 오래된 무기에 손을 대는 게 그리 어려운 일이 아닐 거야. 당신이 불법 거래상을 알고 있었다면 또 달랐겠지만, 그건 엘리엇이 맡기로 했겠지. 하지만 그래도 어떻게 살인을 하고 또 잡히지 않을 수 있을까? 아마 그때 당신도 아내가 죽기를 바란다고 고백했겠지? 어떨 땐, 아주 친한 사람보다 상대적으로 덜 친한 사람에게 진실을 털어놓는 게 더 쉽잖아. 리즈가 죽으면 당신이 그 땅과 조정 센터를 상속받을 수 있었지. 그럼 그걸 모두 팔아서 억만장자가 될 수 있을 거고.

그리고 일단 당신의 아주 음흉한 비밀을 털어 놓자, 아마도 각자 왼쪽에 앉은 사람을 위해 살인을 저지르면 되겠다는 아이디어가 떠올랐겠지. 같은 총을 사용해서 마치 한 사람인 것처럼 꾸미자고. 앤디 비숍이 제공한 게 분명하겠지만, 옛 프리메이슨에서 유래한 메달을 남겨서 살인을 저지른 게 동일한 사람인 것처럼 보이게 하자고 얘기했을 거야.」

대니는 다시 총을 들어 올려 주디스의 머리에 겨눴다.

「당장 그 입 닥쳐.」

「또 살인을 저지르고 싶지는 않을 텐데.」

「그 부분에선 틀렸어. 지금 그건 내가 〈정확히〉 원하는 바야.」

대니의 눈에 비친 광기를 본 주디스는, 그가 자신의 행동에 대한 결과 따위엔 더 이상 아무런 관심도 없음을 깨달았다. 그런 그를 말로 진정시킬 방법은 없었다. 이성적인 면에 호소할 수도 없었다. 그는 단지 주디스가 죽기를 원했다. 어떤 대가를 치르더라도.

그리고 마침내 주디스는 진실을 깨달았다. 그녀의 계획이 실패했다는 것을.

그녀는 대니 커티스와 단둘이었고, 그녀를 죽이려는 그를 막을 방법은 없었다.

한편 수지는, 여전히 공포에 떨면서 늘어진 가지 밑에서 온몸이 점점 더 흠뻑 젖어 가면서 점점 더 처참한 마음이 들었다. 주디스의 집 안에서는 무슨 일이 벌어지고 있는 걸까? 뭔가 도울 일이 있을 텐데, 하지만 어떻게 도울 수 있을까? 그녀는 강을 사이에 두고 주디스의 집 건너편에 있었고, 강을 건널 방법은 없었다.

수지는 늘어진 가지 밑에서 빠져나와서 강으로 다가갔다. 엄청난 양의 물이 거세게 흐르고 있었다. 날씨가 아무리 좋아도 강을 건널 방법은 없었다. 그녀는 수영을 전혀 못했으니까. 폭풍이 치는 밤에 이렇게 빨리 흐르는 강을 건너는 건 고사하고.

게다가 그녀 옆에서 떨고 있는 에마 또한 아무런 도움이 되지 못했다.

하지만 쏟아지는 폭우 속에서 수지는 또 다른 사실을 깨달았다. 벡스와 경찰이 오지 않는다는 거였다. 그건 자신이 주디스의 유일한 마지막 희망이라는 의미였다. 이 생각은 그녀가 결정을 내리는 데 도움이 됐다. 아마, 마음 깊은 곳에서는 이미 그녀가 다음에 어떤 행동을 취해야 할지 알고 있었는지도 모른다.

「주디스를 구하러 가자!」 그녀는 거세게 몰아치는 바람에 맞서 에마에게 소리쳤다. 「주디스를 구하러 가는 거야.

너랑 나랑 함께.」

수지는 몸을 숙여 부츠의 끈을 푼 다음 벗어 던졌다. 다음에는 비옷과 챙이 넓은 모자를 벗어 바닥에 내려놨다.

그런 다음 강으로 성큼성큼 걸어 들어가자, 수지가 하는 모든 행동을 따라하겠다는 듯 에마도 그녀를 따랐다.

수지는 최대한 팔과 다리를 뻗어 허우적거렸지만 거의 즉시 물살에 휩쓸렸다.

그녀는 첨벙거리며 강을 건너려고 했지만 물살이 너무 셌다. 극도의 공포감을 느낀 수지는 폐가 다 차도록 물을 먹어 가며 앞으로 나아가려고 애를 썼다. 하지만 주디스의 집에서 먼 하류 쪽으로만 자꾸 휩쓸려 갔고, 가까스로 물 밖으로 나갈 수 있다 해도 다시 주디스의 집 쪽으로 돌아갈 방법은 없었다. 그리고 문득 어쩌면 다시는 물 밖으로 나갈 수 없을지도 모른다는 사실을 깨달았다.

주위는 칠흑같이 어두웠고, 사방에서 비가 강으로 쏟아져 내렸으며 부푼 강물이 그녀를 들어 올려 빙글빙글 회전시켰다가 아래로 빨아들이기를 몇 번이고 반복했다. 그리고 매번 그녀는 물속으로 잠길 때마다 그 시간이 점점 더 길게 느껴졌다.

아주 추웠다. 정말 아주 많이. 그리고 피곤했다. 몸이 너무 무겁고 피곤했다. 그녀는 계속 싸울 수가 없었고 강은 너무 힘이 셌다.

그리고 수지는 또 물살에 의해 강 속으로 빨려 들어갔다. 이번에는 마지막일지도 모른다는 생각이 들었다. 다시는 물 밖으로 나갈 수 없을 거라고.

이제는 정말 주디스와 대니뿐이었다.

그리고 주디스도 어쩔 수 없이 혼자라는 사실을 받아들였고 침착함을 되찾기 시작했다. 대니는 결국 그녀를 총으로 쏠 게 분명했다. 이제 그녀가 할 수 있는 것은 없었다.

대니가 한 발자국 더 다가섰다.

총을 들어 올렸다.

두 사람 사이의 거리는 가까웠지만 여전히 손이 닿을 정도는 아니었다. 그래서 그가 방아쇠를 당기기 전에 몸으로 덤벼들 수도 없었다. 정말 아무것도 할 수 있는 것이 없었다. 이제 정말 끝이었다.

그녀는 얼마 안 남은 인생의 마지막 순간에 자신을 안심시켜 줄 것을 찾기 위해 테이블 위의 녹색 천에 손을 올려놨다.

「당신은 자기가 아주 똑똑하다고 생각하지. 하지만 결국은 머리에 총을 맞게 됐군.」 대니가 말했다.

주디스는 대니스가 방아쇠에 건 손가락에 힘을 주는 것을 봤고, 그 순간 휴대용 사탕 통에 사탕이 전혀 없음을 발견했다. 완전히 빈 상태였다. 이것이 정말 그녀의 마지막 생각이 되는 걸까?

하지만 통 안에 아예 아무것도 없는 건 아니잖아, 안 그래?

주디스는 사탕 통을 집어 대니의 얼굴에 던졌다. 설탕

가루가 얼굴 주변에서 하얀 구름을 이루듯 흩어졌고, 그 짧은 순간에 주디스는 테이블 위에 깎아 놨던 연필을 집어 거리를 좁힌 후 대니의 오른팔에 깊숙이 꽂았다. 그러자 대니는 고통으로 주저앉으며 권총을 떨어뜨렸고, 팔에서 흐르는 피를 지혈하려고 하면서 왼손으로 연필을 그러쥐었다.

그때 주디스는 총을 집어 대니를 향해 겨누면서 뒤로 물러났다.

「움직일 〈생각〉조차 하지 마!」 그녀가 고함쳤다.

하지만 대니는 더 이상 대니가 아닌 듯했다. 그는 사나운 짐승처럼 바닥에서 일어나 팔에서 피가 솟구치는 것도 아랑곳 안 하고 연필을 뽑았다.

「움직이지 마!」 주디스가 다시 소리쳤다.

주디스가 미처 반응을 보일 새도 없이 대니는 주디스의 카드 테이블을 들어 그녀를 향해 던졌다. 주디스는 방어하기 위해 손을 들어 올렸지만 테이블 때문에 바닥으로 넘어졌고 그 바람에 총이 손에서 회전하며 벗어났다.

주디스는 카펫 위에 엎어져 숨을 헉헉거렸다. 쓰러지면서 부러진 팔에 급격한 통증이 느껴졌지만 어떻게든 다시 일어나 대니보다 먼저 총을 집어야 했다.

그녀는 한쪽 무릎을 세우고 총을 찾아봤지만 총은 어디에도 없었다. 어디로 갔을까?

그 순간 대니가 총을 손에 쥐고 그녀를 향해 겨눴다.

주디스는 이제 정말 끝이라고 생각했다. 하지만 자신이

두려워하는 모습을 보고 대니가 만족감을 얻도록 둘 수는 없었기 때문에, 그녀는 살인범의 눈을 똑바로 마주봤다.

눈을 뜨고 있었던 덕에 그녀는 깨진 창을 통해 날아든 야생 동물의 으르렁거리는 이빨과 발톱을 볼 수 있었다. 짐승은 바닥에 착지한 후 한달음에 뛰어올라 대니를 넘어뜨렸다.

주디스는 그 짐승이 에마이며, 대니를 덮쳐 바닥에 넘어뜨렸음을 깨달았다!

「살려 줘!」 대니가 비명을 질렀다. 에마의 이빨이 그의 손목을 물어 팔을 부러뜨릴 듯 흔들어 대자 총이 손에서 벗어나 마루 위로 미끄러졌다.

이윽고, 문이 활짝 열리며 지친 기색의 벡스가 방으로 쳐들어왔다. 에마가 대니의 얼굴에 대고 으르렁거리고 주디스가 옆에 넘어져 있는 광경을 본 벡스는, 루거 권총이 자신의 발치에 떨어진 걸 발견하고 집어 들었다.

뒤이어 온몸이 흠뻑 젖은 경찰관 세 명이 달려 들어왔고, 바닥에 넘어진 대니를 본 다음 주디스 쪽으로 고개를 돌렸다.

「당신 개인가요?」

「아뇨, 절대로 아니에요.」 창밖에서 우렁찬 목소리가 들려왔다.

방 안에 있던 사람들은 머리에 부초가 엉겨 붙은 채 빗속에 서 있는 수지를 발견했다.

「이크발의 개예요.」 그녀가 말했다.

수지의 목소리에 에마는 대니를 놓아줬지만, 경찰관들이 그를 일으켜 세워 거칠게 수갑을 채우는 동안에도 계속 으르렁대는 것을 멈추지 않았다.

주디스는 갑자기 현기증이 나서 소파에 기댔다.

「괜찮아요?」 벡스가 주디스에게 다가가며 말했다.

「조금만 지나면 괜찮아질 거예요.」

벡스는 경찰관 세 명이 대니를 데리고 밖으로 나가는 모습을 지켜봤다.

「대니 커티스가 살인범이었어요?」 벡스가 놀라 물었다.

「세 명 중 한 명이죠.」 주디스가 말했다.

그때 타니카가 숨에 차서 헐떡거리며 방으로 들어왔다.

「아, 뛰어오기에는 너무 머네요.」 그녀가 말했다.

「여기까지 뛰어왔어요?」 주디스가 물었다.

「얘기하자면 길어요. 하지만 어쩔 수 없었어요. 길을 막은 나무를 옮기는 데 시간이 너무 많이 걸렸거든요.」 벡스가 말했다.

「벡스가 신속한 판단을 한 덕분입니다.」 타니카가 덧붙였다. 「나무를 밧줄로 묶어서 벡스 자동차로 끌어 보려고 했는데 나무가 꼼짝도 안 하는 거예요. 뭘 어쩔 수가 없었죠. 그런데 정말 놀라운 일이 벌어졌습니다. 사람들이 도착하기 시작한 거예요. 각자 집에서, 다리를 건너서요.

「사람들이요? 왜요?」 주디스가 물었다.

「벡스가 교회 종을 울렸거든요. 그래서 마을 사람들이 모두 도울 게 없나 해서 빗속을 뚫고 달려왔습니다. 다 해서 거의 2백 명 정도가 온 것 같아요. 덕분에 말로 사람들의 힘에 차를 동원해 우리가 빠져나갈 만큼 충분히 나무를 움직일 수 있었어요.」

「대단해요.」 주디스가 칭찬했다. 「아, 그리고 엘리엇 하워드와 앤디 비숍도 살인죄로 체포해야 해요.」

주디스는 재빨리 타니카와 벡스에게 어떻게 세 명이 서로를 위해 살인을 저질렀는지 설명했다.

「그래서 오늘 밤에 대니가 저를 죽일 계획인 것을 알게 됐어요.」 그녀가 얘기를 마무리하면서 말했다. 「그들이 항상 하던 방식이니까요. 각 살인을 할 때마다 가장 가능성 낮은 사람이 살인을 하고 나머지 두 명은 확실한 알리바이를 만들었죠. 그래서 엘리엇이 오늘 밤 성가대 연습이 있는 날인데도 말로에 없을 거라는 말을 했을 때, 제 목숨이 위험하다는 걸 알았어요. 그리고 앤디의 비서에게 알아보니 앤디도 출장을 갈 거라고 했죠.」

「두 사람 다 오늘 밤 반드시 체포하도록 하겠어요.」 타니카가 말했다.

「엘리엇은 런던 어딘가에서 풋볼 경기를 보고 있을 거고, 앤디는 플리머스에 있어요.」

「걱정 마세요. 둘 다 연행할 테니.」

주디스와 타니카는 잠시 서로를 쳐다봤다. 주디스는 혼자서 대니를 상대하려고 했던 것에 대해 타니카가 한마디 하려고 한다는 걸 알 수 있었다. 하지만 타니카 역시 이번만큼은 주디스에게 다툴 힘이 전혀 없음을 알 수 있었다.

사실 이 나이 든 여성은 아주 지치고 후회하는 듯 보였기 때문에, 두 사람은 서로에게 굳이 어떤 말을 할 필요가 없음을 문득 깨달았다.

타니카가 미소를 지었다.

「괜찮으시겠어요?」

주디스가 미소를 지었다.

「네. 물어봐 줘서 고마워요.」 그녀는 간단히 답했다.

수지가 방 안으로 쿵쾅거리며 소란스럽게 들어오자 벡스와 주디스가 영웅을 환영하기 위해 다가가 환호성을 질렀다.

타니카는 세 여성의 모습을 보며 미소를 참을 수 없었고 특히 벡스가 수지의 머리에서 부초를 떼어 내는 모습을 볼 때는 더더욱 그랬다.

타니카는 혼자 만족스러운 한숨을 내뱉었다. 이제 끝났다. 마침내 다 끝이 났다. 내일 밤, 딸이 잠들기 전 동화책을 읽어 줄 수 있을 것이다. 하지만 그것은 내일 밤의 일이었다. 오늘 밤은 세 명의 남자를 살인죄로 기소할 일이 남아 있었다.

「대체 어떻게 강을 건넌 거예요?」 주디스가 수지에게 물었다.

「헤엄쳐서요.」 수지가 대답했다.

「하지만 수영 못한다면서요.」 벡스가 말했다.

「아주 죽도록 한번 해봤어요. 하지만 맞아요. 난 수영 못해요. 그래서 물에 떴다가 잠겼다를 반복했어요. 그러다가 어느 순간 뭔가가 내 옷 목덜미 부분을 꽉 조이는 기분이 들었어요. 알고 보니 에마가 나를 구해 준 거예요.」

수지가 에마를 감탄스러운 눈으로 바라봤다.

「일단 에마가 강둑으로 나를 끌어낸 다음에는, 당신을 구하라고 보냈어요.」

벡스와 주디스는 놀라지 않을 수 없었다. 수영도 못하는데 강을 건너려고 했다고?

「그리고 교회 종을 울렸다는 게 정말이에요?」 주디스가 벡스에게 물었다.

벡스가 얼굴을 붉혔다.

「게다가 종의 밧줄을 잘랐다면서요.」

「어떻게요?」 수지가 물었다.

「검으로요.」

「검이요?」

「그거 알아요?」 주디스가 친구들의 말을 가로막으며 말했다. 「두 사람에게 사과할 게 있어요. 대니를 혼자 상대하려고 한 건 잘못된 판단이었어요. 두 사람처럼 용감하고 지략이 뛰어난 분들을 친구로 두고도 말이에요. 그런 실수는 다신 하지 않을게요. 약속해요.」

「고마워요.」 깊이 감동을 받은 벡스가 말했다.

「미안한데요. 지금 가장 중요한 점을 놓치고 있어요. 검이라뇨?」 수지가 말했다.

「그거 알아요, 여성분들?」 주디스는 음료 테이블로 다가가 무늬가 새겨진 세 개의 텀블러에 위스키를 넉넉히 따렀다. 「얘기를 더 하기 전에, 위스키 한 잔씩 합시다. 두 잔도 좋고요. 물론 이건 약으로 먹는 거예요.」

주디스는 술잔을 들고 돌아와 친구들에게 건넸다.

벡스가 잔을 위로 치켜들었다.

「그렇다면, 건배를 해야겠네요.」 그녀가 말했다.

「건배는 얼어 죽을.」 수지는 이렇게 말하고 위스키를 단숨에 들이켰다.

「일리 있는 말이네요.」 주디스가 말했다. 그러고는 그녀 역시 술을 한 번에 들이켰다.

벡스는 친구들에게 놀림을 받는 것이 처음으로 행복하다는 생각이 들어 미소를 지었다. 하지만 그녀는 잠시 방 안을 둘러보고는 뒤집힌 카드 테이블, 깨진 유리창, 또 마룻바닥 한가운데 희한하게도 설탕 가루가 흩어진 것을 눈치챘다. 누가 진공청소기로 청소를 해야겠다는 생각이 들었다. 하지만 모두 나중으로 미뤄도 될 일들이었다.

그녀는 미소를 지으며 다시 친구들에게 시선을 돌렸다.

「저도 동의하는 바예요.」 그녀는 이렇게 말한 뒤, 단숨에 잔을 비웠다.

39

며칠 뒤 온 동네는 다시 햇빛으로 물들었다. 말로는 앤디 비숍, 엘리엇 하워드, 대니 커티스가 살인죄로 체포 및 기소 됐고 주디스 포츠, 개 산책꾼 수지, 그리고 신부의 부인 벡스가 그들을 잡는 데 한몫했다는 뉴스로 여전히 떠들썩했다.

주디스는 대니와 대면한 사건 이후 온종일 침대에서 뒹굴거리며 꿀과 함께 토스트를 먹고, 토스트를 좀 더 먹고, 여름 하늘에 빨간색 연들이 하늘 높이 날아오르는 걸 창문 밖으로 바라보면서 지내느라 그녀에 대한 얘기로 온 동네가 떠들썩한지도 몰랐다. 충격과 두려움의 감정은 친구들이 해낸 일들에 대한 깊은 자부심으로 이내 대체됐지만, 그래도 아직은 나오고 싶지 않을 만큼 침대가 너무 좋았다. 그래서 그날의 나머지 시간을 침대에서 졸다가, 일어난 일에 대해 곱씹다가를 반복하면서 보냈다. 그리고 그 다음 날도 그렇게 보냈다.

사흘째 되는 날, 침대에서 일어난 그녀에게 가장 처음으로 생각난 것은 친구들이었다.

「우리 만나서 축하를 해야죠.」 그녀는 수지에게 전화를 걸어 이렇게 말했다.

「난 축하 파티라면 언제든 좋아요.」 수지가 말했다.

「그럼 지금 어때요? 시간 돼요?」

일요일 아침이었기 때문에 수지는 그날 저녁 검은 래브라도리트리버 두 마리를 돌볼 예정이었지만 그 전까지는 시간이 있었다.

「에마도 데려가도 돼요?」 그녀가 물었다.

「물론이죠. 에마도 우리만큼이나 축하할 자격이 있으니까요. 11시 반쯤 우리 집으로 오는 거 어때요?」

「그때 갈게요. 뭐 계획 중인 거 있어요?」

「그냥 11시 반에 와보면 알아요.」 주디스가 미소와 함께 말하고는 전화를 끊었다.

다음에는 벡스에게 전화를 걸었다.

「여보세요?」 벡스는 조금 숨찬 목소리로 전화를 받았다.

주디스는 놀라게 해줄 일이 있다면서 11시 반에 자신의 집으로 와줬으면 좋겠다고 했다.

「갈게요. 교회 예배가 끝나고 바로요. 아, 그런데 방금 생각났는데 콜린과 예배 직후에 커피 모임을 가지기로 돼 있어요. 사제관에서요.」

「직접 구운 비스킷들이 쟁반에 쫙 진열된 그런 모임이겠네요.」

「절 너무 잘 아시네요.」 벡스는 웃으며 말했지만 주디스가 그런 가벼운 커피 모임에 얼마나 많은 노력이 들어가는지 너무 과소평가한다는 생각도 들었다.

「게다가 분명 이미 다 준비가 된 상태겠죠.」

부엌에서 통화를 하던 벡스는 한 입 크기의 샌드위치, 훈제연어블리니, 방금 깐 메추리알, 그리고 수제 미니에클레르를 사기그릇에 담아 모두 랩으로 싸놓은 것을 바라봤다.

「아무래도 좀 지나치게 준비한 것 같긴 해요.」 벡스는 한 발 양보하며 대답했다.

「그럼 한 번 정도 빠지는 건 어때요?」

전화 건너편에서 침묵이 흘렀다.

「그럴까요? 정말 그래야겠어요. 콜린은 나 없이도 잘할 수 있을 거예요. 애들 도움을 받을 수도 있고.」 벡스가 말했다.

11시 반에 승합차를 타고 주디스의 집에 도착한 수지는 에마와 함께 차에서 내렸다. 이미 도착한 벡스도 진흙투성이 사륜구동에서 내리는 중이었다. 수지는 벡스의 차 뒤에 달린 견인 고리가 아직도 휘어져 있는 걸 볼 수 있었다.

「나 여기 아래쪽에 있어요!」 주디스가 보트 하우스에서 소리쳤고 벡스, 수지, 에마는 주디스가 있는 쪽으로 걸어 내려갔다. 안으로 들어가자 쿠션들을 가져다 둔 배 안에 버들가지 소풍 바구니도 놓여 있는 게 보였다.

「나 또 강으로 나가야 하는 거예요?」 수지가 몸서리를 쳤다.

「걱정 말아요. 난 아주 숙련된 뱃사람이니까. 나하고 있으면 안전해요. 어서 올라타요.」

주디스는 1킬로미터 정도 떨어진 강변에 있는 낡은 술집으로 이른 점심을 먹으러 갈 계획이라고 말했다.

「그리고 가는 길에,」 주디스가 버들가지 소풍 바구니를 가리켰다. 「간식을 좀 먹자고요. 자, 출발합시다.」

수지와 벡스가 배 안에 자리를 잡아 앉고 신이 난 에마도 분홍색 혀를 내밀고 헐떡거리며 앞쪽에 앉았다. 주디스는 바구니에서 샴페인 한 병을 꺼낸 후 배의 옆에 달려 있던 얇은 밧줄을 집어 들더니 능숙하게 하프히치 매듭[45]을 묶어 병목에 둘렀다.

「지금 뭐 하는 거예요?」 수지가 물었다.

「샴페인이 미지근해지면 안 되잖아요.」

주디스는 밧줄이 잘 묶였는지 재빨리 당겨 보고는 병을 강 속으로 넣어 차가운 물속에 잠기도록 한 다음 삿대를 집어 들고 허리를 굽혀 밀었다. 배의 앞부분은 보트 하우스의 문을 쉽게 통과했고 세 여성은 아침 햇살 속으로 나아갔다.

「이게 인생이지!」 수지가 얕은 강바닥을 주디스가 삿대로 밀고 나아가는 걸 보며 이렇게 외쳤다.

「도와줄까요?」 벡스가 물었다.

45 매듭을 쉽게 풀 수 있어 요트를 고정시킬 때 주로 사용되는 매듭법.

「내 걱정은 말아요. 난 보기보다 아주 튼튼하니까.」

삿대를 편하게 저으려고 망토의 한쪽을 어깨 너머로 넘긴 채 뱃머리에 자랑스럽게 선 주디스를 올려다보며, 벡스는 마치 장난꾸러기 병사 같다는 생각에 미소를 지었다.

「정말 그래요. 연금 받는 나이에 사탕 통과 연필 한 자루로 살인범을 무찌른 사람이 얼마나 되겠어요.」 수지가 말했다.

「난 에마가 공격할 때까지 그 사람의 주의를 끌려고 노력한 것밖에 없어요. 그리고 당신이 강을 건널 만큼 목숨을 걸었기 때문에 에마도 그렇게 한 거고요.」

「에이, 아니에요. 누구라도 저처럼 했을 거예요.」 수지가 말했다.

「그건 절대 사실이 아니에요.」 벡스가 말했다.

「당신도 마찬가지예요, 벡스. 난 당신이 옛 병사들의 전시장을 깨부수고 검을 꺼내 뛰어다니는 모습을 담은 교회 CCTV 영상을 꼭 보고 싶어요.」 주디스가 말했다.

「다들 내가 미친 사람인 것처럼 쳐다봤다니까요.」 벡스가 인정하듯 말했다. 「하지만 전 그저 당신에게 가야 한다는 생각밖에 없었어요. 그런데 아직도 한 가지가 궁금해요. 왜 스테펀의 그림에서 액자만 훔쳐 갔는지.」

「아, 그거요. 그건 우리가 그때 짐작한 것처럼 엘리엇의 소행이에요. 그리고 그는 그 액자를 훔칠 생각도, 훔치기를 바라지도 않았어요.」 주디스가 미소를 지으며 말했다.

「그런데 왜 그랬어요?」

「엘리엇은 처음 침입해서 진품의 크기를 재고 사진을 찍은 다음 위작을 그렸고, 내가 방해를 한 그날 밤에는 그림을 바꿔치기하러 갔던 거였어요. 당연히 그랬겠죠. 하지만 내가 도착한 뒤 테이블 위에서 끌과 망치, 나뭇조각을 발견했을 때 그가 이미 진짜 로스코 그림에서 액자만 가져갔다는 것을 깨달았어야 했어요. 그러니까 그가 로스코 진품, 원래 액자, 위작을 다 들고 있는 상태에서 내가 들어갔고, 그는 나에게 손전등을 던졌죠. 그때 그는 선택을 해야 했어요. 액자 없는 위작을 벽에 걸고 로스코 진품을 가지고 도망가거나, 액자가 없는 진품을 벽에 다시 걸거나.」

「나라면 위작을 남겨 두고 진품을 훔쳐 가겠어요. 애초에 그게 침입한 이유니까요.」 수지가 말했다.

「하지만 정말 그럴까요? 엘리엇은 도난을 시도하던 중 발각이 됐어요. 경찰이 곧 올 거라는 사실을 알았겠죠. 그리고 둘 중 어떤 그림을 벽에 걸든 결국 그가 손을 댄 그림이라는 걸 우리가 알아내리라고 생각했을 거고요.」

「그리고 정말 그렇게 됐죠.」 벡스가 말했다.

「맞아요. 위작을 벽에 놔뒀다면 그 그림은 온통 그의 지문과 유전자 범벅이었을 거예요. 혹은 그림을 그리다가 그 멋들어진 머리칼이 한두 올이라도 섞여 들어갔을 수도 있고요.」

「오, 이제 알겠어요. 만약 위작이었다면 경찰이 엘리엇을 금방 찾아냈겠네요.」 수지가 마침내 이해했다는 듯이 말했다.

「그는 진품을 다시 걸어야 했어요. 그래서 모닥불을 피울 수밖에 없었죠. 그는 진짜 액자와 위작, 그리고 연습했던 그림들을 모두 없애야 했어요. 그가 왜 타니카와 모닥불 앞에서 얘기할 때 기분이 저조했는지 이걸로 설명이 돼요. 아버지의 로스코 그림을 다시 손에 넣기 위해 전혀 모르는 사람까지 죽여 놓고 다 실패했다는 사실 때문이었죠. 살인까지 했는데도 그림을 손에 넣지 못했으니까요.」

「그리고 그걸 막은 건 당신이었고요.」 수지가 즐거워하며 말했다.

「나 혼자 한 게 아니에요. 우리 모두가 함께 한 거죠. 이제, 강이 굽은 곳으로 가는 중이에요. 내가 흐름만 잘 맞추면 강이 우리를 저절로 데려가도록 할 수 있을 거예요.」

주디스는 이렇게 말하면서 배의 방향을 바꿔 강둑과 90도가 되도록 했다. 하지만 배가 앞으로 나아가려는 힘과 강의 중심으로 향하는 강한 물살이 만나자, 뱃머리가 방향을 틀기 시작했다.

「정말 숙련된 솜씨네요.」 벡스가 말했다.

「아, 그 정도는 아니에요.」 주디스가 삿대를 놓고, 바구니에서 샴페인 잔 세 개와 마트에서 산 아직 뜯지 않은 딸기 한 팩을 꺼냈다.

「미안해요, 딸기를 제대로 담아 왔어야 했는데.」

「걱정 마세요. 제가 할게요.」 벡스가 말했다.

「칼이랑 접시 줄게요.」

주디스는 바구니 안에서 가죽 끈에 매인 접시와 칼을 풀어 벡스에게 건넸다. 그러고는 얼음처럼 차가운 강물에 담가 둔 샴페인병을 능숙한 손놀림으로 끌어 올린 뒤 묶어 놨던 밧줄을 한 손으로 풀었다.

「아, 도저히 그냥은 못 넘어가겠어요.」 수지가 분위기를 깨뜨리는 목소리로 말했다.

다른 두 여성이 그녀를 쳐다봤다.

「미안한데요,」 수지가 주디스를 똑바로 쳐다보며 말했다. 「당신이 우리한테 배에 대해서는 하나도 아는 게 없다고 했잖아요.」

「그게 무슨 소리예요?」 주디스가 이해가 안 간다는 듯이 물었다.

「우리가 처음 만났을 때, 당신은 배에 대해서는 아는 게 없다고 했어요. 하지만 오늘 아침 이 배에 타려고 했을 때는 숙련된 뱃사람이니 걱정 말라고 말했어요. 정확히 그렇게 말했어요.」

「지금 왜 이런 얘기를 하는 거예요?」 벡스가 물었다.

「세상에, 게다가 당신은 배도 있어요. 그리고 강굽이에서 강의 흐름을 이용해 어떻게 배를 돌려 나가는지도 알고요. 그리고 지금 봤는데, 매듭도 그냥 한 손으로 쉽게 풀잖아요.」

「그래서 지금 하려는 말이 뭐예요?」 주디스는 차분하게 물었지만 미소가 약간 굳었다.

「우리가 읽은 신문 기사에는 목격자가 당신 남편의 배

에 두 사람이 탄 것을 봤다고 적혀 있었어요. 그 둘 중 한 명은 당신이었어요, 맞죠? 우린 친구잖아요. 우리가 서로에게 인생을 의지할 만큼 충분히 많은 일을 함께 겪었다는 건 신도 아실 거예요. 그러니 내 답답함 좀 풀어 줘요. 그 날 폭풍 속에 두 사람이 바다로 나갔고, 당신만 돌아왔어요. 내 말이 맞죠?」

주디스는 아무 말도 하지 않았고, 얼굴 표정 또한 단 1밀리미터도 변함이 없었다. 그런 그녀의 모든 행동은 중산층의 예의 바른 태도를 보여 주는 완벽한 본보기였다.

「그게 당신이 그 모든 옛날 신문을 모으기 시작한 진짜 이유였잖아요.」 수지가 계속 이어 말했다. 「당신은 그날 일어난 일의 진실을 누설하는 사람이 없나 확인하고 싶었던 거예요. 왜냐하면 그날 당신은 그 배에 있었으니까요. 그리고 폭풍 속에서 당신 남편이 갑판에서 바다로 떨어졌을 때 당신은 구하려고 노력하지 않았겠죠. 어쩌면 당신이 밀었던 건지도 모르고요. 당신을 잘 아는 나로서는 후자였다는 데 돈을 걸겠어요. 이건 물론 칭찬이에요. 당신 남편은 당신을 학대하고 바람을 피웠어요. 그래서 당신이 그를 죽인 거죠. 그리고 그가 바다에 빠진 다음에 당신은 다시 배를 타고 뭍으로 돌아와서, 배가 다시 바다로 흘러나가도록 풀어 놓은 거예요.」

「그게 사실이에요?」 수지가 방금 한 말에 경악한 벡스는 딸기가 접시에서 떨어진 것도 눈치채지 못했다.

주디스는 곧바로 대답하지 않았다.

그녀는 주변을 돌아봤다. 강물이 햇빛을 받아 반짝이고 풀밭에서 소가 풀을 뜯고 있는 모습을 바라보고 있자니, 거의 소스라치게 놀랄 만큼의 만족감에 휩싸였다. 인생을 두 친구에게 의지할 수 있다고 한 수지의 말은 옳았다.

그녀는 미소를 살짝 지으며 앞으로 몸을 기울였다.

「그건 말할 수 없어요.」 말은 이렇게 했지만, 그녀의 눈에 스친 반짝임은 그것이 명백한 긍정임을 확인시켜 줬다.

「자, 샴페인 한잔 드실 분?」

감사의 글

먼저 편집자 핀 코튼에게 감사의 인사를 전합니다. 그의 열정, 얘기에 대한 이해, 세부적인 것들에 대한 예리한 관심은 이 책을 훨씬 훌륭하게 만들어 줬습니다. 제가 이 얘기를 처음 들려준 도미니크 웨이트포드와 성실히 교정 작업을 해준 앤 오브라이언에게도 감사를 전합니다. 원고를 이메일로 보냈을 때는 시간 순서에 문제가 전혀 없다고 확신을 했습니다. 하지만 제가 틀렸다는 걸 알게 됐습니다. 아주, 아주 틀린 생각이었죠. 앤은 고칠 수 있는 모든 걸 고쳐 줬습니다. 그 외의 모든 실수는 저의 잘못입니다.

저작권 대리인인 에드 윌슨과 존슨 앤드 앨콕의 팀원 모두에게도 감사합니다. 말로에서 아주 즐거운 점심을 함께 하면서 에드에게 이 책에 대한 아이디어를 처음 피력했습니다. 그때 그가 즉각적으로 보여 준 관심은 오랜 기간 동안 제가 이 책을 쓰는 원동력이 돼주었습니다. 또한 제 영상과 텔레비전 에이전트인 샬럿 나이트와 나이트 홀 에이

전시의 모든 팀원에게도 감사 인사를 전합니다. 좋은 얘기를 만들어 내는 샬럿의 감각은 어디에도 비할 데 없으며 지난 몇 년간 베풀어 준 현명한 조언과 우정은 제가 똑바로 나아가도록 도와줬습니다. 적어도 샴페인이 없을 때는 말이죠.

또한 은퇴한 경찰관 리베카 브래들리에게도 감사의 말을 전하는 바입니다. 그녀는 저에게 경사 계급의 수사관이 어떻게 살인 사건의 수사관을 맡게 되는지 그 과정을 설명해 줬고 타니카를 계속 중심에 두기 위해 필요한 상황을 만드는 데 도움을 줬습니다. 그 외의 다른 경찰과 관련된 부정확한 점들은 모두 저에게서 비롯된 문제임을 밝힙니다. 또한, 이슬람교의 복잡한 장례 절차를 제가 잘 받아 적을 수 있도록 자세하고 천천하게 설명해 준 애런 닐에게 큰 감사를 전합니다.

여러 면에서 이 책의 전반적인 부분과 특히 주디스 포츠라는 인물은 제 고모인 진과 제스, 베티 할머니, 그리고 물론 저의 어머니 페니에게 보내는 사랑의 편지입니다. 어머니는 제게 수수께끼 같은 십자말풀이를 처음 가르쳐 준 분이었고, 제 어릴 적 기억은 어머니와 어머니의 놀라울 정도로 지적인 친구들이 쿠앵트로 한잔을 하거나 담배를 피우며 세상에서 벌어지는 문제와 그 해결책에 대해 대화하던 때 나던 웃음소리로 가득합니다(아마도 어머니는 이 부분에서 이제는 더 이상 쿠앵트로도 마시지 않고 담배도 피우지도 않는다고 지적하겠지만요).

마지막으로, 멋진 아내 케이티 브레스윅과 우리 아이들 찰리와 제임스에게도 감사 인사를 전합니다. 그들 없이는 이 모든 집필 과정을 견뎌 내지 못했을 겁니다. 케이티는 평소 저의 많은 초고를 읽어 주고 개선점과 삭제할 점을 제안해 줬지만—이 소설에서 제가 가장 좋아하는 장면도 아내의 아이디어에서 나왔습니다—사실 가족 전부가 이 얘기의 반응 테스트의 대상이 돼줬습니다. 또한 제가 주의를 제대로 기울이지 않거나 다른 데 정신이 팔려 있어서, 더 심하게는 언제나 무조건적으로 베풀어 주는 가족들의 도움을 얻어 내려다가 지난 몇 년간의 개 산책, 가족 식사 및 차로 이동하던 시간들을 종종 망쳤던 것에 대해 사과하고 싶을 따름입니다. 이 세 명이 없었다면 이 일을 해내지 못했을 겁니다. 감사합니다.

옮긴이의 말

로버트 소로굿은 케임브리지 대학에서 역사를 전공하던 대학생 때부터 코미디 극단에서 활동했고 졸업 후에는 소극장과 학교 등을 순회 공연하는 극단을 창단했으며 이후 BBC 드라마 「낙원에서의 죽음Death in Paradise」의 원작자로 여러 시즌에 걸쳐 다수의 에피소드를 집필했다. 이처럼 시나리오 작가로서 탄탄한 경험을 쌓아온 소로굿의 첫 소설 『말로 머더 클럽』은 빈틈없이 잘 짜인 구성과 대화 위주의 신속한 전개가 특징으로, 독자들을 사건 속으로 빠르게 끌어들이는 흡인력을 가진 추리물이다.

타고난 탐정의 두뇌를 지닌 리더 주디스, 물불 가리지 않고 행동력을 발휘하는 수지, 매번 주저하면서도 결국 제 역할을 다 해내는 벡스 등 각 등장인물들의 특징과 관계를 잘 파악하게 하는 정황적 묘사 역시 사실적인 분위기를 더해 줌으로써, 독자도 어느덧 그들과 함께 어울려 사건을 추리해 나가는 듯한 전율과 재미를 느끼게 된다. 소로굿이 영국 일간지 『데일리 메일』과 한 인터뷰에 의하면 중심이 되는 인물인 주디스 포츠는 할머니와 어머니에게서 영감을 받은 캐릭터이고, 감초 같은 조연인 우체부 프레드는 말로의 우체부 프레드에게 부탁을 받고 출연시킨 것이라고 한다. 우편물이 가득 든 빨간 카트를 끌고 매일 동분서주하며 동네 주민들과 일상을 공유하는 영국의 우체부야말로 누구보다 추리 소설의 정보원에 적합한 인물이 아닐까.

런던 근교에 위치한 버킹엄셔의 말로는 실제로 소로굿이 거주하는 있는 작고 평화로운 마을이다. 그는 번잡한 대도시를 떠나 가족과 함께 말로로 이주한 뒤 시골 생활의 매력에 푹 빠지게 됐고, 정겨운 마을 사람들과 가깝게 지내면서 시골 생활에 대한 애정을 작품에 담고 싶어졌다고 한다. 말로 다리, 올 세인츠 교회, 헨리 리거타, 모스크, 미술 갤러리 등 실제 존재하는 장소를 소설의 배경으로 삼은 점도 얘기의 현실감을 더해 주는 요소로 작용한다.

독자 여러분이 오지랖 넓지만 정의감 넘치는 세 아마추어 탐정의 얘기인 『말로 머더 클럽』을 만나 즐거운 시간을 보냈고 그들과 헤어지는 게 조금 아쉽게 느껴진다면, 아직 그들을 더 만나 볼 기회가 있다는 사실을 기억해 둘 필요가 있겠다. 세 여성들이 등장하는 말로 시리즈는 지금도 계속 현재 진행형이기 때문이다. 영국에서는 『말로 머더 클럽』 이후 『말로에 다가오는 죽음*Death Comes to Marlow*』, 『독의 여왕*The Queen of Poisons*』 두 권이 더 나왔고, 2025년에는 시리즈 네 번째 소설인 『말로 벨에서의 살인*Murder on the Marlow Belle*』이 출간될 예정이다. 또 다른 살인 사건이 벌어진다 해도 걱정은 붙들어 매시라. 명랑 쾌활하고 의리와 우정으로 똘똘 뭉친 주디스, 수지, 벡스 삼총사가 함께할 테니까.

2024년 10월
김마림

옮긴이 **김마림** 경희대학교 지리학과를 졸업하고, 동 대학교와 뉴욕 주립대학교 대학원에서 석사 학위를 받았다. 약 7년간 케이블 채널 및 공중파에서 영상 번역가로 활동했으며, 대표적인 프로그램으로는 KBS의 「세계는 지금」, 「생로병사의 비밀」, 「KBS 스페셜」 등이 있다. 현재 영국에서 전문 번역가로 일하고 있으며, 『기린과 함께 서쪽으로』, 『이렇게까지 아름다운, 아이들을 위한 세계의 공간』, 『서점 일기』, 『한순간에』 등을 번역하였다.

말로 머더 클럽

발행일 **2024년 10월 25일 초판 1쇄**

지은이 **로버트 소로굿**
옮긴이 **김마림**
발행인 **홍예빈**
발행처 **주식회사 열린책들**

경기도 파주시 문발로 253 파주출판도시
전화 **031-955-4000** 팩스 **031-955-4004**
홈페이지 **www.openbooks.co.kr** 이메일 **literature@openbooks.co.kr**

ISBN 978-89-329-2472-4 03840